中华诗词研究院 编

诗论集

全国文史研究馆馆员诗词艺术文选

中华书局

图书在版编目（CIP）数据

诗论集/中华诗词研究院编. —北京:中华书局,2014.7
ISBN 978 - 7 - 101 - 09599 - 9

Ⅰ.诗… Ⅱ.中… Ⅲ.诗歌研究 - 中国 - 文集
Ⅳ.I207.22 - 53

中国版本图书馆 CIP 数据核字(2013)第 207216 号

书　　名	诗论集
编　　者	中华诗词研究院
责任编辑	许旭虹
出版发行	中华书局
	（北京市丰台区太平桥西里 38 号　100073）
	http://www.zhbc.com.cn
	E-mail:zhbc@ zhbc.com.cn
印　　刷	北京瑞古冠中印刷厂
版　　次	2014 年 7 月北京第 1 版
	2014 年 7 月北京第 1 次印刷
规　　格	开本/850×1168 毫米　1/32
	印张 15¼　插页 2　字数 300 千字
印　　数	1 - 2200 册
国际书号	ISBN 978 - 7 - 101 - 09599 - 9
定　　价	82.00 元

主　　编：蔡世平

统　　筹：刘　威

编　　辑：王　贺　张　芬　吴秋野

　　　　　李　振

前　言

发挥好文史馆员
在弘扬中华诗词中的重要作用

陈鹤良

中华诗词是中华文明的精华。千百年来,中华诗词不仅承载着中华民族对美的理想追求,还起到了发展文化艺术、醇化社会风气等重要作用。

如今,在经过一段历史曲折后,中华诗词正在从复苏走向复兴。在这一背景下,中华诗词研究院在国务院领导的关怀下,于 2011 年 9 月 7 日正式成立了。之所以要成立这样一个国家级的诗词研究院,就是要进一步推动中华诗词的传承、繁荣和发展,以弘扬中华民族优秀传统文化、提高国民综合素质。按照国务委员兼国务院秘书长马凯同志的要求,中华诗词研究院在中华诗词事业中应当发挥这样几个作用:

一是成为凝聚诗词人才的重要纽带;二是成为繁荣诗词创作的重要平台;三是成为引领诗词评论的重要窗口;四是成为推动诗词研究的重要阵地;五是成为收集诗词资料的重要文库。

在各界领导的关怀与各界朋友的鼓励支持下,中华诗词研究院自 2011 年成立以来,已初具规模,有效地完成了诸项重要工作:在 2011 年年底,诗词院与中国作家出版集团、中华诗词学会合作,在京举办了"首届中国旧体诗歌学术论坛";召开了全国诗词刊物主编座谈会、全国部分高校教授诗词座谈会;在 2012 年春节期间,诗词院成功举办了"中华诗词新春吟唱会";2011 年秋冬到 2012 年春,诗词院组织了部分诗人赴北大荒、延安、汶川采风,并编辑出版了《2011 年中国诗词年鉴》、《刻在北大荒的土地上》、《诗人说诗》、《诗人论诗》、《迦陵诗词曲联选集》、《启功诗词选集》等书籍;目前,正在全国开展"中华诗词创作与研究"论文征文活动。

但这些工作,就目前中华诗词发展现状来说,还远远不够。中国是诗的大国,诗词文化遗产丰富,有《诗经》305 篇,《楚辞》16 篇,《乐府》5000 余首,有唐诗 5 万余首,宋词 2 万余首,宋诗 20 余万首,元曲 4600 余支,有清词 8200 余首和几万首的清诗,因而,对 1911 年以前诗词作品的研究还有很大的空间。特别是对辛亥革命以来百余年间的旧体诗词还没有进行全面和深入的研究、整理。这一时期社会巨变,英雄辈出,思潮云集,文化活跃,能够载入典籍的旧体诗词不会是一个小数目。

旧体诗词曾经是时代的文学主流。中华诗词史上,名家名篇灿若星斗。上世纪 80 年代可以称是旧体诗词的"复苏期",21 世纪的到来应是旧体诗词的"复兴期"。社会稳定,经济发展,政治清明,为旧体诗词繁荣提供了客观条件。20 世纪 90 年代以来,全国各地民间旧体诗词社团蓬勃发展,旧体诗词创作者大批涌现。现在,除西藏、新疆、内蒙古、宁夏外,各省、直辖市以及市、州、县四级都组建了诗词社团。现在又有不少农村乡镇和城市社区已经组建或正在组建诗词社团。据不完全统计,全国各地民间的大小诗词社团达到数千个,诗词创作者逾百万之众。具有全国刊号,公开出版发行的诗词刊物有《中华诗词》、《当代诗词》、《长白山诗词》、《东坡赤壁诗词》等。各省、市、县内部交流的诗词刊物达一千多种。《中华诗词》发行量近3万份。《诗刊》、《诗潮》、《芙蓉》、《黄河文学》等主流文学刊物也都辟出专门版面刊发旧体诗词。旧体诗词年发表和内部作品交流量达数万首之多。公开出版发行和内部交流的诗词作品集每年上千部。此外,香港、澳门也有旧体诗词写作群体,台湾和世界华文地区的旧体诗词写作和研究也十分活跃。他们用母语诗词寄托自己的家国情怀。

但繁荣的同时,中华诗词的发展也存在着问题。首先是缺乏精品力作,宣传推广也不够。其次,与相对繁荣的诗词创作比,诗词评论已成为诗词事业发展的一条短腿,评论不多,深度不够,影响也小,有些无原则吹捧的庸俗风气也值得忧虑。

总结起来,目前中华诗词发展面临的局面,一方面是光辉灿烂的诗词传统、蓬勃发展的诗词现实;另一方面是问题难题很多。这也就是我们今天中华诗词建设的家底子,是中华诗词研究院的办院基础。

而当下最迫切的问题,是如何推动当代中华诗词的创作与研究。中华诗词研究院已确定把当代诗词的研究创作作为重点。无疑,当代中华诗词的创作亟需理论上的引导与指导;理论研究也亟需有识之士进一步深化、细化,有针对性地提出建设性理论。诸如如何看待中华诗词创作的成果和存在的问题? 如何明确中华诗词的当代审美取向? 如何建立中华诗词的当代声誉、形成中华诗词的大众阅读? 如何处理好继承与发展的关系? 这些都是当代中华诗词发展不能回避的问题。

隶属于国务院参事室、中央文史研究馆的中华诗词研究院,对于这些问题的研究,有得天独厚的资源优势。全国文史研究馆拥有一批深谙中华诗词的馆员,他们是文化界的望楚、诗词界的专家,对传统文化与诗词的发展,有相当深刻的认识;他们的意见,是促进当代中华诗词发展、引领诗词理论研究的宝贵财富;他们的研究专著和诗篇是传承中华诗词的重要资料。馆员们"德、才、望"兼备,他们的诗篇往往最能体现"为天地立心、为生民立命、为往圣继绝学"的中国优秀知识分子的崇高精神境界。馆员们文化底蕴丰厚、社会阅历广,他们的诗篇所反映的历史与现实之深度、广度,往往是一般的诗词作者所难以比及的。一方面十分注意收集、研究、整理并利用好已故馆员的作品,另一方面也更致力于发挥在任馆员在诗词研究创作中的引领作用。目前,全国文史馆系统研、写诗词的馆员有一百五十余人,人虽不多,但只要发挥好他们的作用,影响会难以估量。党中央号召要建设优秀传统文化传承体系,发挥馆员在繁荣、发展中华诗词方面的作用,无疑是建设优秀文化传承体系的重要实践。

　　为此,中华诗词研究院于 2012 年分别在哈尔滨和武汉召开了两次文史馆馆员"当代中华诗词创作与研究"理论研讨会。在会上,诸位馆员就当代中华诗词创作与研究的课题畅所欲言,形成了很多宝贵的理论成果。这本论文集,集中编选了与会馆员在会议上的发言和提交的论文,目的就是要固化这些理论成果,让更多的诗词创作者、研究者和爱好者有机会分享这些理论成果。同时也期待诸位馆员能长期关注诗词研究院的发展,给研究院的工作以重要支持。研究院一定悉心听取各位的意见并为发挥馆员作用搭好平台,与各位共同努力,为推动中华诗词的繁荣、发展做出积极的贡献。

　　　　　　　　　　　　　　陈鹤良
　　　　　　　　　　　（国务院参事室原副主任、时任
　　　　　　　　　　　　中华诗词研究院行政副院长）

目　录

前言 ………………………………… 陈鹤良（ 1 ）

中央文史研究馆

启功先生对诗体的继承和创新 ………… 程毅中（ 1 ）

近代台湾击钵吟 ………………………… 白少帆（13 ）

叶嘉莹先生"兴发感动"说的诗学意义

　　和启示 ………………………… 赵仁珪（20 ）

山西省文史研究馆

关于旧体诗的复兴及其他 ……………… 姚　剑（47 ）

从清代袁枚论诗十则谈诗词写作技巧 …… 翟耀文（56 ）

内蒙古自治区文史研究馆

关于格律诗的一点思考 ………………… 冯永林（67 ）

辽宁省文史研究馆

浅论对诗词创作的认识 …………………… 孙永屹（74）

吉林省文史研究馆

当今旧体诗词写作中的问题和与新诗写作
　的关系 ………………………………… 王同策（109）
当代中华诗词的创作实践与理论思考 …… 张福有（124）

黑龙江省文史研究馆

交换律——一个支配格律诗平仄格式变化的
　重要规律 ……………………………… 丁广惠（164）

上海市文史研究馆

解颐短语五十四则 …………………………… 田　遨（186）
诗教功能　诗史担当——文史研究馆重视诗词
　研究创作的意义 ……………………… 吴孟庆（211）

江苏省文史研究馆

漫谈旧体诗词的创作与鉴赏 ……………… 常国武（218）

浙江省文史研究馆

仰望诗词灿烂的天空 ……………………… 王翼奇（236）

安徽省文史研究馆

中华诗词应在继承与创新中反映新时代 …… 邹　诚（247）

关于当代诗词创作和研究的思考 ………… 刘梦芙（272）

山东省文史研究馆
当代诗词对于人格塑造的意义及其他 … 杨守森（289）

河南省文史研究馆
诗词创作必须与时俱进 ……………… 李铁城（300）

湖北省文史研究馆
试谈毛泽东诗词研究领域的一大缺损 …… 俞汝捷（316）

湖南省文史研究馆
诗词炼字新探 ……………………… 伏家芬（326）
意境创新之我见 …………………… 胡静怡（343）

重庆市文史研究馆
诗词之本与写作之道
　　——浅谈写作当代诗词的体会 ………… 董味甘（358）
旧体诗词继承与创新若干问题的探讨
　　——从《重庆艺苑》2011 年诗稿编辑
　　谈起 …………………… 赵心宪等（403）

四川省文史研究馆
启迪与借鉴——略论古典诗词与诗词理论的
　　价值及意义 …………………… 王定璋（421）

诗词散论 ……………………………… 何　靖（426）

贵州省文史研究馆
当代中华诗词亟待提高语言质量 ………… 李华年（436）

云南省文史研究馆
时代精神与诗词艺术的完美结合 ………… 杨世光（446）

陕西省文史研究馆
无规矩不成方圆 ……………………… 路毓贤（455）

编后记 ……………………………………（475）

启功先生对诗体的继承和创新

程毅中

1978年,我写了一篇谈诗体发展的小文,请启功先生指教。他给我写了一篇审查意见,用信函的形式寄给了我。信中提出了不少宝贵的提示,我一直珍藏着作为学习的课本①。

信中对我的几点意见,表示赞同,如说:"上四下三问题,讲得既透,引据亦富。"给了我很大的鼓励。谈到今天诗的主体问题,启先生指点我:"如作主要探讨的一项,则分量稍薄。或专文谈今天新诗的成就和初期新诗的发展过程。鄙意今日新诗有逐渐吸取了旧营养的现象,如郭小川的,在北方常见,四川的戈壁舟作品,我觉得更好。如把这类合讲,又是一篇解决古怎为今用、今怎样用了古的例子,但殊不好着笔耳。"可见,启先生虽然不写新诗,对新诗也还是很关心、很了解的。他给我出的题目,我没有能力回答,因为我很少读新诗,郭小川的诗还读过几首,戈壁舟的诗就没有读过,其他人的新诗偶尔在报刊上见到,都是过目就忘的。

---

① 已收入《启功书信选》。

　　启先生还提到:"又汉诗中柏梁台是否可以一提,游国恩先生考为不伪,极是,引用似无妨。"看来,他认为《柏梁台诗》不是伪作,这对我也很有启发。但游国恩先生在《柏梁台诗考证》中,虽然否定了顾炎武考为伪作的几条理由,但最后并没有肯定其不伪,而是提出了好几条新的理由,认为《柏梁台诗》的时代大抵不能早于魏晋之世①。倒是王力先生,从押韵上考证它正合乎先秦古韵,"可见这即使不出于武帝时代,也不会相差太远"②。我觉得《柏梁台诗》有可能原来还是楚歌体,曾经后人修订加工,已删去了句中的"兮"字。

　　启先生对诗文声律作过深入细致的研究,也在创作实践中作了许多大胆的试验。可见他真是认真地在对诗词格律进行传承和创新的努力。他一再谈到古典诗文在声律上的特色和优点,又提出了"平仄须严守,押韵可放宽"的原则。按我的体会,他对平仄声调交替搭配的节奏是非常重视的,在《诗文声律论稿》里作了充分的论证,因此他写的律诗和绝句都是严守唐代以来的格律,词也严守宋代以来的词律。他说:"我认为作古典诗词就应该充分发挥古典诗词的优点和特色,这首先体现在优美的格律上。"又说:"我们今天写古诗(引者按:指传统的古典诗体),特别是律诗和使用律句的词,一定要坚持这些固有的原则,但随着时代的发

---

① 《游国恩学术论文集》,中华书局1989年1版,352—379页。
② 《汉语诗律学》,上海教育出版社1962年新1版,14页。

展,也应作一些技术上的调整。"①

除了押韵上突破了"平水韵"的框框,他还写了许多古体诗和杂言的新体诗,那是可以不严守平仄声的格律的。按我的理解,"平仄须严守"是对律诗和使用律句的词而言的,古体诗不在此限,所以我自己在想用诗来写某些题材和表达某些思想感情时,就选用了不按平仄的古体。"押韵可放宽"不是不押韵,只是可以按现代的语音来押韵。启先生把自己的诗词称作"韵语",就因他为把押韵看作诗的重要特征之一。

启先生一向主张写诗既要继承,又要创新,他说:"我认为应该把继承传统与勇于创新结合起来。"②他晚年的诗作,更注重于创新的努力。一是勇于直抒胸臆,开创新意,融化了许多现代词汇,现代典故。一是多用绝句和古体,少写律诗。这二者是内容和形式的统一。从时间上看,1988年以后写的《启功絮语》和《启功赘语》里,除论史、论书画、论诗词的绝句外,以古体为多,如古诗二十首、古诗四十首,都是五古,又多为发表议论的作品。他写的律诗较少,可能就因为律诗更束缚思想,的确很不自由,不便于发挥新意,在形式上也不易创新。

1971年以后,尤其是"拨乱反正"后的八十年代、九十年代,启先生诗兴很浓,是他诗词创作的一个高潮时期。他写了不少口语化的诗,如《颈部牵引》和《痛心篇》等;还写

---

① 见《启功口述历史》197 页。
② 同上书,200 页。

了不少明白如话、诙谐幽默的词,如咏病的三首《沁园春》、写烤鸭等三首《贺新郎》、无题的三首《踏莎行》、就医的三首《鹧鸪天》,充分发挥了他的语言艺术,曾得到许多读者的赞赏。这里引录一首为例:

贺新郎·咏史

古史从头看。几千年,兴亡成败,眼花缭乱。多少王侯多少贼,早已全都完蛋。尽成了,灰尘一片。大本糊涂流水帐,电子机,难得从头算。竟自有,若干卷。

书中人物千千万。细分来,寿终天命,少于一半。试问其余哪里去?脖子被人切断。还使劲,断断争辩。檐下飞蚊生自灭,不曾知,何故团团转。谁参透,这公案。

可能是因为词本来用韵较宽,长短句的结合便于使用口语,且不限于三字脚的句式,便于写出自己的真性情。然而更能直抒胸臆、动人肺腑的作品,还是《痛心篇》、《赌赢歌》等古体诗。特别是《赌赢歌》,运用长句的杂言古体,令人感动和惊叹。可见在直抒胸怀、缘情言志的方面,古体确有独特的优势。而启先生大胆地自铸伟词,一空依傍,创制了加长的古体诗,更是勇敢的尝试。他大量地用了现代的口语,使我们觉得这些诗实际上就是现代人的新诗,比五四时期的新诗更有新意,完全可以成为新诗的一体。

启先生写过一篇《创造性的新诗子弟书》①，开头说：

> 唐诗、宋词、元曲、明传奇，在韵文方面久已有公认的评价，成为它们各自时代的一"绝"。有人谈起清代有哪一种作品可以和以上四种杰出的文艺相媲美？我的回答是"子弟书"。

启先生对"子弟书"评价之高，是令人惊讶的，而且明确称之为"创造性的新诗"。这是用与时俱进的观点来讨论中国汉语诗的发展史了。清代的诗人总结了前人的成果，于词、曲、传奇之外，仍然注力于五、七言诗的创作，有不少学者认为清诗超过了元明，甚至并不逊于宋人。可是启先生认为"子弟书"才是清代的新诗，这是非常大胆的、新颖的见解。启先生《论诗绝句》第二十一首说："清诗应首子弟书，澍斋小窗俱正鹄。"第二十五首说："试问才人谁胆大，看我宗老澍斋翁。"就是赞扬春澍斋的子弟书。我也曾套用这句话，说："试问才人谁胆大，看我启老元白翁。"除了佩服启先生大胆地写了一些新体诗之外，更佩服他大胆地把子弟书称作清代的新诗。

他在文章里对"子弟书"作了详细的介绍，并加以分析说："子弟书的形式，基本上以七言句为基调。每句中常衬垫些字数不等的短句，比起元人散曲，在手法灵活上有相同之处，而子弟书却没有曲牌的限制。元散曲句式灵活而不

---

① 《启功丛稿·论文卷》，中华书局 1999 年 1 版，309—333 页。

离开它的曲牌,子弟书句式灵活而不离开七言句的
基调。"①

下面他还对子弟书的体裁作了评论,实际上也是对汉
语诗歌的演变作了一个高度概括的总结。这里摘引如下:

> 古代诗从四言到杂言,字数由少到多,句式由固定
> 到不固定,都是冠履由紧到松。但每放开不久,就又成
> 了定型。……
>
> 词曲解放了一步,因为它们可以有衬字,但终究有
> 曲牌的锁链松松地套着。……
>
> 子弟书以七言律句为基调,以其他的长短碎句为
> 衬垫,伸缩自如,没有受字数约束的句子,也就没有受
> 句式约束的思想感情。虽也有打破三字脚的句子,但
> 总以并列的四言镇住句尾。在其它的作品中,也有一
> 句中以一个四言为句尾的,但这种句中上边总以灵活
> 的衬句领先,而且对句也必配得相称。绝没有"胡
> 人——以——鞍马——为家"那样干巴巴的句子。
> 至于:
>
>> 似这般,不作美的金铃、不作美的雨;
>>
>> 怎当我,割不断的相思、割不断的情。
>
> 当然"不作美的雨"和"割不断的情"是五言句,实
> 际上这两句是"作美金铃作美雨,不断相思不断情"。
> 加上衬垫,就把五言、七言句子变得有如烟云舒卷、幻

---

① 《启功丛稿·论文卷》,311 页。

化无方了①。

引用者按：估计在演唱时"不作美的"、"割不断的"四字也是衬字，大概节奏很短，相当于两个字的节拍，实际上"割不断的情"还是唱成以三字脚为句尾，加上"怎当我"三个衬字，还是两个加衬字的七言句。当如李渔《闲情偶寄·演习部》所说："曲文之中，有正字，有衬字。每遇正字，必声高而气长；若遇衬字，则声低气短而疾忙带过：此分别主客之法也。"

《创造性的新诗子弟书》附载了《忆真妃》的全文，可谓子弟书的代表作。我们只要一读原诗，就可以明白启先生所论之可信。原刻本每行两句，每句占七格。"每七格中如安排多于七字的句子，就用夹行和单行并用的办法来处理。"这表明作者、写刻者还是把七言作为标准句式的。正和分体选编的古代诗集办法相同，把杂言诗都编在七古类里。启先生文中举出了八字、十字、十一字、十三字的句式为例，但大小字并不代表正、衬字的区分。

启先生的《赌赢歌》就继承了子弟书的灵活句式，但还是格律诗的一体，而不是自由诗，因为它还是保留了押韵和七言诗的基调。当然，以《赌赢歌》等杂言体为试点，只是新体诗的一体，是百花齐放中的一种花，不一定能适用于各种不同的题材。

七言诗的兴起，我认为是从楚歌的流行开始的。虽然

---

① 《启功丛稿·论文卷》，321–323 页。

《柏梁台诗》的时代还不无疑问,但秦汉之际流传的楚歌,逐渐出现了三字脚的句子。项羽的《垓下歌》和刘邦的《大风歌》基本上就是七言诗。如果省去了"兮"字,就是三、三、七歌行的雏形。汉代的"柏梁体"无非是楚歌而省略了"兮"字的变体,只不过还保留着句句押韵的传统格式。而"三字脚"的节奏,却成为五、七言诗的一个基本特征。上四下三的句式从汉代以来始终是汉语诗歌的基调,而上三下四的句式则只在词、曲里出现。虽然曾有刘克庄那样努力试用了许多上三下四的折腰句,但近千年来始终没有多少人响应这种改革。直到今天,绝大多数民歌、曲艺、戏曲里还保留着"三字脚"句式,但前面则可以加上或多或少的衬字。启先生在《诗文声律论稿》中曾说:"句中各词,无论如何分合,句末三字必须与上边四字分开,要自成为三字脚。这三字可以是二·一式,也可以是一·二式,甚至可以是一·一·一式(古代汉语很少有真正三字不可分的词)。如果倒数第三字与倒数第四字相连为一词时,便不是正常的五、七言诗的规格。"①我觉得这一条非常重要,值得研究古诗和学写格律诗的人注意和思考。我在拙著《中国诗体流变》中称之为"三字尾",就此作了一些论证和发挥②。

　　启先生的《惠州纪念东坡逝世八百八十八年征题》一诗,全篇用了九言句,这还是七古体的延长式。《无款雪景牧牛图》诗前面大部分都是九言句,而结尾则用了两个加长

---

①　《诗文声律论稿》,中华书局 1977 年 1 版,48 页。

②　参看拙著《中国诗体流变》的有关论述,中华书局,1992 年。

的句子:

> 　　展玩之际积郁得快吐,山明水秀人欢牛乐彼此同
> 天游。从兹画在吾诗亦必在,蹄迹题记牛眼我眼一照
> 即足垂千秋。

　　这是又一次诗体的创新。前人如杜甫的《茅屋为秋风所破歌》在七古的结尾处用了几个九言长句,造成不整齐的节奏,有一种曲终奏雅的意味①。启先生在九言古体的基础上又扩展出十三言和十五言的长句,然而其底部仍是五言和七言的基调,还是"三字脚"的延长式。这种创新,又是和传承相结合的。先不说李白、杜甫等人的歌行里早有九言或更长的句子,明代的民歌、俗曲里也有许多随意加衬字的杂言句。如冯梦龙编辑订律的《山歌》里有不少长句,一般后两句是七言句的加长,比子弟书的长句更长。如《寻郎》一首,按句分行引录如下:

> 　　搭郎好子吃郎亏
> 　　正是要紧时光弗见子渠
> 　　啰里西舍东邻行方便个老官悄悄里寻个情哥郎还
> 子我
> 　　小阿奴奴情愿热酒三钟亲递渠②

---

① 《杜诗详注》卷十,中华书局 1979 年 1 版,832 页。
② 《山歌》,上海古籍出版社 1987 年,278 页。

如果删去其中衬垫性质的词语，可以读成一首七绝："搭郎好子吃郎亏，要紧时光弗见渠。寻个情哥还子我，热酒三钟亲递渠。"读起来也大体可以读通。《山歌》里这样的作品很多，正体现了民歌灵活多样的句式，至今在吴歌、吴语弹词里还能听到这类唱词。苏州弹词如马如飞的开篇就是适当加了衬字的七言叙事诗。

《赌赢歌》更是一首放浪纵肆的新体杂言诗，许多读者都曾举为创新的例证。

（诗长从略）

这首诗长句特别多，如结尾两句："床边诸人疑团莫释误谓神经错乱问因由，郑重宣称前赌今赢足使老妻亲笔勾销当年自诩铁固山坚的军令状。"末句共二十八字，可能是创纪录的长句。由于句子不限字数，可以容纳口语化的成语词汇，显得生动活泼，然而它还不是散文，因为它还是隔句押韵，而且句句都用了"三字脚"，末句的中心是"勾销当年军令状"七字。这种长句的杂言诗，在作者要表达充沛、强烈、奔放、复杂的感情时，是比较适用的。启先生对诗体创新作了一些尝试和探索，当然也不可能随处运用。而且，他晚年体弱多病，诗兴似有消退，有一些只是笔墨应酬的急就章，对诗体的创新可能有些照顾不及，没能继续进行下去。这是我们感到非常遗憾的。

启先生给我提出了古怎样为今用和今怎样用了古的课题，我至今也无力去做，因为要结合创作的实践。从启先生的创作里可以得到一些启示，那就是要知古倡今，要守正容变。《赌赢歌》的句式，也和子弟书一样，句式灵活而不离开七言句的基调。这种融古入今、推陈出新的作品也可以说是现代的新诗。当然,不是说现代的新诗只有这一体最好,应该是百花齐放,而不是一花独放。能不能断定,现代有哪一种韵文可以和唐诗、宋词、元曲相媲美?(我不想把明传奇和它们并列一起,因为明代人自许俗曲民歌才是明代的一绝。)这个问题恐怕需要一百年后由后人来回答。什么题材,什么场合,什么情景,用什么诗体,要由诗人自己来选择。贾宝玉曾在写《姽婳词》时先谈了自己选体的设想,他说:"这个题目似不称近体,须得古体,或歌或行,长篇一首,方能恳切。"①叙事最好用古体歌行,这是曹雪芹从创作实践中总结出来的理论。看来长篇歌行最适用于叙事性的作品。从《赌赢歌》等几首新体诗,可以看出启先生既发扬了古典诗词的优点和特色,也借鉴了子弟书等民间歌曲的某些长处,正在作创新的尝试。

启先生从创作实践中总结的理论更多更精辟,也作出了创新的示范。我们要结合他的诗来学习,也要努力用来指导创作,推动中国诗歌的重振复兴。

附记:关于启先生的诗作,我曾在《略谈启功先生的诗论与诗作》一文中有所论列,发表于《国文天地》(台湾)第二十一卷第七期(2005 年 12 月),这次又对诗体创新问题稍加补充,敬请方家指教。

---

① 《红楼梦》第七十八回。

程毅中(1930—),男,原籍江苏苏州,历任西安石油学校语文教师,中华书局助理编辑、编辑、编辑室主任、副总编辑,编审。1995年起被聘为中央文史研究馆馆员。

近代台湾击钵吟

白少帆

击钵催诗，起于炫才斗捷。《南史》记载："竟陵王子良，尝夜集学士，刻烛为诗。萧文英曰：顿烧一寸烛，而成四韵诗，何难之有？乃与丘令楷、江洪等，共打铜钵立韵，响灭则诗成，皆可观也。"这种充满竞赛意味、急就成章的文字游戏，至宋渐盛，明代继之，但以中原地区为主，多行于文会吟宴场合，只作馀兴，而非诗坛活动的重心。

到了清代道咸之际，传承千年的刻烛击钵遗风，首先在福建沿海发展为诗钟的形式，广东也相应有之。徐珂《清稗类钞》说道，"诗钟之为物，似诗似联，于文字中别为一体"，"昔贤作此，社规甚严。拈题时，坠线于缕，系香寸许，承以铜盘；香焚缕断，钱落盘鸣，其声铿然，以为构思之限，故名诗钟，即刻烛击钵之遗意也"，"始于道咸间……至近代而大盛，作俑者为闽人……粤中亦有之也"，"诗钟分两体，曰嵌字，曰分咏"。

闽人好文，文风始起于五代。到了明清，闽岸俨然已为海内文学重镇。闽士文思宕越，文采俊逸，虽处绝海之滨，而心存中原正统。再说福建对岸的台湾，这个中国人的社会,从明末的"遗民世界"衍变为清代中叶的"移民天地",其主要人口来自闽南的泉、漳二府。闽台一衣带水,两岸的地缘、血缘以及史缘、文缘,向来密切无间。职是之故,前述始创于清代道咸时期的闽派诗钟,迨同光之际,过海来到了经由移垦社会进入文治社会的台湾。

在此之前,岛内早有诗人结社的历史。清康熙二十二年(1683)领台后,官员、文士纷纷渡海而至,流寓台湾的南明遗老亦有健在者,于是两相会合而组成台湾第一个诗社,取称东吟社。东吟社与同一时期在大陆如复社这类诗社的基调不同,即"旨在联吟,不谈政治"。

一

闽派诗钟传入台湾之后,讲求"以唱为重"、"宣唱联句"的发表方式。创作上,提倡"熨帖自然"。典句和空句的做法,严格要求,特别是空句得须"看似寻常而有故实"。在体例格式上,除闽派诗钟的嵌字体(含凤顶等七个正格和魁斗等九个别格)及分咏体之外,还派生出合咏和笼纱两体。嵌字体中,新增流水格。

合咏体句拟七律的中联,题目不论写景、言情或者怀古、咏物均可;一题作一联,禁犯题面字,并且必须拈一个绝不相涉的字,嵌于联句之内。诗会时,临场加嵌一指定字的用意,在于杜绝宿构。例如,题目"燕",嵌"灯"字,其范联如"故垒尘封兵后屋,空梁泥落佛前灯"(丘逢甲作)。

笼纱体规定,随拈二字为题,据典成联而不露字面。例如,题拈"小"、"东"二字,其范联如"春尽惜非三月大,韵平翻在二冬前"(唐景崧作)。

至于流水格,其实是碎锦格的变格,不同处在于句子的眼字须顺序而下,不能倒置。例如:《落花无言》为题,其范联有如"落魄不堪花事闹,刺心无过冷言侵"(王夷轩作)。

诗钟之会,其定规大致与大陆相同,即与会者推举代表出题,体裁格式也在当场决定;推举代表拈韵,平韵为主,罕用仄韵;推举词宗,分左、右词宗或天、地、人词宗,每卷(就是一联,闽派诗钟例做四联,台湾诗钟则不拘若干)诗稿抄成两份或三份,由两到三位词宗评选;当场以钟刻或香烬为时限,限到截止(约三至四小时),不得再投。在格式之外不成文的限制如不准失黏,忌用重复字,禁露题面字,不使用僻典,不能不扣题等。

清光绪十二年(1886),分巡台湾兵备道兼理提督学政唐景崧在其道署内设立斐亭吟社,首次公开以"击钵吟"之称为号召。1908年,日据后的第十三年,新竹县的竹梅吟社出版了首部作品合集,以《台湾击钵吟集》之名面世,标志着台湾诗坛已成功地从诗钟过渡到击钵吟了。除保留清初东吟社"旨在吟咏,不谈政治"这一传统,岛内各诗社的活动已全面采用击钵催诗方式,以寓训练,不再当作馀兴。作品体裁也从诗钟的联句扩展到包括七律和七绝。

二

从斐亭吟社创设的 1886 年,迄于日人据台的 1895 年,
其间为台湾击钵吟的崛起阶段。这时的击钵吟对台湾诗界
起到三方面的积极影响:开创诗社活动常规化的风气;促进
台湾各地、各界文学爱好者的联谊,也因此创造了与大陆来
台同道进行切磋交流的机会;推出了一批佳作名篇。

然而,从"沧桑后"(当时的台湾士人以此隐喻台土沦
于日寇)岛内诗社的主力人物如丘逢甲、施士洁、林鹤年、陈
浚芝(都是清季台籍进士)等人,相继离台,内渡大陆,直到
1902 年台中栎社重振之前,岛内击钵吟活动处于沉寂状
态。不过,日本统治当局却于据台的第三年,即 1897 年,在
台北成立了以日人为主体的"玉山吟社",介入台湾诗坛。
参加该社活动的成员有日吏、日籍汉文学者和汉文学爱好
者。在这一年里,"台北知事"村上淡堂邀集日、台两方诗人
在台北联吟,随后诗稿结集付印,名为《江籁轩唱和集》。同
年,来台履新的第四任"台湾总督"儿玉源太郎,更以《南菜
园偶作》一诗("南菜园"是他为自己在台北南区寓邸所取
的"雅名"),令邀全台诗人步韵唱和,后结集为《南菜园唱
和集》。1900 年,"台湾总督府"在台北淡水馆大花厅召开
"扬文会",点名前清进士、举人、贡生、廪生等一概到会。席
间,既有唱和者,亦有吞泪者。

日方这种举措,无非使用怀柔、羁縻和笼络的手段,来
诱使岛内士绅阶层为主的诗人淡化敌意,疏远祖国,逐步渗

透"虽异族而同文"的观念，最终接受其驱使。不过，现代日本学者另有一说："甲午一役，日本战胜了老大国清朝，也丧失了过去长时间日本人对中国文化所抱持的尊敬之念。日本的汉文学处于衰退的形势下，要在日本本土以外重振日本汉文学"（绪方惟精：《日本汉文学史》）。

由于空间已被压缩，性质也起了变化，从1902年台中栎社重振，到1923年台湾新文学肇始，是岛内击钵吟徘徊于末路穷途的一段时期。这一时期，击钵吟的创作活动呈现出一番虚假的繁荣。表面上看，诗社林立，活动频繁，而究其实质，诗题多由有趣归于无聊，作品内容尤为空泛。诗社中的有识之士，对击钵吟的日趋堕落也明察于心。为此，栎社的发起人林朝崧有感而发地说："吾故知雕虫小技，去诗尚远，特藉是为读书识字之楔子耳"。林氏身后，其遗著《无闷草堂诗存》即不收录击钵吟的作品。台湾南社的发起人连雅堂也一度指出："夫击钵之诗非诗也。良朋小集，刻烛摊笺，斗捷争奇，以咏佳夕，可偶为之，而不可数，数则诗格日卑，而诗之道寒矣。然而今之诗人非做击钵吟之诗非诗，是则变态之诗学也，可乎哉？"从而可以观察到岛内传统国学界对于击钵吟诗会的态度虽然宽和，但在验对诗人的文化使命感和诗作的品质方面，仍是相当严格的。

三

当1920年岛内新文学运动兴起，抱持祖国"五四"精神的革新派与"珍惜遗民风骨"的传统派之间，其交会点在于反抗日本的殖民同化,因此在日人利用同文手段来推动其同化政策的同时,击钵吟的活动正加速了"旧文学"阵营内部的分裂。

"旧文学"范畴内的国学派曾公开指出击钵吟派的七大毛病:"作者多于读者,根底薄弱;模仿古人,失去天真烂漫的性灵;借用成语,不重创作;伪托他人之作,以造成儿女、门徒、情侣之名气;仰词宗鼻息,以邀膺选;无中生有,描写景物多出虚构;如同商人广告,一诗连投数处"。尽管如此,国学派领袖连雅堂仍以史家的宏观眼光看待:"三十年来,汉学衰颓,至今已极,使非各吟社为之维持,则已不堪设想"。

从积极影响方面评估1902年到1923年间击钵吟这一文学现象,连氏之语允为提要。其次,作品运用和记录了大量中国历史典故和民俗风情,这种对祖国文化的依恋和认同,回应了在日本统治下台湾人民共同的心声。再者,作品内容并非"概以咏物为主",其中颇多借题发挥以宣扬爱国思想的佳作,举如刘竹溪的《春燕》:

> 几经世态阅炎凉,故垒何曾一日忘;
> 穿巷不堪馀夕照,归巢忠贞好风光。

又如林痴仙的《盆梅》:

> 不辞风云老天涯,傲骨偏遭束缚加;
> 打破金盆归庾岭,人间才有自由花。

结　语

　　明清以降的台湾文学,是中国古代文学、近代文学和现代文学的组成部分。溯自清康熙朝舆图大一统之后四年(1687),台湾作为福建行省的一个府治,士子开始到省城福州参加乡试。中举之馀,来岁重渡海峡北上京师会试。以是,进入乾嘉时期,科举出身的本土诗人逐渐成为岛内诗社主力。到了光绪乙未年(1895),被朝廷割弃后的台湾,再无新科举人和进士,而老成者又相率内渡以去,加上日人介入诗会,且有商贾、政客穿梭其间等因素,致使近代台湾文学的最后一幕——击钵吟现象,在岛内青年以实际行动响应对岸新文化运动的第三个年头(1923),退出文坛主位。于是,度过了两百年古典期的台湾岛区文学,终与祖国大陆的白话新文学运动趋于合流,隔岸而同步地踏上现代里程。

　　白少帆(1941—),男,原籍台湾省台北市。曾在岛内任教,后到西欧讲学。1982年从法国回国,历任中央民族大学汉语史教授、中国社会科学院文学研究所研究员、华侨大学中文系主任兼艺术系主任。1998年被聘为中央文史研究馆馆员。

叶嘉莹先生"兴发感动"说的诗学意义和启示

赵仁珪

众所周知,中国诗学史上有很多著名的经典学说,如严羽的"妙悟"说、"兴趣"说,王士祯的"神韵"说,王国维的"境界"说等,都为探讨诗学的本质做出了重要的贡献。当代著名古典诗词学者叶嘉莹先生经过"多年的批评实践之后,终于在后来提出了一个较明确的说法,那就是诗歌中兴发感动之作用"①,亦即"兴发感动"说,简称"感发"说。这一学说的提出大大丰富了中国的传统诗学,很值得我们研究和借鉴。因为这里面包含了叶嘉莹先生多年探索后所得出的真知灼见,正像她自己所说的那样:"一则,传统之学说对此种作用虽有认知,然而却缺乏明确的解说;再则,古语有云'耳闻之不如目见之,目见之不如足践之',我对这种兴发感动之作用的重视及提出,至少并非耳食之言,而是我自己经过创作及批评的实践后,与古人之说相印证所得出的

---

① 《不可以貌求的感发生命》,见《我的诗词道路》,28页,河北教育出版社出版,1997年。

结果。……我是认真地在探求着诗歌中这种兴发感动的生命,而且诚实地说出了自己的感受。"①

一　"兴发感动"说的诗学意义

"兴发感动"说鞭辟入里,切中要害,高屋建瓴,内涵丰富。它的诗学意义至少有以下几方面:

(一)这一学说更深刻地揭示了诗歌的本质乃在情感。情感是诗歌的生命,是诗歌的第一元素,这一点已得到中外诗学界的公认。叶先生的"兴发感动"说正是从强调情感的重要性来立论的。她说:"在中国的诗词中,确实存在有一条绵延不已的感发之生命的长流。"②"诗歌原以感发之生命为主,无论创作或评说,都当以能够掌握和传达出这种感动,使读者能够对诗歌中感发之生命有所体会和认识为重要任务。"③她以诗史上最著名的几位诗人为例说:"在中国文学的历史中一些伟大的诗人,如屈原、杜甫、东坡、稼轩诸人,他们的诗歌的价值,就都不仅只在于他们作品之外表的意义合于伦理的衡量标准而已,而更在于他们作品中所表现出来的热诚真挚的感发的力量,与他们在感发之生命中所流露出来的与他们自己的胸襟、意志、修养、人格相结合着的一种具有真正伦理价值的品质。这种感发的力量和品

---

①　《不可以貌求的感发生命》,见《我的诗词道路》,24、25 页。

②　《前言》,见《我的诗词道路》,7 页,河北教育出版社,1997 年。

③　《我的生活历程与写作途径之转变》,见《我的诗词道路》,7 页。

质,才是中国精神文化中最宝贵的遗产。"①中国的传统诗学似乎早已接触到这一命题,但仔细回溯一下历史,却发现正如叶先生所云:"虽有认知,然而却缺乏明确的解说",甚至隔靴搔痒。因为古人所说的"情"、"性情"多多少少都带有一定的局限。如《毛诗序》所说的"发乎情,止乎礼义"的"情"字,总让人感到那是经过儒家思想过滤包装后的、只符合儒家道德伦理的"情",带有很浓重的道学、理学色彩,所以他们总热衷于将"性情礼义"相提并论。这种"情"和我们今日所说的人的最原始、最自然、最普遍的"情"、"情感"总有一定的隔阂和距离。又如陆机所说的"诗缘情而绮靡"的"情"字,仅凭这"绮靡"一词,就可知他所说的"情"带有狭义的色彩,和我们今日所说的原本无所不包的广义的"七情六欲"仍有所不同。只有刘勰所说的"人禀七情,应物斯感"及后来那些明确地反理学家思想的主张,如汤显祖所说的"礼有者,情必无;情有者,礼必无"的"情"字才与我们今日所说的"情"庶几近之。

至于建立在这情感基础上的感发因素到底包括哪些内涵,更是前人所未加详说的了,对此叶先生也有详细系统的论述。如她把感发的来源分为"自然"的与"人事"的两大要素:"此种感发既可以得之于'物色之动,心亦摇焉'的大自然之现象,亦可以得之于离合悲欢、抚时感事的人事界之现象。"②把感发的方式分为"能感之"与"能写之"两种范

---

① 《我的生活历程与写作途径之转变》,见《我的诗词道路》,42 页。
② 《学词自述》,见《我的诗词道路》,135 页。

畴:"至于诗人之心理、直觉、意识、联想等,则均可视为心与物产生感发作用时,足以影响诗人之感受的种种因素;而字质、结构、意象、张力等则均可视为将此种感受予以表达时,足以影响诗歌之效果的种种因素。对于前者,我曾简称之为'能感之'的因素,对于后者,我曾简称之为'能写之'的因素。"①又把感发的途径分为三种,即"直接的情意之感发","透过思索才能体会其感发作用"的感发,"从纯美的欣赏去体会其感发"的感发②。又把这些感发的方式与中国传统的赋、比、兴手法巧妙地结合在一起③。这样就对"兴发感动"说的具体内容作出了系统而科学的论述,避免了中国传统诗学过于直觉感性的缺陷。

(二)在此基础上,这一学说深化、丰富、兼容了中国古代有关情感说的种种论述,使这些学说得到了更深刻、更精辟、更充实、更集中的结论。正如上述,中国的诗论在很多时候谈及情感要素时虽然有些隔阂,但终究有很多很好的观点。正如叶先生所言:"中国诗论中……其凡是从内容本质着眼的,盖无不曾对此种兴发感动之力量有所体会和重视"④,只是这种体会和重视多停留在"直观神悟"的感受及片言只语的概述与形容上,尚未形成一种明确而精深的合力。而"兴发感动"说的出现,能将这些观点融会贯通、兼容并包在一起,从而提升了它们的深刻性。如以下这几则具

---

① 《不可以貌求的感发生命》,见《我的诗词道路》,32 页。
② 同上,见上书,39 页。
③ 同上,见上书,29 页。
④ 《谈古典诗歌中兴发感动之特质与吟诵之传统》,见上书,182 页。

有传统价值的经典论述：

  《毛诗序》："诗者，志之所之也。在心为志，发言为诗。情动于中而形于外。言之不足，故嗟叹之；嗟叹之不足，故咏歌之；咏歌之不足；不知手之舞之，足之蹈之也。""正得失，动天地，感鬼神，莫近于诗。"

  《论语》："诗可以兴，可以观，可以群，可以怨。"

  《礼记·乐记》："人心之动，物使之然也。"

  《文心雕龙·明诗》："人禀七情，应物斯感。感物吟志，莫非自然。""文之思也，其神远矣。故寂然凝虑，思接千载；悄焉动容，视通万里。吟咏之间，吐纳珠玉之声；眉睫之前，卷舒风云之色。"

  《诗品序》："气之动物，物之感人。故摇荡性情，形诸舞咏……至若春风春鸟，秋月秋蝉，夏云暑雨，冬月祁寒，斯四候感诸诗者也。嘉会寄诗以亲，离群托诗以怨。至于楚臣去境，汉妾辞宫。或骨横朔野，魂逐飞蓬。……凡斯种种，感荡心灵，非陈诗何以展其义？非长歌何以骋其情？"

  《沧浪诗话》："唐人好诗，多是征戍、迁谪、行旅、离别之作，往往能感动激发人意。"

  张惠言《词选序》："兴于微言，以相感动。"

  这些论述的实质不都是不离"兴发感动"而展开的吗？至于刘勰所说的"人禀七情，应物斯感。感物吟志，莫非自然"，钟嵘所说的"气之动物，物之感人"，严羽所说的"征戍、迁谪、行旅、离别"等，更和叶先生所说的感发的来源分为"自然"的和"人事"的两种因素如出一辙。除了这些著名的论断外，还有很多生动精彩的论述也可以和叶先生的"兴发感动"说相互发明。随手摘录两则：

> 况周颐《蕙风词话》："吾听风雨，吾览江山。常觉风雨江山外有万不得已者在。此万不得已者，即词心也。"

> 陈匪石《声执》："词境极不易说。有身外之境：风雨山川花鸟之一切相皆是也。有身内之境：因为乎风雨山川花鸟发于中而不自觉之一念。身内身外融合为一，即词境也。"

请看，况周颐所说的那种"万不得已者"的冲动，岂不就是叶先生所说的那份不可遏制的"兴发感动"的力量？陈匪石所说的"身内"之境和"身外"之境，岂不就是叶先生所说的来自"自然"和来自"人事"的两种"兴发感动"的因素？

总之古人对这种感发作用已有很多相关的论述，其中还不乏精彩的描述，但惜乎尚未提出一种明确的"某某"说。现在，有了叶先生的总结和提升，这种理论才有了一条纲领，并上升为一种明确的学说，对此叶先生有开创之功。值得特别强调的是，社会科学研究与自然科学研究有时不完全一样。自然科学的新学说、新理论有时可以完全推翻已有的结论，而社会科学的新学说和新理论则往往应建立在已有学说和理论的基础上，只有这样，这种新学说、新理论才能成为有本之木,有源之水,并在此基础上有所提升和创新,从而迸发出新鲜的活力,正如朱熹诗中所描写的那样:"问渠那得清如许,为有源头活水来"。叶先生的"兴发感动"说典型地体现了这一特色,她采纳融会了前人种种有益的论述,又经过自己多年潜心的研究和体悟,才揭示出其中的精髓和核心,因此它是有广泛理论基础的,是禁得住推敲和考验的。

(三)与很多流行的西方理论契合,并能将这些理论自然而成功地运用到中国古典诗词的评论中,从而丰富并提升了对古典诗词批评的手段和水平。如在引进西方的阐释学、符号学、模糊语言学、女性批评学、意识流等理论时,叶先生都能将它们与"兴发感动"说相联系,并能以此为纲,将它们成功地运用到古典诗词的评论中。现仅以接受美学为例。

叶先生对接受美学的接受,并不是纯从书本上套用下来的,而是有着自己深切体会的,而这深切体会的核心,正在于能和她一贯主张的"兴发感动"说相结合。她从年轻时起就特别喜欢读义山(李商隐)诗和静安(王国维)词,她说:"也许就正因为我自己的寂寞悲苦之心情与静安词与义山诗有某些暗合之处,因此反而探触到了他们诗词中的一些真正的感发之本质。"①可见她从年轻时起就自觉地注意到接受的核心乃在于情感的相通。后来她在《在西方理论之光照的反思》一文中又这样明确地解释接受美学的核心:

---

① 《前言》,见《我的诗词道路》,14页。

"按照西方接受美学中作者与读者之关系而言,则作者之功能乃在于赋予作品之文本以足资读者去发掘的潜能,而读者的功能则正在使这种潜能得到发挥的实践。……所以读者的阅读其实也就是一个再创造的过程。"①那么这种可互相沟通的"潜能"究竟是什么呢?叶先生将它们形容为:"深辨甘苦,惬心贵当","同声相应,同气相求","夫子之言与我心有戚戚焉"②——即读者、评论者与作者之间应有"心灵之投影","既要能探索诗人之用心,并寄托自己尚友古人之远慕遐思。"③又引缪钺先生的话说:"其心中如具灵光,各种学术经此灵光所照,即生异彩。"④凡此种种论述,都深刻地揭示了一点:接受美学中能沟通作者—文本—读者的潜质正在于他们之间存在着情感的相互作用,亦即他们之间存在着可相互"兴发感动"的力量。而这种相互感发的力量在中国的古典诗词中显得尤为明显,正像叶先生所说的那样:"如果把中国古典诗歌放在世界文学的大背景中来看,我们就会发现中国古典诗歌实在是富于这种兴发感动之作用的文学作品,这正是中国诗歌的一种宝贵的传统。"⑤这样就通过"感发"说将接受美学与中国古典诗词的批评之学很好地结合起来。

笔者以前也曾考虑过能沟通作者—作品—读者之间的

---

① 《我的诗词道路》,103 页。

② 均见《遇合之可贵与体例之创新》,见上书,68 页。

③ 《前言》,见上书,15、14 页。

④ 《遇合之可贵与体例之创新》,见上书,68 页。

⑤ 《在西方理论之光照中的反思》,见上书,103 页。

要素是什么,得出的结论是"词达",即作者把自己的原意通过忠实的词达注入作品之中,读者再根据这些"词达"的表意去忠实地复原作者的原意,从而使作品得到永久地流传。学习了叶先生的理论,我才意识到这只不过是一种保守的皮相之谈。如果没有情感上的同气相求,这种只依靠"词达"做纽带把作者—作品—者联系起来的作品并不是具有真正感发生命的文学作品,充其量不过是一些评介性、说明性的文章与文字而已。

(四)这一学说更重视、更有利于发挥"个人"在审美活动中的积极作用。因为产生这种感发作用的主体—包括作者和读者两方面都是以个体的身份出现的,所以这种感发的作用往往都是"一己之感发"和"直觉的感动",这就必然使这种学说更强调、更尊重个性化的价值。正像叶先生由衷地称赞她的老师顾随先生那样:"全以其诗人之锐感独运神行一空依傍,(甚至有时就像跑野马一样)直探诗歌之本质,……处处闪耀着智慧的光彩"[1]。虽然这种作法有时会产生"全无知识或理论之规范可以掌握依循"[2]的嫌疑,但它的积极作用是不可低估的:因为感发之主体为一己之直觉,所以在这样理论指导下的作者创作和读者批评就都更具有独立性的价值和个性化的意义,因而也就能更多地带有叶先生一贯追求的"主诚"、"求真"的特性。而一旦能达到这种境界,就必将会对文学作品的理解与阅读产生巨大

---

[1]　《前言》,见《我的诗词道路》,9页。

[2]　同上。

的推动作用。又由于一己与一己之间,因经历、学养、观点各不相同,所以他们对文学作品的理解也就各不相同,这会大大促进文学批评的百家争鸣。笔者认为目前古典文学研究界的主要缺陷不是富于个性化的色彩太多了,而是模式化的倾向太严重了,因而在这种情况下大力表彰这种理论尤为重要。

对此叶嘉莹先生有精辟的论述,她说:"任何一己之联想与主观之感受的写作方式,当然决不合于任何学术著作的正式要求,但是我以为这种写作方式有时却确实可以传达出诗歌中之感发的生命,而且可以在作者与读者之间形成一种活泼的、生生不已的感发之延续。"①又说:"学术研究原当以追求真理为主要之目的。文艺创作亦当以忠实于自己的思想感受为根本之基础。……忠实和真诚的研究及写作的态度,也永远是追求真理和提高艺术的基本条件,而众口一辞相率为伪则是一切堕落的开始。"②可见强调个性化的一己之感发的重要性,它不但可以加强学术研究的全面繁荣,而且涉及是否能坚持"忠实和真诚"的研究态度的问题。

叶先生自己的文章就具有这样鲜明的特点。我们读她的文章,一读既知此非叶先生莫属,这主要不在她的语言风格,而在她深刻细腻的感受,她确实能用自己忠实的感受和

① 《多年来评说古典诗歌之体验及感性与知性之结合》,见《我的诗词道路》,48页。

② 《我的生活历程与写作途径之转变》,见上书,23页。

真诚的态度,尚友古人,读出他们作品中那种与自己"戚戚相关"的兴发感动的情意,这才使她的文章具有了鲜明的个性。笔者认为,在当今时代,这样充满个性的研究者和研究文章越多越好。而且这样的研究方法尤适合对不同作家的对比论证,因为不同的作家心理感受或曰感发类型都是不一样的,如果想以统一的"纯客观"的模式去套用,其结果只能是方凿圆枘,难以相合。这一点在叶先生的论著中也有充分的体现。笔者认为,叶先生的评论文章,就单篇看固好,因为它能揭示出某一作家的特点;但多篇合看更好,因为它们能对比出不同作家的不同特点。这正是"兴发感动"说所形成的学术研究个性化的重要特征。

(五)可以指导诗词创作和诗词教学,进而通过诗词教育培养人的情操品格,起到更为深广的社会作用。

就诗词创作而言,运用"感发"说的理论,更可以直探其本原。叶先生指出诗人不是教出来、学出来的,因为那份出自内心的真诚的"兴发感动"的力量是不可教、不可学的。这正如"明代的前后七子中的李梦阳、何景明诸人……对于唐诗这声调、语汇及意象等,也都曾极力模仿,然而读之却令人往往终有形似而神非之感"①,叶先生这话告诉我们,诗歌的感发力量虽有"能感之"与"能写之"两大因素,但诗歌创作的核心与灵魂乃在于"能感之"的因素,"能写之"要配合"能感之",这样的"能写之"才有意义。正如叶先生以

① 《海内外对〈秋兴八首集说〉之反映及海内外各种研究方法与研究资料相融合之重要性》,见《我的诗词道路》,94页。

杜甫为例所说的那样："作为一个伟大的诗人,杜甫所具有的一些'能写之'的工力,当然是使得他成为伟大诗人的重要条件,但杜甫之诗篇之所以能引起千百年以后的中国读者,对之都有一种共同的感动和仰慕,便也仍由于他藉着'能写之'的工力所传达出来的'能感之'的感发生命之本质,果然有足以使读者兴发感动之处的缘故。"(同上)这对我们如何学写诗有深刻的启发意义。

就诗歌教学而言,运用"感发"说的理论,更可以揭示其背后的深远意义。叶先生认为我们传授的不仅仅是有关古典诗词的一些知识,更重要的是一种民族传统和民族精神。她说:

> 诗歌中这种感发之生命,原来也是可以具有一种超越于外表的是非善恶之局限以外,而纯属于精神本质上的伦理价值所在。这种本质方面的价值,第一在其真诚纯挚的程度,第二在其品质的厚薄高下,而并不在于其外表所叙写是何种情事。①
>
> 他们都同样表现出了一种千古仍足以使人激励感发的择善固执的精神,而这种使人激励感发的作用就正是中国古典文学为我们流传下来的一份最宝贵的精神遗产。②
>
> 在中国文学史中,诗歌的成就之所以独盛,就正因

---

① 《不可以貌求的感发生命》,见《我的诗词道路》,34页。
② 同上,37页。

为在诗歌的感发作用中,中华民族的最美好的心灵和品质,一直有一种生生不已的生命在不断延续着的缘故。①

如果更能对诗歌中之感发之生命的美好品质作一种感性的传达,使读者或听者能够从中收获一种属于心灵上的激励感发,重新振奋起中华民族在几千年的历史中藉诗歌而传承的一种精神力量,应该是一件极有意义的事。②

至于学习中国古典诗词的用处,我个人以为也就正在其可以唤起人们一种善于感发的富于联想的活泼开放的更富于高瞻远瞩之精神的不死的灵魂。③

凡是从事诗词教育的人都面临过这样的提问:在当今经济社会中学习古典诗词究竟有什么用?叶先生从"兴发感动"说立论,不是要比一般人说得更深刻、更亲切些吗?

(六)这一学说还可以解决许多具体的问题。

如能揭示诗词美学特质的不同。叶先生说:"就性质之不同言之,则诗在传统中一向便重视'言志'之用意,而词在文人诗客眼中,则不过为歌筵酒席之艳曲而已,是以五代及北宋初期之小令……以视诗中之陶、谢、李、杜之情思襟抱,则自古所弗及矣。然而词之特色却正在于能以其幽微婉约

---

① 《不可以貌求的感发生命》,见《我的诗词道路》,43页。
② 同上,44页。
③ 《在西方理论之光照中的反思》,见上书,103页。

之情景,予读者心魂深处一种杳渺难言之触动,而此种触动则可以引人生无穷之感发与联想,此实当为词之一大特质。"①又说:"中国的词从《花间》以来就形成了一种特质,那就是以具含一种幽微杳渺的言外之潜能者为美。这种潜能虽可以引人生言外之联想,然而却又极难于作具体之指陈,与诗之出于显意识之情志的叙写,有着很大的区别。"②这些论述从感发类型之不同,很好地揭示了诗词不同的美学特质。

又如可以深入地说明吟诵的重要性。叶先生说:"我以为中国古典诗歌之生命,原是伴随着吟诵之传统而成长起来的。古典诗歌中的兴发感动之特质,也是与吟诵这传统密切结合在一起的。"③为什么会这样呢? 叶先生解释道:"声音之相应乃是引起感发的一种最原始的动力。"④"(我们可以)从其意象与音声的巧妙结合,去体会其由美感所直接唤起的感发和联想。"⑤这种解释比一般只强调吟诵的记忆效果要深入得多。

又如这一学说不但可以解释很多古典诗词的现象,而且可以扩展到对新诗的解释,叶先生曾这样说:"我也未尝不望这种重视感发作用的诗论,对中国近日的诗坛也可能

①　《学词自述》,见《我的诗词道路》,136 页。
②　《进入古典诗词之世界的两支门钥》,见上书,122 页。
③　《谈古典诗歌中兴发感动之特质与吟诵之传统》,见上书,184 页。
④　同上,见上书,202 页。
⑤　《不可以貌求的感发生命》,见上书,38 页。

形成一点影响。"①我们期盼着能读到更详尽论述这一问题的文章。

二、"兴发感动"说给予"创作学"研究的启示

之所以称之为"创作学"而不简单地称为创作,是指从创作的认知到实践的一系列完整的、符合创作规律的、既有科学性又可实际操作的观念和理论,而不仅是某些片面的写作经验或某些机械的理论教条。诚然,正如叶先生所言,诗人不是教出来或学出来的,但诗词创作的某些规律却是可以感知和发现的。叶先生的"兴发感动"说就包含了对创作学的深刻认知,不管是"能感之"的因素,还是"能写之"的因素,无不如此。尤其是"能写之"的因素,叶先生对它们的论述,就决不仅是一些具体的写作方法,而完全可以上升到对"创作学"的全面而深刻的论述。

创作学又可分为两部分:一是鉴赏之学,一是写作之学。为什么可以把鉴赏之学包括到创作之学内呢? 这是因为鉴赏之学是对别人创作之学的体认,再加之按上述接受美学的理论,对别人创作的体认,也是一种再创作,因而可视为对前人创作的延续与创新。它虽不具有"文本"上的,亦即写作者赋予原作的意义,但它却有使文本得以有新生命的意义。简而言之,创作的第一步要从学习鉴赏前人开始,要想创作得好,首先要明白前人为什么好、怎么好。而

① 《不可以貌求的感发生命》,见《我的诗词道路》,41 页。

写作之学是作者自己对创作理论科学而具体实施,这里既有自己的心得甘苦,更有对前人经验的总结运用,因而既是实施,又是接受。只有对鉴赏之学和写作之学都有深刻的体认才可以谈创作之学。而诗歌的鉴赏和写作又有其自身的规律,尤其值得我们深入地探讨。

论至此,有两个问题或曰两种现象特别值得我们注意,不能不先为之一辩。

首先,是应对鉴赏之学有一个正确的评价。

近年来,赏析和鉴赏之风大有蔓延的趋势,各种赏析辞典和赏析文集的大量出现即是明证。这些文章良莠不齐,很多文章只是逐句的串讲,然后再不关痛痒地总结几句诸如结构严谨、情景交融的特点。这种文章充其量只是一种讲解,算不上真正的鉴赏文章。这样的文章一泛滥致使鉴赏之学也随之跌价。这对真正的鉴赏之学是不公正的,因为那些并没触及到鉴赏之学精髓的讲解之文,本称不上鉴赏之学的。称得上达到鉴赏之学高度的鉴赏之文当是知人论世,触及规律,揭示本质,见地新颖,论述深刻,令人收益的文章,而其关键是文章本身也应具有一种兴发感动的力量,并能和作者原有的兴发感动的力量相得益彰。

在这方面叶先生为我们树立了榜样。她虽长于对"以主观感受为主之诗歌评赏",但也非常注重"以客观历史之角度来分析诗歌演进之过程及现象","纯以客观之态度"来写诗歌评赏的文章①。她又说:"我在批评实践中,对于

---

① 《我的生活历程与写作途径之转变》,均见《我的诗词道路》。

作者之性格、思想、为人""都经常愿予以详尽的分析和介绍"①。"如果对中国的古典文学,不能在客观的、知性的、理论的方面具有深厚的根基,便不能养成正确的判断能力"②。"我不同意西方新批评之'泯除作者个性'及'作者原意谬误'等将写诗之人完全抹煞的看法。我所提出的评赏方式是要从'人'的性格背景,来探讨诗中'能感之'的一种重要的质素,从而对诗歌本身作出更为深刻、也更为正确的了解和分析。又如对于所谓'史观的'知性的资料,我也并非只作知识的历史性的叙述和整理,……我所要做的是……对诗歌中'能感之'的因素与'能写之'的因素,加以较具系统的整理,将这些因素在中国古典诗歌中之运用及表现作一种历史性的观察,希望能从而看出一种如何发展演进的迹象。"③因此她认为好的鉴赏文章都是"在多年阅读写作之体验以后所谓'深辨甘苦,惬心贵当'之言,这与一般作者之但以征引成说或夸陈理论为自得的作品,是有很大不同的"④。她又以严羽的《沧浪诗话》为例,认为"这一派之所以如此为人所乐道,主要应该是由于它所掌握住的乃是诗歌之整体生命和精神,而不是破坏生命和精神枝节的解析。……有着更近于诗之境界的体悟,……这种说诗

---

① 《古典诗歌兴发感动之作用》,见《迦陵论词丛稿》,15页,上海古籍出版社,1980年。
② 《多年来评说古典诗歌之体验与知性之结合》,见《我的诗词道路》,50页。
③ 《多年来评说古典诗歌之体验及感性与知性之结合》,见上书,60页。
④ 《遇合之可贵与体例之创新》,见上书,68页。

人的对象必须是一些对诗已有深刻体悟的、足以唤起共鸣的读者,于是当他们读到这种说诗人所提供的喻示,自然就会有一种'夫子之言,与我心有戚戚焉'的一种顿悟的欣喜。"①所以好的鉴赏文章,绝不是泛泛的讲解,而是深具个人感受的创作,而其关键在于是否在这类文章中仍然能贯穿一种"兴发感动"的力量,能本着接受美学的理论,把自己的鉴赏文章也当成有感发生命力的原作者的创作的继续。正像她自己所云:"我们在对之加以评说时,不应只是简单地把韵文化为散文,把文言变成白话,或者只作一些对于典故的诠释,或者将其勉强地纳入某种理论的套式之内而已,更应该透过自己的感受把诗歌中这种兴发感动的生命传达出来,使读者能得到生生不已的感动,如此才是诗歌中这种兴发感动之创作生命之完成。"②"诗歌的欣赏,原不应该只以达意为事,而更该传达出原诗中的一份诗意的感受,所以在求'达'之时,还应该求'美'。"③

　　其次,是应对写作实践的重要性有充分的认识。

　　不知从何年、何地传入这样一个理论:文学批评和文学创作是两个领域,因此批评家可以不是作家,换言之,批评家可以不会创作,但这并不影响他们去批评那些搞创作的作家,就像美食家可以不是厨子,却可以品评厨子的手艺一样。这真是一个似是而非的理论。因为,如果说美食家可

---

①　《漫谈中国旧诗的传统》,见《我的诗词道路》,147页。

②　《不可以貌求的感发生命》,见上书,28-29页。

③　《我的生活经历与写作途径之转变》,见上书,11页。

以不是专业的厨子,可以不必天天下厨房则可,但说美食家可以没有任何下厨房的经验则不可;如果说批评家可不以文学创作为主要目的则可,但说批评家可以一点创作的经验和实践都没有则不可。因为创作和批评本是文学的两翼。我想,这种理论可能是舶来品,因为它对中国文学,特别是古典诗词尤不适用。因为中国古代的批评家历来都兼为作家。钟嵘、严羽、王士禛、王国维等都是诗词高手。这道理也很简单,他们只有切身地了解其中的甘苦奥妙,门庭途径,才能总结出其中的规律,把握住其中的命脉。这时"槛内人"就比"槛外人"有得天独厚的优势。那些以我是搞批评的,因而就可以不管创作而自居的批评家,充其量也只是空头的批评家。这也正是某些出身西方,而又想作中国诗歌批评的人屡犯错误的根本原因之一。这在叶先生的书中多有举例,如把蜡烛解释为男性象征之类者。

但叶先生不是这样。她的批评之学的优势,正在于她深谙创作之学;甚或可以说,她的批评之学的很重要的基础,就是建立在创作基础之上的。她自幼就受到父亲、伯父、姨母的良好家教,熟谙声律之学,并开始诗词创作,后又受教于著名的诗人学者顾随先生。可以说,她走的道路就是诗人与学者相兼的道路,因而才能将创作与批评始终紧密结合在一起,从创作中寻求批评的感性依据,从批评中为创作寻求理性指导,两者都有很高的水准,所以才造就了她今天辉煌的成就。这不是随便什么人都能企及的。对此,缪钺先生有精辟的评价:

夫真知出于实践,评议古人诗词者,如不能自作,则无从识悉其中甘苦,亦难以探索古人作品之深情远旨,精思妙诣。曹子建所谓"尽有南宫之容乃可以论于淑媛,有龙泉之利乃可以议于断割"者也。叶君少负逸才,十余岁时,所作七言近体诗,凄婉有致,似韩致尧,其后更历世变,远涉瀛海,感怆既深,胸怀日阔。……君创作诗词,精诣如此,其能深悉古作者之用心,体验其甘苦,而在诗歌之情思与艺术两方面,皆阐发精微,惬心贵当,则固无足怪矣。①

而叶先生自己也有明确的说明:"在今日要想为中国旧诗的评说拓展一条新途径,最理想的人选当然乃是对旧诗既有深厚修养,对新理论也有清楚认识的古今中外兼长的学者。如果不得已而求其次的话,则对旧诗的深厚的修养,实在该列为第一项条件"。②

明白了鉴赏学——即对别人作品的再度创作及写作学——对自己作品的科学实践,我们即能深刻地认识到创作学在诗论和诗词研究中的重要地位了。再结合叶先生的理论——诗歌的生命与本质乃在它兴发感动的力量,则我们可以更深切地了解这两个因素的重要性:盖鉴赏的核心在于挖掘寻找那份与作者息息相关的兴发感动的因素,并通过评赏把这份感动传达给另外的读者;而创作实践的意

---

① 《迦陵论诗丛稿题记》,见《我的诗词道路》,268-269 页。
② 《漫谈中国旧诗的传统》,见上书,148 页。

义在于能培养自己产生那份兴发感动的力量,并能体会出古之作者那份因素的来之不易。因此我们有根据说诗词创作学的研究在古典文学研究中有重要的地位。但遗憾的是我们在这方面做得并不令人满意。仅以博士论文为例,近年来,做唐宋文学,特别是唐宋诗词的,以文学与政治、思想关系为题的,以诗体研究为题的,以某一流派、某一时段、某一作家个案为题的都比较多,惟独以诗词创作学为题的较少。这说明我们的研究还不够全面,还有很大的领域值得开发。究其原因,可能是很多人对这种研究还存在着偏见和误解。

这一偏向特别值得年青研究者重视。笔者常听一些博士生、硕士生感慨,觉得当今古典文学的研究似乎已难乎为继,很难找到一个别人没做过的题目了。他们常问老师:"还有什么题目可做? 我做什么题目好?"笔者觉得他们首先应给自己一个恰当的定位,然后再选择。凡基础扎实,熟悉材料之学的,可做考证辨析的研究;善于宏观思维,思路清晰者,可做史论的研究;兴趣广泛,知识面宽者,可做交叉学科的研究,而才分较高、感悟力较强者,可做评论鉴赏研究——当然这种评论鉴赏当是如前所说的高层次的评论鉴赏研究。应该说这几种研究都是必要的,没有高低之分,那种轻视评论鉴赏研究的论调是片面的、不足取的。

那么,这些研究可包含哪些具体内容呢?叶先生在她的论著中也为我们做了很多的指示。要而言之,就是对那些"能感之"与"能写之"的因素进行深入的探讨。

就宏观的"能感之"而论,可以探讨"美感的联想",亦

即"意象是如何超越现实"的,意象与情感有何关系,亦即
"物与心的关系"。正像缪钺所阐发的那样,探讨如何从
"诗中之意象与感情基调以参悟诗人之用心与托喻"①。还
可以探讨"境界"与"意象"的关系。因为按照叶先生的理
解,"境界"即"具体而真切的意象之感受"与"具体而真切
的意象之表达",而意象则必定"取用一个富有暗示性"的
相关体作喻示②,还可以把这些关系与传统的赋、比、兴概
念结合起来加以研究,因为按叶先生的理解,赋是"即物即
心"的关系,比是"由心及物"的关系,兴是"由物及心"的关
系。总之,我们可以深入地研究诗词之间,不同的流派之
间,不同个性作者之间,不同内容题材之间心物交流与意象
的选择和使用有什么不同,从而造成的境界有什么不同?
这些意象的选择究竟有何规律和优劣? 笔者以为,唐诗宋
词之所以好,李、杜、苏、辛之所以伟大,其主要原因,正在于
意象的选择与情感的表达方面有独擅之处,而我们在这方
面的研究显然还有很多的余地。

　　对此,叶先生曾明确地论述道:"不同的作者所使用的
形象有不同的性质,将众多形象结合起来的方式也不同。
对此,我们就不能任意地说这个好,那个坏。"③她又以陶渊
明、杜甫、李商隐三人为例,具体分析道:"陶渊明所选用的
多是现实中所实有的物象,然而又不拘于个别的实象,而是

---

① 缪钺:《〈迦陵论诗丛稿〉题记》,见《我的诗词道路》,266 页。
② 《漫谈中国旧诗的传统》,见上书,147 页。
③ 《古典诗歌中形象和情意的关系》,见《古典诗词讲演集》,45 页,河北
　教育出版社,1997 年。

属于心灵意念上的概念,是现实中的物象经过主观心理的综合后的产物。所以说他运用形象的特点常常是'以心托物'。"①"(杜甫)在运用形象上,他与陶渊明的'以心托物'不同的是'以情注物'即是从现实中选取一个确有的物象,将自己的情意全都投注进去。"②"李商隐是最善于运用意象的一位诗人。他诗中的意象、物象多为非现实的,其所象喻的情意也往往极难以现实的理念来解说,因此给人以幽微杳渺、难以捉摸、难以理解之感觉。……他所见的世界,不仅是事物的外表,而是一直透视到一切事物的心魂深处,并特别沉溺于心魂深处的某种残缺病态的美感之中"③,"能明显感到作者对于意象的有意制造和安排……所以我说李诗中形象与情意的安排是'缘情造物'"④。请看,这是多么精彩的分析,多么深刻地从"能感之"的因素,即心与物的关系分析出三人风格的不同。

就具体微观的"能写之"而论,我们可以探讨诗词内在的结构特点,这并非仅指传统意义上的结构清晰、层层深入等,而是如何凭借结构的安排而加强感发的力量。如打破自然时空,而强调心理时空,从而达到时空交错的现象。较为明显的例子,叶先生曾举过陶渊明的两首诗。她说陶渊明的《饮酒》(其四)和《咏贫士》(其一):第一首是"直进式

---

① 《从几首诗例谈中国古典诗歌形象与情意的关系》,见《古典诗词讲演集》,56页。
② 同上,见上书,58页。
③ 同上,见上书,62—63页。
④ 同上,见上书,67页。

的,一步步前进,平铺直叙,犹如一个故事。第二首诗的结构是转折式的,从云一下子跳到鸟,又一下跳到人"①。较为复杂的是打破自然时空的安排,而以心理时空为线索。如叶先生的《拆碎七宝楼台——说梦窗词之现代观》就是从这方面立论的。在评《霜叶飞·重九》"彩扇咽寒蝉,倦梦不知樊素"这两句时,有这样一个细致的阐释:"这二句就是把今昔之时空都浓缩在一起来叙写的一个例证。'彩扇'所代表的乃是昔日美丽之佳人,'寒蝉'所代表的乃是今日凄凉之景物,'咽'字原当属于下面的'寒蝉',指其鸣声的凄咽,然而吴氏却把'咽'字放在了并不会发出声音的'彩扇'之下,作了彩扇的述语。可是也就恰是在这种不合理的安排中,却使我们联想到'彩扇'所代表的原不只是一个美丽的女子而已,原来还是一个持彩扇而歌的女子。……因此吴词将'咽'字置于'彩扇'与'寒蝉'之间,便同时产生了三种叙写方面的效果:一则可以表现蝉声之凄咽,再则可以表现回忆中的持'彩扇'而歌的女子的歌声的凄咽,三则可以表现在今日凄咽之歌声中对于当日歌声凄咽之女子的怀念和追忆。"②通过这种"细读"后的分析,不是可以把吴文英词这种时空交错的叙写特点分析得十分透彻吗?

我们还可以探讨诗词语言的特点,而这一特点并非仅是传统意义上的简练、生动的特点,而是如何调动起兴发感动的力。叶先生说:"文字所表现出的形象(image)、肌理

① 《古典诗歌中形象与情意的关系》,见《古典诗词讲演集》,46页。
② 《灵谿词说》,503—504页,上海古籍出版社,1987年。

（texture）、色调（tone colour）、语法（syntax）等自然是评说一首诗歌时重要的依据。"①她特别强调语言的感情色彩,她说:"除了叙写之口吻外,同时也应注意对于所叙写之情事要有具体真切之描述",要让它们都具有"感人之力量"②。她常用的例子是拿叶梦得所引的晚唐人的"鱼跃练川抛玉尺,莺穿丝柳织金梭"的"恶诗"与杜甫的"穿花蛱蝶深深见,点水蜻蜓款款飞"为对比,并一再强调此二诗之所以恶善分明,其原因正在有无内在的情感,前者华美而感情苍白,后者平易却意趣昂然,遂成天壤之别。她还特别强调通过"细读"的方式来体会"句法"的"文外之意","例如温庭筠的《菩萨蛮》其二中写道:'水晶帘里玻璃枕,暖香惹梦鸳鸯锦',上下两句,冷暖相反。作者只写了形象,没有抒发议论,但形象的这种对比、排列、衬托就产生了激发人的审美感觉的作用。这有些类似美术中的线条、色彩、明暗对人的感发作用。"③这对我们发现与分析诗歌语言的感情色彩也深有启发。

　　我们还可以深入研究诗词的修辞特点。出于感发说的理论,叶先生对修辞学有一个很精辟的观点:"我觉得能找到最适当词传达最真诚的情意就是最好的修辞。"并以杜甫的"麻鞋见天子,衣袖露两肘"为例来说明自己的观点④。为了强调这一观点,叶先生还特意提出了"感性修辞"这一

---

① 《迦陵随笔》,见《迦陵论词丛稿》,310 页。
② 《不可以貌求的感发生命》,见《我的诗词道路》,30 页。
③ 《古典诗歌中形象与情意的关系》,见《古典诗词讲演集》,46 页。
④ 《从几首诗例谈中国古典诗歌中形象与情意之间的关系》,见上书,58 页。

概念。这与笔者的观点正不谋而合,只不过笔者原称它为"诗歌修辞"。而笔者强调诗歌有诗歌的修辞,其核心是认为诗歌为了表现其生命本质,必须更强调其表情的作用和效果。试想,古今中外的修辞著作,有哪一部是专从诗歌这种文体立论的?它们所立的修辞格及其例证不都是以文章(散文)为研究对象的吗?外国的修辞著作自不必说,它们对中国古典诗词一无所知,自然无从涉及这一领域;就中国的修辞专著而言,又有几本能较全面、较深入地研究到诗歌的领域?甚至有的学者,当不能拿西方的语法修辞学来套中国诗歌的现象时,竟以"自郐以下无讥焉"为遁词,采取回避的态度。而从大量的创作实践看,诗歌之所以成为感情强烈而饱满,表意精炼而生动的文体,恰恰是运用了很多散文中不常用的修辞方法。如通感(移情),诸如"羲和敲日玻璃声"之类的;又如互文,诸如"秦时明月汉时关"之类的;又如特殊的比喻,如曲喻、倒喻,诸如"春初早被相思染","(山)雄深雅健,如对文章太史公"之类的;又如语序的颠倒,诸如"香稻啄余鹦鹉粒,碧梧栖老凤凰枝"之类的;又如各种对仗,如正对、流水对、扇面对,诸如"却看妻子愁何在,漫卷诗书喜欲狂","谢家子弟,衣冠磊落;相如庭户,车骑雍容"之类的;又如多使用借代,诸如咏柳不说柳,而说章台、霸岸之类的。凡此种种,在诗歌中出现的频率要远远大于散文。此无他,乃由诗歌特别强调感发力量的本质所决定。大到诗词曲赋,中到不同流派、不同时代,小到不同作家,他们的修辞方式或修辞特点都是有区别的,因此诗词曲赋才显示出不同的美学特征,不同流派才显示出不同的风格,不同作家之间才显出高下之别。而这一切方式又都不是孤立的现象,而是与作者捕捉与表现感发的能力相关。如果我们能从这方面入手,一定会有很多惊喜的发现。但我们以往的研究在这方面显然是不够的,还留有很大的空白。

总之,在叶先生看来,"意象、联想、结构、字质等,都是属于诗歌中之'能写之'的重要因素","每一首诗歌……都有一种显微结构。它的每一个发声,每一个形象,每一个语法,每一个句式,每一个韵律,所有这些'质素'都产生一种使读者感动的作用"①。而这些"能写之"的因素,又不是游离于作品立意与境界之外的纯写作技巧,而是与诗歌"能感之"的因素互为表里,相互作用,从而成为诗词创作学的基本内容,而对这种诗词创作学的研究正是当今诗词研究中比较缺乏、比较薄弱,甚至不被很多人所重视的部分。如果我们能抛开偏见,塌下心来切实地从创作学的领域对古典诗歌进行深入的研究,古典文学研究的事业必将出现更加繁荣、更加可喜的局面,叶嘉莹先生的"兴发感动"说诗论已为我们导夫前路。

赵仁珪(1942—),男,祖籍山东黄县,北京师范大学文学院教授、博士生导师。2003年被聘为中央文史研究馆馆员。

---

① 《从三种境界与接受美学谈晏欧词欣赏》,见《古典诗词讲演集》,154–155页。

关于旧体诗的复兴及其他

姚　剑

对于古人来说,写旧体诗是驾轻就熟的事情。因为古人从孩童时代开始就学的是这些。对于现代人而言,可就不那么容易了。像我这样年龄的人,从小接触的就是现代汉语韵,虽说中学课本上也有几首旧体诗,但是老师只讲内容而不讲音韵,顶多讲一讲对仗押韵一类而已。所以,我开始写诗只知道诗要押韵,后来才知道要想办法对仗。对于平仄,那是根本不会。毛泽东同志诗词推动了旧体诗的广为传播,文革前后,在工厂、机关的墙报上经常能够看到诸如七律、七绝和各种词牌的旧体诗词。我那时候是工厂的工人,就为我们车间的墙报写了不少这类的诗词,也毫不脸红的标着七律或什么词牌。那些诗词只是在字数上符合规定,是根本不讲平仄的,要拿到今天,会让方家笑掉大牙。好在我们工厂就没有人懂得旧体诗,于是,我在我们工厂沾沾自喜了很多年。1977 年,恢复高考,进了大学,学的是古汉语文学专业,方才知道旧体诗的奥秘。知道了奥秘反而不敢写旧体诗了,因为对平水韵实在把握不好,经常混搭在一起。按说,平水韵的发端就在我的故乡河东,用家乡方言去写即可,但是我从小学的是现代汉语韵,所以怎么也写不好。说了上面的一番话是为了说明一个问题,就是旧体诗如何能够与我们现代人接轨,下面分而论之。

一、旧体诗的不可替代性

说来新诗在中国之兴起也有一百年的历史了,现在写新诗的人多得很,曾经有一段时光,几乎很少人写旧体诗。新诗的方便之处在于自由,不受韵脚平仄对仗的束缚,怎么哼哼都是诗,好坏且不论。因为有这个好处,就涌现出无数的农民诗人、工人诗人、军旅诗人,诗人满天飞。记得小时候看过一本大跃进时代诗集,就为其中"天上没有玉皇,地上没有龙王,我就是玉皇,我就是龙王,喝令三山五岳开道,我来了"而激动不已。批林批孔时《诗刊》发表了一首诗,只有两句:"夹着一卷大字报,就像端着一门滚烫的炮。"当时我想,如此简单的诗句,也能够上《诗刊》。我把绞尽脑汁写的新诗,投给《诗刊》,都石沉大海了。还有在"四五"天安门事件中那些火辣辣的诗,都是群众发自肺腑的呐喊。就战斗力而言,新诗的确普及、快捷、有力。那时,新诗分两种,一种是文人如臧克家、贺敬之他们写的诗,一种是工农兵们写的诗,特别是农民的诗,和民歌分不清楚。像今年夏天去世的史掌元先生,原本是山西寿阳县的一个石匠,写歌词,还自己谱曲,成了中国音协理事、山西音协副主席。他的那些歌词就是新诗。新诗发展到后来越来越找不到彼岸了,在朦胧中挣扎、在印象中呻吟、在自我中徘徊。

　　我是经历过这一段过程的，八十年代我也写过新诗，还写了不少，写着写着不会写了，觉得不美、不含蓄、没有味道、没有意境，于是转而去研究旧体诗。好在有大学里的一点底子，研究起来并不十分困难。发现中国的旧体诗作为一门诗词艺术，有其不可替代性。如格律诗的起承转合，就是一种结构美。世界各国的诗都没有这个东西。更妙的是平仄，那时中国人的大发现、大智慧，是诗与音乐的结合。我不知道西方诗与歌的关系，所谓的唱诗班好像唱的是关于宗教的故事。但我知道中国的诗原本就是歌词。西方的诗是写给眼睛的，中国古代的诗是写给耳朵的。西方语言仅仅有重音前后的问题，而中国的语言不仅有重音，还要更加细化到每一个字，讲究抑扬顿挫。古人吟诗为什么要摇头晃脑？就是为了抑扬顿挫。抬头时必然是扬，读一声或二声，读四声时就要低头挫一下，读三声时必然先挫后扬。而读顺口溜就完全不必这样，顺口就秃噜出来了。还有，古人不叫读诗叫吟诗，吟，很有意思。吟，不是今天说的朗诵，今天的朗诵其实没有体会到诗的味道。古人的吟是一种唱。去年我在山西晋城见到诗词大家周笃文先生，在一个颁奖仪式上周先生即兴吟了一首诗，周先生是湖南人，听那吟诗就像听湖南戏。我在大学的老师董冰竹先生也在课堂上吟过诗，董先生是山西运城人，听他吟诗就像听蒲剧。中国各地方言杂驳，地方戏曲众多，古人吟诗脱不了这些因素的影响。我们都说宋词好，宋词的词牌源于唐代的梨园，梨园演唱曲目，曲和目是两回事。曲是音乐，目是内容。曲基本固定，目则需要经常翻新。大诗人李白就曾经为宫中梨园班子写过新词。音乐基本固定要求目的形式基本固定，于是就有了所谓的词牌。为词牌填写的词后来脱离音乐而存在，成为一种独立的文学形式。这些都是中国旧体诗非常独特的元素，新诗很难以达到。有些旧体诗底子很好的人写新诗，间或会把旧体诗的这些特点运用到新诗中，但是仅限于个别字句而已。

旧体诗的不可替代性还表现在山水诗和田园诗上，山水诗和田园诗出现在南北朝时期。谢灵运和陶渊明是这两种诗的标志性诗人。山水田园风光是纯自然的，到了诗人眼里就是人化的自然，而诗中的风光就是自然的人化。山水田园风光一年四季各有不同，古代诗人把这种变化与心境汇通，人与诗、与自然就浑然一体了。如谢灵运《邻里相送至方山》的"析析就衰林，皎皎明秋月。含情易为盈，遇物难可歇。"谁能够分清"衰林"、"明月"之景与诗人之情？用新诗或可以淋漓尽致地描写彼时彼景，就是无法表现其中"那一点"说不出感觉来。我们都看过古诗的译文，其中不乏大家的译文，无论如何都无法译出古诗的那种味道。比如王维的"大漠孤烟直，长河落日圆"，在人们心中就是一副雄浑的边塞画图，读了后苍凉之情油然而生。若用新诗表现，或者可以描写如此景象，但是绝不会有如此结果。还有旧体诗的用典，一句、一个词，甚至一个字，都能够表达一个时代、一个故事、一个人物，从而引起联想、触发感慨。这些也是旧体诗的独到之处。由于这些独到之处，无论社会如何变化，即使文革那样严酷的文化冬天，旧体诗也无可替代地能够如松柏一样长青。

二、现代人写旧体诗面临的困境

但是,我们不得不承认,现代写旧体诗的人毕竟寥寥无几。所谓寥寥无几不是不多,而是说,总体虽不多,具体还不少。毕竟,在任何社会,诗人总是少数。而诗是社会情绪的晴雨表,每到社会变化之时,最先反映出来的就是诗。而且越是变化剧烈,诗的影响也就越大。所以诗的多少无关紧要,有关紧要的是诗的力度。现代中国正在经历巨大的社会变革,矛盾重重,问题多多,人们对社会的观察因立足点不同而分歧尤其大。有人牢骚满腹,有人踌躇满志,有人愁苦莫名,诗就是宣泄的一种方式,旧体诗就是最好的宣泄方式。我所在的单位算是一个文化单位,云集了近千大学生,以文科为主。我知道,能够写好旧体诗的人也就那么三五个。那么,现代人写旧体诗的难点在哪里呢? 我想了一下,难点还在旧体诗的形式上。旧体诗的形式与戏曲的程式类似,戏曲的程式化是一种约定俗成,或者说是一种美学积累。你看,戏曲程式是固定的,但塑造出来的人物性格却是千变万化,非常丰富。旧体诗也是这样,一个七律,从唐代到今天,多少名句脍炙人口。就说七律吧,一句七个字,八句为一首,此为大结构的要求,一般文化人都能够做到。从押韵而言,一三五不论,二四六分明,做到也不十分困难。虽说古韵与今韵有不同,若全用新华韵,不是不可以。起承转合指内容而言,标准难以明确界定,故不作为形式考虑。那严格的平仄规律不仅让一般人头痛,就连专家们至今也没有拿出一致意见。古人用的是平水韵,今人学的是现代汉语韵。毛主席的诗词就是用的平水韵,平水韵和现代汉语韵的区别在于,平水韵的四声是平、上、去、入四声。平的就是平了,上、去、入全为仄。问题出在入声字上。普通话没有入声字了,古之入声字,全部划到普通话的阴平、阳平、上声、去声四声中了,划到上声、去声中的好办,还是仄,但划到阴平、阳平中的就麻烦了。因为在平水韵中它是入声字、是仄,但我们今天用普通话来读,却是一个标准的平声字,例如:白、屋、竹,今普通话读平声,而平水韵却读入声,是仄声部。有古文底子的喜欢用平水韵,认为那样写出来的诗才有味道。这让很多现代人望格律诗而兴叹。有人说,应当与时俱进,以现代汉语普通话为准。可是一些老先生不同意,也难怪,老先生们一生的本事不能说废就废了。于是有人想出变通的办法,两条腿走路,用平水韵也行,用普通话韵也可,切忌不要混着用。这也是一种过渡的办法。

难就难在这里。除此以外,像押韵、对仗都好办一些。搞好平仄就有一个炼句的问题,一句诗很好、很达意,上下一对比,平仄不对,改上或下句呢,还是改这一句呢?古人一般是不因词害义,宁可动前后句,于是就有了拗救一说。这都是古人的基本功,几乎不假思索就能够做到,而现代人没有这方面的训练,做起来就觉得很难了。

三、不妨"乱中取胜"

这几年旧体诗有复兴的势头,很多地方都成立了与诗词有关的协会,出版了各类诗词刊物。其他地方情况不了解,山西几乎每一个市都有。临汾市襄汾县有一个叫丁村的村庄,就有一个农民诗词组织,经常举行品诗活动。我看过他们写的诗,很有一些田园味道,创造了许多新鲜的词汇,而且还很讲究韵与平仄。不是刺激专业诗人,农民对生活酸甜苦辣的体会,专业诗人根本感受不到,毕竟中间隔着一层呢。山西阳城县有个青年,靠打工为生,酷爱诗词,写了一大堆,出版社自然不会出,就自费出版,到处送人。我看过他的诗,真的很好。有一次我对出版社的一个同学说,你们社出版的好多诗集远远不如那个打工农民的诗。山西晋城有个风景区,搞了一次珏山赋征文大赛,好家伙,投稿之踊跃超乎组织者想象。所以说,旧体诗的创作近年有复兴的势头。

其背景是国学的复兴。国学复兴的原因很复杂。不是哪一个人推动和提倡的结果。一个直接的原因是显而易见的,就是中国经济的发展提升了中国人的民族自信。八十年代初,中国的文学、哲学都有一股西化的倾向。随着对西方资本主义的开放,西方的各种思潮就一股脑儿涌了进来,使中国人大开眼界。抽象派、印象派、朦胧派、现代派、还有什么后现代派,等等,令人眼花缭乱、目不暇接。三十年过去了,这些五花八门的东西都沉寂下来,国学却方兴未艾。关于哲学,我们中国哲学的套路别具一格,不去关注那些眼下没有用的,不去研究宇宙本体,不搞抽象思辨,不在逻辑上下功夫,中国古典哲学是社会哲学,只关注人的存在。孔老孟庄都是如此。现在的情况看上去很乱,大有百家争鸣的味道。诗词界好像也是这样,各种刊物、报纸、书籍发表的诗词五花八门,若用诗词的标准衡量,除了字数符合要求,很多诗词都存在问题。这里有一个编辑水平的问题,我搞了多年的报纸,知道我们很多编辑其实不懂诗词,人家标了七律就七律,七绝就七绝,感觉好就发,领导写的就发。说实话,现在找几个懂得诗词的编辑不易。懂得的进不去,进去的不一定懂得,很少报社会去专门招聘一个诗词编辑。面对这种挡不住的洪流,怎么办呢?我看先在专业领域规范一下,然后慢慢引导。老先生愿意用平水韵随他用去,必要时还要带一些学生,免得以后平水韵绝迹,让后人再去挖掘,毕竟这也是一种非物质文化遗产。青年人愿意用现代汉语韵去写诗词,也随他们去写。有一点毛病不怕,只要有兴趣就好,有兴趣就不怕改不过来毛病。比如七律,只要大致押韵对仗,平仄大致不错即可。毛泽东同志也说过大致押韵即可的话。诗词的精髓在于内涵,形式不要苛求。陈子昂的《登幽州台歌》,不讲究形式,却是千古名句。这样说并不是不注重诗词的形式美,所以称之为七律、七绝以及什么词牌等,那是已经固化了的形式。所以形式不能突破,突破了就不是七律了。再过一千年,七律还是唐宋形成的七律,七字八句,九句十句就不是七律。必须对仗、押韵、合辙,否则就不是七律。格律、词牌这些形式不能突破的,但是韵与辙会有变化,古音与今音不同,将来的音如何,我们不知道。为什么说乱中取胜呢?因为艺苑从来万古新,情感与思想是什么力量也挡不住的。艺苑最怕整齐划一,就像文革那样万马齐喑,肯定不行。风格上就让他百花齐放去,没有百花齐放就没有推陈出新。关于诗词呢,不妨先让专家们拿出一个合乎现实情况的大致意见,作为标准,然后以这个标准作为规范,逐步推广,可能更合乎目前的情况。

　　姚剑(1948—),男,山西省文史研究馆馆员,原《山西晚报》总编辑。

从清代袁枚论诗十则
谈诗词写作技巧

翟耀文

近日,捧读了清代中叶著名文学家和文学理论家袁枚先生的《随园诗话》,受益匪浅。特别是他论诗的一些主张和观点,对于诗词创作者有一定的启示和教益作用。故随笔录几例,以和诸诗友及广大诗词爱好者共勉。

其一:诗在骨不在格

袁枚先生说:杨诚斋说过,"从来天分低拙之人,好谈格调,而不解风趣。何也? 格调是空架子,有腔口易描;风趣专写性灵,非天才不办"。什么意思呢? 就是说,古往今来,天分较低并且较笨的人,都在诗歌上爱大谈格调,而不懂得风情趣味。这是为什么呢? 因为格调是空架子,只要有嘴就都能讲得出来;而风趣专门描写性灵,不是天生有才的人就办不到。袁枚先生对杨诚斋的这一段话,非常赞成,非常喜欢。袁枚说:"须知有性情,便有格律,格律不在性情外。"

他是说，要知道有了性情，便有了格律；格律逃不脱性情这个圈子。接着，袁枚又举了几个例子："《三百篇》半是劳人思妇率意言情之事；谁为之格？谁为之律？而今之谈格律者，能出其范围否？"《三百篇》指的是《诗经》。袁枚说，《诗经》里面的诗，大多是劳动者和思妇怨妇们直率言情的，有谁为他们定过格式呢？又有谁为他们定过音律呢？但《诗经》的艺术影响，有谁能比得过呢？而现在谈格调的，能超出这个范围吗？接着袁枚又举例说："况皋、禹之歌，不同乎《三百篇》；《国风》之格，不同乎《雅》、《颂》：格岂有一定哉？"他最赞成的是许浑的一句诗"吟诗好似成仙骨，骨里无诗莫浪吟"。袁枚主张，写诗不应该过于强求格式，诗歌贵在风骨而不在格式。这对我们现在写诗的人也是一种启示，写诗一定要重"性灵"，重"风骨"，千万不要把功夫下在"格调"上，而忽视了诗的"性灵"和"风骨"。

其二：诗贵其有深意

袁枚说："诗无言外之意，便同嚼蜡。"他举诗例："云开晚霁终殊旦，菊吐秋芳已负春"，"凭君眼力知多少，看到红云尽处无"。这两句诗都有深刻意义。所以，我们在写诗的时候，一定要注意"言外之意"，"弦外之音"。否则，我们写出的诗就如同嚼蜡一样。

袁枚在这里提出了一个诗的意境问题。写诗一定要有意境。什么是诗的意境？复旦大学蒋孔阳教授说："每首诗都应该有一个自成体系的艺术世界，有了这样的艺术世界，也就是有了意境"，"诗的意境，是诗人把他感于外而又动于中的思想感情，凝聚到艺术形象中来，变成深永的情景交融的画面"。

意境美是一首诗在艺术上成熟的重要标志。

中华诗词特别是古代诗歌，以抒情的占大多数。但抒情诗要抒情，必须通过景来反映，来衬托，来显示。如何处理好情与景的关系？蒋教授提出，这就要求诗人们做到"情景相生，情景交融"这八个字。他还提出：意境离不开景，而且必须符合景的物性特征。但是，只有景是远远不够的，只有把诗人的情沁透进去，借景抒情的时候，客观的自然的景，才会转化成心灵的景，感情的景。一句话，"景由外景变成内心的景，变成诗人所创造的艺术形象和艺术世界，这就是诗的意境"，这和袁枚先生说的诗贵有其深意是完全一致的。

其三：改诗难于作诗

袁枚先生说："改诗难于作诗，何也？作诗兴会所致，容易成篇；改诗则兴会已过，大局已定，有一二字于心不安，千力万气，求易不得，竟有隔一两月，于无意中得之者。"袁枚先生在这里说的意思是：修改诗歌比创作诗歌要难得多。为什么这么说呢？因为作诗是性情灵感所产生的，很容易成篇，就是我们平时所说的有感而发或触景生情，而修改诗的时候，性情和灵感已经过去，而诗篇整个布局也已经定了。只是有一两个字心中不满意，想尽办法，费尽心力想换掉它。但这却不是一件容易的事,有时候竟在隔了一两个月以后,才能在无意中得到一个中意的字。

为了进一步说明这个问题,袁先生举了三个例子:一是,一个叫刘颜和的人说过一句话,即:"富于万篇,窘于一字。"就是说,往往能写一万首诗,但却为一个字感到为难,感到没有办法。袁先生认为,这是经过写诗的"甘苦"才发出的内心之言。

二是,他说,荀子说过:"人有失针者,寻之不得,忽而得之,非目加明也,眸而得之也。"所谓"眸"者,偶睨及之也。这里引用荀子话的意思是:有个人把针掉了,当时怎么找也找不着。不想再找时,忽然找到了,这并不是这个人的眼睛比以前亮了,而只是无意之中看到罢了。想找找不到,而无意之中就能偶然发现。所以写诗也是这样,写不出来时不要硬写,情感诗意可能会在忽然之间冒出来。

三是,为了能更好说明这个问题,他引用了唐人一句诗:"尽日觅不得,有时还自来"。这就说明,有时绝妙的诗句,是在无意中获得的。

袁枚在《改诗论》中说:"诗不可不改,不可多改。不改,则心浮;多改,则机窒。"他这是说,诗写好以后,不可能不改,但不要过多的改动它。不改,可能心里会感到不踏实,但是如果改动的多了,就可能失去了原来的趣味。因为你毕竟离开了写诗时的那种情趣和意境,可能把诗改得过于死板,过于生硬没有生气。袁枚在这里举了一个例子:他说他最爱读方扶南少年时写的一首《滕王阁》诗,这首诗是这样写的:

阁外青山阁下江，阁中无人自开窗。
春风欲拓滕王帖，蝴蝶入帘飞一双。

　　袁枚先生把这首诗称为绝调。但可惜的是，方扶南编
诗集时，偏偏没有这首诗。问其原因，方扶南的儿子说："翁
晚年嫌为少作，删去了"。袁先生认为，这简直是愚蠢之极。
试想，如果骆宾王也把他七岁写的"鹅，鹅，鹅，曲项向天歌。
白毛浮绿水，红掌拨清波"也删去的话，我们不是就失去了
一首千古绝唱？ 实际上，这位方扶南先生，还办过不少蠢
事。他在少年时，作过一首《周瑜墓》，其中一句是："大帝
君臣同骨肉，小乔夫婿是英雄。"这句诗，对仗十分工整，
可以称得上是一句好诗。这位方先生在中年前后，把这句
改为："大帝誓师江水绿，小乔卸甲晚妆红。"同少年时作
比起来就有点牵强附会了。到了晚年，他又把这句诗改
为："小乔妆罢胭脂湿，大帝谋成翡翠通。"改的更是文理
不通，越改越不成样子。袁枚对方扶南的这种愚蠢做法非
常不满。方敏恪和方扶南是兄弟，方敏恪多次给方扶南去
信，苦苦劝诫方扶南不要改年轻时的作品，但方扶南就是
不听，结果大多数诗被他自己改得面目全非。这对我们也
是一种教训。对我们过去的诗作，尽量保留原汁原味，这
样或许还能留下一些"纯真"，一些"童趣"。如果以现在
的眼光去改动过去诗作的话，可能会弄巧成拙，把诗作改
成四不象。

其四：诗要"刚柔相济"

　　袁枚说："诗虽奇伟，而不能揉磨入细，未免粗才；诗虽幽俊，而不能展拓开张，终窘边幅。有作用人，放之则弥六合，收之则敛方寸。巨刃摩天，金针刺绣，一以贯之者也"。意思是说，有的诗虽然雄奇伟岸，但如果不能细微入理，也不免是"粗才"之作；有的诗虽然幽静俊逸，但如果意境不能拓宽，这样的话也会受到限制。有作为的人，放开能充斥于天地之间，收回来可放在方寸之间。巨刃可以插天，金针可以刺绣，它们的作用都是一样的。袁枚又举例说："诸葛躬耕草庐，忽然统率六出；蕲王中兴首将，竟能跨驴西湖。圣人用行舍藏，可伸可屈，于诗亦可一贯。"他在这里是说，诸葛亮在草庐躬耕田地，忽然率领大军六出祁山。韩蕲王是中兴的第一员大将，却能在西湖边骑着毛驴漫游。圣人的作法是用则行，不用则藏。大丈夫能屈能伸，作诗也是这样一个道理。袁枚曾对他的好友蒋心馀说过一句话："子气压九州矣，然能大不能小，能放不能敛，能刚不能柔。"这是做人之大忌。蒋心馀对此非常"折服"。我们作诗也是这样，不能"能刚不能柔"或"能柔不能刚"，应该"刚柔相济"啊。

其五：写诗要"厚积而薄发"

　　袁枚引用杭州一个叫吴颖芳的布衣诗人的话说："古人读书，不专务词章，偶尔流露讴吟，仅抒所蓄之一二。其胸中所贮,渊乎其莫测也。递降而下,倾泻渐多,逮至元明,以十分之学,作十分之诗,无余蕴矣。次焉者,或溢其量以出,故其经营之处,时露不足,如举重械,虽同一运用,而劳逸之态各殊。古人胜于近代,可准是以观。"袁枚先生在这里引用了杭州一位诗写得很好的老百姓的话说,古代人读书,不专门追求词章,偶尔流露出讴歌吟诗,也只写出贮藏在自己心中的十分之一二,他胸中到底装有多少东西,要渊博丰富到别人揣测不到。越到后来,倾吐的越多。但到了元明时期,古人的这一优点没有了。往往有十分的才学,就作十分的诗,胸中没有一点保留了。更次一点的是,或者把肚子里的那点东西全倒出来了。因此,他所"经营之处",常常露出不足。就像举重的器械,虽然同样运用,而疲劳和安逸的形态,其结果是大不一样的。在这一方面,古人是胜过近代人的。袁枚先生在这里举了他自己的一个例子,他小的时候,曾考过武举童子,看见有的人拉十分的弓,当时就憋得面变色,手发颤。有人告诉那个拉弓的人说:"你为了拉十石弓的名声,却丢了丑,为什么不轻轻松松的拉五石六石的弓呢?那样才能显得你从容大方啊。"所以,我们在写作诗时,也应该懂得"厚积而薄发"的道理,不能一瓶子不满,半瓶子晃荡。

其六:作诗不可故作艰涩

　　袁枚说,有个当太史的人,曾自夸他写的诗:"不巧而拙,不华而朴,不脆而涩。"意思是说,他写的诗虽然不精致但很拙朴,不华丽可是很朴实,不清脆而是十分艰涩。袁枚先生对他的观点十分的不赞同,就嘲笑他说:"先生闻乐,喜金丝乎?喜瓦缶乎?入市,买锦绣乎?买麻枲乎?"意思是说你这位先生去听音乐是喜欢欣赏金丝之音呢?还是喜欢瓦缶之音呢?进入市场,是买锦绣呢?还是买花麻呢?问得这位太史脸通红,竟然答不上来。袁枚先生在这里说的意思是,作诗一定要通俗易懂,要深入浅出,不要故弄玄虚,用一些大多数人看不懂的"艰涩"语言。诗歌的生命在于大众,大多数人看不懂,听不懂的诗歌,其生命也不会很长久。这是当前搞诗词创作,或初学诗词写作的人一定要注意的问题。

其七:写史诗一定要有新意

袁枚先生说:"咏物诗无寄托,便是儿童猜谜;读史诗无新意,便成《二十一史弹词》,虽着议论,无隽永之味,只拟史赞一派,俱非诗也"。袁先生是说,写咏物的诗如果没有寄托,就好像小孩子猜谜语一样。写吟咏历史的诗词,如果没有新的意境,便和《二十一史弹词》没有两样,虽然有议论,但却没有隽永的味道,就像史书中的论赞一样,这都不是真正的诗。袁枚先生说,他最喜爱常州刘大猷写《岳墓》的两句诗:"地下若逢于少保,南朝天子竟生还。"他还喜欢罗两峰咏秦始皇的两句诗:"焚书早种阿房火,收铁还留博浪椎。"他更喜爱松江一个姓徐的女子《咏岳墓》的两句诗:"青山有幸埋忠骨,白铁无辜铸佞臣。"这些都是十分绝妙的诗句啊。有一个叫严海珊的人曾自负的说自己咏古的诗是天下第一,袁先生读了以后,也认为他写得非常好。如他写的《三垂冈》是这样写的:"英雄立马起沙陀,奈此朱梁跋扈何? 赤手难扶唐社稷,连城犹拥晋山河。风云帐下奇儿在,鼓角灯前老泪多。萧瑟三垂冈下路,至今人唱百年歌。"这首诗的绝妙之处,就在于它有一定的新意,给人一种清新的感觉。

其八:写诗要以多读为要

袁枚引用了李玉洲先生的一句话说:"凡多读书,为诗家最要事。所以必须胸有万卷者,欲其助我神气耳。其隶事不隶事,作诗者不自知,读诗者亦不知,方可谓之真诗。若有心矜烨淹博,便落下乘。"袁枚引用李先生的话是要说明,博览群书是诗人最为重要的事情。"读书破万卷,下笔如有神"。诗人如果是胸中藏有万卷诗书的人,他写诗就像有神人暗助一样,会有无限的灵气。诗中牵涉的事和没有牵涉到的事,作诗的人自己不知道,读诗的人也不知道,这样的诗,才能称得上是真正的诗。如果诗人故意炫耀卖弄自己的广博学识,便会适得其反,落得下乘的结果。

其九:诗也要讲理

袁枚说:"或云'诗无理语',予谓不然。《大雅》'于缉熙敬止'。'不闻亦式,不谏亦入'。何尝非理语? 何等古妙？《文选》：'寡欲罕所缺，理来情无存'。唐人：'廉岂活名具，高宜近物性'。陈后山：训子云'勉汝言须记，逢人善即师'。文文山《咏怀》云：'疏因随事宜，忠故有时愚'。又，宋人：'独有玉堂人不寐，六箴将晓献宸旒'，亦皆理语，何尝非诗家上乘？至乃'月窟'，'天根'等语，便令人闻而生厌矣"。袁枚先生在这里是说，有人说，在诗歌中不应有讲理的话。他认为这种说法是极其不对的。他举了几个例子：《大雅》中说，"於缉熙而敬止"，"不闻达也能做榜样，不劝谏也能做官"，这些难道不是说理的理语吗？在《文选》这部书里也说，"清心寡欲这十分少见，按理来说事，则情感便要被摒除"。连唐代也有人说："廉洁岂能徒有其名，清高也要近于人情"。陈后山在教育子女的《训子》篇中说："我勉励你的话一定要记住，要与人为善，要虚心向别人讨教。"文文山在《咏怀》一诗中说："是因为对什么事都十分耿直，忠心才会使人有时候显得十分愚笨。"宋代也有人写道："独自在华丽的大堂之中睡不着觉，一口气写了六封信，天已蒙蒙亮了。"这些诗和话都是说理的语言，这怎么能不算是诗歌之中的上乘之作啊。至于像"月窟"，"天根"等语言，由于平淡无奇，没有理语可讲，让人一听就感到讨厌和心烦。所以我们在诗歌的创作之中，一定不能忽视理语。

作诗也要讲理，这是诗家应遵效的东西。

其十：作诗妙在用孩子语

袁枚先生经常对人说："诗人者，不失赤子之心也"。他讲的意思是说,诗人,就是一个没有丢了他赤子一样童心的人。袁先生主张,诗人写诗,妙就妙在能用孩子的语言来写诗。他举了几个例子,如:沈石田的《落花》诗"浩劫信于今日尽,痴心疑有别家开"。浩劫应该在今天完结了,心有疑惑要靠别人来打开心结,卢仝云诗"昨夜醉酒归,仆倒竟三五。摩挲青莓苔,莫嗔惊着汝"。昨天晚上喝醉酒回来,倒地竟有三五次。用手摸摸那青青莓苔,悄声说,对不起,不要怪我惊吓了你。宋代有人模仿着他的诗写道:"池昨平添水三尺,失却捣衣平正石。今朝水退石依然,老夫一夜空相忆。"池塘昨夜凭空增添了三尺水,平正的捣衣石被水淹没了。今天早上水退了,捣衣石依然还在,害得我老汉昨夜一晚上牵挂不安。他在另一首诗中写道:"老僧只恐云飞去,日午先教掩寺门。"老和尚害怕云会飞走,太阳一到正午,就赶快让人关住寺门。近代诗人陈楚南也写过一首诗:《题背面美人图》诗曰:"美人背倚玉栏杆,惆怅花容一见难。几度唤他他不转,痴心欲掉画图看。"漂亮的姑娘背靠着玉做的栏杆上,这么美的容貌平时很难见她一面。现在几次叫他他都不回来,他都看呆了,他痴心的要把她当图画看。这些诗句妙就妙在都用孩子的语言,让人读后,回味无穷。

　　翟耀文(1949—),男,汉族,原籍山西临汾市。山西省文史研究馆馆员。

关于格律诗的一点思考

冯永林

近些年来,传统文化重新受到重视,作为传统文化精髓的古典诗词,也出现了复兴的迹象。对此,人们看法不一。有欢呼者,有怀疑者,也有不以为然者。众所周知,中国是诗的王国,早在周朝就产生了诗集,儒家六经,《诗经》为群经之首;孔子亲自删定诗经,作为读书人的必修课,还谆谆教导儿子孔鲤:"不学《诗》,无以言。"诗到唐代演变为格律诗,格律诗通过音韵、平仄、对仗、句式等形式技巧,把诗的音乐美、语言文字美发挥到极致,成为中华文学宝库中最耀眼的明珠,产生了难以计数的诗人和诗篇,很多脍炙人口的诗句一直流传至今,对中国人的精神构建发挥着重要影响。进入近代,经历新文化运动的冲击,格律诗失去了文学园地唯我独尊的地位,但其审美价值并未丧失,其影响更是无处不在。不仅活跃在汉语之中,也深藏于中国人的记忆之中。当人们需要抒发内心深处最强烈的情感时,诗词就是最好的甚至是唯一的载体。上世纪七十年代末,群众在天安门广场悼念周总理,那么多中国人自发地写诗作词,表达对人民的好总理的怀念。这说明格律诗植根于中国人的文化基因里,流淌在国人的血脉中,是抹不掉、忘不了的。改革开放初期,白话诗或者说自由体诗曾一度流行,也取得了一些成就,然而后来的作者淡化了诗的人民性、现实性,自由体诗少数人沙龙里的消遣,脱离社会生活,脱离人民,渐渐为公众所疏远。在白话诗消沉之后,格律诗重新振作,颇有峰回路转、柳暗花明气象。这一消一长,有时代的选择性和历史的必然性。怀疑也好,反对也罢,都改变不了这个事实。另一方面,出现复兴迹象并不等于复兴,如果我们抓不住大好机遇,坐而论道,盲目乐观,格律诗的繁荣也可能桃李春风,为时不久。为什么这么说呢? 据说目前国内诗词学会、诗社逾千,写格律诗的人数以万计,可谓盛况空前。然而实际情况是作诗者多,能诗者少,直追唐宋者少之又少。在这万人创作大军中,许多是不大精通格律的人。有些所谓的格律诗不过是不文不白、不生不熟、不伦不类的七个字一句的文字游戏而已,有些就是顺口溜,打油诗都算不上。不少所谓的诗人,缺乏起码的常识,却喜欢附庸风雅,沽名钓誉,写一些粗制滥造的东西,印成豪华书本,到处散发。这样下去会倒了读者的胃口,坏了格律的名声,重蹈白话朦胧诗、口水诗的覆辙,陷入有人写没人看的窘境。衡量一个时代诗歌兴盛的程度,不是看有多少写诗的人,而是看有多少读诗、懂诗的人。唐代是中国诗歌的黄金时代,诗坛人才济济,名传千古的大诗人也就是那么几位,屈指可数;而喜欢诗、能欣赏诗的人很多,不仅是士大夫阶层,还包括歌楼舞馆的艺人乃至寻常百姓。那个时代读书人会作诗是荣耀,不懂诗是耻辱。宋代凡有市井人家的地方,都知道柳永的词。今天我们最缺少的不是能写格律诗的人,而是能读懂会欣赏唐诗宋词的人。有高水平的读者群,才会有高质量的作品,只有真正懂诗的人多了,诗词之树才能根深叶茂,硕果满枝。有了雄厚的社会基础,优秀诗人才能不断涌现,才可能从中产生世所公认的大诗人。到那个时候,才能说格律诗的复兴。

当前诗词界关于格律诗的讨论比较热烈,提出了许多亟待解决的理论和实践问题,这些探讨是有益和必要的。我认为最紧迫的问题不是题材和技巧层面,比如旧韵新韵的关系、写形与传神、白话与文言、雅与俗、旧瓶如何装新酒等,而是如何认识诗歌的社会功能,如何看待诗歌在社会主义文化建设中的地位,怎样发挥诗歌在提高人的精神境界方面的独特作用,这是关系诗歌兴衰的根本性问题。这些问题不搞清楚,格律诗的复兴就是句空话。

先说诗的社会功能。儒家的治国方针是礼乐刑政。礼乐就是在封建等级制度框架下,以道德伦理教化人民,用诗歌音乐感化大众。在孔子看来,教化是基础性、根本性的,法律政令是辅助性的。孔子将《诗》作为儒家必修课,列为六经之一,就是出于教化的目的,"《乐》以和神,仁之表也;《诗》以正言,义之用也。"让人们循规蹈矩,"思无邪"。可见诗的社会功能首先是教化。诗教是中国的传统,是行之有效的好传统。去年的《中国诗词年鉴》有篇文章谈到这个问题,一语中的。诗歌能够寄托人的情感,陶冶人的情操,开启人的智慧,美化人的心灵。在物欲横流、世情浇薄的当今社会,真善美是有良知的人共同的渴望。优秀的诗篇是真善美的凝聚,如春风化雨,滋润人的心田,引导人们向善远恶,这种潜移默化的作用是任何其他说教所无法替代的。"人生自古谁无死,留取丹心照汗青"。文天祥的两句诗,激励了无数中华儿女为民族为国家奋不顾身,视死如归,留下无数可歌可泣的英雄故事。那些连篇累牍的道德说教,汗牛充栋的理论书籍,恐怕都抵不上这两句诗的力量。可见,重建现代诗教,继承优良传统,是国家政府的重大任务,是当代诗人的神圣使命。

再说诗的地位。认识了诗的社会功能,也就明确了诗的社会地位。诗对于改造人的性情、净化人的灵魂很重要。特别是儿童启蒙教育阶段,传统诗词的熏陶是必不可少的,否则,我们的后代将会心智不全,精神营养不良。当代中国教育已经从反面证实了这一点。现在的学生家长重视孩子外语成绩,汉语和古汉语如何,无人问津,根源就在国家制定的考试科目,以及由此导致的社会选拔人才的标准和取向。所以,以格律诗为主的古典诗词理应在学校教育领域占有一席之地,不是边边角角,而是重要位置。从小学到大学,都应有古汉语。应把古汉语与外语一样列入考试科目。只有这样,诗词才不再是追名逐利者附庸风雅的工具,骚人墨客自娱自乐的天地。只有把诗词特别是格律诗作为孕育民族精神、增强文化实力、构建和谐社会的要素之一,诗词大发展大繁荣的局面才会出现,诗词的地位才能彰显于世,产生无量功德。

第三是怎样发挥作用的问题。认识清楚诗的功能、地位之后,接下来要解决的是格律诗与现代接轨的问题。事物总是发展的,不能光吃祖宗留下的老本儿。杜丽娘读私塾念关关雎鸠,今天的孩童还是关关雎鸠,当然不行。继承要和发展创新相结合,格律诗才有出路。继承就是把祖宗留下来的好东西代代相传下去,不能断了"香火";创新就是在充分吸收传统精华的基础上,创作出反映时代精神的辞情并茂的诗词佳作,给人以智的启迪、爱的共鸣与美的享受,让大众如踏青赏花般在诗的田野徜徉漫步,在扰攘红尘中得到一份优雅和宁静。让优美的诗歌进入现代人的生活,需要双管齐下。一方面要借助媒体的力量加以推动,另一方面是通过诗人的努力以形成风气。媒体对于时尚的形成具有决定性作用。没有百家讲坛,谁知道易中天、于丹何许人也。如果百家讲坛给格律诗以关注,马上就会引起社会的关注,产生诗词界的名人,进而带动诗词事业的发展。希望中华诗词研究院在这方面下点功夫;各省诗词学会应当不断培养和发现新秀,推出新人力作,壮大诗词创作队伍。这两方面的工作做好了,格律诗的复兴就为期不远了。

　　最后谈谈格律诗创作的几点体会。第一点体会是人品决定诗品。纵观古往今来,伟大的诗人必有高尚的品格。屈原、陶渊明、李白、杜甫、苏轼,莫不如此。南唐李煜的词写得很好,而没有气节,他的词有品质而无品格,只能在文学史上留下一笔。诗是圣洁的精神贡品,人品低下,为文为诗格调必然低下,即使文采出众,也写不出感人肺腑的好诗来。毛泽东的《沁园春·雪》,大气磅礴,震古铄今,令诗坛领袖柳亚子赞叹折服。此词在重庆发表,引起轰动,蒋介石妒恨交加,暗中向国民党内能诗者征集和词,意欲与毛抗衡,又命人撰文攻击毛词。征来的词俱平庸之作,蒋自知不敌,只得作罢。不是当时没有诗词高手,而是伟人的胸怀和境界无人能够企及。鲁迅先生"横眉冷对千夫指,俯首甘为孺子牛"之句,扣人心弦,振聋发聩,如此风骨,足以使吟风弄月的骚人墨客黯然失色。这些事例说明,要成为真正的诗人,必从修身进德开始,要有大志向、高境界。境界高了,诗的品位也就高了。第二点是诗人要有童心。童心纯真无邪,烂漫可爱。诗人具备童心,就能随时随地发现美,欣赏美,再现美。机心重重、城府莫测之人,防人之不暇,哪有心情与自然对话,"侣鱼虾而友麋鹿"? 这样的人当然写不出天趣盎然的诗句的。诗人是本真的,有真才可能善,有善才可能美。要作好诗,先葆天真,有了天真,写诗才会有生机,有趣味。枯燥乏味的诗,反映的是作者枯燥乏味的思想境界。诗贵新奇,没有童心的人,写不出清新独特的诗句。第三点是写诗贵自然,忌做作。广为流传的好诗,都是意思明白、文字晓畅之作。"春眠不觉晓,处处闻啼鸟。夜来风雨声,花落知多少。""床前明月光,疑是地上霜。举头望明月,低头思故乡。"这些诗语言明白如话,妇孺能懂,为广大群众所喜爱,故能历千年而不朽。有些人写诗,好用生僻字,多用典故,以为博奥古雅,不同凡响。结果是艰涩枯燥,生硬做作,令人生厌。有人刻意模仿,生吞活剥,忸怩作态,诗中无我。以这样的方法和态度作诗,害了自己,苦了读者,不如不写。第四点是诗要有感而发,忌无病呻吟。当今不少人写诗为了出书发表,或为了博取名誉,胡拼乱凑,以散文为诗,以政治口号为诗,"为赋新诗强说愁",写出的东西内容空洞,思想贫乏,格调平庸,语言乏味,读之形同嚼蜡。这类"诗"虽不代表主流,但其负面影响不可低估。我们要提倡清新健康的诗风,抵制庸俗虚伪的恶习,维护诗的尊严,使诗词园地兰蕙芬芳,杂草不生。第五点是功夫在诗外,学养是根基。陆游大有诗名,而读书不辍,晚年治学尤勤,题其草庐名"老学庵",著《老学庵笔记》传世。儿子向他请教作诗奥秘,答曰"汝果欲学诗,功夫在诗外"。诗外功夫是什么? 是学问。袁枚主性灵说,王国维执境界说。不学无术,纵有灵气,也是昙花一现;知识贫乏,何来境界? 历数古今大诗人,无一不是饱学之士。有学问不一定能成为诗人,诗人一定要有学问。没有扎实的学识功底,即使聪明,也成不了大器。综上所述,归纳为两条:一曰修身,二曰治学。欲登诗堂而入室,舍此别无他途。

以上是自己学诗的一点浅见,点题而已,没有展开讨论,错谬之处,还请方家赐教。

2012 年 11 月 12 日

冯永林(1956—),男,汉族,内蒙古自治区文史研究馆巡视员。

浅论对诗词创作的认识

孙永屹

关于对诗歌创作"境界"的产生与发展的认识,首先让我们想到早在 1908—1909 年王国维先生发表的《人间词话》中"文学之事,其内足以摅己,而外足以感人者,意与境二者而已。上焉者,意与境浑,其次或以境胜,或以意胜。苟缺其一,不足以言文学"的论述。我们从这段论述中不难看出,王氏的意境说的建立,其理论或将对中国文学界及对世界文学带来的影响,而就其著作《人间词话》里的所论及的"古之成大事者,必先经历三种境界。"其一曰:"昨夜西风凋碧树,独上高楼,望尽天涯路。"其二曰:"衣带渐宽终不悔,为伊消得人憔悴。"其三曰:"众里寻她千百度,蓦然回首,那人却在灯火阑珊处。"此论被文学批评家广泛引用,余在北京师范大学中文系做启功先生访问学者期间,叶嘉莹女士在北师大的讲座中对王国维的这三种境界讲的甚佳。这里所说此三种境界是王国维先生诗学的核心论述,也就是王氏诗学境界说。而就其境界之特质,一要寻其根本;二要追踪溯源;三要看在文学创作中的发展及影响。这样才能对王氏的理论有新的认知和新的领悟。

在我国诗学发展史上，常借用《易传》中提出"言不尽意"、"立象以尽意"的观点，这是最早见之立象以尽意的论述，是"意象"之念的初期阶段。关于孔子论诗之境其"水哉，水哉"、"逝者如斯"的思考，更加深层地发展了这一理论。至后来诸家之论堪为继承中的创新，如南宋文学批评家严羽的《沧浪诗话》中所强调的"兴趣"和"妙悟"。袁行霈先生指出，所谓"妙悟"指特别颖慧的悟觉、悟性……悟觉是第一位的，学力是第二位。而诗与乐又有"乐象"一说，与诗之意境而互通。唐人司空图谈到"诗与境偕"首倡出"境"字。而"境生象外"之论的刘禹锡亦在他的创作上进行了张扬。其大多诗人将其"意境"跟"物境"、"情境"又相间并重。但"境界"之出于诗论者应归于宋人朱熹，他从自然山水中"随分占取，做自家境界"，所以就诗而论，"境界"一词的提出应自宋始。固然在《列子·周穆王篇》所提的"……西极之南隅有国焉，不知境界之所接……"这是首见境界之词，但此境界是指疆界，已成定论。而后诸史诸文直至朱熹，他从大自然山水中感悟出"随分占取，做自家之境界"。可见他借自然之美景溶于心性，故可成为诗中之境界说。所以就诗论诗，此诗中之境界朱熹为之先导。其后发展到清。可见我国关于诗的境界说，从《易经》始，已有近三千年的历史。就其"境界"和"意境"两个词，自宋至今，多为文人述也，今人宗白华先生著《意境》更为新帜，其合乎自然，又邻于理想，始之意境、境界不可穷尽。尤其是宗白华先生在其《意境》中列举了他的诗词创作，其意境之深、意象之美在文人的自我感受、自我创造中。这在中国的山水诗、田园诗及咏物诗中，也随处可见诗人对景物、感情表露的真实，在诗人对自然的感受中，抒发对美的理想的极度追求，和文学创作的渐进。而王氏的"造境"、"写境"，正是对这种自然的真实观感所致。大诗人的造境必为壮观、美妙，而其大手笔的写境，必为其崇高理念的原因，相谐、相和，这样所产生的艺术感染力，源于自然之境，合乎自然又高于自然之境。唯美主义的美的预想永无终结，先于自然，永远的超越自然，其艺术创作的最后完成亦不能说是最完美。只有这样人们总是在现有的较优秀而完备的作品及美丽的自然风光、人文景象中进行更高的艺术追求。而诗词的表现则更应近其根本，绝非没有规范的边境。而后"境界"、"意境"之词自宋以来至清而盛，清代诗家颇多使用。诗人在对生活的感受、发现及创作的取象即由"物境"而来之，后生"情境"，再生"意境"也。文学创作来源于生活的直观再现，再由直观再现上升到艺术创作，而最终反映诗人对生活的热爱和情感的变化，既合乎自然，又张扬理念幻想的虚构之境，而最终完成诗的美质的创作，这一创作过程，我们从我国的原始歌谣中即可直接看到，《诗经》如此，《楚辞》、汉赋、古诗十九首等作品皆是如此，只不过在当时的文化发展和艺术理论认识中尚没有明确的"境界"之类的词汇，但在这些古代诗歌的创作中已完全说明了人们对自然之物的认识、观察、理解，至汉儒提出对诗的"赋比兴"的解释，乃至后来百家对"赋比兴"最完备的阐述，无不由对审美意象的取境，堪称言外之味觉，弦外之音响。而诗人所处的不同时代所经历的社会生活都融其创作之境，并在其作品得到充分的表现。这是之一,关于诗歌创作"境界"的产生与发展的认识。

其次,是对词话及词的创作的认识。论及境界必论及诗词,论及诗词必论及诗话、词话。就其词话而言,到目前止,据不完全统计至王国维的《人间词话》止,我国古代大概有近一千万字的词话资料。我们以王国维先生的《人间词话》为标志,可以说《人间词话》开启了现代诗学的进程,并是古代诗学的终结。

认识了解词话,首先必须对词话的定义做一了解:其一,指以词的诗歌样式进行表述的专著,如杨湜《古今词话》。其二,经后人改题、辑录成卷的专著,如《苕溪渔隐词话》。其三,指所有"涉及词的话语"。按其内容,词话分为:对本事的记述、品评类词话、引用类词话、考证类词话及论述类词话。而作为中国词话的开端,是因为词独立成体于晚唐五代,所以这一时期则为词话的开端时期。即晚唐五代时期词的诞生和发展,催生了词话这一新的文学内容。历代撰写词话之人评论复杂多变,但就对词的概念可归纳为三类,即"词"、"曲"、"诗"。宋以后对此又有长短句等称呼,而就对词的概念定义可概括为一种音乐性的诗体,词即歌声之词,而从《诗经》开始,我国诗歌就建立了与音乐相结合的传统。至宋代沈括《梦溪笔谈》卷五《乐律一》:"……以先王之乐为雅乐,前世新声为清乐,合胡部者为宴乐。"可见《诗经》中的雅颂即是雅乐的诗歌,说明先秦的古乐称雅乐,代表了第一个音乐时代。而这一时代的雅乐开启了中国诗乐、歌诗的创作的到来。雅乐也成了中国诗乐,歌诗创作的奠基石。之后汉魏六朝音乐称清乐,乐府诗即为清乐的歌词。隋文帝杨坚灭陈,听到清乐说:"此华夏正声也。"这是音乐的第二个时代。至唐宋词配合的燕乐,燕乐是燕享之乐,其朝廷宴会之乐。燕乐的主要部分为西凉乐和龟兹乐。这是音乐的第三个时代。至此可见我国的诗歌、音乐走向了繁荣,并直至宋时高峰的到来。其中燕乐四均,宫声最浊,商声次浊,角声次清,羽声最清。沈括言,"燕乐二十八调,用音各别"。作为隋唐的雅乐是先做词,后制谱,唐宋词则相反。其唐曲分为:一、太常曲,即太常乐,是朝廷正乐;二、教坊曲,教坊曲既用于歌唱,又用于说唱、歌舞、音乐。歌唱的演变为唐五代词调的当时达七十九曲。唐五代词调一百八十个左右。教坊的设立推动了乐曲的创作及诗歌的创作,还有对贵族子弟的教学任务。教坊本是供奉宫廷的,但后来出现于京师各种社交场合。州郡有在官的乐妓,称官妓、饮妓,又名酒妓或酒令歌妓。作词与作诗不同,词上承于诗,下衍为曲,既不似诗,又不似曲,三者不同。词一般先按律制谱,后配以歌词,所以依谱填词。而谱有音谱、词谱两类,音谱不少是有谱有词,词谱分调选词,作为填词的声律定格。词调又分小令、中调、长调三种,其明中叶后以引、近为中调,慢曲为长调。至清毛先舒《填词名解》定"五十八字以内为小令,五十九至九十字为中调,九十一字以外为长调"。然后中调、长调自清至今被词学家沿用。上述词调之见于吴熊和先生的《唐宋词通论》之要旨。今人作词,虽不见于歌,但古人之调,千篇一律,凡《念奴娇》,则同一音律、唱腔,故从古代歌妓侑酒中,文人填词,而遣歌妓唱和,可见若知词谱、词牌及统一章法、调式,则可吟咏也。但凡填词之工,笔者认为,填词素来依旧调、讲平仄,大抵是为了颂唱节拍之故,常令同人为唱同而和歌。而词到了宋人手里不仅形式发生了变化,内容也全面拓展,文人的词多角度地反映生活,关注社会,其中以苏轼为代表,由于注重了词的内容,苏轼的词发生了根本的变化。他的词是诗化了的词,其工律自然不协。他的词是不能唱的,他不受曲子的限制,词中有议论、有抒情、旷达词风,彰显了他的个性。同时又因不协音律而受到批评,也许是苏轼在创作中为了表意之故,而破陈规,立新论。但其题材的开拓、意境之深远,不但影响了有宋一代,且有明清诸家,直至现当代诗人,依旧沿袭苏公之辙。笔者借苏公之诗化的词的创作之路,进行了尝试,想必亦不工协,但余不为然,所填之词,但求其意境完备,即填之,示例已出版的《孙永屹诗文集》中余之拙作八十余首如下,乃余之生活感怀,其境其遇其感,皆露于笔端。

十六字令三首

天!惯看朝日破轻岚。晨雾里,耕犁满良田。

天!最爱正午孩儿脸。轻风中,林荫荡摇篮。

天!莫让金乌早归还。桑榆晚,落霞看云山。

念奴娇

登陆九州,路漫漫、沧桑经年已久。日出日落大海边,执着为守候。少年壮志,寒窗集养,烫胸报国踌。

倩何人知？十八年病残愁。　　幸得母亲呵护，信步彼岸，生命绽自由。曾经雪辱霜欺苦，迎来菊花枝头。涛声遍地，清香彻骨，古今问风流。悠悠岁月，任我江上泛舟。

兰陵王

溪水碧，雾重山路幽寂。相邀同学颂诗词，携手佳人共私语。枝枝素荣淡，玉洁，河水涟漪。谁知我弱冠心迹，默默生平日月积。　　清纯如处子，晶莹似珠玉，婵娟几许。初摘红豆着新装，倩影不相离。桂子临贻，寒屋四载春光逝，飘渺孤雁泣。　　秋意，叶如雨。落木操琴急，知音难觅。偶入曲中叹折柳，惊梦月中起。信步南北，任风东西。高歌处，雄鸡啼。

忆秦娥

元宵夜，满天流彩一空月。一空月，光临人间，辉映世界。　　遥寄相思付嫦娥，欲盼团聚诵佛陀。诵佛陀，梵音杳杳，心汇天河。

望海潮

塞北地茂，盛京旧都，辽阳古道沉沙。玄鸟白塔，红楼寻梦，皇城民俗文化。流水换年华。大漠天际里，日升月下。星消云散，人间烟火遍天涯。　　试看溪水槐花。有七口之家①，五个寒娃②。登堂入室③，师范专业④，重塑劳动人家。率直弃浮夸。虚心养心性，纯厚无暇。世间尘埃滚滚,遍尝辛酸辣。

　　注①②③④:父母由农村到城市,全家七口。五个兄妹中,二哥与我及妹妹恢复高考后都上了大学。

南歌子

　　堂屋紫燕穿,庭院黄莺啼。故地民风纯,胜似仙人居,幼童戏。

人月圆

　　溪水润心少年事,寄梦回旧家。病坐学堂,瘦如灯花,思绪天涯。　　修身集养,心超绝代,艰难始发。林泉之蛙,声撼山岳,蟾宫惟挂。

　　余常梦回少年,多病困顿的岁月。

诉衷情

　　林深,雁鸣,松风轻。晚霞红,新月沐,高烛,照帘胧。中秋故人逢,暗问,心事可知否? 归乡梦。

甘州曲

　　夜雨凉,愁思长,人无语。往事如烟情何系。登楼乌鹊栖,凭栏望,江水逝天际。

忆秦娥

　　秋雨凉,黄昏时节伴烛光。伴烛光,游子愁怀,落叶哀伤。　　栖身独居小屋深,孤灯残照素绢长。素绢长,校园漫笔,人生考量。

虞美人

春乍暖山积残雪,最苦心消磨。浦江水湍别悠悠,曾伴北雁同游、别来久。　　时光遣岁花惊颜,夜色传遗怨。阳春弦绝无知音,白雪愁春泪痕、最销魂。

忆秦娥　夜耕

夜朦胧,山间小屋通宵明。通宵明,百米黄绢,一介书生。　　师范积墨赴帝京,铁衣成缕水成冰。水成冰,浩浩长卷,大音无声。

浣溪沙

十年漫漫春事晚,一朝蒙蒙杏花残。与伊相邀长相伴。　　默默书斋夕阳短,泠泠水榭暮鸦寒。何年做客天水边。

忆秦娥

夜色泊,清心静寂对新月。对新月,一生艰辛,九秋坎坷。　　曾向苍穹问圆缺,更寻桑海探古歌。探古歌,悠悠流水,漫漫长河。

岁次戊辰秋作于北师大中文系硕士助教班。

渔歌子

祖居门前大河水,芦花丛中鱼蟹肥。沿岸觅,探洞壁,炊烟佳肴童儿嘴。

　　岁值已巳年八月回故乡庄河祖父旧居。犹记十三岁暑期,每日至河边芦苇中摸蟹二三十只、鱼数条。故涂以怀旧。

水龙吟

　　南国水乡遥想,花屏掩映丹青素。一湾莲蓬,几间小屋,满目书画。秦歌汉赋,唐诗宋词,草诀画谱。床榻千年布,陈迹旧墨,几人和,惟楼主。　　心似菩提落处,寻归隐、江南山麓。菊开含霜,梅盛若雪,荷娇带露。细柳鸣蝉,莺声燕舞,幽雅居处。称心意,和风细雨一路,问禅何处。

　　余常遥想暮年归于乡间,清心静目,享受田园之生活。

南歌子

　　青鸟鸣绝恋,梅子凌寒绽。雁来雁去皆相伴,物种相思寄予感人间。　　自幼患病久,青春去顽疾。执笔挥毫几十年,染得素娟徽纸布展馆。

　　1990年11月4日至12日余首次在辽宁美术馆举办个人艺术展,展出油画、国画、书法作品共计二百三十六件。

踏莎行

　　三更人醒,一盏灯昏。星消天外暗无垠。墨浸笺中情难真,对影伤悲消孤魂。　　静待何人,是曾春来。花落引入杜鹃怀。夜深无奈苦相守,悄语问槐何时开。

忆江南

　　遂昌秋,最美看乌桕。田间青苗映绿水,手中金桂熏红袖,流连在心头。

　　1991 年秋日与徐蕾漫游遂昌金矿之山峦。其宿舍楼头,桂子飘香,采之做桂花糖。

临江仙

　　沧海无际天涯路,瞬间即逝生灵。消歇处细雨朦胧。闻断鸿声寒,孤寂何人省?　　京都两载师范梦,残墨更系飘雪。归途野旷唱大风。故乡炊烟直,踱步看辽东。

忆秦娥

　　归乡路,辛劳疲惫奔波苦。奔波苦,岁月艰辛,人生沉浮。　　一身寒气尘与土,初冬冰霜雪中步。雪中步,红日消歇,青史遗录。

　　余书法集首次出版后运回家中,入夜涂之。1996 年 11 月 27 日。

浣溪沙

　　千里寄言月朦胧,一夜寻梦人未醒,溪穿白云滋苍穹。　　雨润青山绽花红,不知此缘是空灵,为何执意向虚空。

　　1997 年冬,余应邀参加中国文联、中国书协和天津市文联主办的首届中国书法艺术节,举办个人专展。归家涂之。

点绛唇

　　兰苑梅红,落花深处草木青。溪水淙淙,细雨听燕鸣。　　　渔港花巷,夕阳伴晚风。云空里,闭月无声,归家唯心动。

扫花游

风霜遍野,感黄菊时节,寒流花潮,暗香缭绕。赏金针大丽,悬崖唯妙。万朵横空,白云满地未扫。自高傲,蔑百草尽折,荒原残照。　　　碧海叹浩渺,听暮鼓晨钟,佛祠禅道。空谷音杳,入天籁虚境,物我尽抛。苍生浮华,时空木鱼谁敲。斜月里,河汉中、悄然心跳。

感皇恩

词赋寄周公,立身惟情。云水拍案望天清,少年立志,京师先生叮咛。心中犹记当年景。　　　往事如烟,怎忘历程。自幼多愁亦多病。泼墨千卷,谁与隶笔争雄。一身朝霞步轻盈。

浣溪沙

渔翁垂钓斜阳外,海客远度大漠来。斯人赋笔叹兴衰。　　　漫步江边风入怀,举头星空独徘徊。慧心脱俗天门开。

浣溪沙

钗分云发吐心语,悄然相和雨中眠。春来庭落栖紫燕。　　　河边衔泥补旧檐,林间啄草新巢建。秋至携仔又南还。

忆秦娥

芙蓉红,鱼戏莲花月影重。月影重,动求其乐,静闻听声。　　自然玄机养天性,更得翰墨润心灵。润心灵,长夜抒怀,小轩寄情。

家乡灵域处,荷塘花盛开。余游本溪牛心台之荷塘,归后杂记。

如梦令

夜深静寂怅然,旅途入馆孤单。梦中无佳音,垂暮更入流连。街头,街头,忽感冷风扑面。

涂于大连解放军医专之旅。

浣溪沙

浓露轻霜白若雪,雏菊浮金黄如月。重阳尊颜为谁设?　　晚岁淡妆绘秋色,回首大漠荒野旷。心寄苍穹流星过。

庚辰年,重阳赏菊归后对月抒怀。

声声慢　痛悼先考

泪飞如雨,哀声如潮,家父逝惊天地。一生奔波劳碌,积劳成疾。肺癌病菌侵蚀,消瘦得、唯见骨皮。临终前,宽言妻、遗爱人间难叙。　　小屋烛泪滴滴,先考去、多少悲情涌怀?对长明灯,唯听恸哭涕泣。音容驻留记忆,大山中、长眠安息。久伫立、岁月心伤堪无比。

辛巳农历五月十七家父长眠于辽东大山丛中。

忆王孙

草草词章忆王孙,学府深院锁黄昏,茅舍夜雨听秋吟。月色沉,星落大荒汇征尘。

余学术文存诗歌集《惊蛰与芒种》由北京文津出版社出版,北京出版社发行。昨日运回家中。2000 年 10 月 14 日

长相思

沈水流,溪水流。流到天河汇潮头,征人难回首。思也愁,恨也愁。恨到穷尽泪难收,人生苦相守。

余之研习隶书数十春秋,奈何之,唯相守。

如梦令

溪水家园旧梦,相依天伦融融。昨日别乡时,大雨车后随从。天送,天送,沈城新居负重。

壬午年七月初十日由本溪旧居迁移沈阳,一路走过,大雨紧随,幸甚未遭雨淋。待至沈阳,几百箱书搬进屋内后,车队刚返,大雨倾盆!故涂之。

点绛唇

窗外云雾,故园残秋无痕处。落拓江湖,寒至小雪初。　　回首沧海,夕阳炊烟暮。看冬来,幽思凝伫,夜深伴曹素①。

　　余壬午年迁居沈阳,小雪之际,夜半感怀。①指曹素功墨汁。

菩萨蛮

　　京师归家立秋晚,窗外斜阳怒江边。①轻风入书房,拂纸溢墨香。　　漫笔赋愁思,都是感伤词。孤独一学子,哀伤半夜时。

　　2003年7月9日京师归,夜半思先考。①家在百鸟公园旁怒江街。

更漏子

　　银霜白,金菊黄,岁月千载沧桑。落日隐,浮云涨,长河碧空凉。　　大雾重,小雨细,愁心一颗无绪。思不断,情难寄,苍天瀚海碧。

如梦令

　　迟暮轻寒苦守,苍颜漂泊梦逝。千卷筋骨衰,一诺身心俱朽。乡愁,乡愁,书与青史遗流。

浣溪沙

　　默默思秋上江楼,重重迷雾锁山丘。水光山色注心头。　　云烟飘渺堪为梦,青丝白发随水流。老夫何看人生透。

　　2005年深秋,九三学社省委副主委、秘书长姜齐韬送来九三学社中央授予的余参加九三学社建社六十周年书画展荣誉证书,颇有感慨。

南歌子

满目飞云蝶,一空奏风弦。姿容婀娜舞翩跹,正是瑞雪飘落润良田。　　浓墨绘绿水,淡彩染青山。春分南北两重天,此时黄花遍地开婺源。

忆秦娥

忆庐山,听涛阵阵肠百转。肠百转,仙人留踪,鄱水尽含。　　香山水榭虚名间,白鹿书院空寂寒。空寂寒,烟波飘邈,苍柏千年。

南乡子

雅乐浸厅堂,京都别年堪愁肠。霜重西苑无限苦,茫茫。寒门学子步难放。　　夜行任劳商。晨起枯叶满街黄。朝叩宫门无声响,惶惶。大堂沙发坐待晌。

于京都西苑宾馆之大厅待友人。

浣溪沙

著述十年堪为丰,诵经千卷始发蒙。册府华夏载余生。　　六十岁后漫游僧,五十卷书报先灵。世间岁月身后名。

岁在丁亥教师节归故里,晨起而作。

鹊桥仙

拙笔戏墨,长歌传恨,愁心细雨相连。寒风长夜浸书案,勤耕耘、苦守信念。　　关爱似水,相思如梦,守望结集出版。小溪飞燕归巢近,天际处、征鸿飘远。

我企盼出书的岁月,太久,太久,太漫长……

青玉案

昔日书丹两万篇,今朝焚、存四千。晓沐初阳收长卷,残墨尽弃,驻笔扶案,金匮纳血汗。　　含辛茹苦集出版,努力为新世垂范。五十二年新隶成,追唐溯汉,体备完善,男儿慰母安。

诉衷情

昔日人民政协引,今朝步征尘。历经春秋沥血,参议堪情真。　　伴孤灯,苦相熬,耕耘勤。偶聚群贤,萍水相逢,悄然黄昏。

值九三学社辽宁省委员会参政议政会中偶作。

念奴娇

天荡白雪,叹茫茫、遍盖山岗大河。细眼随风渺苍穹,一空独奏此阕。梨花如潮,群蝶尽舞,风韵人间绝。旷野无痕,素妆何人能说。　　深知路途遥远,心系故里,低谷涛声歇。万籁俱默惊回首,顿化云烟飘灭。如梦初醒,星河斗转,看夕阳又斜。坚冰裂岸,江水依旧含月。

时值丁亥立冬,于庄河,闻新居沈城降雪,思乡而赋。

忆秦娥

秋阳烈,放眼未来胸怀阔。胸怀阔,纵目天下,还看中国。　　危机转瞬流萤过,大浪依旧淘沙者。淘沙者,神州儿女,彰显世界。

忆秦娥

冷战烈,资源列强尽挥霍。尽挥霍,东西掠夺,南北压迫。　　饥饿战乱危机叠,强权霸主任帝国。任帝国,主权干涉,经济封锁。

忆秦娥　永世难忘

噩耗惊,冤魂无语别匆匆。别匆匆,遗容留痕,祈问神灵。　　长空垂泪大雨倾,闪电裂空风雷鸣。风雷鸣,天庭昭告,兄长不幸。

江城子　悼念永丹哥

一别兄长泪茫茫,自哀伤,生难忘。百里坟茔、孟冬堪悲凉。目瞩遗容哭九重,含冤去,变模样。　　送灵西归惊天荒。雷怒吼,电惊苍。暴雨倾注、手足哀断肠。凝视遗骨泪飞作,大山中,考妣旁。

公元 2008 年 11 月 1 日十时丹哥骨灰入土。

诉衷情　悼念追思兄长

当年稚手相携搂,河边提鱼篓。童年患病在身,兄背医院走。　　　人未老,哥先逝,泪长流。此生痛绝,哀婉九天,深陷悲愁。

浣溪沙

楼阁涵月夜梦休,卧榻凉枕人已朽。年年来此试依旧。　　　浪迹学府任漂流,蒲河凝泪沈水流。寒窗风雪伴新愁。

兄逝痛心不已,故于戊子腊月初八日夜宿辽大涵月楼305室作之。

浪淘沙

窗外北风残,冬雪翩翩。老天苦吟戊子寒。行程难料人心恶,一任艰难。　　　夜半陈词填,往事绵绵。生死来去堪瞬间。怎奈悲歌惊空荡,泪洒中天。

戊子腊八夜宿辽宁大学涵月楼思念兄逝之痛,赋之。

减字木兰花

奉天夜行,都市灯火人生梦。出门北上,为它年报效爹娘。　　　几经别离,半生流萤瞬间去。老眼昏黄,步履艰难在他乡。

岁次戊子,戊子不易。伤别离,永丹哥逝世之哀难节……

虞美人

先公坟茔落荒草,垂泪又来悼。此际无言独自哭,恰如孤鸿哀鸣秋天路。　　　遥想经年五十五,往事何从诉？扶案悲痛梦流泪，正是人生伤怀天垂悲！

人之唯情者，父母也，悼之更伤怀。

虞美人

秋雨黄昏炊烟远，离乡步履艰。少小来去父母旁，胞兄牵手幸福永难忘。　　今日老屋依旧在，只是太悲哀。伤心父兄皆离去，思亲无限悲情声泪俱。

虞美人

初晓南望愁抒怀，秋雨随风来。谁家乐曲和此声，如闻孤鸿凄唳对西风。　　云雾气遮蔽四野，滂沱从天落。为我伤悲念父母，千丝万缕汇注声声诉。

余在辽大汉语国际教育学院401室书案前，窗外大雨倾盆，有所思，复书自题"听雨楼"，寄之。

生查子　杂感流年

萍水偶相逢，缔结一门亲。谁知他乡客，另类苦蒙尘。　　习书砚生冰，携子屋漏痕。春秋转瞬逝，日月依旧新。

满江红

晨星渐淡，长空静、心如江河。忆平生、慈母呵护，仁兄亲和。几经磨难度寒岁，历尽艰苦归新月。回首处、感叹无限事，眼前落。　　考妣逝，亲兄别。恩似海，哀如雪。泪洒青山下，城郊巷陌。泼墨寒窗染春秋,游牧奉天作史册。向中原、问百代刀隶,谁伐柯!

双双燕

惊蛰过了,飘絮清明节,万物苏醒。祖居旧巢,正待紫燕春风。由南至北回归,枝头绿、翠羽轻盈。遍绕溪水田垄,一群院中齐鸣。　　呢喃,听雏音早。对月栖尽良宵,冷暖知晓。翩翩随和,常落窗台啼叫。偶入屋中探亲,通人情、相伴唯妙。草堂移居变迁,玄鸟衔泥来报。

庄河石山故居永丹哥出生时院子里飞回来一群小燕子,一片呢喃声。

甘州曲

宦海深,世途难,惜光阴。纸笔书卷伴终身。泼墨染黄昏,长叹息、平生太纯真。

诉衷情

窗外残月雪满空,心中生凄情。今日诞辰愁绪,哀祭泪眼红。　　寒风荡,魂魄惊。别离重,悲凉残年,华发头上、衣单身冷。

己丑孟冬生日思亲而赋。

杨柳枝

蔓草丛生蒲水流,小雪轻扬涵月楼。晚来不知归乡客,夜半曾梦故园秋。

时值艺术类招生,担任评委,夜宿辽大涵月宾馆。涂之。2010 年 1 月 19 日。

浣溪沙

三更月隐风铃颤,一空云碎花絮繁。大雪无痕旷野寒。　感伤浮生多灾难,祈祷苍灵唯吉安。长夜尽默乡音远。

浣溪沙

蒲河岸边会乡音,涵月楼上对愁吟。斯人困顿旅黄昏。　彩云初涨夜消遁,朝霞绽露日光临。吾寄骐骥向天门。

余已连续多年担任辽宁普通高校招生艺术类专业考试评委组长一职,每每寄予招到优秀人才,如骐骥向天门,一举成名。值 2010 年招生,1 月 22 日作于辽大涵月宾馆 305 房间。

忆秦娥

光阴转,生如流萤瞬息间。瞬息间,倍重情感,珍惜华年。　月映长夜看星淡,人至垂暮知日短。知日短,心如止水,人已苍颜。

浣溪沙

牡丹茶淡竹叶青,葡萄酒醇石榴红。期遇故里品仲秋。　醉醒酒肆已孟冬,一事无成愁岁空。苍颜白发笑平生。

临江仙

忆溪宴上初把盏,秋菊开时音讯。微风轻掠更知君。此生多少事,回首叹征尘。　　念远不知霜露浸,旧故依然情深。华发惆怅飘零人。夕阳桑榆落,平和度黄昏。

浣溪沙

夕阳消歇风云涌,愚夫创作黄昏颂。几案书卷灯火明。　　笔墨渲染岁月匆,静和丹青闲对茗。神会鸾凤意羡鹰。

临江仙

江水无声春绿岸,兰花香溢家园。当年寒窗为报国。劳作身心衰,此路甚为难。　　星夜兼程京都苦,修业几载师范。导师已乘仙鹤去。挥泪忆先贤,大雨落青山。

念奴娇

三岁患病,暑期重、天天按时滴流。吃遍偏方成药囊,消得筋骨瘦。幼年不幸,哮喘家中,亲情相伴忧。煎熬岁月,青春病魔牵手。　　深磨慈母苦心,寻医买药,家境贫寒久。又历寒窗几十载,立足人生奋斗。追逝光阴,重塑年华,今朝值昏朽。蓦然回首,多少往事注心头。

风入松

寒风吹入心怀中，离家几许。残杯剩餐度日难，正扶案、倾诉愁绪。身上衣着堪薄，数钱付与药局。娇女贤妻亲情叙，柔情故里。夕阳几度窗前红，对清茶、杯中孕绿。梧桐叶落满路，葡萄酒开瑶席。

醉太平

调旧词新，人老眼昏。书斋月平日均，偶对华发吟。　春去秋尽，意浓情深。暮雨疏烟云顿，试问梦成真。

浣溪沙

忆昔三十七年前，苦苦熬心岁月难。漫漫沥血身心艰。　今夕墨迹涂书案，明朝书卷慰心安。辗转移居已残年。

边塞寒（自度曲）

风凄凄，雪茫茫。征人故乡远，残月满天霜。边塞寒冬游子苦，大漠荒野落日凉。

虞美人

秋凉把酒愁开怀，登高邀月来。醉意朦胧满目愁，无奈大江依旧、载春秋。　心如孤雁独自行，凄唳彻长空。霜风紧迫归情急,历经一路风雨、归故里。

水龙吟

　　香浸青山待晓日,登高霞光初吐。江河扬波,长空溢彩,人间尽沐。回首华年,凯旋平生,夕阳落幕。笑吟东逝水,明月如故,身已朽、寻归处。　　须知华发黄昏,烛光里、孤独谁赋?征鸿归漠,迹留无痕,功名难付。人生岁月,呕心沥血,五十有五。拙著几十部,寒门透曙,莲花七步。

行香子　赴京途中

　　只身负重,独步京中。出门行、惊蛰已醒。长铎百天,孙家添丁。岁月如梭,人生梦,虚名空。　　一别溪水,十年沈城。老将至、华发萌生。案头劳作,册府唯丰。此心如磐,心志做,意志成。
　　岁在庚寅年孟春初九乘 D 车组赴京途中。

　　上述诗馀成因于生活所赐所感。原本词是可以歌唱之诗,但今人填词实为之空壳而已,已失去原始的意义。王国维论词颇多见解,他对自己所做之词也有自负之意,大家如此,余自填之空壳,但古人写着“明月几时有”,今人写月更赋新意,时代不同认知不同,填词固不必僵化,也许宋以后的自度曲、创造新曲,或采用旧的词牌做新词的尝试。这样现代的词坛才充满活力。一个创新的时代,一个时期的诗人,绝不会代表或跳跃其他时代。词的内容要求新的生命,更要有时代感。花间词多为小令,唐五代词短者居多,而宋初新的音乐家及词人所创作的慢词,后又转变成大曲,内容广,体裁自由,作家大量投入词的创作,北宋虽有苏轼之另类,言之北宋词的集大成者是周邦彦,美成音律精深,词律最严。还有,柳永、李清照亦在当行本色之中。至南宋既有爱国词人岳飞、张元幹、张孝祥、辛弃疾、陆游张扬爱国和民族精神的,又有偏安江南生活的、在词上注重格律新奇的七宝楼台吴文英和姜白石,更有雕饰精炼、"将烟困柳"的史达祖。而宋将亡时,又有张炎、周密、王沂孙、蒋捷四大词家,同一作风咏物,寄情于忠君爱国的感情。再到文天祥,对国破家亡的真实表述。这就是时代不同,其词人的创作不同。任何词人不能脱离时代,不能脱离生活。

余之创作杂言皆因境界而生,下面再列举已出版的《孙永屹诗文集》中部分拙作。

梁水之约

晚烟和云暗,空山伴月明。

念君溪山别,怀乡梁水逢。

余生于溪山梁水之畔,故为乡境,而吟其约之内涵,由晚烟云暗之景联想一别家乡,值月明之时对故里之思及何时与梁水相逢产生感慨。

咏 夜

初升月兔,舒袖嫦娥。

婵娟千里,情怀一颗。

席间舞姿,杯中虚设。

春染三草,雪蕴百合。

波撼海潮,弦动心辙。

星宿百转,日月双和。

千载梵语,一空碧色。

凝望宇宙,聆听达摩。

登坛诵经,传书吠陀。

人心向善,佛光映射。

　　由夜之境而导入,在启功书法学研讨会中与诸公相见之感,及对明月、佳宴、恩师及佛境的遐想。

莲　赋

清水养兮,素质天然。

碧波荡兮,泽润世间。

品无瑕兮,百卉垂范。

花蕾盈兮,禅音播远。

莲子成兮,菩提再现。

　　望莲感怀,物境、情境、意境浑然一体,再由莲花、禅音把意境播远。

江边漫笔

江水含日月,山川汇星河。

游子怀故里，落叶随风泊。

诗中可见游于异地江边，零落之感寄寓诗中。又吟出游子与落叶，寓意之中展现情境。

再思田园

居所羡深林，乡僻疏远亲。
寄言思旧故，复信堪太真。
闻语念陶潜，饮酒醉黄昏。
人生几何苦，岁月又重新。

由深林至僻乡，再由思故追曲田园诗人陶渊明，而后在现实中的黄昏独酌，指出人生：我不吃苦谁吃苦，为新岁月而吃苦。

而在叙事之中的抒情如：《小家春节》，为一家人的天伦之乐而咏，辛苦与欢乐尽纳其中。

小家春节

小家初过年，五口相对看。
楠儿刚成家，娶妻堪为贤。
呆儿尚年少，诗礼超同伴。
吾妻辛劳忙，余心有悲欢。

二月大雪，离家十年之思与寄梦之境《思乡》和《思乡偶题》、《乡情》一脉相承。

思　乡

思乡关山远，寄梦故地偏。
飘雪满二月，离家近十年。

思乡偶题

思乡白发添，怀人黄昏暗。
青青河水长，悠悠岁月短。

乡　情

思亲心事重，念友添悲情。
雨夜思乡里，山城飘絮中。

　　《菊之思》表现了对幼年的怀念、母亲的热爱，又与《誉兄之才两首》同题同曲，而求之写实，物境、情境又一次再现。

菊之思

山路幽静空气鲜，露珠晶莹草木繁。
菊涛漫卷三尺浪，花气渲染十里烟。
梦里春秋归故园，幻觉岁月正少年。
几支仙子开家中，一屋清香沁心田。

誉兄之才两首

（一）

菩提成子树荫凉，爹娘看儿伴烛光。

转瞬几载功课完，赞誉一生兄长强。
丹哥全校成绩冠，愚弟分数系为良。
今朝手足同相伴，明日家国共华章。

（二）

梧桐叶茂蔽骄阳，幽兰气韵馥寒窗。
永丹系里第一名，愚弟班级勉为良。
转瞬二年归期近，兄当全校状元郎。
今日寒窗同执笔，明朝济世共担当。

初至太湖

（一）

晓月朦胧含羞在，太湖烟笼透曙来。
不知浣纱愁越女，唯见国破叹夫差。

（二）

风雷消歇云雾浓，烟雨迷茫碧波清。
雨中寂寥山野旷，水上涟漪湖色濛。

由追古思今发出感慨。

驱　寒

南院讲学带月回，北风刺骨寒气吹。
夜色草堂陪杜康，灯昏酒客伴沉醉。
五更醒来云低垂，一生梦见雪翻飞。
常念沈园陆唐别，更叹溪水孙郎归。

冬日外出讲学归家饮酒驱寒,颇生感慨之笔。

北师大春日

杏花凝露红蝶舞,桃枝泛羞紫藤吐。
朝霞初绽流异彩,幽兰溢香满晨雾。

　　诗作于1993年3月22日,于启功导师家中出来,漫步师大小径之中,校园景色与心相印。诗正与《驱寒》相对,构成冷暖两调,再现诗乃不可穷尽,又入新境之中。
　　在生活中无数次的与希望相遇但又无数次的自嘲,不仅是境遇之感,亦生情境之感,《知遇》、《自嘲》亦是如此。

知　遇

风雨吹柳染山青,霜雪润梅育花红。
遥望长河共寄语,相知故里何叮咛。
人生如梦苦寒行,岁月堪短薤雾匆。
知遇何曾好作伴,感怀无为难相逢。

自　嘲

人生如梦岁空蒙,华年已逝途迷茫。
当年栖身酬壮志,而今暮气任雕虫。

自　鸣

伴星待月日夜行,经风沐雨脚步匆。
遥知草木三秋落,漫游大荒一虫鸣。

琴韵岁月梁水情，翰墨人生溪山萌。

眼放苍穹难收目，心汇泉水润苍灵。

诗中迎接希望之情，祈盼无声的天籁。

禅　音

日月相与拥太和，心灵感应汇佛陀。

菩提召喻皆慈悲，人生苦修成正果。

感遇贤兄愚弟呵，劳作寒窗补心拙。

泼墨九天倾盆雨，横笔五岳纳江河。

知　音

执教廿载累皇城，积墨百卷报帝京。

热土孕育心地纯，寒窗透露朱光明。

乡土偶然遇贤兄，瀚海难得结灵凤。

目送群鸿逝千里，心随云鹤征九重。

感　遇

相期故里成知音，同龄挚友不染尘。

诸事谦谨人可贵，大器纳宇世难寻。

执教三十心率真，著书五十卷帙存。

兄弟友情朔恩马，作品长存论资本。

生活如此丰富，其对西方之节圣诞之歌《感于平安》：

平安夜过圣诞临,吉祥日沐黎民生。

白雪月下含晚意,红梅花间凝初情。

其诗中的白雪、红梅无须多疑之思的东方之花,红梅的出现以喻对西方节日的接纳、融合。

而再现于诗的精神和表现当代社会大事件,以颂扬民族精神,如《为遭雪灾、地震而赋》,表现诗人的责任感,由物境、情境去感染更多人,为民族精神而讴歌,为现实而创作。

为遭雪灾、地震而赋

忽闻雪灾摧云南,又报地震毁汶川。

九州哀声悲天庭,万民泣泪哭人寰。

炎黄子孙历劫难,赤县儿女共扶栏。

抗震救灾民心齐,悲情昂首天地撼。

而在民族的节日之中同样渲染节日氛围的,如《端午次韵》:

(一)

端午艾绿檐下青,粽子米白枣色红。

遥望家乡寄明月,思念兄长在帝京。

(二)

桃枝兆吉粽叶长,艾草熏陶糯米香。

梦里已过端午节,醒来才知在异乡。

(三)

端午寄言月朦胧,清晨寻梦人未醒。

不知此言是真谛，为何执意落尘中。

《叹春》诗中又见春节交子之际的民俗风情，及对先人的思念，其自感、自得、自家所咏，既不可穷尽又合乎自然。

叹　春

忽闻烟花春节近，又见灯笼稚子拎。
偶听手机传乡音，聊寄诗赋游子吟。
少小过年布衣新，丰盛晚宴天伦亲。
交子饺中币八个，爆竹街里位九尊。
我思往昔如梦昏，日出依然亘古纯。
余生尚有几何时，残念唯亲一缕魂。
长河带魄入天门，苍龙非凡登殿临。
叩见先人拜考妣，怀念故里在云深。

综上所述其物境而生情境，又由情境而入意境，直入诗境，正是意境构造的基础和主体。王国维在《人间词话》中的"造境、写境"其见于历代诗人和未来的诗作继承和发扬。再现文艺中的境界之美，而这种美又因作者的学识、修养、生活有着密切的关系，正是这种关系，决定了诗歌的创作水平和诗人的艺术修养。而境界亦有着仙、禅、道、理念的显现和信仰的张扬。诗人的境界由作品充分的展开，所谓美之预感、预想和现实的对映，也就是自然之美与理念之美的差异，这种差异所带来的不同境界亦给人以不同的艺术享受。书者笔拙，所举杂言不为诗也，是愚作之中一点心语，而这一点心语正是我生活的感悟,试为"诗词创作的一点认识说"做了一点粗浅的补拙。

余自执教三十多载,讲授中国文学史和书法课程,闲暇涂鸦,每有所感即赋于诗词、杂言,今之付之一文,精要之处皆引用或学于大家。浅陋之语,是吾所陈。

2012 年 11 月 27 日

孙永屹(1955—),男,汉族,原籍辽宁庄河。中国书法家协会会员、中国民俗学会会员、九三学社辽宁书画院院长、九三学社辽宁省委参政议政委员、辽宁大学教授、辽宁省文化促进会理事,辽宁省文史研究馆馆员。

当今旧体诗词写作中的问题和与新诗写作的关系

王同策

为了论说中不因为概念有异而发生不必要的歧见,首先厘清界说,或许不算多余。准确地说,这里所说的旧体诗词,是指自隋唐以来,日益发展成熟,在表现形式方面,作品字音上讲求平仄、押韵、文字上有着数量、对仗等严格格律要求的诗、词、曲等诗歌的总称。

旧体诗词是我国文艺百花园中的一株奇葩,它有着悠久的历史,在它邈远的发展过程中,诞生了繁星灿烂、光辉照人的众多知名作家和流传千古、字字珠玑的优秀作品,为我国的文学宝库创造了无数的辉煌。在世界文学史上也占有着非同凡响的位置。

进入新时期以来,随着历史的重大转变,社会经济的快速发展,人们物质生活的不断提高和思想的逐步解放,文化需求也相应增长,旧体诗词园地也就有了长足的发展和全新的开拓。写作的人数和作品迅猛升腾,相关的报刊出版、举办的有关活动也随之增多,伴随着网络传播的普及优势,旧体诗词就更有了如虎添翼的持续给力和如日中天的蓬勃发展。

但是,毋庸讳言,在旧体诗词大发展、大繁荣的今天,其自身也存在着一些无法回避而亟待解决的问题。这也正是旧体诗词在今后能否健康生存和茁壮成长,进一步繁荣发展的关键所在。我们正视并探讨这些问题,也就是要解决如何正确运用旧体诗词的固有格律,来反映当代社会的现实状态,人们的生活情景和思想诉求;构建各个诗词作者不同的文化特色和彰显旧体诗词的当代审美价值。

下面拟就旧体诗词写作中的两个比较重要而又较为普遍的问题以及与新诗写作的关系,说说自己的看法。

一、诗歌的生命在于它坚实的内容和鲜活的思想

就当今旧体诗词写作中涉及内容范畴的,我以为主要存在两方面问题。

其一,诗歌写作应该反映现实生活,具有鲜明的时代特征。

唐代的伟大诗人白居易,在其《与元九书》中说:"文章合为时而著,歌诗合为事而作。""感人心者莫先乎情,莫始乎言,莫切乎声,莫深乎义。诗者根情、苗言、华声、实义。"类似的议论,打开文论史、诗话、词话,可以说是俯拾皆是。比白居易时代更早的颜之推所说"文章当以理致为心肾,气

调为筋骨,事义为皮肤,华丽为冠冕。今世相承,趋末弃本,率多浮艳。辞与理竞,辞胜而理伏;事与才争,事繁而才损。放逸者流宕而忘归,穿凿者补缀而不足。"(《颜氏家训·文章》)更是结合当时的文坛弊端,从正反两方面进行了论说。

与"嘲风雪"、"弄花草"相比较,毕竟"补察时政"、"泄导人情"之作更能获得人民的认可和历史的肯定。也许,正因如此,严羽在其《沧浪诗话》中才说:"唐人好诗,多是征戍、迁谪、行旅、离别之作,往往能感动激发人意。"人们耳熟能详的诗句,如"朱门酒肉臭,路有冻死骨。"(杜甫《自京赴奉先咏怀五百字》)"一封朝奏九重天,夕贬潮州路八千。"(韩愈《左迁至蓝关示侄孙湘》)"一丛深色花,十户中人赋。"(白居易《秦中吟》)"一骑红尘妃子笑,无人知是荔枝来。"(杜牧《过华清宫》)"桑柘废来犹纳税,田园荒后尚征苗。"(杜荀鹤《山中寡妇》)这些举不胜举的例证,至今人所共知、传诵不绝,即可作为最雄辩的说明。

"凡诗以意义为主,文词次之。"(《诗人玉屑》引《刘贡甫诗话》)脱离现实、脱离人民、脱离生活的多愁善感,无病呻吟,是不可能写出像样的诗来的。

我们并不一般地、简单化地认为古人的借景抒情,咏物述志之作,已经达到无法逾越的艺术高峰,今人无法突破而轻易地否定此类作品。但回顾千百年的文学史,也不得不承认,在旧体诗词传统的形式里,只有蕴含着最富于时代性的内容,从而获得深刻的思想价值的作品,才能具有更加旺盛的生命力。其具体验证,就是拥有广大读者群,历代流传。故而内容方面跟随时代的前进而求新,在一定程度上

就成为诗家的共识。梁启超在其《"诗界革命"的三点主张》(《饮冰室诗话》,时代文艺出版社)中说:

> 虽有佳章佳句,一读之,似在某集中曾相见者,是最可恨也。故今日不作诗则已,若作诗,必为诗界之哥仑布、玛赛郎然后可。……欲为诗界之哥仑布、玛赛郎,不可不备三长:第一要新意境,第二要新语句,而又须以古人之风格入之,然后成其为诗。不然,如移木星、金星之动物以实美洲,瑰伟则瑰伟矣,其如不类何!若三者具备,则可以为二十世纪支那之诗王矣。

作为作品的整体,要让读者展读之下,马上就有全新的感觉。严羽《沧浪诗话·诗评》中说:"唐人与本朝人诗,未论工拙,直是气象不同。唐人命题,言语亦自不同。杂古人之集而观之,不必见诗,望其题引而知其为唐人今人矣。"我们现在有时也陷入同样的困惑,一些今人的单一写景、抒情之作,如果不借助作者介绍之类,真正难于判定其作者的时代。

与诗歌形式的革新其幅度有限不同,诗歌内容确实是紧跟社会的发展而发展,生活的变化而变化。可以说瞬息万变、无尽无休。四川文史馆馆员冯广宏先生有《咏电脑》一诗:"键上终朝指叩头,古人哪得此风流……碟盘狼藉皆牙轴,千古文章一袖收。"(上海市文史研究馆《中华大吟唱》)他把电脑的键盘输入,形象地说成"指叩头",把电脑的碟盘比作古籍的"牙轴",可真正算是及时反映现实生活之作了。

其二，旧体诗词首先也必须是"诗"，用诗歌语言抒发诗情，构建诗意。

人们常说文为言之精，诗为文之精。既然你写作的是诗歌，无论你采用什么形式表现，新诗或旧体诗词，写出来的必须是"诗"。不考虑内容如何，有无真情实感，只要字数、对仗、平仄、韵脚符合，就以为这就真正是"七律"、"五绝"、《水调歌头》、《念奴娇》、《天净沙》、《山坡羊》了。应该说这是极大的误解。

楼适夷在其《鲁迅诗四首》（《语文学习讲座丛书·诗词选讲》，商务印书馆）中说：

> 中国旧体诗格律很严，节奏音韵都有规律，这一方面容易束缚思想的驰骋，增加了学习上的困难。但另一方面学会了那种格律，有些人便以为只要凑字凑调，就可以写诗，这是不好的，它很容易养成一种习套，往往有些诗根本没有多少新鲜的诗的内容，由于外表的形式，也被算作一首诗。真正好的旧体诗，尽管在一套规定的格律中却不受格律的束缚，能够自由地驰骋思想，创造新的境界，给人一种强烈的感染力。

形式上符合规格，绝对不能等同就成为旧体诗词。有人提出过所谓"诗魂"说，犹如一个人，首要在于有灵魂，没有灵魂的躯壳，是不能成其为人的。现在有的旧体诗词写作者，功夫都花在对其格式的掌握上，这没有错。但这仅仅是获取了盛物的筐,更为重要的是看你筐里装的究竟是什么东西。

要想写作出好作品,首先就得有个高认识,高起点。严羽说:"夫学诗者,以识为主。"(《诗人玉屑·诗辨》)创作首在立意,有些学习写作的,只孜孜于背诵韵谱之类,其他书籍接触甚少,至于理论文字、有关社会现实的问题更是漠不关心,其笔下如何能出现民众的心声和正义、健康的情怀?

表现方法的掌握,无疑更加困难。而经年历久的涵蓄、积累,不断吸取古人成果一节,就至关重要。有人向苏东坡请教写诗的窍门,他的回答很简单:

> 无他术,唯勤读书而多为之自工。世人患作文字少,又懒读书,每一篇出,即求过人,如此少有至者。疵病不必待人指擿,多作自能见之。①

多读多写,并结合读写收获,提炼个人对现实生活的感受,炼意、炼句、炼字,诚如刘勰在《文心雕龙·知音》中所说:"凡操千曲而后晓声,观千剑而后识器。……夫缀文者情动而辞发,观文者披文而入情。"有了感受,还得要经历所谓"吟妥一个字,捻断数根须"的苦功。才能用最精粹的语句,形象、准确(里面自然包括必须符合旧体诗词的格律要求)地写人、叙事、状景、抒情。才有可能写出具有一定水平的作品来。

---

① 《诗人玉屑·初学蹊径》。

二、表现形式上的发展、创新
必须建基于对传统的继承

谈到发展、创新，就离不开继承。要想继承，先还得吸收。更高的要求不说，准确、彻底地读懂一首古诗词，也并不是一件很容易的事情。其间的原因很多，时代相隔的玄远，生活方式的巨大差异，就是重要的一条。如李清照的《醉花阴》："薄雾浓云愁永昼，瑞脑消金兽"，由于龙脑这种香料和兽形的焚香炉在今天的生活中已不多见，简明的语句也成了阅读的障碍。韩翃的《寒食》："日暮汉宫传蜡烛，轻烟散入五侯家。"不了解古代的"寒食节"、宫闱生活和宦官制度，理解上自然也就增加了难度。所以，在涉及"创新"问题时，必须先解决如何"继承"。而没有历久的刻苦学习作基础，也不好侈谈"继承"。得有了一定的学术积累，才能厚积薄发，取精用弘，把"创新"提上日程。

旧体诗词既然保存着它自身的"体"，就必须遵循其最起码的规格要求，如果没有了这种要求，或在"创新"名义下，把这种要求的主要内容一一突破，那也就不再存在其艺术格式了。

仇远在为张炎《山中白云词》所作的序言中就为我们介绍了类似的、很有讽刺意味的现实。他说：

　　世谓词者诗之馀，然词尤难于诗，词失腔犹诗落韵，诗不过四五七言而止，词乃有四声五音均拍轻重清

浊之别,若言顺律舛,律协言谬,俱非本色。或一字未
合,一句皆废;一句未妥,一阕皆不光彩,信戞戞乎其
难。又怪陋邦腐儒,穷乡村叟,每以词为易事,酒边兴
豪,即引纸挥笔,动以东坡、稼轩、龙洲自况,极其至四
字《沁园春》、五字《水调》、七字《鹧鸪天》《步蟾宫》,
拊几击缶,同声附和,如梵呗、如步虚,不知宫调为何
物,令老伶俊娼,面称好而背窃笑,是岂足与言词哉!①

　　规矩不是不能改变,但占据首位的,应该是遵从旧有的
规矩。试看人们比较熟知的毛泽东诗词中,他不说"雄鸡一
唱天下白",而说"一唱雄鸡天下白";不说"千山万水只等
闲",而说"万水千山只等闲";把曹操的《观沧海》中"秋风
萧瑟,(洪波涌起)"改说"萧瑟秋风(今又是)";把杜甫的
《丹青引赠曹将军霸》中"英姿飒爽(来酣战)"改说为"飒爽
英姿(五尺枪)"等,除去另有其文字修辞、意境表达的作用
外,主要还是为了符合诗词格律中平仄声的要求。这就是
遵从规矩。

　　其实,古代众多的作者,在写作实践中,对许多过于束
缚手脚的格律已经在不断突破,比如音韵平仄要求上的"失
黏"和"拗救"就是明显的例证。

　　毛泽东《十六字令》中"离天三尺三",因为是引用谚
语,不宜更改字句,所以尽管不合诗律、还是保留了原句,文
字未作改动。这也就是人们常说的"用典而不为典所用,谨

---

① 张炎撰,吴则虞校辑,《山中白云词》,中华书局。

于格律而不为格律所拘。"

除去平仄音韵之外，骈俪对仗，也是旧体诗词写作中的重要规矩。但同样也并不是必须死守而毫无缓冲余地。

叶圣陶在论及元稹的《遣悲怀》时说：

> 这首诗的好处，在乎境界真切。"昔日戏言"、"都到眼前"，悲难自禁，就取来抒写，这是真切。"此恨"难免，而"贫贱夫妻"别有一种难分难舍之情，体会到这一层，表达出这一层，也是真切。文字极朴素，对仗也随便（"尚想旧情"和"也曾因梦"应对仗而并不对仗）。朴素和真切是同胞兄弟；为求真切起见，自无妨牺牲对仗的工严。[1]

讲求对仗，是旧体诗词的规矩，但要是搞到因文害义的程度，那就是舍本逐末了。叶圣陶还就此举过一个例子：

> 偶看李颀诗，见"柳色偏浓九华殿，莺声醉杀五陵儿"、"房中唯有老氏经，枥上空馀少游马"。这因为他要取巧对，所以这样说，若是明明白白说话，纵使要有一点文学意味，也决不会这样连着说的。[2]

类此例证，可以在历代众多的诗话、词话中找出很多。

---

① 《叶圣陶集·揣摩集·读元稹〈遣悲怀〉一首》，江苏教育出版社。
② 《叶圣陶集·论创作·诗与对仗》，江苏教育出版社。

如果有时间浏览一些，除去可以拓宽视野、增进知识之外，也可从中获得许多对旧体诗词写作的启发。

作为一种艺术手段，从表现内容的角度审视，旧体诗词自身的特点，在某种意义上说，也正是其难点。其严格的格式要求，不仅对广大的工农大众，乃至对一些高级领导干部和受过高等教育的知识分子来说，都不是短时间轻而易举可以基本掌握、付诸应用的。近日读到一篇纪念耀邦同志的文章。其中说：

> 1988 年他写了不少诗，主要是题赠知交故旧、亲朋好友的。他的诗立意新，格调高，有韵味，但请教专家，说不合格律，因此后来也就不写了。①

刘勰在《文心雕龙·时序》中说："时运交移，质文代变。……文变染乎世情，兴废系乎时序。"文学现象，包括其内容和形式，总是在随着时代的变迁、历史的发展而不断发展变化。具体到今天的旧体诗词创作上来说，面对原有格律要求的底线不可突破的规矩，和音韵方面关于"平水韵"与今韵的争论；对仗方面关于求工、趋宽的争论，可否考虑另辟蹊径。能不能设想，对旧体诗词的形式有写作爱好，但却一时又难于达到起码要求的作者（类此情况，在目前还真为数不少），如果确实心有所获，不吐不快，而在格式上又对旧体诗词情有独钟，可否根据其构思，在格律对仗上按照其

---

① 　刘崇文：《胡耀邦最后的日子》，《炎黄春秋》，2011 年第 12 期。

可能达到的程度来写作,要求在其题目上加一个"拟"或
"仿"字样,如"拟七律"或"仿水调歌头"之类,给这个为数
不少的作者群保留一个创作空间。

这样做的好处,一是可以与他人完全符合格律要求的
作品标明有显著区别,坦陈自己并非蓄意鱼目混珠,淆乱文
体。二是在这个写作实践过程中,让这个写作群逐渐熟悉
并掌握旧体诗词的格律、对仗要求,过渡到得心应手地按照
诗词格律写作。即使达不到这个目的,如果能够在上述领
域真正能写出优秀作品来,也不啻为旧体诗词开辟了一条
新路,因为形式总是为内容服务的,能够产生优秀内容的形
式,自身也就有能力争取到生存权。胸无良谋,口无遮拦,
姑妄言之,俯祈诲正。

三、旧体诗词写作与新诗写作的关系

同属诗歌大的类别,旧体诗词与新诗在表现社会生活
与人们的思想情感方面,除去表现方式的不同之外,其余还
是共性居多。因而旧体诗词与新诗不应处于对立的位置,
互相排斥,而应该互相学习、互相促进。

长期以来,因为偏执一隅,在对待旧体诗词及新诗问题
上,坚持扬新抑旧,或扬旧抑新的极端意见,一直争论不休。
双方言人人殊,而又言之凿凿,应该说这两种意见,都是不
可取的。

对鄙弃新诗,认为其趋俗、无内涵等意见的人,实际上
是个人长期固守在旧体诗词的狭小天地里,唯"旧"最高,孤

芳自赏。对新诗了解太少。在五四运动之后,新诗逐渐代替旧体诗词,不能不说是顺应了诗歌文体的演变趋势。新诗主流趋势的形成与发展,应该说是一大进步。而旧体诗词之于新诗,则为其提供了丰富营养。即以旧体诗词中艳称之炼字的"诗眼",如"身轻一鸟过"(杜甫)、"春风又绿江南岸"(王安石);炼句中的佳句,如"海内存知己,天涯若比邻"(王勃)、"欲穷千里目,更上一层楼"(王之涣)、"沉舟侧畔千帆过,病树前头万木春"(刘禹锡)、"山雨欲来风满楼"(许浑),等等,新诗中也同样都有。下面举几个具有代表性的例证。

如"卑鄙是卑鄙者的通行证,高尚是高尚者的墓志铭。"(北岛《回答》)"有的人活着,他已经死了;有的人死了,他还活着。……有的人,他活着别人就不能活;有的人,他活着为了多数人更好地活。"(臧克家《有的人》)等等。其涵盖社会历史和当今现实、世间百态、人心炎凉的概括能力,炼意、炼字所下的苦功夫,绝不比写作旧体诗词差。在"四人帮"猖獗一时的"文革"年代,诗人郭小川的《秋歌》、《团泊洼的秋天》写出了时代的"风云变化",人民"炽热的鲜血流淌哗哗",其中迸发出的"雷霆怒吼",给高压下的人民,以极大鼓舞和胜利的信念。台湾诗人余光中的一首《乡愁》,说出了海峡两岸无数同胞血浓于水的真挚感情和多年来骨肉分离的思念之苦。

同理,那些鄙薄新时期蓬勃发展起来的旧体诗词的人们,目光大都只看到旧体诗词在以往成就的辉煌,而看到现今的写作者和作品,看的大多是负面表现。而没有看到,应用旧体诗词描摹新事物、新思想、新人物的众多作家和作品。

　　首先必须肯定的是现当代已经造就有许多的卓有成就的旧体诗词作者,如王国维、鲁迅、郭沫若、闻一多、叶圣陶、俞平伯、郁达夫、陈寅恪、夏承焘、王力、田汉、邓拓、李锐、施蛰存、赵朴初、程千帆、沈祖棻、张伯驹、聂绀弩、唐圭璋、王季思、舒芜、周汝昌、饶宗颐、苏步青等,虽然他们所学专业不同,从事的工作各异,但作为旧体诗词的写作者,可以说个个都是高手。

　　那种认为旧体诗词只能表现雪月风花、闺阁庭院、儿女情长等内容,不能或难于反映重大历史事件、豪壮情怀的看法是完全没有根据的。古代词话中早就有"铜琶铁板""歌大江东去"和"红牙拍板""唱晓风残月"的故事。纵观现当代的旧体诗词,举凡世界风云、国家大事、自然万物、人间情愫等等,凡是现代社会和现实生活中存在的东西,都有深刻、准确的反映。

　　如王力写于1978年的《五届政协会议感赋》:"四害横行受折磨,暮年伏枥意如何? 心红不怕朱颜老,志壮何妨白发多……"把知识分子获得第二次解放的由衷欢欣和老当益壮报效祖国的雄心壮志,作了淋漓尽致的表露。女诗人沈祖棻在写给其当时正在沙洋农场劳改的丈夫程千帆的诗中说:"一杯新茗嫩凉初,独对西风病未苏。人静渐闻蛩语响,月高微觉夜吟孤。待将思旧悲秋赋,寄与耕田识字夫。且尽目光牛背上,执鞭应自胜操觚。"把高压下孤苦无告而又挣扎无望的因眷心态展现无遗。这些优秀作品,在今天,都成了历史的纪念碑。

还有许多老一辈革命家和为革命光荣牺牲的先烈,他们在戎马倥偬的战火间歇和血洒刑场告别人世之际,也用旧体诗词为我们留下了许多惊天地、泣鬼神、广泛传播、影响深远的优秀作品。如先烈秋瑾的《鹧鸪天》词:"祖国沉沦感不禁,闲来海外觅知音。金瓯已缺总须补,为国牺牲敢惜身?嗟险阻,叹飘零,关山万里作雄行。休言女子非英物,夜夜龙泉壁上鸣。"表现了女英雄为争取国家的独立民主,视死如归的豪迈气魄和大无畏精神。

还应该看到的是新诗也有其自身的节奏、韵律。许多写作新诗的诗人,原来就有着很雄厚的旧体诗词基础。许多好的新诗,就是直接吸取了旧体诗词的优秀之处才成为好诗的。影响所及,乃至涉及现今人数更为众多的通俗歌曲的爱好者。如从现当代一度曾非常流行的《江南之恋》、《涛声依旧》、《烟花三月》等歌曲的歌词中,都能依稀看到旧体诗词中那些名篇名句对其影响的痕迹。

正如田汉在蒲松龄纪念馆的题词中所说:"岂爱秋坟鬼唱诗,呕心当为刺当时。留翁倘使生今日,写尽工农战斗姿。"因为作家生活在他自己的时代,不可能要求他做出超越其时代的贡献,无论他采用什么体裁,只要反映了他的时代的真实,就应该予以肯定。所以,不同体裁的艺术形式,都应该相互学习,相互借鉴,取长补短,共同进步。

总之,旧体诗词在近现代历史上,经历了不少坎坷和曲折,但它仰赖自身厚重的历史和众多卓有成就的作者、作品,不断坚持前行,而且在新时期又有了长足的发展。如果能够因势利导、正确引领、发扬优点、去除弊端、善于吸收、固本创新,一定会取得进一步发展,为祖国的文化事业增光添彩,创建新的辉煌。

王同策(1936—),男,汉族,原籍湖北襄阳。曾任吉林大学古籍研究所教授。吉林省文史研究馆馆员。

当代中华诗词的
创作实践与理论思考

张福有

当代中华诗词的创作与研究,不仅是个理论问题,首先是个实践问题。就此开展理论研讨,很有必要。本文从五个方面,略陈管见。其中,主要介绍一些"关东诗阵现象"、"吉林诗词现象",供诗词理论界分析研究。

一、没有继承无以言创新

中华诗词是中华文化宝库中的奇葩。如同所有文化遗产一样,都要创新。没有创新,就没有发展。而创新的前提是继承。

(一)中华诗词的历史方位。中华诗词,在中华文化宝库中占有重要地位。试想,在中华文化宝库中如果没有唐诗、宋词、元曲等文化精粹,中华文化还会是一个完整的充满诗的韵律的文化吗? 中国还会是一个诗的国度吗? 珍视这笔无价的历史文化遗产,是一种历史的责任。这是我们发展中华诗词文化事业、中华诗词文化产业的出发点。

（二）**中华诗词的当代坐标**。建立在一定的文化自觉和文化自信基础上的中华诗词情结，是发展、繁荣诗词创作的原动力。社会也是一样。经济落后没有地位，文化落后没有品位。只有在中华诗词文化的力量比物质和资本甚至比一般文化形态更有吸引力时，在经济发展能够体现出诗词文化的品格和品位时，这个社会才能进入更高的发展阶段。随着经济与社会的发展变化，对中华诗词的需求日益强烈，已经从很多方面体现出来。

（三）**中华诗词由复苏到复兴已成现实**。经济发展、城市建设、新农村建设等对于中华诗词的需求，从来没有像现在这样广泛而迫切。中华诗词学会的作用日益明显，中央文史馆加强对中华诗词的研究、关注与支持，中华诗词研究院应运而生并立即开展工作，中华诗词爱好者与日俱增，各种诗词刊物、网络如雨后春笋，遍地生根。这意味着中华诗词由复苏到复兴已经成为现实。之所以感觉好像不太明显，是因为有很多眼前的变化，并未完全引起人们的注意。有些现象，虽然注意了，但并未从深层次上加以思考、给以回答。"关东诗阵现象"、"吉林诗词现象"，就是如此。

（四）**应更加关注中华诗词的地域特点**。中国地域辽阔，中华诗词，历来具有地域特点。中国文学从源头上就显现出极为分明的地域性特征，诗词也不例外，北《诗经》、南楚辞，就是很有说服力的见证。"北国风光，千里冰封，万里雪飘。"大气磅礴，千古绝唱。"红豆生南国，春来发几枝。劝君多采撷，此物最相思。"小巧玲珑，同样是千古绝唱。为什么？原因很多,其中之一,就是地域性特点赋予诗词的巨大艺术魅力,不论是北方人还是南方人,同样都很喜欢。中华诗词,以其独特的情感寄托、丰富的内容描写、奇妙的节奏韵律,令作者潜心追求,令读者倾心品读。同样,也以其鲜明的地域特色,日益引起人们的关注。"关东诗阵现象"、"吉林诗词现象",也是如此。

二、培育长白山诗词流派是吉林乃至
东北当代中华诗词建设的重要目标

当代中华诗词所面临的最重要的课题是什么？面对中华诗词的复兴,我认为最重要的课题是加强中华诗词的建设。中华诗词的复兴,面临一个社会大变革、大转型的时代,面临一个文化大发展、大繁荣的时代。当此之际,最重要的是把握历史机遇,因势利导,加强诗词建设。

所谓加强诗词建设,首先要认识这是一项伟大的事业。要将其作为事业来对待。既然是一项伟大事业,就要将其纳入各级党委和政府的工作日程中,就不能仅靠民间的诗词组织自发地进行。就要将其纳入国家的教育大纲中,加强计划性和权威性。就要有事业心和责任感,就不能仅凭一些个人的兴趣行事。有兴趣时就写两笔,没兴趣时任其自流。诗词创作如仅凭个人兴趣,往往是两个结果:走不远;上不高。

加强诗词建设,包括很多内容。如,队伍建设,音韵建设,阵地建设,学科建设,风格流派建设,理论评论建设,研

究机构建设,数据资料建设,演艺推介建设,市场中介建设,等等。这里,着重谈一下风格流派建设问题。

（一）问题的提出。1998 年 9 月 6 日,中华诗词学会副会长、《中华诗词》副主编杨金亭先生在吉林省白山市出席《长白山诗词选》首发式暨全国第三次长白山文化研讨会时,提出"要大力培育长白山诗词流派"的命题。十年多来,我们为之不懈努力。在吉林省诗词学会第二次会员代表大会报告中,在集安、长白山、江源、通化县、公主岭、白城、农安、辉南、珲春、图们、梅河口等地举办的诗词采风活动中,我们都反复强调这一重要问题,形成共识,齐心协力地抓落实。2010 年 3 月 21 日,中华诗词学会顾问、《中华诗词》主编杨金亭先生在吉林农安的一个诗词研讨会上高兴地说:"可以说,长白山诗词流派,现在已经初步形成。"这是杨金亭等先生对吉林和东北诗词创作事业的关爱和充分肯定。

（二）长白山诗词流派的大致特点。中华诗词学会编的《中华诗词文库·吉林诗词卷》,堪称长白山诗词流派建设成果的一个集中检阅。我在为《中华诗词文库·吉林诗词卷》所作的《跋》中提到,经初步归纳,长白山诗词流派大致可以说有以下几个特点:

1.有深厚的文化渊源。从《诗经》的"大东"、"追""貊""商"到词的源头《纪辽东》,从汉、魏、晋、唐、宋到辽、金、元、明、清,从民国到如今,长白山诗词源远流长,琳琅满目。

2.有鲜明的地域特色。长白山及其诗词和风土人情,别具特色。《长白山诗词选》是集汉以降历代长白山诗词之大成的代表作。2007 年以来至今的 5 年间,我们以"中华诗词论坛·关东诗阵"、通化诗词论坛、梅河口文学艺术网、白山市的岳桦林等网站等为平台,组织采风创作,在吉林人民出版社出版了大型诗词集《历代诗人咏集安》、《长白山池南撷韵》、《香远溢清》、《百年苦旅》、《江源毓秀》、《公主岭风韵》、《酒海溢香》、《戍楼浩咏》、《人民警察颂》、《法书吟鉴(诗贺)》、《李元才书法集(诗贺)》、《白山纪咏》、《雪域情怀》、《中华诗词文库·吉林诗词卷》、《纪辽东》、《当代诗人咏辉南》、《图们江放歌》、《长白山文化论丛(诗贺)》、《茂山集韵》、《辛卯开岁联唱集》、《珲春韵汇》、《延边礼赞》等22部,尚有《白城杏花咏》、《黄龙逸韵》、《松花石砚》、《长白山黑陶》、《公主岭玉米之乡》、《纪辽东专辑续集》、《壬辰开岁四家漏夜联唱集》、《梅津汇律》、《海龙吟》等9部诗集正在编辑出版中。九台、德惠、农安、白山等地,都有固定的诗词刊物和诗集出版。蒋力华、吴文昌等近几年都有三至七部诗词集出版。真可谓硕果累累,被中华诗词论坛张驰先生称为"关东诗阵现象"、"吉林诗词现象",被周笃文先生誉为"关东铁军"。

近5年,吉林出版的二十多部大型主题诗集,约有诗词20000多首,其中约有10000余首是写集中创作长白山诗词力作,堪称精品。这是长白山诗词流派的重要内容和代表作。吉林省委宣传部原常务副部长、省诗词学会副会长蒋力华同志对长白山诗词创作取得的这些丰硕成果,由衷高兴,指出:建设"诗域吉林",已经初见成效。最近,蒋力华根据张驰对"关东诗阵现象"的概括,提出应研究一下"吉林诗词现象"。这是一个很有意义的课题。

3.有稳定的创作队伍。或者说有雄厚的创作实力。有的诗友将这种采风创作称之为"拉练"。三年"拉练",关东诗阵是主力。以《长白山池南撷韵》为例,本书作者来自全国23个省、市、区 198 人,其中,东北三省辽宁、黑龙江、吉林 98人,占 49.5%。在东北三省 98 人中,吉林省 81 人,占 82.7%。

4.有传世的优秀作品。隋炀帝的《纪辽东》,唐太宗的《辽城望月》,李白的《高句丽》、《送王孝廉觐省》,张元幹的《念奴娇》,萧太后的《秋猎》,王寂的《渡辽》、赵秉文的《长白山行》,刘敏中的《卜算子·长白山中作》,朱元璋的《鸭绿江》等,康熙的《望祀长白山》、《柳条边望月》、《松花江放船歌》等,吴兆骞的《长白山》,乾隆的《驻跸吉林境望叩长白山》、《望祭长白山》、《吉林览古杂咏》、《吉林土风杂咏十二首》等,张凤台的《赠刘建封》,刘建封的《白山纪咏》等。当代人尤其是《长白山诗词选》下卷和"关东诗阵"中写长白山景物及风土人情的精品,当可传世。

三、以诗证史是长白山诗词流派的重要使命

1998 年,我在吉林省白山市主持召开了《长白山诗词选》首发式暨全国第三次长白山文化研讨会。中华诗词学会副会长、《中华诗词》主编及副主编、顾问丁芒、梁东、刘征、周笃文、杨金亭、丁国成等到会并讲话。丁芒先生着重谈了《长白山诗词选》的史学意义,梁东先生谈了《长白山诗词选》的出版是对中华优秀传统文化的继承,刘征先生谈了《长白山诗词选》的出版为繁荣中华诗词做出不可磨灭的

贡献,丁国成先生谈了《长白山诗词选》得到时任总书记的江泽民同志的极大支持足以说明诗道不孤,周笃文先生谈了词的源头可以追溯到长白山诗词中隋炀帝的《纪辽东》,杨金亭先生谈了随着《长白山诗词选》的出版呼唤长白山诗派的出现。杨金亭先生指出:"《长白山诗词选》的出版,不仅是张福有同志对长白山文化的贡献,对繁荣中华诗词也做出了不可磨灭的贡献。这部书的问世,为研究长白山文化在中华文化中的个性与特色,提供了资料。这对于建设长白山诗派,很有益处。现在,全国的诗词创作,空前活跃。不足之处是缺少诗派,或者说,有的流派还在形成之中。随着《长白山诗词选》的出版,呼唤长白山诗派的出现。只有众多诗派形成之后,才能有真正的诗词的繁荣。"这都是十分难得的、宝贵的评价和建议。尤其是杨金亭先生的意见,对于我们吉林省的诗词创作,具有十分重要的指导意义。中华诗词学会这几位先生的重要讲话,均收录在2001年10月出版的《长白山诗词论说》一书中,由时代文艺出版社出版。

近10年间,我们编辑出版了《长白山诗词选》、《长白山诗词史话》、《长白山诗词论说》。2008年,组织采风创作,编辑出版《长白山池南撷韵》。邀请60多位诗人到长白山,两个月创作诗词1200多首,精选1036首,已经出版。省委书记王珉给写序。为纪念刘建封踏查长白山100周年,我们组织专家学者沿刘建封踏查之路重走一遍,考察长白山百年变迁史,写出《百年苦旅》,省委书记王珉又给作序。这都是足可载入长白山文化和长白山诗词史册的大事。这几部诗词集的出版面世,对吉林省的诗词创作、对长白山文化的发展起到了积极的促进作用。

《长白山池南撷韵》的出版,推动了挖掘、研究、传承长白山文化,以诗纪事,以诗证史,不断提升长白山文化品位。这是实践科学发展观,加强社会主义精神文明建设,构建和谐社会的具体体现,对长白山区的生态环境保护和经济、社会可持续发展具有重要意义。

长白山诗词是长白山文化的精粹。我们力求通过长白山诗词,增强对长白山文化的认同感,破除"东陲无文"的观念。

(一)挖掘厚重底蕴。长白山不仅有文化,而且长白山文化具有源头性,是中华文化的一个重要发源地。长白山地区有丰富的旧石器文化遗址,距今已有 16 万年的历史。通化王八脖子遗址考古新发现,证明吉林有距今 6500 年的原始文明遗迹。由此证明长白山原始文化是中华文明的起源之一。中国的第一部地理志《山海经》里,有长白山,称作"不咸山";中国的第一部诗集《诗经》,写到长白山下夫余人、高句丽人的先祖"其追其貊",还通过"玄鸟"、"长发"写到商代先民;中国的第一部编年史《史记》,记下了长白山下肃慎氏的贡物"楛矢石砮";词的源头,是隋炀帝的《纪辽东》,其中写到集安的丸都"清歌凯捷丸都水,归宴洛阳宫";东北的第一位文人、作家,是箕子。翻开《中国东北史》、《东北文学史》,翻开《长白丛书》、《长白山诗词选》,那种"东陲无文"的片面认识便站不住脚。夜郎自大不足取,妄自菲薄也不应该。

（二）**发现重要题材**。长白山文化是古老的,长白山文化研究是全新的。注意防止对长白山文化及其研究的误解和误导。针对"东陲无文"、"长白山没有文化"之类的片面认识,多做一些说明和介绍。利用考古新发现,深化对东北史和长白山区开发史、长白山文化发展史的研究。近些年来,通化王八脖子遗址,双辽后太平遗址,有很多重要的新发现。长白县最近考古发现战国时的墓葬和赵国的积坛,连同此前曾在长白县八道沟发现赵国蔺相如的青铜戈,在集安阳岔发现赵国阳安君李跻的青铜短剑,在柳河发现赵国的铜箭头,在集安太平乡五道岭发现战国的青铜短剑、铜矛、铜斧等。鸭绿江右岸屡次发现战国时的兵器,集安的良民是公元247年东川王所筑高句丽的第一个平壤城,三道沟古城是夫余王弟的曷思王都,有新近发现的2000多座古墓和2座古城为证,辽源龙首山城一带是夫余的后期王城,燕秦汉长城到了吉林境内,《史记》中的"筑障塞",《汉书》中的"起营塞"等,通过考古调查,已找到遗址,非同小可,为长白山文化研究提出了很多新课题。同时,这也是诗词创作的重要题材,围绕这些新发现,写了很多诗词,经常在《长白山诗词》上发专栏。通过诗词创作,积累以诗证史的资料,进而认清这些新发现和新的研究成果的重大历史文化价值,这对于正确揭示长白山地区的开发史、保持东北的长治久安,具有重要意义。

2010年8月27日,我出席中华诗词辽河采风活动,夜宿梨树县霍家店兴旺休闲酒店。附近是梨树偏脸古城,乃金代韩州。往昔知此线索,然无时细究。时逢小闲,便检王

寂《辽东行部志》,其中记曰:

> 乙丑次韩州,宿于大明寺。韩州,辽圣宗时并三河、榆河二州为韩州。三河,本燕之三河县。辽祖掠其民于此置州,故因其旧名而改。城在辽水之侧,常苦风沙,移于白塔寨。后为辽水所侵,移于今柳河县。又以州非冲涂,即徙于旧九百奚营,即今所治是也。是日,路傍见俗谓鸡儿花者,予为驻马久之。吾乡原野闲此物无数,然未尝一顾。今寒乡久客,忽见此花,欣然有会于心。退之所谓:'照壁喜见蝎者',亦此意欤? 其花形色与鸡绝不相类,不知何以得此名也? 为赋一诗:
>
> 花有鸡儿号,形殊意却同。
> 封包敷玉卵,含蕊啄秋虫。
> 影卧夜栖月,头骈晓舞风。
> 但令无夭折,甘作白头翁。

金大定十二年(1172 年)十二月,封长白山为"兴国灵应王,即其山北地建庙宇"。大定十五年(1175 年)三月,奏定封册仪物,每逢春秋二季,择日致祭。明昌四年(1193 年)十月,复册长白山为"开天弘圣帝"。金朝册封长白山,派张子固前往。张子固完成册封使命后,王寂赠张子固一首七律《张子固奉命封册长白山回以诗送之》:

> 劳生汩没海浮粟,薄宦飘零风转蓬。
> 我昔按囚之汶上,君今持节出辽东。

分携遽尔阅三岁,相对索然成两翁。
健羡归鞍趁重九,黄花手捻寿杯中。

　　大定二十九年初(1189年),金朝任命王寂为提点辽东路刑狱。王寂先后在明昌元年(1190年)庚戌二月丙申至四月庚寅日止,即二月十二到四月初八,用一个月又二十五天时间巡按辽东各部记其事,成《辽东行部志》,赋诗58首。又明昌二年(1191年)二月己丑讫三月庚申,计一月零二日成《鸭江行部志》赋诗26首。其记述较金史地理人情详尽,史料价值很高,有补正史之作用。王寂每到一地,巡按之外触景生情,赋诗以记。

　　明昌二年(1191年)召还,任中都路转运使。明昌五年(1194年)卒,年六十七,谥文肃。王寂在金朝鼎盛时期,以诗词考得进士,以文章政事显称于世。其诗文清刻镜露,博大疏畅,是金代"国朝文派"的代表性人物,其特征是具有"质朴贞刚"的文化气质。

　　王寂这首咏鸡儿花五律,作于明昌元年(1190年)春三月乙丑即三月初十。他的老家蓟州玉田(今河北玉田)原野中这种闲花极多,却未尝一顾。及寒乡久客,忽见此花,欣然有会于心。如同韩愈所谓:似"照壁喜见蝎者"。因赋五律如上。

　　王寂作这首五律时,正宿在韩州,即今梨树县偏脸古城。他住在韩州大明寺客馆中。此时之韩州,已是商贾云集之都市。天会五年(1127年),金将囚居在韩州(此时韩州为今辽宁昌图八面城时称柳河县)两年之久的徽、钦二帝从韩州徙往五国城时,就是经梨树偏脸城而北行的。天德二年(1150年),完颜亮将韩州州治从昌图八面城迁到梨树偏脸城。40年后,王寂夜宿韩州大明寺,并有咏鸡儿花诗为证。

弄清这些问题,已是8月28日凌晨1点20分,难以成寐,遂依王寂原玉续貂云:

韩州夜读发现王寂咏鸡儿花五律依韵抒怀有序

夜读霍家店,心情自不同。

庚寅方赋虎,乙丑考雕虫。

边外鸭绿水,辽东长白风。

效公建书院,一个踏山翁。

当时,并不知道鸡儿花为什么花,8月28日凌晨在网上发出,发动诗友提供线索。在长春房喜昌、山东张庆峰、四平赵丽萍等诗友协助下,终于搞清王寂笔下的鸡儿花,学名叫蓟,分为大蓟、小蓟。大蓟带刺,又叫老牛锉,小蓟不带刺,但也叫刺儿菜。大蓟、小蓟,都是野菜与药物。三日得诗词多首。拙作发到网上后,诗友对此喜爱有加,纷惠佳作。旬余得诗50首。

(三)抓住历史机遇。清光绪三十四年(1908年),刘建封(1865—1952)奉钦差大臣、东三省总督徐世昌之命,应长白府张凤台、李廷玉之约,率队踏查长白山,历尽艰辛,为天池十六峰命名,探明鸭绿、松花、图们三江源流,勘分奉吉界线,著有《长白山三江源流考》、《白山穆石辨》、《长白山江岗志略》、《白山纪咏》等。1909年,刘建封以"谙练边情、勤奋耐苦之员",奏准补"边绝要缺",任安图第一任知县。《白山纪咏》书不见传,1998年,余录其章句于《长白山江岗志略》,辑入《长白山诗词选》。《白山纪咏》系刘建封踏查长白山途中边走边记之句,多为两句一组,未及成绝成律。兹逢刘建封踏查长白山100周年之际,余率吉林省长白山文化研究会曹保明、周长庆、梁琴一行沿刘建封踏查路线重走一过,感慨颇多,不揣浅陋,勉为续貂,以诗证史,出版了考察纪实《百年苦旅》。就此,关东百余位诗人写了数百首诗词,以诗的形式肯定这次踏查,纪录长白山地区百年的人文掌故和历史变迁。这些诗词,均收录在《百年苦旅》中。其中,最感人者,是吉林省诗词学会副会长张文学的《水调歌头》:

水调歌头·有感养根斋踏查长白百余次

鸭绿流空谷,声荡碧霄中。何人崖畔凝视,华发沐金风。轻掷萧萧乌帽,独步森森古道,仰首扣苍松:卧虎平安否,孤隼可重逢? 追往事,嗟余恨,泪其蒙。魂牵梦绕,又见长白染霜枫。闻说勘查踏雪,后继依然不歇,耿耿此心同。纵使八千岁,也入大荒东。

这首《水调歌头》,在关东诗阵引起热烈反响,诗友纷纷相和,几天时间,和词达30多首。

2010年,是图们江出海试航20周年。我们发出帖子,诗友迅即写了200多首诗词,请省以上书法家写出100多幅,捐赠给珲春"张鼓峰事件战地展览馆",并出版《珲春韵汇》专集。

四、充分发挥网络作用,尽力办好诗词刊物,网刊互动,不断掀起诗词创作高潮

2011春节,由沈鹏、周笃文、张福有、张岳琦4位诗词名家发起辛卯开岁联唱,在全国及港澳台地区引起了热烈反响,上万诗歌爱好者上网参与,仅15天时间,以祈福祖国、讴歌时代和歌唱生活为主题的联唱同韵七律达380余首,为新春佳节增添了浓郁的中国传统文化气息。

庚寅除夜,书坛泰斗沈鹏先生以"兔毫落墨三江水,国事开春八阵图"一联首唱,以手机发付中华诗词学会顾问周笃文先生。周笃文先生旋即续以"日月经天黄道正,参商得所赤星殊"一联,转发给中华诗词学会副会长张福有,续得第三联"抟云直扫高峰雪,移海能青大漠芜",又将前三联转给中华诗词学会顾问、吉林省政协原主席、吉林省诗词学会会长张岳琦,顷以"一派煦和昭万象,诗情豪气满神都"足成一首七律。诗词名家笙箫迭唱,先成于手机,爰布之网上,以征继响。

2月3日即正月初一下午,我将这首七律发到"中华诗词论坛·关东诗阵"上,论坛站长张驰将其总固顶。南北诗朋,和者云集。到2月17日正月十五截稿,仅半月时间,高筑吟楼899楼,点击13016人次,得同韵七律380多首,创当今旧体诗词论坛之最,成为明时吟坛之一佳掌。

这次开岁唱和活动,是中国诗词界的一种新气象,以网络新媒体平台为载体,起了以主旋律占领文化阵地和倡导新的生活方式的作用。这次唱和活动,彰显四大特点:

一是,传统文化饱含时代风采。中华诗词是中华文化之精粹,尤其是旧体诗词,至今方兴未艾。春节,又是中华民族的传统节日,以诗贺春,正当其所。

二是,高雅情怀唱响主旋律。和诗中多有紧扣时代,以颂时政的精品。

三是,发挥网络优势迅即覆盖大江南北和各个层面。这次开岁和诗联唱,时间短,覆盖面广。仅半个月时间,参与唱和的诗人就遍布全国31个省、市、自治区和香港、澳门特别行政区以及台湾。这次和诗作者中年龄最大的当属黑龙江省老诗人谭彦翘,当年87岁高龄。参与和诗已知实名的285位诗人,其中有50多位是女性。江苏中文女教师、诗人朱江月,一气呵成《步韵和辛卯开岁诗家联唱录·四季诗》,《春游青草地》、《夏赏绿荷池》、《秋饮黄花酒》、《冬吟白雪诗》,首首俱佳,被关东诗阵加为精华帖。父女齐援手,不失为此次和诗一桩佳话。澳门女诗人冯倾城,是冯刚毅先生之女,均呈佳作。吉林省通化县金永先与胡玫是夫妻,伉俪联袂,步韵同吟,亦传为佳话。更为可喜的是,参与和诗的不乏农民诗人。吉林省德惠的许清忠、公主岭的李彦,是实实在在的农民,诗词功底深厚,诗名远播,出手不凡。

四是,突出地域特色以诗证史。这次贺春联唱和诗所凭藉的平台是"中华诗词论坛"。论坛的大多数版块均上阵参与。甘肃省诗词学会副会长李枝葱，亲自组织甘肃诗人积极参与，共有 13 首和诗。"八桂诗海"、"大河之南"、"辽宁诗词"、"北国诗词"、"燕赵风骨"、"西部诗声"等，均在本版块作了发动。其中作用最大的是"关东诗阵"。"关东诗阵"组建于 2004 年，至今已 8 年。春节期间组织步韵贺春，也进入第 8 个年头。这次和诗活动，已知实名作者 285 人，其中东北三省就有 108 人，占 37.9%；吉林作者 70 人，和诗 83 首，均占 24.6%。关东诗阵是由吉林省诗词学会与"中华诗词论坛"共同主办的立足关东、面向全国的诗词园地。吉林省诗词学会和各市州诗词学会领导参与做版主，团结了黑龙江、辽宁及全国的部分诗友，坚持多年，每天发帖量都在 300 个左右，最高时日发帖超过 2000 个。创建 9 年来，到 8 月 11 日，共发主题帖 93293 个，帖数 990009 个，一直高居"中华诗词论坛"发帖量之榜首。

《辛卯开岁联唱集》，是 2005 年春节以来贺春的高潮，全国 31 个省、市、区和港、澳、台 300 多位诗人参与和诗，共得同韵和诗 383 首，陕西旅游出版社出版了专辑，《人民日报》2011 年 11 月 22 日作了报道。今年春节唱和，仅半月时间，有近千人参加，两韵共收和诗 1230 首，堪称盛况空前，史无前例。周笃文先生盛赞曰："真昭代祥瑞也"，"功德无量！"

2012 年春节，更是高潮迭起。初一漏夜，书坛泰斗沈鹏先生以手机发给首联。我即转给周笃文先生得续颔联，返回后又接成颈联发给张岳琦先生，足成一律。我将其发至网上，并提示诗友云：为客岁四家联唱之继响也，不啻当今吟坛又一雅事欤？

> 龙孙吐节存高远，凤羽摩云振大千。（沈　鹏）
> 万国辂车驰魏阙，百重佳气满幽燕。（周笃文）
> 史从汉障通关外，春引唐声出柳边。（张福有）
> 四海风烟纵难测，金虬顺势必翔天。（张岳琦）

　　这首联句，到正月十五，得同韵和诗710多首，《长白山诗词》正在编增刊。此前，腊月二十三到正月初一，我的一首阳韵贺春诗《壬辰春颂》，得同韵和诗520多首。两韵共1230多首。全国近1000名诗人参与和诗活动，堪称盛况空前。

　　每年春节的贺春活动，都迅即传播到很多网站。我所发的主题帖成为全国诗词界目前吟楼最高、人气最旺的热帖。广大网友评价，网上和诗迎春，堪称一个创举。这些活动的成功，发起者因势利导，组织者既是诗人，同时又能亲自上网。张岳琦同志和周笃文先生每天都亲自上网看稿，发现情况，随时沟通协调。在和诗过一百首、二百首、三百首之后，他们相继依原韵作诗感谢诗友。我每天在网上工作都是16个小时左右，1000多楼的跟帖，除极个别者外，每帖必回，好的给以鼓励，致以谢意。遇有出律的和需要修改的，一一提出意见和建议，有的还要反复多次才能定稿并不断编帖。讨论中，充分发扬学术民主，重作者意见。对针砭时弊的诗作，格外重视，以诚相待，引导作者把握好角度与分寸。面对近千名作者，我都通过论坛短信、电子邮箱和手机,及时掌握作者的姓名、地址、邮编、电话,建立通讯录,以供随时联系用。

大量的艰苦细致的工作,赢得了广大诗友的敬意和感佩。安徽诗人胡宁在回帖中写道:"什么叫精气神? 什么叫凝聚力? ……"张岳琦在致张福有短信中写道:"联句唱和,蔚为壮观。此乃今年诗坛特有的盛事! 工作浩繁,完全是奉献。"周笃文称赞道:"开岁诗联唱活动形成了一种新的网络文化现象,在互联网飞速发展并影响着人们生活的今天,还有这么一群诗歌爱好者拥有着健康向上浪漫诗意的过年方式,堪称诗坛铁军,真是奇迹!"并致信张福有:"爱兄之骆驼精神,诗坛殆罕其匹也!"周笃文欣慰地说:"这次活动还是一次成功的探索,它激活传统,继雅开新;网络诗文,表现当代。"

网上贺春结束后,我都选二三十首精品佳作转给《吉林日报》刊发,《长白山诗词》选发六七十首,做到网刊互动。

五、创立新词牌,精心创作继雅开新的标志性作品

马凯先生提出"求正容变"。周笃文先生提出"继雅开新",深有见地。我们就此做了一些探索。

(一)规范《纪辽东》词谱,三年多全国 28 个省、市、区 300 多位诗人创作《纪辽东》3300 多首。

隋炀帝的《纪辽东》,一向被视作四首杂言诗:

辽东海北翦长鲸,风云万里清。

方当销锋散马牛,旋师宴镐京。

前歌后舞振军威,饮至解戎衣。
判不徒行万里去,空道五原归。

秉旄仗节定辽东,俘馘变夷风。
清歌凯捷丸都水,归宴洛阳宫。

策功行赏不淹留,全军藉智谋。
讵似南宫复道上,先封雍齿侯。

　　隋炀帝,即杨广(569—618),文帝次子,在位14年。开运河,筑长城,增凿莫高窟,首创科举制,屡征辽东,亲巡河西,举办万国博览会,统一中国,文武双全,多有建树。现存诗50余首,首创《纪辽东》,足堪称不朽!
　　大业八年(612),隋炀帝伐高句丽,渡辽水。大战于东岸,并作《纪辽东》。"丸都水",《全汉三国晋南北朝诗》、《隋书》和《奉天通志》均作"九都水",乃误。余在辑笺《长白山诗词选》时将其订正为"丸都水"。"丸都",系高句丽都城国内城的守备城——丸都山城,在今吉林省集安市城西北2.5公里处。而九都,与历史、地理等方面均不确。"丸都水",确指应为丸都山城下的通沟河通沟,亦称豆谷、洞沟。1998年,依据《纪辽东》之题与词中直写长白山下之丸都,余将其连同王胄的《纪辽东》一并辑入《长白山诗词选》。王胄,琅琊临沂人。隋大业初为著作佐郎,以文词为炀帝所重。后从征辽东,进授朝散大夫。他在《纪辽东》词中,写到长白山区鸭绿江、浑江流域。

1998年9月6日,中华诗词学会副会长兼秘书长周笃文先生指出,根据任半塘先生的论断,隋炀帝和王冑的《纪辽东》,当是词的源头,拙斋心目豁然开朗。会后,周笃文先生还给拙斋转来任半塘先生论及曲辞起源应始自隋代之大札,征引旁博,坚确不移。

任半塘先生的论断是可信的。宋词源于唐曲子,唐曲子自燕乐出,实始于隋。这就将词起源于晚唐、中唐之说,又向前推进了。

宋人郭茂倩明确指出:"《纪辽东》,隋炀帝所作也。"即录以冠"近代曲辞"。龙沐勋肯定《纪辽东》"为倚声制词之祖","为词体之所托始",这应当是不争之定说。

《求因果》之后,两宋、金、明、清历代,都不乏类似《纪辽东》的词作,只是调以《武陵春》、《贺圣朝》等别名。这些词牌及作品与《求因果》、《纪辽东》在体式上的联系在于"七五为章",上下两片,48个字;差异在于平仄、韵脚变化增多且不换韵。词之源头,是隋炀帝的《纪辽东》。《纪辽东》,开词之先河。词的源头能与世界文化遗产吉林集安之丸都山城乃至长白山文化相联,实为中华诗词发展史上之佳趣,更是长白山文化、长白山诗词、集安文苑中不可多得之瑰宝。

《纪辽东》经隋炀帝创牌后为什么没有以其名直接传承下来?主要是当时不可能有规范的词谱,因律诗尚未规范。唐宋以降,虽有类似《纪辽东》体格的词在繁衍,却又调以别名。今天,我们完全有责任、有义务、有条件、有能力规范词谱,传承《纪辽东》,发展、繁荣《纪辽东》。

为此,2009年秋,藉《江源毓秀》创作之机,拙斋依隋词体格,作七言五言,双调联章,边创作边规范平仄与用韵。悉用律句,五言句,即减七言句前二字。共得四种格式,就首句末二字论,有:平平脚、仄平脚、平仄脚、仄仄脚四种,兼有些许变化。平仄黏对同律,词性不用对仗。仄平脚句要防孤平。可用拗救。此外,一三五不论,二四六分明。平收,均用平韵。仄收,同韵部叶仄,也可不叶。前四组拙作,即四种格式。上下片相同。用韵,隋、王词换韵,上下片四平韵。到宋后的《武陵春》等,多不换韵。前四组拙作,亦未换韵。第三、四种格式,首句可不叶仄韵,第三句也可叶仄韵。但基本格式,应属一致。第五组与第六组拙作,每片一韵。其中第三、四种格式,上下片换韵,更近于隋词,当视为正格。第一、二种格式,当视为变格。当然,就总体上而言,拙斋整理的《纪辽东》规范词谱均属变格。

《纪辽东》词谱:

一、平起平收式,平平脚:

⊙平⊙仄仄平平(韵),⊙平⊙仄平(韵)。⊙仄⊙平平仄仄(句),⊙仄仄平平(韵)。　　⊙平⊙仄仄平平(韵),⊙平⊙仄平(韵)。⊙仄⊙平平仄仄(句),⊙仄仄平平(韵)。

二、仄起平收式,仄平脚:

⊙仄⊙平⊙仄平(韵),⊙仄仄平平(韵)。⊙平⊙仄⊙平仄(句),⊙平⊙仄平(韵)。　　⊙仄⊙平⊙仄平(韵),⊙仄仄平平(韵)。⊙平⊙仄⊙平仄(句),⊙平⊙仄平

（韵）。

三、平起仄收叶仄式，平仄脚：

⊙平⊙仄⊙平仄（叶），⊙平⊙仄平（韵）。⊙仄⊙平平仄仄（句），⊙仄仄平平（韵）。　　⊙平⊙仄⊙平仄（叶），⊙平⊙仄平（韵）。⊙仄⊙平平仄仄（句），⊙仄仄平平（韵）。

四、仄起仄收叶仄式，仄仄脚：

⊙仄⊙平平仄仄（叶），⊙仄仄平平（韵）。⊙平⊙仄⊙平仄（句），⊙平⊙仄平（韵）。　　⊙仄⊙平平仄仄（叶），⊙仄仄平平（韵）。⊙平⊙仄⊙平仄（句），⊙平⊙仄平（韵）。

四格例词：

一、白山纪咏（平起平收式）

大东山水此间殊，篇篇无字书。钓叟天池吟咏后，志略纪当初。　　踏查心系护舆图，铮铮一老夫。指点四围峰十六，拙笔辩丸都。

二、松花石韵（仄起平收式）

毓秀大东山水佳，名石属松花。康乾盛世皇宫宝，文豪笔墨夸。　　吟鉴闲评进万家，誉美遍中华。开来诗阵波涛涌，天边一抹霞。

三、老岭石碑（平起仄收叶仄式）

驱车又上荡平岭，摩碑百感生。斩棘披榛开此路，信是大工程。　　云间摄下千秋影，山中不了情。再数百年谁继迹，悄问石无声。

四、长白林海（仄起仄收叶仄式）

雪野无边风莽荡,犬吠有林场。盆称干饭知多少,梦回思大荒。　　日丽风清山自唱,调似喜洋洋。登高指点水分处,松江又鸭江。

拙文在《长白山诗词》2009年第6期和《中华诗词论坛·关东诗阵》发出之后,立即得到中华诗词学会原副会长周笃文先生的鼎力支持,挤出宝贵时间惠赐《贺〈纪辽东〉词谱问世寄张福有并序》:

> 《纪辽东》词谱得福有兄悉心整理,厘订四格并亲制六组二十四阕,以为发凡起例。诗词同道群起响应,顷得《纪辽东》三百多首。此大功德也,堪称不负平生之名山事业。爰缀小词为贺。笃文谨志。
> 辽东一纪破天荒,词源千古长。跃马横戈凝想处,赫赫武威扬。　　丸都形胜久难双,山河自慨慷。百代风流谁续得,天壤有张郎。

周笃文先生这首词,上片写隋炀帝作《纪辽东》乃破天荒之举,开创词源,维护中华一统,历史意义重大而深远,功不可没。下片由隋炀帝《纪辽东》所写之集安丸都,写到长白之大山大水以至纪念刘建封踏查长白山100周年的专著《百年苦旅》,内容紧凑,文字洗练,对我们寄予厚望,令人感动,是对东北诗人的莫大鞭策和鼓励。

山东刘献琛先生指出:"您厘定的《纪辽东》词谱,不仅使最古老的词牌定型面世,而且解决了词的源头之千古悬案,在词史上留下了重要一笔,厥功昭昭,相信这贡献完全经得起历史检验。""您厘定的《纪辽东》词谱，以近体诗律绝形式次句剪二字的方式容易记忆，便于操作。""实践已经并将继续证明，您厘定的那几种作为变格，由于格式规范且便于掌握，必然会影响更大。""梳理《纪辽东》正变源流，您已经填补了词史空白。以正格、变格序列，文脉可能会更加畅达。也便于人们认识多种体式，了解词史进程，掌握词谱格律，创作出更多光耀词坛的《纪辽东》。"当此间，拙斋与几位诗友依隋炀帝谱创作十余首《纪辽东》，亦觉别具一格。

中国民间文艺家协会副主席、吉林省非物质文化遗产领导小组专家组组长曹保明先生指出："隋炀帝的《纪辽东》和王胄的《纪辽东》，被张福有从浩如烟海的历史文献中寻找出来，并以高超的慧眼锁定为一种词牌格律，已被诸多专家学者所认定。此前，任半塘先生明确提出'隋炀帝和王胄的《纪辽东》当是词的源头'，而且，任先生的重要论证是'举世无人提及的敦煌歌辞《求因果》类型。'"张福有先生对《纪辽东》词谱的体裁的挖掘，是一个重大的文化发现。""《纪辽东》格律从古至今的一呼百应，恰恰说明它的构造还鲜明地活着。一年间得《纪辽东》2000多首，经选择，一部《纪辽东》专辑就保存下来1800多首。这是一个奇迹。这是一种活态。《纪辽东》作为一种文化的名词存在，又起到了歌颂和记载地域历程的价值和作用，这是一个'词名'又是'地名'，也恰恰是一种记忆，但又与其他的地名文化截然不同，它已成为从久远的历史传承下来的闪亮的宝石，又是一个闪光的记忆，这是一个重要而永恒的记忆。""毫不夸张地说，张福有，就是《纪辽东》的传承人。我们应当从非物质文化遗产的角度去认识《纪辽东》,认识《纪辽东》的传承。"

吉林唐仁举先生指出:"《纪辽东》规范词谱的问世,为中华词苑增添了一朵靓丽的奇葩。这是张福有为传承弘扬传统文化,发展繁荣中华诗词,培育壮大长白山诗词流派所做出的一个重要贡献,必将在我国诗词发展史上留下不可磨灭的一笔。"

2009 年 12 月 5 日,在福建龙岩召开的第二届海峡两岸诗词笔会上,台湾的文幸福等教授也充分肯定了拙斋整理的《纪辽东》词谱及众多诗友的《纪辽东》创作成果。诗友们热烈响应,从东北到到海南,从西北到西南,未及两阅月,百余位诗人共创作《纪辽东》656 首,而且精品纷呈,十分喜人,堪称盛况空前。2009 年 12 月出版的大型诗词集《江源毓秀》中,收录 304 首《纪辽东》。《中华诗词文库·吉林诗词卷》中,收录 97 首《纪辽东》。拙文在《中华诗词论坛》总固顶月余,海内外诗家好评如潮,上万人阅读该帖,一致称道有加,无一持否定意见者。2010 年春,仅一月余,又得百余位诗人《纪辽东》600 多首。《中华诗词》2010 年第 8 期刊登了拙文《规范词谱 传承纪辽东》。2010 年 9 月 25 日,我在浙江乐清"全国第二十四届(浙江乐清)中华诗词暨夏承焘吴鹭山学术研讨会上"宣读了《规范词谱 传承纪辽东》的论文,此后,又上来一些作品,《纪辽东》已突破 2000 首。至此可以说,我们传承《纪辽东》的初衷完全得以实现。2011 年 4 月吉林人民出版社出版的《纪辽东》专辑,收录《纪辽东》1815 首。周笃文先生为之作序。此书出版之后,还不断有《纪辽东》作品问世,目前已收到 1500 多首。今年,是隋炀帝初征高句丽、创作《纪辽东》1400 周年,拟再版《纪辽东》。繁荣《纪辽东》,以慰先贤,以启后世,已成现实,并非虚语。

(二)张文学创《玉甸凉》词体,得词 40 多首。

《纪辽东》是整理古词,规范词谱所得。纯属吉林诗人自创词谱,近年有《玉甸凉》、《一剪梅引》、《海龙吟》。

2007 年,吉林省诗词学会副会长张文学先生(三狂居士)草创《玉甸凉》,当时自度一曲,因词中有"玉甸生凉",长春女诗人吴菲建议以《玉甸凉》名之。温瑞、吴菲、杨贵全等整理了《玉甸凉》词谱,遂得 40 多首《玉甸凉》作品。

玉甸凉,双调,上片十一句,押五仄韵,五十八字;下片同。共一百一十六字。

谱例:

张文学(三狂居士)

《玉甸凉·丁亥七月十五在草庐》

树影婆娑,

⊙●○○,

清音流淌。

⊙○⊙△。

月朦胧,

●○○,(亦可⊙●○)

蛐蛐儿、浅吟低唱。

●⊙○、⊙○○⊙△。

一首乡村小夜曲,

⊙●⊙○○●●,

恰似沁人佳酿。

⊙●⊙○⊙△。

细细斟来，

⊙●○○，

悠悠品味，

⊙○⊙●，

便已心驰神荡。

⊙●⊙○⊙△。

非醉非醒，

⊙●○○，(亦可⊙○○●或○●○●)

恍忽间、不觉人间天上。

●⊙○、⊙●⊙○⊙△。

万籁回声，

⊙●○○，

四垂青嶂。

⊙○⊙△。

小池边，

●○○，(亦可⊙●○)

见姮娥、飘然而降。

●⊙○、○○⊙△。

曼舞霓裳绰约影，

⊙●⊙○○●●，

倾倒白衣卿相。

⊙●⊙○⊙△。

玉簟生凉，

⊙●○○，

银波轻漾，

⊙○○●，

引起无边怅惘。

⊙●⊙○⊙△。

如梦如幻，

⊙●○○，(亦可⊙○○●或○●○●)

猛激灵、依旧人孤野旷。

●⊙○、⊙●⊙○⊙△。

注：凡三字逗句，作●○○、○●○、○⊙●亦可。六字韵句宜用⊙●○○⊙△或⊙●⊙○○△。七字句作⊙●○○●●●亦可。

符号说明：○——平，●——仄，⊙——可平可仄，△——韵。

玉甸凉·为贺关东诗阵成立三周年作

山东　韩林坤（梅关雪）

野菊黄微，秋风凉乍。等闲间，数过了、三番长夏。此日凝眉北望久，唯是诸君盟者。重忆当年，忽生感念，草草多承敲打。打叠芜词，抱拳拳、再拜吟军旗下。　　黑水腾龙，辽原纵马。白山青，鸭江绿，犹堪描画。为底江山多妩媚？只为词人潇洒。诗待中兴，人须成阵，舍此还堪何也？川岳无偏，只精诚、须向北天长借。

玉甸凉·长白山王池兼贺关东诗阵创建三周年

吉林　张福有（养根斋）

既得天生，岂随地老？与长空，共清幽、任云缥缈。桦自参差松自挺,还数无名花好。雾里鹰闲,林中虎卧,未许沙飞石笑。一似龙潭,玉甸凉、直逼歌头水调。　　岁月悠悠,烟波浩浩。问谁知,此中涵、无穷奥妙。自古大荒悬此镜,淘漉英雄多少?检点良知,掂量意志,许是山魂未掉。故地重游,草木欣、依旧森森小道。

玉甸凉·关东诗阵成立三周年感赋

黑龙江　陈淑艳(唱晚)

玉米香飘,高粱红透。月儿圆、曲儿添、吉时今又。回想当年兰水聚,共酌黄花盟酒。成阵甲申,扬威乙酉,旧律新声频叩。几度春秋,硕果丰、细数芬芳盈手。　　万里长征,千帆尽候。角儿鸣、鼓儿喧、急如雷吼。更得三江宏力助,凭借韶音结纽。地远天高,情深意厚,咏尽神州锦绣。大潮涌起,五色澜、正趁金风染就。

玉甸凉·关东诗阵成立五周年志贺

吉林　温　瑞

黑水情怀,白山气度。大关东,阵恢弘、星辰广布。鼓振兰河凭唤醒,杏岭芳菲无数。辽塔邀杯,丸都探古,更撷天池奇句。响铃添韵,又中秋、已是冰蟾五顾。　　劲旅旌悬,新兵威助。骋神思,婉兼豪、珠玑喷吐。但置此心诗境里,识得无尘染处。一尺荧屏,九州胜友,朝夕欣然如聚。笔锋勤砺,角声催、再看征程展步。

(三)赵光泽自度词,张福有修改并制《一剪梅引》词谱,得佳作 280 多首。

2010 年 7 月 23 日,我们与通化市诗词学会和辉南县诗词学会共同组织了《当代诗人咏辉南》采风创作活动。辉南县诗词学会会长赵光泽等自度一曲《辉发怀古》,在括号中标明:"自度,无名,请养根斋斧正赐谱为盼。"

　　城郭犹在,故国已随烟波去,大江东流。胜也王侯,败也王侯,辉发碧水荡春秋。把酒临风论今古,清风明月上枝头,云也悠悠,风也悠悠。

　　故垒江边,金戈铁马争战地,旧址残留,尘也历史,土也历史,兴衰荣辱皆风流。虎踞龙盘称故国,开疆拓土做强酋,心也悠悠,神也悠悠。

初稿共 10 句,104 字。我当时正在图们市出席"图们江文化研讨会",起早试改并制谱:

格一,赵光泽

一剪梅引·辉发怀古

　　花随故国烟波去,辉发城头水照流。胜也王侯,败也王侯。把酒临风今古愁,晓光明月上枝头。云自悠悠,霞自悠悠。　　龙蟠虎踞称雄处,荣辱兴衰志未休。掌上春秋,笔下春秋。铁马金戈争战谋,开疆拓土说强酋。事不难收,史不难收。

　　[8 句,88 字]

张福有按修改之词制谱：

十一十丨十一丨，十丨十一十丨一（韵）。十丨一一（韵），十丨一一（叠韵）。十丨十一十丨一（韵），十一十丨丨一一（韵），十丨一一（韵），十丨一一（叠韵）。　十一十丨十一丨，十丨十一十丨一（韵）。十丨一一（韵），十丨一一（叠韵）。十丨十一十丨一（韵），十一十丨丨一一（韵），十丨一一（韵），十丨一一（叠韵）。

格二，张福有

一剪梅引·龙湾诗旅

　　吟旌一指会龙湾，十里烟波笼韵船。雅兴如前，雅集空前。吊水瀑惊人更欢，同心岛小懒回还。十二桥边，廿四沟边。　　待燃篝火起心间，猜令浑忘山夜寒。虹架云端，情系毫端。辉发城中冒雨看，英雄数尽有余篇。珍惜人缘，倍惜诗缘。

十一十丨丨一一（韵），十丨十一十丨一（韵）。十丨一一（韵），十丨一一（叠韵）。十丨十一十丨一（韵），十一十丨丨一一（韵），十丨一一（韵），十丨一一（叠韵）。　　十一十丨丨一一（韵），十丨十一十丨一（韵）。十丨一一（韵），十丨一一（叠韵）。十丨十一十丨一（韵），十一十丨丨一一（韵），十丨一一（韵），十丨一一（叠韵）。

　　格一，每片三平韵、两叠韵，上下片相同，重复。实乃在《一剪梅》基础上每小节首句加七言句，共加四句。
　　格二，上下片首句后三字变为：丨一一（韵），成为每片四平韵、两叠韵。

词牌名，亦想过用《摊破一剪梅》，虑及是在原词首前增字，而非将结破开，故未用。

这个谱十分好记，就是将《一剪梅》在七字句前加一相对的七言律句，并作为一片。再重复一片，即为全词。叠韵处，可以不用叠韵，而选用"红了樱桃，绿了芭蕉"式的对偶韵句。但韵脚过密会给创作增加难度。第一个四字句不押韵亦可，如"燕子回时，独上西楼"。

通过网上讨论，塞上白衣子整理了六式词谱，迅即掀起创作热潮，辉南采风期间，创作300多首《一剪梅引》，《当代诗人咏辉南》一书中选编220多首。2010年，在侯振和先生建议下，又收到《一剪梅引》近百首，《图们江放歌》一书中选编66首。这两部诗集之中收录近300首《一剪梅引》，多为精品。兹将拙斋引玉之砖抄录如下：

一剪梅引·龙湾十二桥

收来虎赋千三首，走过龙湾十二桥。雾向亭飘，雨向人浇。风卷长旌夜渡辽，虹连今古接迢遥。才涌花涛，又涌诗潮。　偏教草昧徒生胆，直引英雄竞折腰。树下波摇，瀑下津号。惟有山魂不可淘，席间唱和说刘曹。洗尽尘嚣，赏尽妖娆。

一剪梅引·辉南甘饭盆石刻

村归东堡谓新兴，甘饭盆呈石臼形。万宝原名，甘露含名。当地有山称大椅，斯文无识聚凹坑。白作平声？夕读何声？　　群峦叠嶂谷纵横，角砾凝灰岩凿成。笔迹难明，句意谁明？汉字偏旁多不似，女真部首或能行。墓志刊铭？祭祀镌铭？

一剪梅引·辉南出土石器

经年考古此间殊，石器辉南或可书。宝殿残墟，僻壤平芜。叶片锋尖利似初，核皮完好硬何如？地近孤隅，用派多途。　　红黄黑白绿蓝紫，镞镐刀矛斧凿锄。野兽堪屠，强敌能除。美玉攻来取所需，从文岂必执金吾。详说玄菟，力辩丸都。

一剪梅引·制谱三日得词六十首诚谢众诗友〔变格三〕

新征直发向梅林，便引诗鞭策疾骎。举阵齐吟，遍阵皆琛。载道以文何所寻，弘扬国粹觅知音。为此倾心，当此弹琴。　　端杯向远谢光临，读醉新词情满斟。感慨良箴，感悟殊深。护鉴坛军抗史侵，邀君携手上高岑。忧责争任，忧笔安禁？

一剪梅引·制谱五日得词逾百首再谢众诗友〔正格〕

关东诗阵创词牌，奋勇百家援手来。题自量裁，韵自安排。玉甸凉初疑有谱，辽东纪史信无涯。美化吟台，文化荒垓。　　盈时兴诣岂需猜，广益集思茅塞开。更谢群才，更策驽骀。源发大荒尊鼻祖，流经长白报涓埃。聊解清怀，聊慰寒斋。

（四）张福有创《海龙吟》词谱，三阅月得词逾 1300 首。

2012 年夏日，为商定梅河口采风暨中华诗词论坛成立十周年事，我三下梅河口。市政协及市诗词学会遵市委领导同志意见，高度重视，精心设计，诸多要项、细节，日渐清晰。王志明兄提示，江源采风，《纪辽东》兴；辉南与图们采风，《一剪梅引》新牌创立得获颇丰。梅河口采风，亦应有所标记。李延平录白万金考乾隆诗《海兰河屯有序》予拙斋，得知"海兰霍吞"即"海兰河屯"。此地多生榆树，故民间称为榆城。遂认同"海龙"当为"海兰"之异写。读罢取其题与序中"海"字、诗文中"龙"字，亦恰合梅河口市旧名海龙县，又近词牌《水龙吟》，故作《海龙吟》，双调小令，42 字，四仄韵，上下片六言句，宜用对仗。结，五字句，宜去声一字领，上一下四。主要句式，从《水龙吟》中析出，求其简便。词谱如下：

　　　　+-+|+-（句），+|+-+|（韵）。|——|（句），去——+|（韵）。　　+-+|+-（句），+|+-+|（韵）。|——|（句），去——+|（韵）。

　　海龙吟罢花开，梦笔挥时酒助。聚梅河口，看文旌舞处。　　鸡冠山顶摩天，雉堞台前问路。史凭诗证，正维艰奋旅。

乾隆的《海兰河屯有序》：

　　海兰河屯者，汉言榆城也。遵槎尔筏岭以西，旁见旧城之基焉，雉堞无存，土垒尚在，昔年征战之时，各筑堡自守。遗老既尽，无能道其事者。以其生榆树焉，则谓之榆城而已。

虎视龙争各据时，高培战垒阔穿池。

何年贝勒失名姓，剩此荒城祗址基。

总为圣人驱除难，维新天命眷归期。

秋风榆戍经过处，奋旅维艰企继思。

贝勒，原诗注解为"昔东方强有力者，率自称贝勒"。除，去声。

　　海龙首任通判杨文圃之子杨同桂于清光绪年间所著《沈故》载："海龙之名于史志皆无考，恭读纯庙御制诗集乃知为海兰之讹也。按海兰霍吞诗序云：海兰霍吞者汉言榆城也，遵槎尔筱岭而西，旁见旧城之基焉，雉堞无存，土垒沿在，昔年征战之时各筑堡以自守，遗老既尽，无能道其事者，以其生榆树焉则谓之榆城而已，按诗集次序，先经辉发故城，即过海兰至花园入英莪门，今辉发在海龙东，花园在海龙西，是海兰即海龙已。"

　　经查阅《吉林通志》，于"卷六天章"找到此诗，是乾隆十九年（1754年）东巡经过海龙城时所作。诗序与杨同桂所引基本一致，猜想"海兰河屯"与"海兰霍吞"，应为满语音译的不同写法。这是现今能找的咏海龙（或咏梅河口）最早的诗，距今已有258年。

创牌十日新体词逾二百首诚谢众诗友

　　梅津信手抛砖，柳岸倾情拾玉。夜阑盘点，正琳琅满目。　　坛兴山拥鸡林，风劲江澄鸭绿。韵开流派，布东荒好局。

仅三个月,得全国28个省、市、区诗人作《海龙吟》1300多首,已选编1200多首,辑入《海龙吟》专集,由吉林人民出版社出版。

举例如下:

海龙吟·梅河口

吉林　蒋力华

海兰可谓梅津,榆树曾依土垒。堞台难觅,剩乾隆雅瑞。　　神龙撷韵潜渊,宝地生金抢位。米粮渔肆,纪家邦盛会。

海龙吟·和养根斋

柳河　赵凌坤

新莲河口风吟,短艾洲头鹤舞。雨还连夜,问醺醺几处?　　今朝好约云天,他日恭迎驿路。喜看流派,过关东劲旅。

海龙吟·梅津试笔

集安　李蓉艳

翻飞衣袂牵霞,抖擞鸡冠发韵。八方云涌,向梅津列阵。　　海龙吟曲留传,石刻摩崖未泯。白山符号,递千秋雁信。

步养根斋老师韵兼赠

辽宁　刘炜霞

中华四海龙吟,长白群鹰共舞。坠情边鄙,梦皆悬

幽处。　　新词韵起梅河，短调渠开首路。记新符号，
贺重排大旅。

海龙吟·梅河口之行见证《海龙吟》词谱草创有寄

辽宁　贾维姝

梅津花灿蜂喧，榆树枝繁燕舞。海龙吟事，谓河屯
咏处。　　举杯酬唱新词，问垒搜寻旧府。采诗匡史，
醉斜阳几度？

海龙吟·贺中华诗词论坛十周年

黑龙江　王卓平

时常发帖拍砖，偶尔登坛潜水。热情来去，看歌飞
韵起。　　精华月下浮沉，阅读人间悲喜。几多心事，
在诗中料理。

海龙吟·养根斋创《一剪梅引》词牌后又制《海龙吟》新调喜步韵以贺

山东　刘献琛

围场水抱山环，榆戍地成天助。海龙吟啸，荡乾隆
咏处。　　纪辽东古探源，一剪梅娇引路。妙翻新曲，
跃词坛劲旅！

海龙吟·贺《海龙吟》定谱

吉林市　卢继清

江源史纪辽东，瀚海龙吟盛宴。剪梅河韵，酿新词

把盏。　　采风拾得真传,索趣掬来经典。寄情诗路,看旌旗漫卷。

海龙吟·贺《海龙吟》定谱

江苏　杨学军

骚坛又挂新牌,妙句犹存旧郡。海龙吟罢,见先皇遗训。　　辽东一纪千年,河口三章百韵。谱诗成趣,耐后生追问。

海龙吟·贺《海龙吟》谱成

辽宁　刘丰田

辽东纪曲三千,梅引收词一箧。采风修谱,又榆城情热。　　海龙自古文华,玄菟相邻业烈。几多豪杰,铸江山如铁。

贺养根斋继《纪辽东》《一剪梅引》后《海龙吟》成谱

吉林　沈鹏云

证源豆谷辽东,唱和林泉声里。浪飞梅引,渡龙湾碧水。　　喜闻海韵初弹,再踏河屯故垒。紫霞燃处,看津生大美。

海龙吟·步养根斋韵贺《海龙吟》诞生

吉林　张殿斌

海龙吟阕轻扬,椽笔成胸慢舞。饮梅津酒,庆新星起处。　　巍巍宝塔高悬,烈烈情怀引路。看诗潮涌,是关东劲旅。

中华诗词论坛坛主包德珍女士经常向侯孝琼等诗词界理论家推介关东诗阵和吉林诗词现象。她作了十多首《海龙吟》。

海龙吟·赠关东众诗友

图们流水成春,岭上枯松忆事。若谈诗阵,赞风流孰比。　　百年苦旅豪情,一撷池南厚味。念甘回处,见芳华永记。

注:自关东诗阵成立以来由张福有领衔主编诗集:《百年苦旅》、《江源毓秀》、《历代诗人咏集安》、《长白山池南撷韵》、《纪辽东》、《图们江放歌》、《公主岭风韵》等。

关于"关东诗阵现象"、"吉林诗词现象",现在还未见比较全面、客观的介绍,更无比较系统的总结和比较准确的概括。现在初步归纳,似乎有些轮廓。

"关东诗阵现象"、"吉林诗词现象",是中华诗词由复苏到复兴进程中的新生事物,是以中华诗词论坛和吉林省诗词学会共同主办的诗词网络"关东诗阵"等为平台,组织辽宁、吉林、黑龙江以及关内有关地区诗人,每年集中开展采风创作,紧紧围绕长白山诗词流派建设和以诗证史主旨,开展诗词创作,在创作中培养、提高队伍,出版诗词作品的中华诗词的创作实践活动。这是中华诗词建设的一种积极探索,是求正容变、继雅开新的一种实践方式。

我们近几年间创作了约 20000 多首诗词,堪称以诗证史之力作。培育长白山诗词流派是我们坚定不移的目标。继雅开新是长白山诗词流派的重要使命。《纪辽东》等旧体新牌是长白山诗词流派的标志性作品。我们还要继续努力。

《玉甸凉》、《纪辽东》、《一剪梅引》、《海龙吟》,共得作品 5000 多首,一呼百应,盛况空前,堪称"关东诗阵现象"、"吉林诗词现象"中特有的诗词现象。我们觉得,这些作品,是马凯先生提出的"求正容变"的积极探索,是周笃文先生提出的"继雅开新"的有益尝试,也是长白山诗词流派的标志性作品。其成败得失,欢迎全国诗词理论界批评指正。

　　张福有(1950—),男,汉族,原籍吉林集安。历任吉林省集安县委办公室、通化地委办公室副主任,吉林省委研究室、省委办公厅副主任,省委副秘书长兼办公厅副主任,吉林省白山市委副书记兼市政协主席,省文联(作协)党组书记、副主席,吉林省委宣传部副部长。中华诗词学会副会长、吉林省诗词学会常务副会长。吉林省文史研究馆馆员。

交 换 律

——一个支配格律诗平仄格式变化的重要规律

丁广惠

一、绪论

1.1 格律诗起白齐梁,成熟于唐,迄今已有一千五百多年的历史,在其长期历史发展过程中,在艺术形式上逐渐形成了一个共同遵守的严谨格式和法则,我们称之为诗的格律。诗词格律是属于艺术形式范畴的综合性的艺术创作法则,它包括篇章结构、对仗、用韵和平仄等问题,涉及文体形态体制、修辞学、音韵学等各个学科领域,而其最重要也最难掌握的则是格律的平仄格式。

1.2.1 说它重要,是因为平仄格式反映了格律诗句内句间的字词声调组合关系的规律,它使诗句具有抑扬铿锵的音乐美与和谐美,有力地帮助了诗篇内容的表现,因而成为格律诗的一个标志性的重要特点。即使某人写的诗也是七言八句,有工整的对仗与押韵,只要平仄不调,也不能叫做律诗。

1.2.2.1 说它难以掌握,主要是指今人而非古人。因为自隋废九品中正制,以科举代替汉晋的察举,唐承隋制,并在进士科加试诗赋后,诗的格律便成了文人士子的必习课艺,是科举应试者必备的基本功。降及晚清,废科举,兴学堂,特别是"五四"运动后提倡新诗,格律诗再不是文人必习之道;至建国后,左的文艺思潮,更把格律诗排斥于文坛之外,从而使格律对青年人来说,就是十分久远而陌生的了。

1.2.2.2 说它难以掌握,还因为平仄格式本身的繁杂多样。格律诗的平仄格式有多少? 除了因某些位置上可平可仄及拗救造成的变式外,综合律诗、绝句、五言、七言、平起、仄起、首句不入韵与首句入韵等因素,其基本谱式,便有十六种之多。而且这十六种谱式又都是只用平仄两类声调组成,近似易混,更增加了记忆的困难。

1.2.2.3 平仄谱式之所以难记,除了格式繁多而易混外,其根本的原因还在于人们还没有最后揭示诗句乃至篇章内部平仄配合、变化的原则和规律。一句之内,一联之间,乃至全篇的平仄组合关系,从格律诗萌芽之日起,就是人们研究的课题,最早对它从理论上予以阐释的是南齐沈约,他说:

欲使宫羽相变,低昂互节,若前有浮声,则后须切响。一简之内,音韵尽殊;两句之中,轻重悉异。

妙达此旨,始可言文。至于先士茂制,讽高历赏,子建函京之作①,仲宣霸岸之篇②,子荆零雨之章③,正长朔风之句④,并直举胸情,非傍诗史,正以音律调韵,取高前式⑤。

李延寿《南史·陆厥传》叙此事,文字略异,作"五言之中,音韵悉异;两句之内,角徵不同"⑥,可见"一简"即指五言诗句,"两句"指五言诗的一联。这两句在修辞上使用的是"互文"格,即"一简之内"与"两句之中"的字词都要"音韵尽殊"与"轻重悉异"。从修辞格看,"音韵"与"轻重"又为"对文",则音韵与轻重应为同义词,且萧子显《南齐书·陆厥传》又说:"约等文皆用宫商,以平上去入为四声,以此制韵,不可增减,世呼为'永明体'。"⑦以四声"制韵",则韵即四声,可见沈约所说"音韵",尚非一些唐宋诗

①　函京句:曹植,字子建,其《赠丁仪王粲》诗:"从军渡函谷,驱马过西京"。

②　霸岸句:王粲,字仲宣,其《七哀诗》:"南登霸陵岸,回首望长安。"

③　零雨句:孙楚,字子荆,其《征西官属送于陟阳候作》诗:"晨风飘歧路,零雨被秋草。"

④　朔风句:王赞,字正长,其《杂诗》:"朔风动秋草,边马有归心。"

⑤　沈约:《宋书·谢灵运传论》,中华书局标点本,1974年10月第一版,第1778页。

⑥　李延寿:《南史·陆厥传》,中华书局标点本,1975年6月第一版,第1195页。

⑦　萧子显:《南齐书·陆厥传》,中华书局标点本,1972年1月第一版,第898页。

论著作①所称"八病"中的声组与韵部，而是字音的平仄声调。"轻重"何义？郭绍虞等说："轻音是清音，即平声。重音是浊音，即仄声。宫是平声，羽是入声。沈约所说的八病，即是此四句的具体注脚。"②则轻重亦指诗句的平仄。

1.2.3　从沈约、王融、谢朓、周颙等人将四声引入诗文创作，到初唐沈佺期、宋之问将格律诗形式体制最后完成，是一个不断探索总结的过程，也是一个约定俗成的过程，盛唐诗人则按着前人创造的既定平仄模式，将诗歌创作推向了一个高峰。然而，他们在孜孜不懈地为诗歌圣殿加砖添瓦之时，却忘记了将他们称为近体诗的格律诗平仄组合关系的规律宣之后人。于是后人也只能在按照唐人既定的平仄模式进行创作的同时，在千万首诗歌中自行探索、归纳、总结它的组合规律。这又是一个漫长的历史过程，为了寻找这个规律，人们熬过了多少青灯长夜，写了多少诗话专著，犹如沙里淘金，最后过滤出可以称之为平仄组合规律的只有两条：一是揭示诗句内部平仄组合关系的"两两相间

①　如唐·王通:《文中子中说·天地篇》,《百子全书》,浙江人民出版社1984年5月第一版,第二册,《文中子》第3页。唐·僧皎然:《诗式·明四声》收于《历代诗话》,中华书局1981年4月第一版,上册,第26-27页。唐·封演:《封氏闻见记·声韵》,收于《丛书集成初编·总类》,商务印书馆1936年第一版。日本·遍照金刚:《文镜秘府论·文二十八种病》,人民文学出版社,1975年5月第一版,西卷,第179页。宋·魏庆之:《诗人玉屑·诗病有八》,古典文学出版社1957年第一版,卷十一等。

②　郭绍虞主编:《中国历代文论选·宋书谢灵运传论》注,中华书局1963年2月第一版,上册,第176页。

律"，二是揭示诗句之间平仄组合关系的"黏对律"，而揭示平仄谱式间转化的第三个规律——交换律，至今还被人忽视，还没有被人们认识。

二、交换律及其运作领域

2.1.1　两两相间律就是每个诗句是由平平、仄仄连续相间组成的；黏对律就是一联之内的出句与对句的平仄相反，是为对；而两联之间即上联对句与下联出句间的平仄相同，是为黏。我们不能小看这两个规律，它把看似茫茫无迹的平仄格式变得有规律可循，使用它，原则上可以简化对谱式的记忆，应该说，它们是人类智慧的结晶，其历史功绩不可埋没。但是，由于这两个规律研究自身的缺陷，还不能彻底地最终解决以平仄组句、构联、成篇的所有理论和实践问题，更不能解决谱式之间有规律的变化问题。

2.1.2.1　按两两相间律构成的诗句，应该只能构出偶数字诗句，但是格律诗的诗句的字数却是奇数的，而且形态各异。对此，北师大启功教授创造了一个著名的"平仄长竿截取句式"的图解法①，形象而通俗地解释了各种平仄句式的形成。它不但可以解释

五言：仄仄平平仄　　　　　七言：平平仄仄平平仄
　　　平平仄仄平　　　　　　　　仄仄平平仄仄平

---

① 启功：《诗文声律论稿·（四）律诗的句式和篇式》，中华书局1977年11月第一版，第21~第25页。

的组成原理,而且还能解释为什么会出现

五言:仄平平仄仄　　　　　七言:平仄仄平平仄仄

　　平仄仄平平　　　　　　　仄平平仄仄平平

这样的平仄句式。应该说,这是一个了不起的创造。但这个启功平仄长竿,却截取不了

五言:平平平仄仄　　　　　七言:仄仄平平平仄仄

　　仄仄仄平平　　　　　　　平平仄仄仄平平

句式,而这样句式的形成则是受着交换律支配的。

2.1.2.2　按传统的说法,黏对律是一联之内两句平仄相反,两联之间平仄相同,北京大学王力教授在解释黏对这组术语在格律诗领域中的涵义时也说:"对,就是平对仄,仄对平","黏就是平黏平,仄黏仄"①。既然如此,按理说,一联之内两句的平仄应该完全相对,两联之间相邻两句的平仄应该完全相同,但实际上却不完全这样。我们先不考虑可平可仄的因素,仅就谱式而论,举仄起首句不入韵谱式为例:

五言:　　　　　　　　　　七言:

　　仄仄平平仄　　　　　　　仄仄平平平仄仄

　　平平仄仄平　　　　　　　平平仄仄仄平平

　　平平平仄仄　　　　　　　平平仄仄平平仄

　　仄仄仄平平　　　　　　　仄仄平平仄仄平

一联之内两句间的平仄,完全符合"对"的理论,而两联之间相邻两句却不完全相黏。这是为什么呢? 前人没有解决这

---

①　王力:《诗词格律》,中华书局 1977 年 12 月第二版,第 26 页。

个矛盾,王力先生和国内学术界其他人也没有解决这个问题。他们显然已经看出"黏"不能用平仄"完全相同"来表述,而不得不换一个说法,如王力先生说:黏,"后联出句第二字的平仄要跟前联对句的第二字相一致"①,把黏的范围缩小到一个字的平仄相同。而他的高足郭锡良先生则在他主编的国内影响很大的《古代汉语》中将黏表述为"上一联对句和下一联出句头二字的平仄相同,称作黏"②。将黏的范围缩小为头二字;但这很危险,因为第一个字有的是可平可仄的,并不能保证一定相同,就不如王力先生的提法保险。但无论是缩为一个字还是缩为两字,都与"对"的完全以整句而论的反差太大,令人困惑不解。这种尴尬前人也遇到过,钱良择在《唐音审体》中也不得不说:"上下句相黏缀,以第二字为准,仄、平、平、仄为正格,平、仄、仄、平为偏格。"③这表明,从钱良择到王力先生,这一问题的研究还一直没有进展,而这一问题也需要用交换律才能解释清楚。

2.2　什么是交换律?交换律是关于格律诗各种基本平仄谱式间转化的规律,它主要阐释了格律仄起与平起、首句不入韵与首句入韵间相互转化的规律,同时也涉及黏对、拗救等问题。

2.3.1　仄起与平起。因为律诗平仄谱是绝句的重复,

---

① 王力:《诗词格律》,中华书局1977年12月第二版,第26页。
② 郭锡良、李玲璞主编:《古代汉语》,语文出版社2000年3月第二版,下册,第741页。
③ 钱良择(署钱木庵):《唐音审体·律诗五言论》,收于《历代诗话》,上海古籍出版社1978年9月第一版,下册,第782页。

所以这里只以绝句为例。绝句仄起式与平起式间,只须将其前后两联位置交换,便可互相转化,如仄起首句不入韵平仄式:

各将其前后两联互相对换,便变成了平起式:

平平平仄仄	平平仄仄平平仄
仄仄仄平平	仄仄平平仄仄平
仄仄平平仄	仄仄平平平仄仄
平平仄仄平	平平仄仄仄平平

反之,将平起式前后联对换,便成了仄起式。

2.3.2 首句不入韵与入韵。格律诗要求对句押韵,即韵脚规定在偶数句句尾,其首句可押可不押,这样便有了首句不入韵与首句入韵两式,但只须将首句尾字与前边隔字交换,二式便可互相转化。如仄起首句不入韵的:

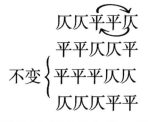

只须将五言诗首句第三字、七言诗第五字分别与尾字对换,其他句子平仄不变,便转化为仄起首句入韵平仄谱式:

仄仄仄平平　　　　　　　仄仄平平仄仄平

平平仄仄平　　　　　　　平平仄仄仄平平

平平平仄仄　　　　　　　平平仄仄平平仄

仄仄仄平平　　　　　　　仄仄平平仄仄平

反之,将仄起首句入韵式五言的首句第三字、七言的首句第五字分别与尾字对换,便转化为仄起首句不入韵平仄式。同样,绝句平起式的首句入韵与不入韵、律诗的平起、仄起的首句入韵与不入韵式间的转化也遵守这个尾字向前隔字交换律,其具体演绎从略。

2.3.3　关于"黏"的问题。前文已述,术语黏的内涵应是上联的对句与下联的出句平仄相同,但实际的谱式却是应黏的两句并不完全相黏。

对 { 仄仄平平仄……出句
　　平平仄仄平……对句
黏
　　平平平仄仄……出句
对 { 仄仄仄平平……对句

或

黏

对 { 平平平仄仄……出句
　　仄仄仄平平……对句
黏
　　仄仄平平仄……出句
对 { 平平仄仄平……对句

这种情况是怎样产生的呢? 或者说下联的出句与对句是怎样产生的呢? 原来下联的出句本应与上联对句完全相黏,如果那样,则出现这种情况:

对 { 仄仄平平仄……出句
　　平平仄仄平……对句
黏
　　平平仄仄平……出句

或

对 { 平平平仄仄……出句
　　仄仄仄平平……对句
黏
　　仄仄仄平平……出句

这样一来,便在押韵上产生了问题。格律诗约定俗成的押韵方法是押平声韵(押仄韵的绝句,是个别的,原则上应归入古绝),谱式中尾字出现了平声,便意味着那里是韵脚;然而,格律诗押韵的位置,除首句外,要求一律在对句,而统通都黏的严格黏法的结果,是下联的出句出现了押韵的平声,这不符合押韵位置的规则。怎么办?前文已述,押韵与不押韵是可以转化的,不入韵转化为入韵,遵循的是隔字交换律,反之,入韵转化为不入韵也同样遵循这个规律。为了消灭下联出句"平平仄仄平"和"仄仄平平仄仄平"尾字的"平",便将它分别和五言第三字、七言第五字对换,结果便分别出现了"平平平仄仄"和"仄仄平平平仄仄",是交换律在黏对中的体现;既然下联出句变成了这样,那么下联的对句也应按变化后的出句相对,分别成为"仄仄仄平平"、"平平仄仄仄平平",这就是下联出句对句产生的由来。

2.3.4　关于拗救。格律诗不符合平仄规定的现象称为"拗",其中有的可以用改变其它字平仄的办法来补救,这个补救办法称为"救"。但是拗了之后确定改变哪个字的平仄,却不是任意的,而是遵循交换律的原则。格律诗拗救计有小拗可救可不救、孤平自救、大拗对句救三种,此外还有近来也被有的人称为拗救的一种唐人习惯变格。其中小拗是指五言"仄仄平平仄"句式的第三字,七言"平平仄仄平平仄"句式的第五字,应平而用了仄,算小拗,可救可不救;如果救的话,可在对句"平平仄仄平"的第三字仄处改用平声。但无论是拗处的平,还是救处的仄,都处于可平可仄的位置上,其实不应算做拗救。说唐人有时救

了,那也是在运用可平可仄。它既不是拗救,故可存而
不论。

　　2.3.4.1　孤平自救,是五言"平平仄仄平"的第一
字,七言"仄仄平平仄仄平"的第三字,应平而用了仄,则
全句除韵脚外只剩一个平声,故谓孤平。传统的救法,是
将本句五言第三字,七言第五字的仄声字,改成平声字。
为什么这样做? 没有人从理论上给予说明。这实际上
是将:

五言的一、三字,七言的三、五字的对换,也是一种隔字交换
的交换律。

　　2.3.4.2　大拗对句救,是五言"仄仄平平仄"第四字,七
言"平平仄仄平平仄"的第六字,应平而用了仄,算做大拗。
救的办法是将对句五言"平平仄仄平"的第三字,七言"仄
仄平平仄仄平"的第五字,应仄而改为平,至于为什么这样
救,也没人从理论上予以说明。我们只要把五言的出句和
对句连接起来:

就会看出,这实际是平和仄连续两次的隔字交换,为什么要
跳跃两次? 因为出句第六字因用仄而拗,在本句向前隔字
与第二字交换,仍是仄声,等于没换,所以只能向后;向后隔
字为对句的首字,此字固然是平声,但不能与它交换,换了
又要犯孤平,故只好再往后隔字交换后,即与对句的第三字

"平"交换,这就是为什么大拗要对句救的原因。七言句,则是在五言句两次跳跃隔字交换,加上"平平"、"仄仄",道理与五言同,不再赘叙。

2.3.4.3 五言"平平平仄仄"的第三字,七言"仄仄平平平仄仄"的第五字,应平而用了"仄",这本来是因为它们处于一、三的位置上可平可仄,只要查一下《全唐诗》,就可发现此字既有用平者,也有不少诗用仄者。但郭锡良、李玲璞主编的《古代汉语》却认为此字用仄为大拗,要用将下一字改为平声的办法相救①。这其实是与唐人习惯将这两种句式改为"平平仄平仄"、"仄仄平平仄平仄"的做法相混。王力主编《古代汉语》的执笔者虽然也认为是拗救②,但王力本人的著作却认为它是"特定的一种平仄格式",并认为"这种格式在唐宋的律诗中是很常见的,它和常规的诗句一样常见",特别可贵的是王力先生认识到"这种格式的特点是:五言第三四两字的平仄交换位置,七言第五六两字的平仄交换位置"③。这表明王力先生已经注意到平仄格律中的位置交换的现象。但遗憾的是老先生却没有进一步深入探索以总结出一个普遍性的规律,从而与交换律失之交臂。

---

① 郭锡良、李玲璞主编:《古代汉语》,语文出版社2000年3月第二版,下册,第743页。

② 王力主编:《古代汉语》校订重排本,中华书局1999年6月第三版,第四册,第1529页。

③ 王力:《诗词格律》,中华书局1977年12月第二版,第29页。

三、交换律对十六谱式的推导

3.1　当人们还没有认识到平仄谱式之间的转换是受着交换律的支配时,也只能说绝句有几种平仄格式,律诗有几种平仄格式,古今所有论述平仄格律的论著也都是这样做的,而初学者也只能一一地硬记。王力先生将绝句律诗的平仄句型各分为四种,称为 A 型、a 型、B 型、b 型,并让它们相配黏对成章。这显然是一个进步,但也并没有说明之所以这样相配的原因,因而这也是另一种的死记硬背,而且它并不能说明各种谱式之间是如何转化的,而交换律则解决了这些问题。

3.2　交换律是关于格律诗各种平仄格式间转化关系的规律,掌握了它就可以从一种谱式推导出其他各种谱式,如果再与相间律、黏对律配合使用更可以从一个平仄句式、甚至从一个"平"或一个"仄"推导出所有平仄谱式。

格律诗共有十六种平仄谱式,列表如下:

如表所示,(一)式称做五言绝句仄起首句不入韵平仄谱,(二)式称做五言绝句仄起首句入韵平仄谱……(十三)式称做七言律诗仄起首句不入韵平仄谱……余者名称依表类推。此表包括了格律诗全部基本平仄谱式,只要知道其中一种,使可推导出其余十五种,且以比较简单的(一)式为例。

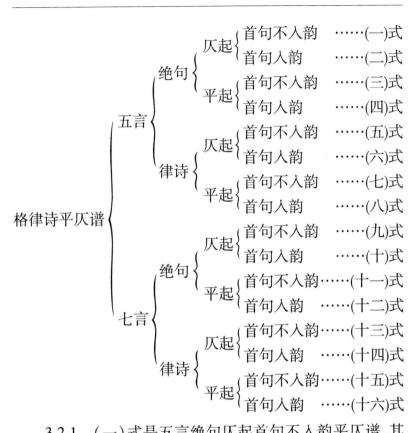

3.2.1 （一）式是五言绝句仄起首句不入韵平仄谱，其谱式如下：

仄仄平平仄

平平仄仄平

平平平仄仄

仄仄仄平平

初学者只须记住此式，便可推导其他各式。

3.2.2 将（一）式首句第三字与第五字交换，即可得出

五言绝句仄起首句入韵平仄谱,亦即表中(二)式:

$$不变\begin{cases}仄仄平平仄\\平平仄仄平\\平平平仄仄\\仄仄仄平平\end{cases}(一)式\rightarrow(二)式\begin{cases}仄仄仄平平\\平平仄仄平\\平平平仄仄\\仄仄仄平平\end{cases}$$

3.2.3　将(一)式前后两联交换,即可得出五言绝句平起首句不入韵平仄谱,亦即表中(三)式:

$$\begin{cases}仄仄平平仄\\平平仄仄平\\平平平仄仄\\仄仄仄平平\end{cases}(一)式\rightarrow(三)式\begin{cases}平平平仄仄\\仄仄仄平平\\仄仄平平仄\\平平仄仄平\end{cases}$$

3.2.4　将(三)式首句第三字与第五字交换,即可得出五言绝句平起首句入韵的平仄谱,亦即表中的(四)式:

$$不变\begin{cases}平平平仄仄\\仄仄仄平平\\仄仄平平仄\\平平仄仄平\end{cases}(三)式\rightarrow(四)式\begin{cases}平平仄仄平\\仄仄仄平平\\仄仄平平仄\\平平仄仄平\end{cases}$$

3.2.5　将(一)式重复,即可得出五言律诗仄起首句不入韵平仄谱,亦即表中(五)式:

$$
\left.\begin{array}{l}
仄仄平平仄 \\
平平仄仄平 \\
平平平仄仄 \\
仄仄仄平平
\end{array}\right\}(一)式重复后\rightarrow(五)式
\left\{
\begin{array}{l}
\left.\begin{array}{l}
仄仄平平仄 \\
平平仄仄平 \\
平平平仄仄 \\
仄仄仄平平
\end{array}\right\}(一)式 \\
\left.\begin{array}{l}
仄仄平平仄 \\
平平仄仄平 \\
平平平仄仄 \\
仄仄仄平平
\end{array}\right\}(一)式重复
\end{array}\right.
$$

3.2.6　将(五)式首句第三字与第五字交换,即可得出五言律诗仄起首句入韵平仄谱,亦即表中(六)式:

$$
不变\left\{
\begin{array}{l}
仄仄平平仄 \\
平平仄仄平 \\
平平平仄仄 \\
仄仄仄平平 \\
仄仄平平仄 \\
平平仄仄平 \\
平平平仄仄 \\
仄仄仄平平
\end{array}\right\}(五)式\rightarrow(六)式
\left\{
\begin{array}{l}
仄仄仄平平 \\
平平仄仄平 \\
平平平仄仄 \\
仄仄仄平平 \\
仄仄平平仄 \\
平平仄仄平 \\
平平平仄仄 \\
仄仄仄平平
\end{array}\right.
$$

3.2.7　将(三)式重复,即可得出五言律诗平起首句不入韵平仄谱,亦即表中(七)式:

3.2.8　将(七)式首句第三字、第五字平仄交换,即可得出七言律诗平起首句入韵平仄谱,亦即表中(八)式:

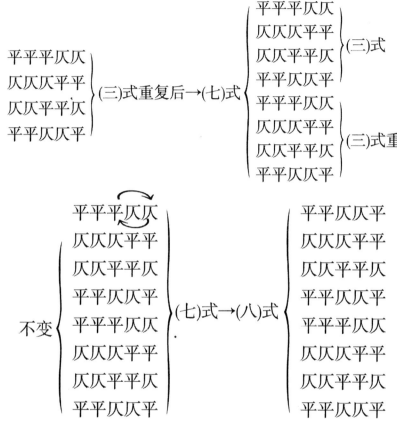

　　3.2.9　七言句型实际是五言扩展两字,或扩加平平,或扩加仄仄。此点,古人已有论及,清代叶燮在《原诗》中说:"五言律句,装上两字即七言;七言律句,或截去头上两字,或抉去中间两字,即五言;此近来诗人通行之法也。"①因

---

　　①　叶燮:《原诗·外篇下》,收于《清诗话》,上海古籍出版社 1978 年 9 月新一版,下册,第 610 页。

而,将(一)—(八)式各句,首字为仄者前加平平,首字为平者前加仄仄,即可得出七言绝句、律诗仄起、平起首句不入韵、首句入韵的八种平仄谱,但是其平起、仄起与相应的五言谱式相反,就平起仄起地位说,二者也是一种交换。平起仄起换过后即是表中的(九)式—(十六)式。如五言绝句平起首句不入韵的(三)式,各句前加两字,即成七言绝句仄起首句不入韵的平仄谱,亦即表中(九)式:

(九)式

仄仄＋平平平仄仄

平平＋仄仄仄平平

平平＋仄仄平平仄

仄仄＋平平仄仄平

(三)式

又如,将五言绝句仄起首句不入韵的(一)式,各句前加两字,即可得出七言绝句平起首句不入韵的平仄谱,亦即表中的(十一)式:

(十一)式

平平＋仄仄平平仄

仄仄＋平平仄仄平

仄仄＋平平平仄仄

平平＋仄仄仄平平

(一)式

其余七言各式,依此类推。

四、交换律与相间律、黏对律的配合使用

4.1　上文说十六种谱式不须一一背记,只须记住(一)式即可,其余便可推导出来,这只是就交换律而言,如果与相间律、黏对律配合,则不须记(一)式全谱。只记其中一部分即可。

4.2.1　如与"对"的规律配合,则只须记其两个出句,然后按"对"的规律分别在各字下逢平配仄,逢仄配平:

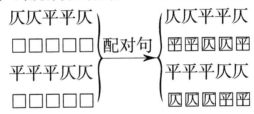

则成了表中的(一)式,然后再按上文所述的用交换律推导其他十五个谱式。

4.2.2　如果既与"对"又与"黏"的规律配合,则只须记其首句,再按"对"的规律配出对句,按"黏"的规律配出下联出句:

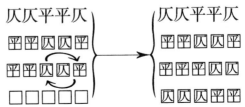

但完全平黏平,仄黏仄则尾字出现平声,便用交换律将第三、五字交换,然后按调整后的出句,依"对"的规律配出下

联的对句。这样又得出表中的(一)式,然后再按前文所述,用交换律推导出其他十五个谱式。

4.2.3　如果它们再与相间律配合,则不须记其首句全句;因为相间律是指诗句是由平仄两两相间组成的,那么我们只记住"仄仄"或"平平"即可,再依两两相间原则配足五字。

仄 仄▣ ▣囚 ┃囚 ……
　　　　　　　┃×

配到第三组时便多了一字,去掉,即得五绝仄起首句不入韵平仄谱的首句,再按"对"的规律,配出对句。根据对句,按黏的规律,配出下联出句;此出句尾字出现了"平",依交换律交换第三、五字;按调整后的出句,配上对句,这样,也可得出表中的(一)式:

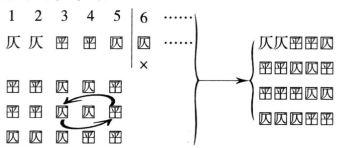

然后按前文所述,依交换律推导出其余十五个平仄谱式。

4.2.4　掌握了以上规律,并将其互相配合,甚至不须记两个字,只须记一个"仄"或"平",亦即仄起、平起即可。如记一个"仄",按相间律,它不会是个单字,应是个双字,则配足"仄仄";按相间律,配足五字,则得(一)式的首句:

然后按 4.2.3 节所述,推导出(一)式,再依前文所述,用交换律推导出其余十五个谱式。

五、余论

5.1 综上所述,充分证实了交换律的存在和它在格律诗中的重要地位,然而我们对它的认识还是初步的,这个规律的特点、性质、运作方式、在格律中的作用,还有待进一步深入的探讨,即使如此,仅就目前的认识,我们已经感觉到它的作用的重大。

5.2.1 它从理论上解决与阐释了过去所没有解说的问题,诸如首句入韵与不入韵、平起仄起谱式能否转化;传统的首句入韵改法有何理论基础?"拗"了以后为什么非在那个位置去"救"?两联相黏为什么平仄不完全相同,各种谱式之间有何关系及其产生的由来和途径等问题,都可以用这个规律予以解释,从而使我们接受诗律的某些现象时,能够不但知其然而且也能知其所以然。

5.2.2 交换律固然具有理论意义,而更重要的是它也具有实践意义,它具有十分具体的可操作性。它使一些过去觉得毫无关联的现象,变成互相关联的有机统一体,使一些单摆浮搁的看似散乱的事物,变得有规律而有序可循,使得比较繁难的谱式,变得简易清晰,便于记忆和掌握,这对于格律诗的学习和普及,必将发挥重大的作用。

5.3 但是,交换律并不是万能的,它只能解释格律诗中的某些问题,而不能解决格律中的所有问题。它不仅不排斥前哲今贤的研究成果,反而更尊重并继承他们的理论精华,在运用中它还要与早已发现的相间律、黏对律配合使用,才能把格律的谱式变化作一个完整系统的说明,它与其他规律各有其适用的范围。

5.4 黏对律和相间律被发现后,人们似乎觉得对格律诗规律的认识已经一览无余了,然而我们又发现了交换律,这说明,人们对客观事物的认识是无止境的,作为客观事物的格律诗,在揭开一层神秘面纱之后,露出的是否就是它最后的真实面目? 它还有多少奥秘有待我们去探索? 这说明,我们对格律诗的研究工作,任务是艰巨的,道路是漫长的! 历史迫使我们对这些问题必须作出明确的回答!

丁广惠(1937—),男,汉族,原籍黑龙江省海伦县。历任哈尔滨师范大学中文系教授、古代汉语教研室主任、民俗文化教研室主任、硕士生导师。黑龙江省文史研究馆馆员。

解颐短语五十四则

田　遨

一

中华传承文化,熔铸民族精神。谁延千秋血脉? 哲心史骨骚魂。

言志无邪,风雅之名以立;纫兰除艾,关刺之用益彰。厥后匡鼎解颐,钟嵘分品,建安风骨,永明体裁,趋向盛唐气象、李杜巅峰。于是诗意、诗情,浸淫其他艺术;诗教、诗学,蔚为文学重心。向历史回眸,作未来展望,应吹起时代号角,表达时代心声。是神龙,打不死;是大鹏,怒而飞。

二

情是诗的海洋,美是诗的芬芳。物欲泛滥时代,莫忘理想之光。

诗无情、不真都是假诗。滥情、滥感也是假诗。罗丹说:"艺术就是感情。"没有感情,艺术就没有生命。梁启超说,杜甫是"情圣",因为杜诗的情最真、最热,而且热得发烫。大家的诗中总闪烁着理想之光,这样的诗能唤起人们的圣洁感与崇高感。雪莱说过,诗人是未经公认的立法者,这与文艺是人类灵魂的工程师之说不是很接近么?

三

诗品可见人品,知音贵在知心。多少应制应景,与诗总隔一尘。

有情不能自已,才有真诗。

四

有法又无定法,有如孙吴用兵。横插倒挽直叙,备见列阵纵横。

任何艺术都有章法,又贵文成法立。

五

或能一捽就响,或如剥笋抽茧。要能视虱如轮,运斤且凭巨眼。

短诗、小词也有章法,要觑定切入点。角度不同,物象可能大异。视角稍异,如站着看佛像与跪着看佛像感觉也会不同。

六

齐言爱其匀称,杂言爱其流转。好句宜诗宜词,自在白云舒卷。

诗、词有别。"怎一个愁字了得",是词,断不宜诗。"剪不断,理还乱,是离愁",是词,断不宜诗。"五更鼓角声悲壮,三峡星河影动摇",字庄句重,是诗,断不宜词。"吴楚东南坼,乾坤日夜浮",气象阔人,力量万钧,是诗,放到小令、长调中都不适宜。一个好句,宜诗宜词,要审酌;宜长调或宜小令,宜律、宜绝或宜五、七言古,也要审酌。总之,要做格律的主人,不要做格律的奴隶。不要强兔变鹤或强鹤变兔,也不要唱沙作米或合掌趁韵。

七

把握语言弹性,语境处理恰好。有时似赞似嘲,有时一石三鸟。

闻一多重视诗的语言的弹性。或一字多义,或实字虚用,或虚字实用,或利用词组与语境的变化,都是语言的弹性。如名词、形容词动态化,"春风风人","夏雨雨人",后一个"风"、"雨"直以名词作动词用。"四更山吐月,残夜水明楼"(杜甫),"山"可"吐","山"有动态;"明"是亮,形容词活用了。"少年听雨歌楼上,红烛昏罗帐"(蒋捷),"昏"字很有弹性,既说烛光暗淡,也说人的昏沉。"唐尧真自圣,野老复何知"(杜甫),说皇帝自是圣人,可我野老不懂,似颂实讽。赵翼凭吊袁枚诗,"老我自知输一着,只因不敢恃聪明",也是似赞似嘲一例。

杜甫写登塔所见:"秦山忽破碎,泾渭不可求。俯视但一气,焉能辨皇州。"看到的是眼前景色,却暗喻唐皇朝的衰落景象,是山河破碎,泾渭(清浊)难分,浑茫一气,认不清那是皇城了,这是一石两鸟。蒋捷的"中年听雨客舟中,江阔云低,断雁叫西风","江阔云低"是客舟外的景色,也是人生旅途的遭遇;"断雁叫西风"是客观景象,也是词人的自喻,这也是一石两鸟。杜甫的《古柏行》写诸葛庙前的古柏,结尾一段是写古柏,也是写诸葛,又兼有诗人自己的影子,是一石三鸟。

八

江山等待什么? 江山忘了是非。赋予拟人情态,更觉诗境凄迷。

老杜诗："江山如有待。"江山等待什么？是等待诗人？等待未来？等待美好的时代？没说破，却显然有诗人的憧憬。王船山"坐觉江山忘是非"，诗人要反清复明，人没有忘却是非界线，江山却似乎忘了这一点，语极沉痛！都把江山拟人化，寄寓了诗人的思想感情。

九

能懂虚实疏密，才可细说意境。它是活色生香，它是月光云影。

意境是情景交融、景理结合，形神兼备引起人的联想与想象的艺术世界。如月之光，如花之香，实中有虚，密中有疏，意境生焉。这里包括借景抒情、妙有寄托、托物言志、言外之意、韵味深永几个层面，而比喻、衬托、渲染、通感、象征、拟人、对比、夸张、含蓄等，都有助于营造意境。

十

实写不乏渲染，浪漫不乏实感。神光离合之间，诗情似近似远。

"海上生明月，天涯共此时。"是实能虚写。"问君能有几多愁，恰似一江春水向东流。"是虚能实写。或以景结情，或以情结景，艺术魅力往往呈现于虚实相生。

十一

实能叙事精切,虚能摇曳生姿。贵在虚实交错,红豆隐喻相思。

太实飞不起来,太虚无立脚点。常州词派周济说:"空则灵气往来,实则精力弥满。"说颇周匝。总之,要虚实结合,要善于运用直曲、显隐、巧拙、刚柔、浓淡、大小、正侧、远近等的辩证关系。

十二

体物不沾不脱,语言以少胜多。愤语不妨幽默,哀语不妨高歌。

体物诗更要有言外意。有人提出可否写工业诗?可否写科学诗?我想,都可以,但应像体物诗一样注意不沾不脱,首先别忘了是写诗,不要失去诗的情趣美。

十三

无可奈何花落,化作春泥护花。诗有艺术张力,银河可泛灵槎。

艺术张力,来自诗本身提供了想象空间,庾信咏月,"渡河光不湿";李贺咏马,"向前敲瘦骨,犹是带铜声",都从想象中来。

怎么才能张力大,内涵丰富呢?举杜诗一例:"飘飘何所似,天地一沙鸥。"传出的感情有很多层面,它既渺小,又伟大;既孤独,又与天地同在;既落寞无依,又充满自信。

十四

或道残阳如血,或道花影如潮。想到含蓄妙处,且取诗海一瓢。

酣畅淋漓是一种美,含蓄蕴藉又是一种美。含蓄可医直白浅露之病,艺术总是以有限展示无限,含蓄有助于扩大无限的内涵。

十五

诗要奇思妙想,也要活力激情。有时反常合道,警句石破天惊。

东坡提出"反常合道","诗以奇趣为宗"。所以诗最忌枯窘平庸。"反常"是违反常见现象,"合道"是合理。出人意料是反常,在人意中是合道;情景冲突是反常,如"感时花溅泪,恨别鸟惊心",是情与景相冲突,但在特定情况下是合理的。警句,是全诗的闪光点。

十六

曲喻微含哲理,使人会心一笑。自有理趣迢迢,不着理语说教。

沈德潜评杜《江亭》云:"不着理语,自足理趣。"此与严羽"不涉理路,不落言筌"同一见地。说理太多、太露便不是诗。

十七

要能以小见大,要能常语见好。藻饰不损真情,大巧不见技巧。

直白的抒情没有美,太追求美,又会淹没了情。奇趣是美,常语也是美。如何运用得好是技巧,技巧又不见技巧是大技巧。

十八

好是一看就懂,尤贵经久不忘。细寻更觉有味,一字一个铿锵。

一看就懂不等于一览无余,贵在耐人寻味。

十九

唐人阐明意象，诗派蔚为大宗。欲写伊人倩影，一闪翩若惊鸿。

《文心雕龙》初见"意象"一词，唐人才赋予明确内涵，就是"意余于象"（意外见意）。刘禹锡"片言可以明百意，坐驰可以役万景"，"境生于象外"。司空图又提出"超以意外"。可见意象就是具体物象之外的艺术境界。简单说，有意无象，不是艺术；有象无意，也不是艺术。美国诗人庞德是意象派大师，就是从唐诗中获得启示的。他在巴黎地铁站上对一女郎的惊艳，使他写了一诗，初稿是三十行，一年后压缩为二行。可见意象派以简短隐秀取胜。这正是"不着一字，尽得风流"的境界，"不着一字"者，不多着一字也。

二十

眼前自有古今，一室便是乾坤。微观宏观随意，最数心灵无垠。

刘勰"思接千载，视通万里"。诗的情景离不开时空，因而诗人往往富有历史感与宇宙感，往往时空并提，有时又时空错综，这暗合爱因斯坦"相对论"中"四维时空结合体"的理论。元人诗："两窗吞日月，一室养乾坤。"雨果说："世间海洋最大,大于海洋的是宇宙,大于宇宙的是心灵。"还应该加一句,诗的心灵又大于一般心灵。

二十一

想象总要适度,适度自可升沉。有人身藏藕孔,有人明月前身。

适度是分寸感,也就是读者的认可度。"白发三千丈",必须有"缘愁似个长"来说明,愁长三千丈,似一江春水都说得通。藕孔,明月,想象以美为基础。

二十二

诗能引起联想,因此可生旁解。诗能超越时空,有时神游天外。

孔子与子夏论诗,能超出诗的原意别作旁解。春秋战国流行赋诗以隐语,寓言、托讽处理交际事宜,便从此始。这开拓了解诗的门径。别有寄托,诗无达诂,都由此出。东坡所谓"作诗必此诗,定知非诗人",其意在此。钟惺说"诗为活物",亦存此意。"山雨欲来风满楼","柳暗花明又一村",就是人们常常离开诗的原意另作旁解的例子。

朱光潜说:"诗的境界在刹那中见终古,在微尘中见大千。"正是诗能超越时空之意。

这里附带谈到,赵瓯北驳东坡云:"作诗必此诗,才是真诗人。"与东坡持论相反。其实,两人着眼点不同,东坡是指诗的意境要宽,要有广喻性;瓯北是指赋得某某应确切,不要空泛。看来是字面上打架,却各说各的话。

二十三

诗人例有童心,大家都见率真。一任直抒胸臆,一任流水行云。

李贽倡"童心"说,龚定庵倡"尊情"。反伪,求真,诗更应如此。大诗人都有率真的一面。清名家诗遣词更见工稳,但率真诗少。

二十四

双声叠韵五音,可论也可不论。妙用节奏韵脚,似听松籁鸣琴。

诗有节奏,如呼吸脉搏的节奏一样。格律是节奏的规范化,格律不是束缚,而是更自觉、更精密、更完善的音律美。而且,善用音律可强化某种情绪的描绘力度。

两字声母相同为双声,韵母相同为叠韵。如杜诗"一去紫台连朔漠,独留青冢向黄昏","朔漠"叠韵,"黄昏"双声,"黄"胡光切,"昏"胡温切。又如"风尘荏苒音书绝,关塞萧条行路难","萧条"叠韵,"茌苒"双声,"茌"日饮切,"苒"日掩切。《贞一斋诗说》:"叠韵如两玉相和,取其铿锵;双声如贯珠,取其宛转。"道出了叠韵、双声的艺术效果。词牌《满江红》限入声韵,取其拗折。李白七古中有"列缺霹雳,丘峦崩摧"句,四个入声字对四个平声字,是有意安排的。韩愈听琴诗:"喁喁儿女语,恩怨相尔汝;划然变轩昂,勇士赴战场。"形容儿女用委婉的仄声,形容勇士用嘹亮的平声,活生生地画出两种面貌、两种气质,加强了声调美。韵脚要稳、要响,沈德潜说:"诗中韵脚如大厦之有柱石,此处不牢,倾折立见。"马雅可夫斯基说,他总把重要的字摆在韵脚上。

二十五

减字运用成语,姑娘益见娇美。加字运用成句,有时拖泥带水。

杜甫"大江东流去",苏轼减一字用到词里成为"大江东去"的名句。李白"青天明月来几时?我今停杯一问之",苏轼用到词里成为"明月几时有?把酒问青天",也是名句。这是在前人成句上减字的成功之例。加字有成功的,也有不成功的。后者如杜甫诗有"天意高难问,人情老易悲",张元幹化为词句"从来天意高难问,况人情老易悲难诉",次句句式别扭。几年前有人在报纸上评价张词,不知张是用杜诗,误将"老易"倒置,竟擅改为"易老",这是笑话。但也说明张加字用杜诗,确是失败的一例。

化用前人句之例甚多,姑举一例:易顺鼎有"万山如墨一灯红",实自老杜《春雨》诗"野径云俱黑,江船火独明"化来。杜诗浑融、自然,易句强烈、突兀。

二十六

诗中仙鬼神魔,实是人事折光。有时无理而妙,境界更见恢张。

太白好仙,昌谷好鬼,但丁说地狱,歌德说魔鬼。俏皮的调侃、物象的变形都符合贺裳提出的"无理之理、无理而妙"的观点。南朝乐府:"探手抱腰看,江水断不流。"爱情浓处好像一切都凝固不动了,就是"无理而妙"的一例。

二十七

诗要暗示象征,直是字字通灵。道理毋须说破,有如匣剑帏灯。

象外之旨,弦外之音,味外之味(前一个"味"是本味,后一个"味"是审美情感的物化),都说明诗的蕴涵无限。法国诗人马拉美说:"说出是破坏,暗示才是创造。"这话咸为象征派的座右铭。以此物喻彼物是比喻,以物象去表现某种情思是象征。

二十八

设喻不嫌跛脚,取其有些暗合。尊重约定俗成,和平应属白鸽。

比喻允许以偏概全。形象大于思想,指形象更有广喻性,更能阐明抽象理论。"橄榄枝"就是有出典的比拟形象。

二十九

风格隐秀深婉,又或雄健飞扬。淡处冷峻超逸,浓处荡气回肠。

风格即人,风格是多样的。浓也好,淡也好,都要有色、香、韵、味。

三十

长诗波澜壮阔,小诗精妙空灵。才力各有所近,精诣便是上乘。

李杜韩白的长篇,或三言、四言、五言、六言、七言,或八言、九言句的长短节奏均能与感情节奏相一致。这里轻重疾徐、抑扬抗坠,都要求配合得恰到好处。

诗总是浓缩的,短诗更浓缩,因而更不易见好。

三十一

深挖生活矿层,重视社会功能。要防诗情枯萎,大地草树常青。

太白强烈,而深刻博大不及少陵。这与生活积累及重视社会功能有关。

三十二

写诗我爱本色,摒弃寻常脂粉。写诗我爱超脱,不在污泥打滚。

语言太华丽,反而减少了真,损失了朴素美。正是本色,可更出色。

要淡泊名利,远离污浊,诗才能超脱。

三十三

诗家贵能造境,妙悟贵在发现。牝牡骊黄之外,悟是别开生面。

造境说出自王国维,暗合"笔补造化天无功"句意。妙悟是严羽提出的,意是充分理解诗之美的特点与规律。两者结合来谈,可以认识到,艺术的真实不是生活的真实,需要提炼创造。悟是灵感的火花,悟才有创造。

三十四

游戏可治贪嗔,相视一笑生春。笑谑可生机智,何妨庄谐杂陈。

历来诗家对游戏诗多持否定态度,如元遗山"俳谐怒骂岂宜诗",为东坡而言。戴石屏"时把文章供笑谑,不知此体误人多",都极力排斥游戏诗。不知"善戏谑兮,不为虐兮"。《诗·卫风》早就赞成谑而不虐、有益无害的游戏。《史记》有"滑稽列传",重视其排难解纷的功用。《文心雕龙》有"谐隐"篇,说明它也是文学中带有高尚趣味的一种。实例如写险:"盲人骑瞎马,夜半临深池。"写黑:"夜来黑漆屏风上,醉写卢仝月蚀诗。"东坡:"人皆生子望聪明,我被聪明误一生;但愿生儿愚且鲁,无灾无难到公卿。"骂官僚愚鲁,却骂得巧妙。词牌中有"调笑令",郑所南有"锦钱余笑",都有可观。李渔:"我本无心说笑话,谁知笑话逼人来。"也是喜欢打趣的。刘禹锡竹枝词"东边日出西边雨,道是无晴却有晴"。取"情"、"晴"谐音,也是一种文字游戏,生动有趣。至于张打油、胡钉铰之作,就格调低下了。

三十五

胡话自有头尾，美人名为山鬼。多少狡狯文章，偏能丑中见美。

艺术中的丑，也属审美范畴。在一定条件下美的事物，在另一条件下即转化为丑，反之亦然。刘昼"美不常珍，恶不终废，用各有宜"，就提出美丑是相对的。"牛溲马勃，败鼓之皮"，亦可进入诗人笔下。

三十六

一部史学绝唱，中有离骚心影。一位潇湘妃子，用诗编织梦境。

鲁迅赞美《史记》是"史家之绝唱，无韵之离骚"。一部《红楼梦》是充满诗意的小说，林黛玉是诗的化身。可见诗的韵味浸淫于其他体裁的文学。

三十七

诗与书法绘画，更有不解之缘。挥毫要有韵味，题诗可补云烟。

书法应有诗的韵味,画上题诗可增加情趣。

三十八

句如圆美转丸,好诗妙造自然。灭尽针线痕迹,跌宕富有波澜。

沈约引谢朓语:"好诗流美圆转如弹丸。"太白诗:"天然去雕饰。"少陵诗:"美人细意熨帖平,裁缝灭尽针线迹。"司空图诗:"妙造自然。"放翁诗:"文章本天成,妙手偶得之。"同一机杼。

要一气回旋,也要曲折跌宕。"帘卷西风,人比黄花瘦",必须有前一句"莫道不消魂",以反写正,以跌宕之笔唤起才见精彩。"朝辞白帝","千里江陵","轻舟已过万重山",必须有"两岸猿声啼不住"一句加一曲折,才不直泻无余。老杜的风格是"沉郁顿挫","顿挫"是指他在一篇之中,大小、虚实、疏密的错综变化,所谓"波澜独老成"也。

三十九

好诗明白如话,未必老妪能懂。只有艺术耳朵,才解风情万种。

明白如话是一种美,但大白话又缺乏诗意。胡适主张"写诗如说话",是片面的。白居易要"老妪能解",这不可能做到。正如"只有音乐的耳朵才懂得音乐"一样。

四十

炼字炼句炼格,更要炼如不炼。亟需厚积薄发,炼出金光灿烂。

炼是惨淡经营,但炼到佳处如不费力,正如《艺概》所云"极炼如不炼"。"厚积"是多方汲取,"薄发"就是精炼。马雅可夫斯基说:"我采了一千吨字矿,只为了一个字。"

四十一

何谓无用之用?何谓诗胆诗心?何谓技进乎道?答案且共追寻。

庄子说:"无用即大用。"鲁迅把"涵养人之神思"作为艺术"无用之用"的特点。可见诗的直接功用就是可以陶冶性情,净化心灵。对人格的培养、民族精神的塑造有重要作用。

诗胆大于天,超越时空即诗胆。

诗心可细可大,就静态说,它是纯洁的、高雅的、优美的、真诚的、理性的、超脱的。就动态说,它是欢快的、悲情的、飞扬的、战斗的。正如司马长卿所说,赋家之心,包括宇宙,"放之则积微尘为大干,卷之则纳须弥于芥子"。赋心如此,诗心亦然。

这里附带提到,为什么诗心是理性的呢? 因为"感情正烈的时候不要做诗,否则锋芒太露会将诗美杀掉"(鲁迅语)。诗应是在烈火之情趋向稳定时的产物。

技进乎道的"道",是充分掌握美的创造的自由性。

四十二

明艳有如彩虹,也爱烟雨朦胧。迷离黄昏竹树,照眼初日芙蓉。

鲜明美、朦胧美都是美。盛唐、中唐如丽日中天,晚唐亦有黄昏美。

四十三

或以密度见长,杏花春雨江南。或以疏快见好,风月不用一钱。

"鸡声茅店月,人迹板桥霜"(温庭筠),"杏花春雨江南"(虞集),"江湖夜雨十年灯"(黄山谷),均以密度大而成为名句。"清风明月不用一钱买"(李白),"万言不值一杯水"(李白),均以语言疏快而成为名句。

四十四

大浪淘沙之后,审美更上竿头。桂冠诗人何在? 不如一诗千秋。

历史如大浪淘沙,有埋没也有汰选。十七世纪欧洲某国宫廷大选桂冠诗人,但他们的诗早被人忘记了。晚唐时唐温如身世无可考,宋人选唐诗无人选他的诗,直到清曹寅《全唐诗》才选他一首:"西风吹老洞庭波,一夜湘君白发多;醉后不知天在水,满船清梦压星河。"此时,读者才发现是一首构思奇妙,不在太白、龙标之下的优美七绝。因此想到,好诗被历史埋没者正不知凡几。

四十五

一些文体衰落,诗歌生命较久。只因人同此心,又能琅琅上口。

鲁迅说:"诗歌较有持久性。"这因为诗重抒情,而性情是人所共有,可以旷百世而相感。

四十六

浅语或有深情,豪歌或是枵响。我思化俗为雅,又能雅俗共赏。

雅要超俗,又不能离俗,为化俗为雅鼓掌。

四十七

一帘幽梦之外，何妨带些海派。用于讽刺诗篇，更觉沉着痛快。

海派在形式上与打油有相近处，在内容、思想、境界上却远远高于打油。受白话文冲击，又有鲁迅、聂绀弩尝试，从而海派成为诗的一支。

四十八

有人拼凑成诗，似咒芝麻开门。有人口水成诗，又似泡沫翻盆。

依靠电脑核查现成资料写作，会造成写书人多，读书人少，写诗人多，读诗人少。这样很不利于写作者发挥自己的能动性与原创性。部分书法家、画家包括部分诗人，文学素养不足，极大地限制了他的艺术发展。

四十九

艺术随时演进，长河曲折奔流。拓宽新的视野，且驾宇宙神舟。

诗像其他艺术一样都随时代而演变,历史的长河是曲折的,但总的趋势是前进的。随着时代的发展,总会有新的体验、新的发现、新的境界。

五十

体现中华性格,体现民族和谐。体现汉字之美,诗有具象音阶。

诗教有"温柔敦厚"之说,这一说遭到许多学者驳议。但从待人以宽、与人为善、和而不同的角度看,这一说大体上还是可取的,含有人道主义思想成分。

诗的形式最能充分体现汉字的美的品质。诗以汉字为载体,汉字有象形、有会意、有音色,这些品质在诗中得到完美的体现。

五十一

风骨音色心魂,可视可听可扪。捕捉诗情一缕,莫教断梦无痕。

诗的风骨可以看得见,音色可以听得着,心魂可以摸得到。可是,一缕诗情需要捕捉,否则就飞了。

五十二

冲淡都市喧嚣,诗是恬静洒脱。抚慰匆忙心情,诗是精神寄托。

诗从诞生时起,就是抒情的、自由的。"日出而作,日入而息;凿井而饮,耕田而食。帝力何有于我哉!"当尧舜盛世,他也不歌颂。从《诗经》起,诗总是歌唱自由,歌唱爱情,歌唱人道,歌唱美;同时也反对剥削,反对暴政,反对侵略战争。凡是能称为诗的诗,在等级森严的封建社会里也是如此。诗的品格是高贵的、优美的,处处闪耀着人性的光辉。

有人会说,牧歌式的诗跟不上时代的快节奏了,应该日益式微了。不,人心的浮躁,都市的喧嚣,更需要诗来缓解这一情况。诗可以愉悦心灵,洗涤尘垢,美化精神面貌。将来物质高度发达,人图安逸,诗也可以解救精神堕落。

五十三

华灯烘起梦幻,楼群涌起雄风。都市无边花雨,洒出万点心踪。

谁说现代城市无诗,你把楼群看成僵硬的水泥森林,把车流看成蠕动的小爬虫,把街道看成纵横的蜘蛛网,把快节奏的生活方式看成急迫和焦灼,当然有点诗意也被扼杀了。

倘若换一种思维和感悟,你把灯光看成满天星斗,把斜拉桥看成竖琴,把建筑看成凝固的音乐,把快节奏看成生命的律动、情感的火焰,扩展想象的空间,那就处处有诗。

五十四

诗道涵盖三千,我是井蛙观天。且供茶余一笑,也算挥涕谈禅。

大摆龙门阵,暂且打住;便算野狐禅,或有可观。

田遽(1918—),男,汉族,原籍山东济南。历任《解放日报》国际版主编、上海美术电影制片厂编剧。上海文史研究馆馆员。

诗教功能　诗史担当

—— 文史研究馆重视诗词研究创作的意义

吴孟庆

中央文史研究馆设立中华诗词研究院,注重对传统诗词的创作研究,在全国各省市文史研究馆和诗词界起了引领作用。中华诗词是中国传统文化的代表。文史研究馆以弘扬中华优秀传统文化为中心任务,重视传统诗词的研究创作自是题中应有之义。这方面,马凯国务委员、袁馆长等领导同志和专家学者已有很好的意见。我认为文史研究馆重视传统诗词,主要发挥两方面的作用,一是从文化层面看,文以载道,这"道"就是道理、道德,就是真、善、美,通过诗歌陶冶性情,启迪思想,以文"化成天下",即发挥诗教的功能。二是从历史角度看,史以传承,用诗词反映当代社会现实,兴观群怨,皆为历史,记载下来,起诗史的作用。

一、诗教功能

《礼记》中说:"温柔敦厚,诗教也。"温柔敦厚包含着平

和、诚信等优良品性,在当今建设和谐社会,提升伦理道德
尤有现实意义。诗教教人高尚、诚信、清廉、仁爱等正是当
今社会缺失的东西。一些国家和民族将宗教作为精神家
园,中国也有传统宗教,那就是儒佛道,是中国传统文化的
基干,实际也是宗教文化,但宗教在中国不张。因此,它的
一些教化功能即由诗歌实现了。儒教是不是宗教,学界尚
有争议,但它有教化功能是没有异议的。尤其是儒家经典
更直接体现了诗教功能。如忠、孝、仁、爱、礼、义、廉、耻。
最近上海文史馆组织一次诗社活动,到青浦郊区参观民办
的"国学商兑学校",一进门就是这八个大字。"国学商兑
院"原是南社人后期办的一所国学教育学校。上海青浦区
华新镇经教育部批准,办了一所以农民工子女为学生的国
学幼儿园,在我馆姚昆田先生指导下,几年来办得卓有成
效。我们听大班学生背诵《论语》、《道德经》,听中班学生
背诵唐诗、《三字经》、《弟子规》、小班学生背明代李渔的
《笠翁诗韵》等。这所学校以诗歌带动美育教育、素质教育,
得到学生家长和市委领导的肯定。据说有一位大学老师跟
长辈吵架,小学生就用孝道提请他注意态度,一时传为佳
话。不久前复旦著名数学教授谷超豪出去,报纸报道他既
是数学家,又是一个诗人,一生沉浸在这两个方面而相得益
彰。可见诗教对人才的启智、立德、创新等方面有重要
作用。

　　爱国主义是中华诗词之魂。诗魂即国魂。中国最早的
伟大诗人屈原,为我们树立了一个光辉典范。"路漫漫其修
远兮,吾将上下而求索"。中国的诗魂,两千多年前从汨罗

江出发,至今仍在漫漫征途上求索前进。当代伟大诗人毛泽东曾在诗词中写道:"雄关漫道真如铁,而今迈步从头越",尽管时代不同,作者境遇、地位不同,但其一脉相承的,是伟大的爱国主义精神,忧国忧民、以天下为己任的抱负。他们的诗词既是浪漫主义的,又是现实主义的,是两者完美的结合,弘传着爱国主义的诗魂、国魂。今天,中国经过三十多年的改革开放,取得了举世瞩目的成就,诗歌应为此鼓与呼,振奋民族精神,激发昂扬志气。但又不是一味歌功颂德,马凯同志讲到诗还要表达"盛世下的忧患意识",这一点也很重要。前阶段我馆召开传统诗词研讨会,有的馆员建议我们可以就东南海疆问题用诗词表达我们的心声,这有助于凝聚爱国主义理想,并用以教育青少年一代。我们的诗词不仅是写游山玩水、风花雪月,还得讲家国情怀,而后者正是传统诗词的优良传统。

　　审美教育是诗教的基本功能。诗讲格调,崇尚真善美,而诗性语言能准确地表达真善美,使写诗的和读诗的变得聪明灵秀。上海一位作家朋友最近谈到现今网络语言粗鄙化的倾向,认为应该发扬诗性语言的精炼、优美,这是美育教育不可缺少的。网络化、全球化是社会发展趋势,它本身也在创新中不断完善,今天网络语言成为新型"网络美学"为广大群众所接受和使用,但它同时又用低俗、粗陋、娱乐化消解着传统诗词语言的典雅、精炼和意韵,传统精英文化亦因此被边缘化,小众化。当此之时,文史研究馆重视中华诗词创作研究,注重精品诗词与精英文化,可与短平快的网络文化相辅相成或相反相成。雅与俗,始终是矛盾的两个方面。网络语言相对通俗,而诗词语言相对雅致,二者应该互补。从当代中华诗词作者来说,如果都用"吟安一个字,拈断数茎须"的功夫作诗也不现实。网络化改变着人们的生活。每逢重大节日,在我的手机上就会收到许多不同风格的诗词短信,既有优美的格律诗,又有诙谐的顺口溜,可以说是"落霞与孤鹜齐飞","阳春白雪"与"下里巴人"同在。不拘一格,通俗快捷,平添了节日气氛。在网络化时代,中华传统诗词的繁荣对中国的语言文字能起正本清源的作用,而中华诗词也可借助于网络文化,促使自身的创新发展,以更好地适应时代。

二、诗史担当

　　研究创作中华诗词的另一责任是诗史担当。诗史包括诗本身的历史和反映历史现实的诗歌创作。当然二者也是结合在一起的。诗教除了教化功能外,还有存史、资政的功能。现在人们有感于诗词创作数量巨大,作者也不少,但缺少精品和经典,缺乏大家和大师。这是文化发展的根本问题,文史研究馆可以做力所能及的推进工作。国务院参事室和中央文史馆已经做出部署,我们根据上海实际,首先从开展活动,组织创作和评论,搜集精品等工作开始,力求配合中华诗词研究院的工作。

　　首先,恢复诗社活动。上海馆在上世纪八十年代就成立了春潮诗社,是"文革"后上海最早成立的诗社之一。1987年初上海诗词学会成立时,我馆有多位馆员参与发起。近年来由于老一辈诗人的故去和年事已高,善于此道并能参加活动的馆员减少,给组织诗社活动带来一定困难。前几年曾恢复活动,后来又沉寂了。目前我馆还有几位老诗人,如周退密、田遨、刘衍文、钱伯城等,都已 90 多岁高龄。但馆员中不乏诗词爱好者。市文史馆决定恢复诗社,依托春潮诗社作为活动基地,可与馆里节庆活动等结合进行。虽然这项活动要取法乎上,不能仅满足于自娱自乐,但入手还是要发动群众,使文史馆和上海诗词界了解我们开展诗词活动的宗旨、要求。我们开了两次座谈会,媒体也有报道。春潮诗社将发挥自身优势,办出特色。使之不仅成为凝聚馆员的活动园地,而且成为联系馆外诗词团体和作者的桥梁。

第二,联系社会力量,开展诗词创作研究。这是提高工作水平和效率、扩大社会影响力不可或缺的。过去我馆曾与馆外诗词界有过合作,今后在广度深度上更要加强。通过邀请社会上诗词团体和诗人参加活动,吟诗作词、座谈研讨,充分发挥他们的专业特长,共同把上海的诗词活动更好开展起来。我馆也打算聘请一些诗人词家做研究员,以保持诗词创作研究和诗社工作的连续性。诗社将通过采风、笔会、吟诵等活动,搜集诗词作品和资料,定期出刊作品集。收进集子的诗词作品,重质量不重数量,宁缺勿滥。好的作品还要向中华诗词研究院推荐,并推动优秀当代诗词进入学校、社区和网络。这样做,虽不能说能将沪上诗词大家参与其中,使优秀诗词都能入编,至少可广泛联系诗词界,减少遗珠之憾。此外,还要加强与兄弟省市的学习交流。过去上海馆在与兄弟省市交流中得到支持、获益匪浅。在与海外联谊方面也有开展。特别是与台湾的诗词交流,层次较高,效果较好。上海在这方面还可以更多开拓,关键要加强组织、落实经费。

第三,推动诗词研究。文史馆要以诗史担当的责任意识,结合近年来的诗歌实践活动,研究中华诗词的艺术规律、美学理论、继承与创新、旧体与新诗的关系等课题。如2008年汶川地震,适逢全国20多家文史研究馆在上海开传统诗词研讨会,与会诗人写了不少抗震救灾诗词,上海媒体作了报道宣传。2010年世博会在上海举办,又一次激发了诗人们的创作热情。这时期的诗歌,表达现实生活中的"兴、观、群、怨",最能体现诗史的价值。诗词研究的另一课题是撰写重要诗人的传记和研究专著。近年来,研究我馆已故诗人沈瘦东等人的专著陆续发表。但研究工作总的还比较薄弱。比如上海文史馆馆员中曾有一批南社社员,还有不少南社人的后裔。南社汇集了辛亥革命时期许多杰出的诗人诗作。南社作为中国近代史上最大的文学社团,他们的文学地位、革命精神与传统诗词分不开。因此对南社诗人及其创作、他们对传统诗词的观点,都非常值得研究。鉴于长期来对南社的研究包括诗词研究歧见较多,这项研究具有继往开来的意义。上海文史馆正在编纂《南社大辞典》,同时开展南社诗词研究是顺理成章的事,也可使两方面的工作互相促进。今年年底前,我们将组织一次关于南社诗人和诗的专题研讨。诗词吟诵也需通过研究继承发展,与时俱进。上海交通大学于今年初举办"唐调"研讨会,所谓"唐调"即唐文治先生吟诵古诗文的方法,它原是"桐城派"文化、文学口授耳传的一种学习形式。交大将其作为文化遗产研究继承。唐先生曾任交大前身南洋公学校长(监督),他是我馆第一批馆员,也是最年长的馆员。研讨会开了一天,会上发了一张题为"唐调流声"的光碟,录制了从唐先生到当今小学生的五代唐调传承。现在北京、上海等地都有吟诵学会,用现代方法吟诵诗文不成问题,但用传统方法吟诵,以及如何处理好传统与现代的关系,就成了问题。前几年我馆曾组织过一次传统吟诵会,有几位老诗人馆员吟诵了唐诗宋词,效果不错。现在他们年事已高,吟诵有困难,但可以通过采访整理做些研究,这是一项带有抢救性的工作。

　　以上是学习领导同志和专家学者讲话的心得体会和交流发言,不妥之处请指正。

　　吴孟庆(1946—),男,汉族,原籍江苏宜兴。原上海市文史研究馆馆长。上海文史研究馆馆员。

漫谈旧体诗词的创作与鉴赏

常国武

　　记得在 1948 年春季学期,当时我正在金陵大学中文系肄业大二上,当代词学泰斗唐圭璋教授为我们开设了词选一课。期中,他进行了一次考试。首先,他在黑板上写了以下一段白话文,大意是:"在一个炎热的黄昏,我为了乘凉,划着一条小船,穿过垂杨下的水面前行。这时,刮了一阵大风,下了一场雷暴雨,那飞舞的许多萤火虫,由于受到雨打,尾部的光团显得比平时大了不少,在风中不断地坠落下来。我坐在船头,忽然感到紫色的电光,不时冲破西南空中的云层。夜已深沉,戒夜的城门已经关闭。我高声歌唱,却没有人应和,只看见水面上静静地停靠着许许多多的船舶。"然后要求我们用"点绛唇"词牌,依次用过、大、堕、破、锁、和、卧七个字作为韵脚,将上面一段白话文的内容概括进去,当堂交卷。

　　我是这样写的:

　　　　　　夜色冥迷,扁舟独向垂杨过。滂沱雨大。萤自随风堕。　　　伫望西南,紫电穿云破。江城锁。高歌谁和。寂寞千帆卧。

第三天上课,先生将我们七名选修该课学生的试卷发还,然后在黑板上写下了王国维的一首《点绛唇》:

暗里追凉,扁舟径掠垂杨过。湿萤光大。一一风前堕。　　坐觉西南,紫电排云破。严城锁。高歌无和。万舫沉沉卧。

这时我们才恍然大悟,上节课先生在黑板上写的正是这首词的白话释文,要求我们的则是用王国维原词的词牌、韵脚来还原原作。

接着,先生便一一点评我们的还原之作。

对我的作品,先生未改一字,末三句还用红笔打了双圈,评语是“亦自平妥”四字。正当我暗自庆幸能够“过关”的时候,先生开始对我的试卷进行细致入微的评点了:

老师劈头就问:“你第一句为什么没有将‘乘凉’的意思写进去?”我回答说,当时感到“乘凉”一词不雅驯,如用“纳凉”,又担心首句四字三仄一平(“纳”是入声字),有“孤平”之嫌,其他同类的词汇仓猝之间又想不出来,只好省略了。“你读过杜甫的《羌村》三首吗?”我作了肯定的答复。“杜甫这组诗的第二首中不是有‘忆昔好追凉,故绕池边树’两句吗,你一时记不起来,说明对杜甫的名篇还读得不熟。”听后我暗自惭愧。

"你第二句中'向垂杨过'文理有些不通,原词用'掠'字就极为妥帖。'径'与上文'追凉'呼应,因为'追凉'是目的,心情也很迫切,'径'字可以很好地表达出来;而'掠'则有轻快的意思,既与上文'扁舟'相对应,同时又生动地反映了作者为'追凉'而使劲划船的心态。两相对比,优劣便了然于目了。"

"你第三句的毛病也很大,"老师接着说,"四个字其实只写了'雨大'两个字的意思,'滂沱'一词是多余的。古代格律诗词篇幅一般都比较短,写作时应该力求做到言简意丰或言简意赅,当年苏轼就曾批评秦观《水龙吟》首二句'小楼连苑横空,下窥绣毂雕鞍骤''十三个字只说得一个人骑马楼前过';晁无咎则当场赞扬苏轼《永遇乐》中'燕子楼空,佳人何在,空锁楼中燕'三句"说尽(盼盼)与张建封(实为其子张愔)燕子楼一段事,奇哉!'这两个例子正说明前人在创作时惜墨如金的道理。再看王国维先生的原作"湿萤光大"四字,既暗示了当时雨下得很大,又体现了作者观察、描写物态的细腻。对比之下,便有霄壤之别了。"

"你第四句'萤自随风堕'五字过于生硬、质实,只是从平面来写;原作'一一风前堕'五字则在时空上具有立体感,文字也显得十分灵动,使景象宛在眼前。"

"你过片两句也有不足之处。'伫望'是有意识在望,好像你事先便知道紫电出现在西南方向似的。原作'坐觉'一词,在杜甫《北征》中就有过'坐觉妖氛豁'之句;这里用以写作者坐在船上已获凉爽之际,不经意地发现西南方的天空闪现了紫色的电光,心境的愉悦更在不言之中。陶渊明当年写的名句'采菊东篱下,悠然见南山'中,'见'别本作'望',孰优孰劣,颇有争议。苏轼认为'见'远胜'望',因为'采菊之次,初不经意',忽见'南山'(此指庐山),'境与意会'(即情景交融之意),故最有妙处,倘作'望'字,'则此一篇神气都索然矣'。苏轼的观点从此即被后人作为定论,这也可判明'坐觉'远胜'伫望'的道理。至于'排'之所以胜'穿',不仅在于字面气势的强弱,更在'排'字能够确切地形容夏季暴雨之时雷电交加的景象。"

"你结拍三句写得较好",先生最后评点道,"风格接近姜白石,但气势不如原作'万舫沉沉卧',这并不是'千'与'万'在数字上的差别。如果单独拈出你的末三句,那还是不错的;而原作的胜处却在于和它上文所写疾风骤雨、电闪雷鸣的恢宏气象互为照应,相得益彰。"

根据圭璋师的评点,我领悟到今后写作诗词需要注意以下几个问题:一是多读熟读古人的代表作品,以便更多地掌握那些作品中常用的词汇;二是炼字炼句,使所用字、词尽量形象而贴切地描述所写的人、事、情、景;三是努力做到言简意丰,争取一个字能起到更多字的作用;四是时时考虑上下、前后文字及其风格的衔接和呼应,使文气不断,风神一致,结构在转折变化中又井然有序,等等。更为重要的是,圭璋师的这番评点,使我懂得了在研读古人的佳作时,不仅要知道它们好在哪里,还要深入探索作者调动了哪些艺术手法,并运用其独特的艺术匠心,来创作出这样的绝妙好辞的。前者只是"知其然",后者则是"知其所以然",只

有"知其所以然",才能真正掌握古人创作的方法和规律,从
而收到"举一反三"的效果。

通过以后长期的创作和教学实践,我在圭璋师教导的
基础上,又进一步加深拓广,逐渐明白了更多方面的机杼,
现分别简述如下。

一、炼字。写作旧体诗词,这是最基本的一个环节。往
往在一句诗中,某个字炼得特别精彩,就会使全句甚至全篇
飞动起来。如宋祁《玉楼春》中"红杏枝头春意闹"一句,
"着一'闹'字而境界全出"(王国维《人间词话》),便是典
型的一例。"闹"字原本很俗,用在这里却恰恰收到了前人
所说"大俗"而成"大雅"的效果。王安石的名句"春风又绿
江南岸","绿",原来作者先后用到"到"、"过",觉得不佳,最
后才定为"绿"。"绿"一般是形容词,现用作动词,立刻使
读者眼前浮现出春风将江南大地的草木染成一片绿色的生
动形象,故能卓绝千古,脍炙人口。再如贾岛的名句"鸟宿
池边树,僧敲月下门",相传作者当时对用"敲"还是"推"
字拿不定主意,在驴背上引手作推敲之势,不觉冲撞了京
兆尹韩愈。韩愈是唐宋古文八大家之首,又是中唐盛负时
名的诗人,不但没有责怪贾岛,反而"立马良久思之",说:
"'敲'字佳矣!"为什么"敲"比"推"好,恕我孤陋寡闻,似
乎未见后人有所论述。按照情理,一名僧人半夜归来,当
然应该悄悄地推开庙门进入寺内,以免打扰其他熟睡的众
僧才是,为何韩愈反而认为"敲"字好呢?个人认为,这是
为了收到相反相成的艺术效果。试想,在深夜万籁俱寂的
境界中,再用一悄无声息的"推"字,仍是一片死水般的沉

寂,就没有一点诗意了,而着以一轻轻敲门的声音,却更能使读者感到夜的深沉、阒寂。南朝梁代王籍赋若耶溪有名句云:"蝉噪林逾静,鸟鸣山更幽。"两相对照,便可知道其中消息。看似无理,细想又在情理之中,诗的妙趣往往就在这里。

二、炼句。下面着重谈谈对仗的锻炼。记得我十二三岁时从乡前辈陈潭荪老人学诗,开始,他要求我能熟练地分辨四声,以便以后写格律诗(即五、七言绝句和律诗)时,不需要浪费一点时间来调四声,从而让因物而突然兴发的灵感消失,并举苏轼"作诗火急追亡逋,清景一失后难摹"的诗句加以论述。之后,陈老先生便按部就班地教我怎样写作对联,很快我也掌握了此道,写过"萧寺晚钟轻似梦,蒋山孤月冷于秋"这副联语,颇得先生的首肯。当时我居住在南京五台山附近的一处高楼上,夏晚在顶楼的晒台上纳凉,西边是古林寺(现已成为江苏省委办公楼群所在地),东边是钟山。这时,古林寺的钟声从远处传来,缥缈悠扬,似有若无,仿佛是在梦境中之所闻。时近农历六月半,一轮圆月正从钟山山头冉冉升起,它初露面时,呈现出一片近乎惨白色的冷光,虽属炎热的盛夏,也使感官顿觉冷气袭人。"轻似梦"、"冷于秋"就是将一时生发的灵感用诗的语言表达出来的。至于"萧寺晚钟"和"蒋山孤月"虽是常语,乏善可陈,但为了属对工稳,我特地用"蒋山"而不是用"钟山"或"北山"(钟山古亦名北山,孔稚圭即有《北山移文》)来对"萧寺",因为"萧"、"蒋"都是姓氏。根据历史记载,梁武帝萧衍建造佛寺,命萧子云飞白大书曰"萧寺";汉末秣陵尉蒋子文捕盗殉职,孙权为立庙于钟山。权祖父名钟,为避讳而改称"蒋山"。

楹联的写作,不仅仅在于属对的工稳和意境的形象,高手所作,有时能在广阔的时空中抒发深挚的感情。如黄庭坚七律《寄黄几复》中颔联云:"桃李春风一杯酒,江湖夜雨十年灯。"上句追忆双方当时交游之乐,下句抒发今日宦游之苦,乐与苦对比强烈,弥见两人友谊的深厚。"江湖"写如今分居北海(德州,今山东临邑县北德平镇)、南海(指端州,今广州四会),乖隔千里之遥;"十年",言睽别时间之长。短短十四个字,就包涵了这么多的内容,不禁使人深感作者纳须弥于芥子的高超艺术匠心。

再次,一副联语倘能将人生的体味升华到哲理的高度,便更有深刻的意蕴。诗友俞律先生的五律中曾有一联云:"枕中官一爵,原上草千秋。"上句用唐沈既济所作传奇《枕中记》黄粱一梦的故事,意谓即使能像故事中主人公卢生那样登第拜相,备受恩宠,也不过是短暂的一梦而已;下句用白居易五律《草》中"野火烧不尽,春风吹又生"句意,意谓原上之草虽很卑微,却能生生不息,垂之久远。两句所用事典虽属常见,合为一联有机的整体,却极有发人猛省深思的警世意义,自非大手笔莫办。古人这类例子还有很多,如黄庭坚某首七律的颈联"世上岂无千里马,人中难得九方皋",即使时至今日,仍有其深广的社会意蕴。

三、形象比喻和夸张手法。这是从事文学艺术创作者都耳熟能详的技巧与手法,古人在这方面也有很多的典型诗句可供参考。众所周知，唐五代宋词中常常抒发离愁别绪和羁旅行役的忧伤，同样是写"愁"，却不用赋的手法而是用形象的比喻来描摹，如李后主的"问君能有几多愁，恰似一江春水向东流"，秦观的"便做春江都是泪，流不尽、许多愁"，都用春水、春江来比况愁之多之长；到吕渭老的"若写幽怀一段愁，应用天为纸"，不仅比喻形象，而且手法愈加夸张，可谓另立机杼。至于贺铸词形容愁之多，又接连用了"一川烟草，满城风絮，梅子黄时雨"三个形象比喻，也收到了别开生面的艺术效果。这些都说明古人在创作时早已明白了承传和创新的重要性。

四、反衬。古人创作文艺作品的手法、技巧很多，这里之所以特地拈出反衬手法，是笔者常常感到它被人们所忽视，而古人有些作品运用这种手法时，往往能产生一种特殊的艺术效果。例如东晋人谢玄认为《诗经·小雅·采薇》中"昔我往矣，杨柳依依；今我来思，雨雪霏霏"是我国北方第一部诗歌总集《诗经》中"最佳"的句子（见刘义庆《世说新语·文学》），为什么最佳？ 明人王夫之在其《姜斋诗话》中解说道："以乐景写哀，以哀景写乐，一倍增其哀乐。"王氏所说的正是反衬手法。《采薇》是征夫写的一首诗，作者当年到战场上出征，时值"杨柳依依"的明媚春天，本可以与家人同去郊野共赏乐景，同享天伦之乐，现在却不得不去远征，生死未卜，他心中的忧惧悲苦自然倍增。如今经过九死一生的征战而侥幸生还，虽说遇到"雨雪霏霏"的"哀景"，却反而加倍增加他凯旋的欣慰之情。这种反衬手法的运用，将作者前后的心态描摹得可谓出神入化。李白七绝《越中览古》也有异曲同工之妙,诗云:"越王勾践破吴归,义士还家尽锦衣,宫女如花满春殿,只今惟有鹧鸪飞!"前三句极写勾践率军消灭吴国胜利归来举行庆典的盛况,绘声绘色,如临其境,如见其人。但它们都是为最后一句作铺垫的,前为宾,后为主。"只今惟有鹧鸪飞?"一句,乃是画龙点睛的一笔,拈出作者怀古伤今这一主旨:当年的盛况已不复可见,勾践、义士、宫女、春殿,或化为尘土,或变为废墟,眼前所见,只有在"故国"的上空翻飞的鹧鸪鸟而已。作者正是巧妙地运用反衬的手法,将他"思古之幽情"传达得淋漓尽致,从而也深深地打动了读者的心灵,在感情上产生共鸣。

在李白这首七绝的基础上发挥到极致的,当数辛弃疾的《破阵子·为陈同甫赋壮词以寄之》:"醉里挑灯看剑,梦回吹角连营。八百里分麾下炙,五十弦翻塞外声,沙场秋点兵。　马作的卢飞快,弓如霹雳弦惊。了却君王天下事,赢得生前身后名——可怜白发生!"全词前九句都是写的军营生活,文字极其雄强,场面极其壮观,"了却"两句仍用赋体直白地表露作者收复中原、统一全国的豪情壮志。然而末句却突然斗落,点出自己已生白发,宿愿仍然未酬的悲愤之情,这才是此词的主旨所在。前面九句写得愈是情辞豪迈,最后一句就显得愈加悲凉愤懑,这恰恰也是运用反衬手法所生发出来的艺术效果。倘若仍用悲景来烘托悲情,其艺术魅力便必然大为削弱了。

五、赋比兴与寄托。《诗·大序》说诗有"六义",指风、雅、颂、赋、比、兴。其中"赋"是铺叙其事,"比"是借物譬喻,"兴"是因物兴发感情,三者讲的都是诗歌创作的艺术手法。《诗·大序》又说:"在心为志,发言为诗。"志,就是人的感情。古人认为,即使是采取"铺采摛文"的"赋"的手法来写诗,也应该"体物写志",比和兴更是如此。苏轼曾一针见血地指出,"赋诗必此诗,定知非诗人",意谓无论写人、写事、写物,都应该寄托作者的感情。上世纪五十年代后期,我曾有幸与当代最杰出的诗人钱仲联教授共过事,并不时将自己创作的纪游诗请他修改润色,他就指出我的这类诗作只是纯客观地描摹刻画山水景物之美,没有抒发自己因物而兴发的感情。为此,他给我讲了一段清末民初大才子易顺鼎的故事:易氏一生创作了不下数千首诗,其中最工最佳者当是占据他全部诗篇一半以上的行役游览之作。这类写景之什,能够寄情于山水之间,所以当陈三立(号散原,陈寅恪的父亲,清末同光体诗人的魁首)以魏源山水诗比之,并称赞他"能独开一派"时,易氏却并不完全以为然,言"不知魏诗皆在山水内,而余诗尚有在山水外者"(易氏《庐山集自记》)。钱先生告诉我,张之洞评论易氏山水之作,认为中有"深湛之思",而所谓"深湛之思",就是指诗人的思想感情,亦即易氏自谓其诗"尚有在山水外者"的内容。遵照钱先生的教导,我以后写纪游诗便有了较长足的进步。通过长期实践和思考,我又发现在写景、抒情之余,倘若能将对自然界的变化和社会、人生的体会升华到哲理的高度,出以画龙点睛之笔,作品往往就更有高度和深度;但与此同时,也要防止出现专讲玄理、说教、载道、谈禅之类枯燥无文、缺少形象的内容和文字。不揣谫陋,谨将我在 1976 年夏游黄山时写的一首《遇雨莲花峰下》录在下方,请读者批评指正：

> 卓午发北海，灵景与人暗。晴后过莲花，晴昼变昏
> 夕。阴风伐万窍，墨云复煎逼。山雨旋飞来，匝地密于
> 织。雷公频大笑，列缺自翕赫。乔岳为动摇，厚坤欲崩
> 坼。仰首望绝顶，悬瀑几千尺。天矫蚪与龙，蠢湧天海
> 出。一泻无遮拦，疑是银河溢。又如大宛马，腾骧不可
> 勒。所向尽披靡，当之辄辟易。助虐者谁子？虚谷蚩
> 尤塞。孰意死更生，窜身此匿迹。我时松林间，杖笠任
> 所适。翛然寄澄观，自在还自得。蛮触有争战，六合定
> 于一。天道车转轮，光阴驹过隙。长啸下莲沟，吟边万
> 峰碧。夜投玉屏楼，楼头霁月白。

六、篇章结构。诗歌的篇章结构问题，涉及面很广，一言难尽，下面只就鉴赏、研读古人某些作品时，应该注意它们在行文时前后照应、呼应并使之形成一首有机整体的匠心，决不能断章取义，以偏概全。例如辛弃疾的《念奴娇·书东流村壁》云："野棠花落，又匆匆过了，清明时节。划地东风欺客梦，一枕云屏寒怯。曲岸持觞，垂杨系马，此地曾轻别。楼空人去，旧游飞燕能说。　闻道绮陌东头，行人曾见，帘底纤纤月。旧恨春江流不尽，新恨云山千叠。料得明朝，尊前重见，镜里花难折。也应惊问：近来多少华发？"梁启超以为"旧恨"两句是写"南渡之感"，也就是说，作者此词乃为金兵消灭北宋，宋室被迫南渡的国破家亡之恨。这种解释，个人认为完全是断章取义、以偏概全的臆说。上

片"曲岸"三句,明明写的是与旧时恋人分袂的情事,一个"轻"字更说明当时离别的匆匆和轻率。下片写作者今日旧地重游,旧情难忘,所以要寻寻觅觅。既然已经从行人的口中得到了旧欢仍在的消息,于是决定设宴招邀,把酒重叙旧情。但转而一想,分别多年,对方随着年龄的增长,旧时如花的容颜肯定已不复长驻,难以攀折了;而揽镜自顾,头上的白发近来也增加了许多。明朝樽前重见时,苍颜相对白发,情何以堪。从全篇的结构来看,"旧恨"是承上片的"轻别","新恨"则用下片结拍补足。再从下片"帘底纤纤月"句来看,词中所写的旧欢当是青楼卖笑的歌伎之流("纤纤月"指美人足)。通过以上有关此词篇章结构的剖析,不难看出,它不过是一首情词而已,与靖康之耻、南渡之恨根本搭不上边,不能因为"旧恨"两句写得特别沉痛就疑神疑鬼,妄作判断。

辛弃疾的另一首名作《菩萨蛮·书江西造口壁》在解放后也受到许多人的臆解。由于清代常州派词论家周济在其《宋四家词选》中说过"青山"两句系"借水怨山"的话,论者便加以无限夸大,说词中"青山"是借指一小撮反对抗金复国的主和派,"东流去"的"清江水"则借指力主抗战的爱国力量。翻遍辛弃疾的六百余首词作,凡是用到"青山"一词的全属正面形象,而在传统的诗词作品中,流水则往往用以象征不断流逝的光阴;有情的人每每因为无法留住光阴、使时光倒流而嗟叹自己逐渐走向衰老,从而怨恨流水的无情,辛氏《酒泉子·无题》劈头即有"流水无情,潮到空城头尽白"之句。由此可以证明,过片两句意谓多情的青山很想挽住象征光阴的流水,而流水无情,依然不停地将光阴带走,这对胸怀抗金复国壮志的作者不能不油然而生壮志未酬、人渐老大的忧惧和悲愤。论者之所以将"青山"视为反面形象,还由于上片末二句明言"西北望长安,可怜无数山"。"长安"借指北宋王朝故都汴京,由于"青山"的遮挡,想望也望不见了,这和李白七律《登金陵凤凰台》尾联"总为浮云能蔽日,长安不见使人愁"不是有类似的含意吗?其实这两句中的"可怜"不能解作"可惜",而应释为楚楚可怜的意思,辛氏另一首名词《水龙吟·登建康赏心亭》有云:"遥岑远目,献愁供恨,玉簪螺髻。"就是将远山形象比喻为满面愁恨的女子。从此词上下勾连的结构来看,这样的理解便豁然贯通,毫无滞碍了。辛弃疾是两宋期间最伟大的词人,在解放之后极左路线统治时期的思潮影响下,论者常常将某些反面人物说得罪恶滔天,一无是处;对正面人物则无限拔高,简直像是"完人"一般,这正是违反唯物辩证法的形而上学的审美观点在作祟。

七、含蓄与韵味。古人创作诗词,非常讲究这互相关联的两者产生的艺术效果。研治词学者长期将两宋词人分为婉约、豪放两大派,辛弃疾自是豪放派词人的魁首。所谓"豪放",就是"气魄极雄大"(清·陈廷焯《白雨斋词话》),任何人在通读《辛稼轩词集》之后都会产生这样的直感。但陈氏接着又说,"意境却极沉郁",所谓"沉郁",就是放而能收,放、收俱有节度。辛词后劲之一的刘过词作,便被陈廷焯讥为"叫嚣",能放而不善于收,从而使作品缺少含蓄的韵味,既粗又浅,不耐咀嚼。所以"放"与"收"是矛盾的两个方面,只有将两者和谐地统一,才能臻于完美的艺术境界。然而一味含蓄有时也同样失之偏颇。记得我十余岁时,静庵舅父曾示我郑秉珊先生所撰《中日书法之比较》一文,文末云:"然而,书法的最高境界毕竟是'静穆'二字。"当时年幼不懂,舅父先以"静如处子,动如脱兔"八字加以解释,我仍然不能理解,舅父最后用打太极拳作比喻,说练太极拳的行家,看似心如止水,柔若无骨,但一发功,便能立收"四两拨千斤"之效,说明其内功极深,外柔而内刚,故能克敌制胜。我想,辛词的妙处也就在此。

上世纪九十年代初,美国华盛顿东方艺术馆展览中心主任墨萤声女士来南京师从我学习书法、《易经》和风水,因为她不通我国语言文字,我只得先教她书法。有一次我讲某位古代大书法家的作品很有韵味,担任翻译的外语系某教师反复讲解,对方都表示听不懂。这位教师转而问我如何用最简洁的语言加以解释,我一时也犯了难,感到"韵味"二字"只可意会,难以言传",便举了北宋词人柳永《采莲令》的结拍"更回首,重城不见,寒江天外,隐隐两三烟树"来间接传达其中的韵味所在。这是一首送别词,作者是行人,所欢女子则是送行者。按照这类词作的一般写法,在双方分袂之际,都会描写依依不舍、哽咽流涕、再三叮咛嘱咐的感情和场景,此词结拍却不然:行人(作者)毅然决然地立刻登船,不说一句话,也不看女方一眼,便扬帆而去。及至走了一程,行人惜别的浓浓之情终于如火山喷发,忍不住要回头遥望,企图再看所欢一眼。这说明行人当时不是绝情,而恰恰是深情——既不忍心看到所欢悲痛的容颜,自己也觉得承受不了远别的苦楚，"更回首"三字正含蓄地表达了作者此前的这种心态。其次，回头遥望，岸边送别的女子已经杳无踪影，作者不是说"伊人不见"，而是说"重城不见"——高大的城墙尚且看不见了，何况在岸边伫望的女子。在含蓄的文字中，进一步表达了作者悔恨、失望却又无可奈何的相思之苦。最后两句，将作者上述所有感情描摹到了极致：所思不见，望中只有远及天边的"寒江"和隐隐约约的两三株似有若无的"烟树"——"寒"字不仅说明时值深秋季节，更在借以正面烘托作者内心的悲伤；"烟树"是无情的，这里却借以反衬作者的多情。王国维《人间词话》曾精辟地说过，"一切景语皆情语也"。以景结情，情与景会，使读者顿有"曲终人不见，江上数峰青"（唐人钱起的名句）的同感和共鸣，可谓含蓄之至，韵味无穷。我作了上面对柳词结拍的剖析后，墨蜚声女士终于明白了"韵味"的意蕴。严羽《沧浪诗话》所说诗的"别趣"，此词结拍也堪称典型的一例吧。

八、使事用典。古人诗词，常常借用事典来表情达意，其目的和作用大体有以下几个方面：一是为了收到言简意丰的效果。有时作者要想表达某种情志，如果直白地描述，文字必然比较冗长，对写格律诗词来说，短小的篇幅难以承受；倘能借助前人与之匹配的事典来作表述，就无须辞费了。二是有些情志，直说可能触犯了忌讳，造成负面效果，不得不借助事典来委婉曲折地抒情达意，以求既不开罪对方，又有可能达到预期的效果。三是显示作者学识的广博。这是前代诗人雅集赋诗唱和时常见的现象，从而也成为某些诗人在创作时的一种积习。

上述第三方面可以置之不论,现就前两者列举辛弃疾的《永遇乐·京口北固亭怀古》来作一具体剖析,全词云:

> 千古江山,英雄无觅,孙仲谋处。舞榭歌台,风流总被,雨打风吹去。斜阳草树,寻常巷陌,人道寄奴曾住。想当年,金戈铁马,气吞万里如虎。　　元嘉草草,封狼居胥,赢得仓皇北顾。四十三年,望中犹记,烽火扬州路。可堪回首,佛狸祠下,一片神鸦社鼓。凭谁问:廉颇老矣,尚能饭否?

这首词,据岳飞孙子岳珂在其《桯史·稼轩论词》中记载说,他曾对词中用事稍多而提出意见,辛弃疾高兴地说这一批评"实中余痼"(确实打中了我这首词的毛病),于是累日累月地认真修改,但最终也无法改动一字。据个人管见,其原因如下:上片接连写了与京口(今江苏镇江)有关的两个历史人物孙权和刘裕。写孙权,是为了突出他坚持抗曹,决不投降的意志;写刘裕,则是为了突出他曾经统率大军北伐,先后消灭了南燕、后燕和后秦,一度收复过洛阳和长安。前者是勉励南宋当权者坚持抗金,后者则是希望当权者进而收复中原,恢复故国。这是根据南宋王朝当时国力从正面提出有关近期、远期战术和战略方面的建议。过片三句,从反面拈出刘裕儿子宋文帝刘义隆轻率地出兵北伐,结果大败亏输的历史教训,意在警告当权者在金兵势力仍很强大的情况下,不能不作充分的准备就贸然用兵,以免重蹈刘义隆的覆辙。"四十三年"三句,回忆自己四十三年前从山东南归时,金主完颜亮大军南下,扬州一带战火纷飞的景象,从而慨叹至今中原未复,壮志未酬。"可堪"三句承上启下,既不堪回首往事,又为今日汉族民众竟在前代少数民族君长祠前迎神赛会,全然忘却了民族的仇恨,消磨了恢复中原的意志,长此以往,真是不堪设想。既不能草率北伐,又不能苟安下去,怎样才能解决这个矛盾呢?结拍三句,用廉颇老当益壮的事典,表达了"如欲平治天下,舍我其谁"的豪情。根据历史记载,韩侂胄以外戚的身份主政,因年资较浅,很想借北伐的胜利来巩固自己的权位,于是将废黜多年却力主抗战的辛弃疾重新起用,廷对时,辛氏"陈用兵之利,乞付之元老大臣"(《庆元党禁》)。辛弃疾一方面竭力主张北伐,这和韩侂胄的意见是一致的;但他通过遣谍北方探听金兵虚实后,深感敌我力量悬殊,非作充分准备不能冒进,这和韩侂胄的意见却大为相左。韩对他有"知遇之恩",他反对韩仓猝用兵,又不便面陈诤言,不得不用隐晦曲折的手法写作此词进行讽喻,希望韩能重用像自己这样老成持重的元老大臣来处理军国大事。正是为了达到这一目的,取得相应的效果,作者不得不大量地使事用典,全面而系统地委婉陈述自己有关北伐的建议。试想,倘若使用直白的文字来写,如何能够囊括这么丰富而深刻的内容?所以尽管他虚心地接受了岳珂的批评,却仍然无法改动一字。非不为也,是不能也,从上述剖析中,我们不难窥出作者的良苦用心。尽管韩侂胄没有接受作者的建议,遭到兵败身亡的悲惨结局,但辛弃疾的这首词却彪炳千古,至今传诵。

谨就有关旧体诗词创作与鉴赏的一些心得体会简述如上，以俟高明匡谬指正。

2011 年 12 月 6 日写毕

常国武(1929—)，男，汉族，原籍江苏南京，诗人、书法家，曾任南京师范大学教授、博士生导师等职。江苏省文史研究馆馆员。

仰望诗词灿烂的天空

(《绿痕庐诗话》选录)

王翼奇

严沧浪之言

严沧浪之言曰："夫诗有别裁,非关书也;诗有别趣,非关理也。然非多读书,多穷理,则不能极其至。"(《沧浪诗话·诗辩》)此一段文字虽前后转折,实一意以贯,"非关书"仍须"多读书","非关理"仍须"多穷理",极为辩证。而千百年来前语被屡次引述,奉为典要,后语被割弃不顾,耳食者几无知之者。断章取义,岂不令沧浪齿冷!

四言一法

《诗式》引黄叔度《看王仪同拜》:"春花舒汉绶,秋蝉集赵冠。浮云生羽盖,明月上银鞍。"二联句式相同,即许彦周所谓"四言一法"也。叔度为陈隋之间诗人,当时律诗之平仄、对仗尚未定型，更无论二联间句式之讲求变化，如阴铿：
"潮去犹如盖，云昏不作峰。远戍唯闻鼓，寒山但见松。"四
句中，下三字之组合全同，幸其上二字尚有主谓（云来，潮
去）、偏正（远戍、寒山）之异；要之仍不免有雷同之感。唐
宋诸贤律诗，颔、颈二联始极变化之能事，如老杜《登高》，
"无边落木萧萧下，不尽长江滚滚来"与"万里悲秋常作客，
百年多病独登台"，不仅句式之安排各不相袭，造语之整碎
亦异其趣。虽然，亦偶有蹈故辙者，即如老杜，其五律《江
汉》中二联："片云天共远，永夜月同孤。落日心犹壮，秋风
病欲苏。"诵之再三，终嫌"四言一法"；诗圣有此，不能不云
"尧舜其犹病诸"也。王世懋《艺圃撷余》所摘岑嘉州之"云
随马"、"雨洗兵"、"花迎盖"、"柳拂旌"，与王摩诘之三四
"衣上"、"镜中"，五六"林下"、"岩前"，殆皆此类。他如韦
庄七律《咸阳怀古》，起联"城边人倚夕阳楼，城上云凝万古
愁"，苍茫怀古，与许丁卯"一上高城万里愁，蒹葭杨柳似汀
洲"俱工于发端；结联"莫怪楚吟偏断骨，野烟踪迹似东
周"，亦感慨无端，余意彷徨。惜乎其中间二联"山色不知秦
苑废，水声空傍汉宫流。李斯不向仓中悟，徐福应无物外
游"，亦因句式雷同，遂乏跌宕之致。王君玉题江都九曲池
五律云："越调谁家曲，当年亦九成。哀音已亡国，废沼尚留
名。仪凤终沉影，鸣蛙祇沸声。凄凉不可问，落日背芜城"。
就词藻言之，可谓四十贤人，字字雅切，全篇一气呵成，题无
剩义，洵可诵而堪传，宜晏元献阅之赏叹而荐为馆职也。然
中间四语，固是一法，实有微憾焉。句式忌同，原指颔颈二
联而言，实则首联（用对仗者）与次联、三联与四联（用对仗

者），亦莫不然。如明邝露《洞庭》五律："人归洞庭水，心远百蛮天。虹饮吴山雨，蝉嘶楚岫烟。挂帆明月树，沽酒白云船。来雁纷南向，衡阳何处边？"诗亦复佳，必欲论之，则不能无间言于前四句句式之雷同矣。又，陆龟蒙诗："静烟临碧树，残雪背晴楼。冷日侵极戍，寒月对行舟。"虽为回文体，而四句同一样式，与帖子诗之"春游芳草地，夏赏绿荷池；秋饮黄花酒，冬吟白雪诗"何异？日本村上天皇第六子具平《题故工部桔郎中（桔正道）诗卷》七律之中间四句云："黄卷镇携疏牖月，青衫长带古丛春。文华留作荆山玉，风骨销为蒿里尘。"句式、句意皆大同小异，唯域外之作不宜苛责，置之不论亦可。

承袭中之创意

袭套前人句式，虽类乎顺手牵羊，要在有自家之含蕴、之意境、之韵味，乃是一种"有凭据之创作"，于承袭中创意，不可概目之生吞活剥。如元遗山："人生只合梁园死，金水河边好墓田。"（元蒋正子《山房随笔》："金国南迁后，国浸弱不支，又牵睢阳。某后不肯播迁，宁死于汴。"故遗山咏之云云。）乃袭套杜牧"人生只合扬州死，禅智山光好墓田"。清袁枚："折取一枝斑竹去，教人知道过潇湘。"乃袭套元贡师泰"折取一枝城里去，教人知道已春深"。高青丘袭套温飞卿"曾于青史见遗文"之句为"曾于青史见遗功"，虽仅易一字，而伍员以功业著，与陈琳以诗文著之不同，于焉见之。又，温以为起句，承以"今日飘蓬过此坟"，高则以为次句，承起句"地老天荒霸业空",稍作位置之变化以避袭套过于雷同,而皆令人觉其妥帖!

太白偶句

太白于骈偶似不屑为之,实不然。观其所作《永王东巡歌》十一首,皆七绝,而屡于三四用俪语,几乎与少陵之一般七绝无二致。如"秋毫不犯三吴悦,春日遥看五色光。""春风试暖昭阳殿,明月不过□鹊楼。""千岩烽火连沧海,两岸旌旗绕碧山。""战舰森森罗虎士,征帆一一引龙驹。""君看帝子浮江日,何似龙骧出峡来。""初从云梦开朱邸,更取金陵作小山。"(第一首三四之句"楼船一举风波静,江汉翻为雁鹜池",实亦含骈意。)即一、二句之"三川北虏乱如麻,四海南奔似永嘉","雷鼓嘈嘈喧武昌,云旗猎猎过寻阳"、"二帝巡游俱未回,五陵松柏使人衰"、"祖龙浮海不成桥,汉武寻阳空射蛟",每句之前四字亦俨然相偶。

少陵七绝

少陵七绝虽未如太白、少伯之擅胜场,然其《江南逢李龟年》《赠花卿》要为合作,于以见其并非不能工于此体。至其《戏为六绝句》《存殁口号》,别拓以七绝论诗、怀人之蹊径,前者为元遗山、赵云松《论诗》之嚆矢,后者下启山谷《荆江亭即事》,创始之功,不让太白诸人。

南北朝诗

南北朝人已自觉运用使四声八病、骈四俪六之说为诗，故其篇什俨然如后之唐人近体者比比而是，此老杜所以"颇学阴(铿)何(逊)苦用心"欤？如陈江总《九月九日行薇山亭》："心逐南云逝，形随北雁来。故乡篱下菊，今日几花开。"张正见《关山月》："岩间度月华，流彩映山斜。晕逐连城璧，轮随出塞车，唐冀遥合影，秦桂远分花。欲验盈虚驶，方知道路赊。"陈昭《昭君词》："跨鞍今永诀，垂泪别亲宾。汉地随行尽，胡关逐望新。交河拥塞雾，陇日暗沙尘。唯有孤月明，犹能远送人。"北齐萧悫《上之回》："发轫城西峙，回舆事北游。山寒石道冻，叶下故宫秋。朔路传清警，边风卷画旒。岁余巡省毕，拥仗返皇州。"北周庾信《和侃法师》："客游经岁月，羁旅故情多。近学衡阳雁，秋分俱渡河。"《重别周尚书》："阳关万里道，不见一人归。唯有河边雁，秋来南向飞。"

"郎罢""汀茫"

顾况诗《囝》，述当时闽吏取童子为阉奴之事，惨绝人寰。"囝别郎罢，心摧血下。隔地绝天，及至黄泉，不得在郎罢前！"生离死别，情苦言悲，甚于汉乐府《孤儿行》，令人不忍卒读。闽人呼父为"老父"，父，上古声母为"并"，闽音至今犹然。故俗字作"老爸"，盖父、爸实一音之转也。顾况吴人，其胸中于闽语先存一段南蛮□舌，"□辀格□"之成见，故一闻"老父（老爸）"之呼，便觉其音可怪，辄写作"郎罢"，且于诗后加注，求之过深，反难索解。后人复沿用之，约定俗成，"郎罢"遂入语词之林矣。宋人郭忠恕《佩觿》云："河朔谓无曰毛。"实则"无"字上古声母为"明"，湘、蜀、粤、闽方音至今犹然，字亦何必作"毛"？《两般秋雨庵随笔》举《后汉书·冯衍传》"饥者毛食"、《五代史》"黄□绰赐绯，毛鱼袋"为例，实则二"毛"字本可作"无"：因知高文典册，亦不免庸人自扰之讥也。前人笔记载顾亭林游晋，宿傅青主家。一日起稍晏，青主知其邃于古音，于户外戏呼曰："'汀茫'久矣，犹酣卧耶？"亭林怪其语。青主曰："君精古音，岂不知天本音汀，明本音茫耶？相与大笑。今粤语"天明"发音犹然。予《莲城秋日书怀》七律颔联："放学儿归唤郎罢，催诗客至报汀茫。"因"郎罢"、"汀茫"皆记录方音而成故实者，字面颇相称，故以为对，"庸人自扰"，翻成诗语，思之失笑。

滹南讥评之失

山谷诗："语言少味无阿堵，冰雪相看有此君。""阿堵"、"此君"皆用《世说》，铢两甚称，洵为的对。王若虚《滹南诗话》讥评之，谓："'阿堵物'去'物'字，犹'此君'去'君'字，乃歇后之语，安知其为钱乎？"今按山谷句中之"阿堵"，乃用顾恺之"传神写照，正在阿堵中"，非王衍之"举却阿堵物"，盖谓语言少味便乏神采。既不涉"钱"，亦未去

"物"。即以溇南之论为言,则"歇后"亦修辞之一法,山谷宜可用之;至"阿堵物"省为"阿堵",尤为诗语省略常有之例,读者苟知其来历,自能于意会之顷自然补足之,庸何伤乎？诗语之省略更有甚于此者,如清人叶燮诗"登岳何人携谢朓",用李白登华山落雁峰"恨不携谢朓惊人句来搔首问青天"之语,所谓"携谢朓",即"携谢朓惊人句",非谓携谢朓其人也,似此省略,何止"歇后"？亦未害其为诗语也。安得起溇南老与细论之！

皎然之论

荆公"看似寻常最奇崛,成如容易却艰辛",洵诗家悟道之言。此意皎然《诗式·取境》已曾拈出,其言曰:"取境之时,须至难至险,始见奇句;成篇之后,观其气(一作"风")貌,有似等闲不思而得。此高手也。"郭绍虞先生复阐之曰:"当第一步构思之时,一些浮面的思想、词句,往往摇笔即来,假设这样一挥而就,便不是自然,必须刊落凡想,所谓'至难至险,始见奇句',这样才见工力。通过工力以后的自然,才是真自然。"又,皎然于"有时意静神王,佳句纵横,若不可遏,宛如神助"之说亦不以为然,认为此乃"先积精思",故"因神王而得"。

借式之对(续一)

自来言借对,大抵含借义、借音二端,且大多就单音词而言。然借音义以偶对之后,包含上述借对之双音词或多音词即生成又一种借对:借式。换言之,借式须是双音词或多音词之偶对,且以所以含单音词之借意、借音为依托。前述少陵"逐客"、"悲君"二双音词间之借式为对,即以单音词"逐"之借义为嚆矢。旧作七律《感事呈郭在贻兄》颔联"下榻所延非孺子,高楼在卧欠元龙",先因"下"(放下,动词)借形容词"低下"与"高"为对,从而双音词"下榻"方由动宾式转为偏正式,借此式以偶偏正式之"高楼"。又,拙撰楹联中尝以"千年黎庶遗风""一曲桃花流水"为对,其中"黎庶"借音"梨树"以偶"桃花",从而亦借"梨树"之偏正式以偶"桃花",是为借音、借式复含之借对。

借类之对

少陵"竹叶于人既无分,菊花从此不须开","竹叶"乃酒名"竹叶青"之略语,然"竹叶"本意未变,其与"菊花"之偶对,并未"借义",而是"借类",即专名词类之"竹叶(青)"借植物名词类之"竹叶"以偶"菊花"。此种借对尚有:"水月松风招白鹤,石泉槐火煮乌龙"。"乌龙"乃茶名,义固是黑色之龙,并无所谓借义,乃是借类之对。尝以"武松"对"文竹","松"人名,而义固是"松树",乃借类为对(专名词类之"松"借植物名词类之"松"以偶"竹")。准此,"友鸾和绀弩,画虎皆白痴"(聂绀弩赠张友鸾之句),鸾、绀(均为人名中词字)皆以人名词类分别借动物名词类、颜色名词类以与"虎"、"白"为对,亦系借类之对。"借类"、"借式"。皆非"借义"、"借音"所能包纳,而前人似无觉察,故不辞词费□缕言之。

流水联

上下二句一意,然而二句非偶对者,予称之为"流水联",盖亦如流水之不可切断、上下实乃语意连贯之一句者也。如"君到姑苏见,人家尽枕河"(杜荀鹤),"离情被横笛,吹过乱山东"(王安石),"闻有茅堂在,衡山第几峰"(洪昇)。

缘情生发

"长陵亦是闲丘垅,异日谁知与仲多",写仲山忽及长陵,由仲及季;"祢衡只有坟三尺,千古安眠鹦鹉洲",写疑冢忽及江洲,由曹及祢。虽均由学问而生发,要亦缘情思而绮靡。论诗者谓为反衬,作诗者实无定法。大抵因情生文,如水之随物赋形已耳。知此言诗,即随园所谓"必以情"。必欲论法,则"缘情绮靡"、"必以情",已直探骊珠,得诗之美学本质矣。尝赋谒秋瑾墓七律,结联云:"桥畔忽怜苏小小,更无人拜石榴裙。"写秋侠坟忽及苏小墓,因秋及苏,所谓"忽怜",亦犹"猛忆",盖搦翰至此,即有一种思绪联翩而来,并未暇作取法前贤之想也。

谐音不宜坐实

传于谦所作《石灰吟》七绝,全诗托物言志,二十八字俱就石灰石立论,如"千锤万击"、"烈火焚烧"、"粉身碎骨"、"只留清白"。石灰石色"青白",谐音为"清白",然句仍当作"只留青白在人间",不宜坐实为"清白"。此类尚有"东边日出西边雨,道是无晴却有晴"、"合欢骰子嵌红豆,里许原来别有仁"、"蜘蛛结网三江口,水冲不断是真丝","晴"、"仁"、"丝",分别谐音为"情"、"人"、"思";然不可坐实为"道是无情却有情"、"里许原来别有人"、"水冲不断是真思"。盖不坐实方有味乎言之,且石灰石、日出落雨、骰子、蛛丝与"清白"、"晴"、"人"、"思"原本无涉也。

诗语率易

顾非熊《瓜州送朱乃言》诗有句云:"君去还吴我入秦。"同言分手背驰之事,而风神情味,不可与郑谷"君向潇湘我向秦"同日而语。令狐楚《坐中闻〈思帝乡〉有感》:"年年不见帝乡春,白日寻思夜梦频。上酒忽闻吹北曲,坐中惆怅更何人。"语意率易,亦不如郑谷之"座中亦有江南客,莫向春风唱鹧鸪"。

读书与下笔

杜甫《丹青引赠曹将军霸》:"将军魏武之子孙,于今为庶为清门。""于今为庶"语出《左传·昭公三十二年》"三后之姓,于今为庶"。出入经史,使人不觉,所谓"读书破万卷,下笔如有神",于以见之,亦如公之出此二语,洵非信口之虚言、无心之漫语。聂绀弩诗："小伙轩然齐跃进，老夫耄矣啥能为。"迹近打油，而下句亦出《左传·隐公四年》："石碏曰：'老夫耄矣，无能为也。'"信手拈来，看似白描，实则用典。"无能为"三平，律诗所忌，改"无"为"啥"，俾其似口语，更以避三平，知此老故精于律诗，老于斫轮。此联亦如"青眼高歌望吾子（杜句），红心大干管他妈"，乃古今对。唯一般古今对上下联不必一事，聂翁则于古句今句用于同一今事。元遗山言"眼处心生句自神"，盖由眼见之事、身处之境触发诗心，先有腹笥中之古句袭来，再造今句，足成一联，因古句而铸出新词，复因新词而神化古句，人我古新之境，遂相得而益彰。

两读便宜

李清照《永遇乐》"记得偏重三五"，后人于"重"字颇聚讼，实则于义当读去声，于律则因两读之便宜平读之耳。

王翼奇（1942—），男，汉族，原籍福建南安。历任《浙江日报》记者、浙江古籍出版社副社长、浙江教育出版社编审。浙江省文史研究馆馆员。

中华诗词应在继承与创新中反映新时代

邹　诚

我国是诗的悠悠古国，又是诗的泱泱大国。我国诗词源远流长，博大精深，佳作如林，名句如珠。从诗经、楚辞、汉赋、到唐诗、宋词、元曲，以至明、清和近当代的诗词名家，宛如一条浩瀚的星河，绵延几千年，光照亿万里，声震寰宇，彪炳千秋。中华诗词生动形象地展现了中华民族不同时代不同地域的政治沿革、历史事件、社会生活、传统美德、山川风光和各种成就，成为中华文化的重要基石和母体。正如孙轶青同志指出："我国六经以《诗》为首，《史记》、《汉书》大量转录诗赋，方志有诗专辑，医药著作、佛道经典都有诗诀诗偈，传统戏剧多是诗句，四大古典小说都与诗有不解之缘，书法、绘画、雕塑、音乐、舞蹈都与诗相得益彰，一切高雅的文艺创作和表演总是和诗紧密相连，许多思想家、政治家、军事家、文学家、艺术家、科学家都是诗人。传统诗词内涵之博大，艺术之精美，地位之崇高，在世界上是独一无二的。它是中华民族的心声，中华文化的代表。一部中国诗史,实际上就是中华民族的发展史,心灵史和文化史。不研究中国诗史,就难以真正了解中国和中华文明"(《充分发挥传统诗词的社会功能》)。这充分说明,中华诗词自古至今已浸透到中国经济、社会、文化和其他各个领域,它是我们精神文明建设取之不尽、用之不竭的丰富资源。

一

中华诗词在中华民族的文化宝藏中,具有特别突出的地位。这不仅由于它历史悠久,作品丰富,而且还因为它具有深刻广泛的社会内涵和无与伦比的诗美。许多优秀诗篇成为千古绝唱。它对华夏文化传统的形成、人民心理素质的培育,产生着巨大的影响,成为全世界人民的精神财富。在历史的长河中,它深深植根于人民的心中,具有永恒而不衰的艺术魅力、永固而不摧的感情凝聚力,永打而不倒的顽强生命力!

首先,中华诗词何以具有永恒而不衰的艺术魅力,关键是由其艺术特质所决定的。霍松林教授在《中华诗歌的艺术魅力》里指出,早在《尚书·尧典》中就对远古时中华诗歌的艺术特质做出了理论概括:"帝曰:'夔!命汝典乐,教胄子。直而温,宽而栗,刚而无虐,简而无傲。诗言志,歌永言。声依永,律和声。八音克谐,无相争伦。神人以和。'"朱自清在《诗言志辨序》里曾说《尧典》中的这段话是我国历代诗歌理论和诗歌创作的"开山纲领"。在这里,他说得很中肯,已把其永恒魅力的主要艺术特质揭示出来了。

其一，中华诗词之所以具有永恒而不衰的艺术魅力，在于早在古代就提出"诗言志"，而且强调"志"应体现心灵美。有些理论家把我国古代的诗论区分为"言志"、"缘情"两派，自有根据，但《尧典》中的"诗言志"与"歌永言"对偶成句，并无排斥"情"的意思。"情"与"志"本来是二而一的东西，血肉相连，很难分割。所以班固说："《书》曰：'诗言志，歌永言。'故哀乐之心感而歌咏之声发。"这不就是指出诗歌的抒情特质吗？

其二，中华诗词之所以具有永恒而不衰的艺术魅力，在于早在古代就提出了"声依永，律和声"的要求，强调了诗歌的音乐性。《诗经》隔句用韵，有通篇四言的"齐言诗"；也有以四言为主，杂以二言、三言、五言、六言、七言、八言、九言等各种句式的"杂言诗"，节奏鲜明，错落有致，兼有整齐美和参差美。如《秦风·蒹葭》第一章："蒹葭苍苍，白露为霜。所谓伊人，在水一方。溯洄从之，道阻且长。溯游从之，宛在水中央。"通过舒缓的节奏和悠扬的韵律，传达了无限企慕的深情，令人心驰神往。

其三，中华诗词之所以具有永恒而不衰的艺术魅力，与"声情并茂"并存的还有许多因素。诸如语言的精炼、生动和富有个性，赋、比、兴和象征、拟人、烘托、暗示等手段的运用，炼字、炼句和炼意的统一，章法结构的严谨与变化，情景交融的意境创造等等，都有其重要作用不可忽视。比如，"四声"虽是南齐永明时期沈约等人提出来的，但一字一音而音有平仄，却是方块汉字固有的特点。因此，早在三千多年前的《诗经》中，不仅押韵的方式多姿多彩，而且企求声调的和谐,出现大量平仄相间的"律句"。就第一篇《关雎》看,如"参差荇菜,左右流之。窈窕淑女,寤寐求之。"如果把"窕"读为平声,则四句诗完全合律。如屈原、曹植诗中亦往往出现律句。汉字音分平仄的这一特点极有利于创造语言的音乐美。

其次,中华诗词何以具有永固而不摧的感情凝聚力,其关键在于能促进中华民族的团结统一。

一是,中华诗词之所以具有永固而不摧的感情凝聚力,在于它对于促进祖国团结统一有特殊作用。"国破山河在,城春草木深。感时花溅泪,恨别鸟惊心。……"杜甫的《春望》表达了山河破碎给国家带来的灾难和哀伤。李白的《静夜思》"床前明月光,疑是地上霜,举头望明月,低头思故乡"。能使关山阻隔的炎黄子孙的心贴在一起。日本投降,台湾回归中国后,海峡两岸同胞受到了人为的阻隔。著名画家张大千"半世江山图画里,而今能画不能归"的诗句,反映了台湾同胞思念祖国渴望统一的心声。

二是,中华诗词之所以具有永固而不摧的感情凝聚力,在于其主旋律是爱国主义。"路漫漫其修远兮,吾将上下而求索。"屈原这闪耀着哲理的光辉诗句,至今仍激励着我们为祖国、为事业而奋斗不息。陆放翁的"死去元知万事空,但悲不见九州同。王师北定中原日,家祭毋忘告乃翁",文天祥的"人生自古谁无死,留取丹心照汗青",激励过多少英雄豪杰关怀祖国的完整统一,在祖国危难关头赴汤蹈火。

三是,中华诗词之所以具有永固而不摧的感情凝聚力,在于它有其他文学形式不能替代的教育功能。孔子教人,主张兴于诗。他说:"诗,可以兴,可以观,可以群,可以怨。"谁只要爱上它,往往就会愈爱愈深,乐于接受它的熏陶和教化。这也是其潜移默化的特殊功能。

再次,中华诗词何以具有永打而不倒的顽强生命力,关键在于它最能反映中华民族和中国人民的特性和风尚。

中华诗词之所以具有永打而不倒的顽强生命力,在于它深深植根于人民之中,为人们所喜闻乐见,并随着时代的前进而发展。从1919年起,90多年来,中华诗词经历了三次劫难。一是五四新文化运动,倡导"文学改良",表现在诗歌上就是以白话作诗,反对写旧体诗。当时对旧体诗一律加以否定、打倒,说它是"僵死的文学","只有五十年寿命"。从五四始,如弄仄仄平平,就被视为"骸骨迷恋";二是到了"文革",旧体诗成了"反动",坚决打倒,刑祸加焉;三是改革开放以后,新诗界又掀起"西化"高潮,引起全国性的一次大争论,其核心就是民族化还是西化的问题。传统诗词又遭受了冷落。

"唐贤力破三千纸,勒马回缰写旧诗。"五四新文化运动以后,鲁迅、郁达夫、郭沫若、茅盾等大作家、大诗人勒马回缰写旧诗;不少政治家、思想家、军事家、科学家及人民群众也在写旧体诗。老一辈革命家毛泽东、朱德、董必武、陈毅、叶剑英以及海内外侨胞等也写了很多旧体诗,而且不少诗篇成了千古绝唱。根植于民族特点的中华诗词显示了强大的生命力,成为一股热流,始终或急或缓地涌动着。恰如一位华侨所说,它是一条永远打不倒的神蛇。伟大的革命家、诗人毛泽东在《同梅白同志的谈话》中说:"旧体诗源远流长,不仅像我这样的老年人喜欢,而且像你这样的中年人也喜欢。我冒叫一声:旧体诗词要发展,要改革,一万年也打不倒。因为这种东西最能反映中华民族和中国人民的特性和风尚,可以兴观群怨嘛!哀而不伤,温柔敦厚嘛!"毛泽东在这段话里对诗词说了四个问题,一是要发展;二是要改革;三是打不倒;四是什么人喜欢的问题。毛泽东说,老年人、中年人喜欢。实际上,还有大量的青年人也很喜欢。在《中华诗词》和不少海内外报刊上都发表过很多青年人的诗词作品,而且很不错。这一点,毛泽东当时并没有料到,但也正是这一点,可为毛泽东这个"一万年也打不倒"的论点作一个坚实而有力的佐证和注脚。改革开放30多年的历史也证明,史无前例的民族大浩劫结束后,国门开锁了,才能使诗词在新的历史条件下得到了复兴和发展。这是有目共睹的。

二

中华诗词始终都在继承和创新的道路上开拓前进着,从来不曾数典忘祖,一切都要从零开始;也从来不曾划地自限,自封为诗词的绝顶。总是把前人的成就当作自己继续登高的基石,把自己的脚放在这基石上,孜孜格格,求新求变,向新的诗词高峰攀登。这是传统,也是我们应当切实加以继承、借鉴和发扬的。正如毛泽东指出:"我们绝不拒绝继承和借鉴古人和外国人,哪怕是封建阶级和资产阶级的东西。"

首先,要继承传统诗词的格律美。毫无疑问,写格律化的诗词,比写自由体新诗要费力得多。然而,格律化诗词经过费力而创造的构成,有四美:

其一,是声韵美。它是诗词最看重的美,是律诗、词、曲所共同拥有的。因为汉语是一种声调语言,格律化诗词就是利用汉语的声调来构成它的音乐化效果。《诗大序》:"声发于声,声成文谓之音。"《郑玄注》云:"声为宫商角徵羽也,声成文者,宫商上下相应。"所谓格律化是平仄相间,不是一平一仄就是平仄相间,正确地说,是平仄在节奏点上相间,在出句入句上相间,而且是合乐的相间。应它个相应的名字,叫平仄律,如同外国的抑扬律、轻重律一样。平仄律能包括抑扬律、轻重律以至长短律。沈约说:"一简之内,音韵尽殊;两句之中,轻重悉异。"(清为轻,浊为重。)谢榛认为,汉语妙在平仄入声有清浊抑扬之分(平、去为扬,上、入为抑)。押韵是诗词的主要特性,因此它又被称为韵文。无论古今中外,凡诗皆然。不押韵的诗是阉人或者动了变性手术。古体诗、乐府民歌,不讲平仄律,它们一靠句型、节奏,二靠押韵。有规律地平仄声搭配,和有规律的押韵,是格律诗词不可或缺的两翼。刘勰说:"异音相从谓之和,同声相应谓之韵。"押韵是种"复沓",是种和声,是前后诗句产生联系的纽带,是诗句关系的团结因素,黏合胶凝固剂,中间失韵如同豁齿,结束时失韵,是有始无终,始乱之,终弃之。韵,给人以反复回旋与和谐的美感。中国人又形象化地把押韵称为"韵脚"。《昭昧詹言》说:"诗中韵脚,犹大厦之柱石也,此处不牢,倾圮立见。平仄律是汉语音乐化的最高成就。有平仄律的押韵,使诗词的声韵达到了最完善的境界。

其二,是均齐美。格律诗的均齐美主要表现为节奏的平均,句数、行数的固定。五言全诗每句五字,七言全诗每句七字,而全诗八句或四句,如果分行排列,便像方阵。其节奏和一般五七言诗是一样的。五言为三拍,七言为四拍。七言句法多为上四下三,五言多为上二下三。但不管句法如何,顿数则仍须一致。如杜甫的"五更鼓角声悲壮,三峡星河影动摇"。句法是"五更鼓角声——悲壮,三峡星河影——动摇"。希腊哲学家圣古斯丁给美下的定义是"整一"与"和谐"。格律诗就具备句型节奏的整一和均衡。近体诗的几十个字,如同一个群体舞蹈的演出,服装要整齐一致,舞步、舞姿无论快慢、方向,都要按一定比例的整齐、均衡、一致。这样,看起来才美。

其三,是对称美。其同样源于自然界。对称是一切事物存在的形式之一,也是事物运动的形式之一。有前有后,有左有右,有表有里,长之与短,寒之与暖,阴之与阳。对称既是矛盾的,又是统一的。对称美是一种高级美感,人类只有到智慧阶段才发现对称和对称美,它是人类高级的审美需要。在我国语文中,对偶句俯拾即是,民间口语中"明枪易躲,暗箭难防";《论语》:"四体不勤,五谷不分";《周易·系辞》:"人以类聚,物以群分";韩愈《进学解》:"业精于勤荒于嬉,行成于思毁于随。"在非格律化的古诗中也很多。屈原《离骚》:"朝饮木兰之坠露兮,夕餐秋菊之落英。"李白:"欲渡黄河冰塞川,将登太行雪满山。"白居易:"昭阳殿里恩爱绝,蓬莱宫中日月长。"这类对偶句,可能是有意识的安排,或习惯性的出现。

词是长短句的,但遇到字数、节奏相等的复句时,也往往用对偶句。如岳飞《满江红》:"三十功名尘与土,八千里路云和月。"秦观《踏莎行》:"雾失楼台,月迷津渡。"元曲中亦然。张养浩《水仙子》:"黄金带缠着忧患,紫罗兰裹着祸端。"马谦斋《沉醉东风》:"取富贵青蝇竞血,进功名白蚁争穴。"章回小说也有对偶句做章回标目。《三国演义》:"赵子龙力斩五将,诸葛亮智取三城。"《红楼梦》:"林黛玉焚稿断痴情,薛宝钗出闺成大礼。"

格律诗的对偶句在中间两联。如杜甫《秋兴八首》之一:"江间波浪兼天涌,塞上风云接地阴。丛菊两开他日泪,孤舟一系故园心。"李益《喜见外弟又言别》:"问姓惊初见,称名忆旧容。别来沧海事,语罢暮天钟。"八句诗对偶占了一半,足见诗人对于对称的热衷。五七言绝句也可或前后联对偶,或者四句全是对偶。排律是律体的延长,一般不超过十几句,二十句,唯杜甫最喜欢长排。律诗的首尾两联是不对偶的。中间语言的对偶句丰富多彩,它创造了千姿百态的对偶方式:正对、偏对、意对、邻对、工对、流水对等等,技巧也越来越成熟,它是律诗不可或缺的审美组成部分。

其四,是参差美。它主要表现在词、曲,因词、曲以参差美为特色。

参差美也是源于自然界。词的参差其形,长短其句,可谓"雪肤花貌参差是"。它上承诗骚乐府的杂言,中承近体诗的平仄声韵,下开元曲之新声。元曲也是长短句,也和音乐有紧密渊源,是词的继承,甚至直接继承了它的产生方式。但曲律极严,有曲禁四十八则,比沈约的"八病"多出五倍。它除讲究平仄外,还得讲究阴阳清浊上去等等。李笠翁说:"填词(曲)""最苦","调得平仄成文,又虑阴阳反复,分得阴阳清浊,又虑声韵乖张"。但由于它声韵是和谐、均齐,语言又脱去典雅,以俗为雅,令读者更觉妩媚俏丽,楚楚动人。当代填曲,同词一样亦按曲谱而填,最多是调下平仄便成,而风格、情调酷似。以此推测,若新诗能如此写去,可能是一条路子,新诗可能而具有民族形式、民族色彩,也不致使新诗与老百姓隔得太远。如果说,诗是楷书,词则是草书,而曲则近乎狂草,看起来没有法度,而实在也有法度,狂草并非潦草。

其次,要继承传统诗词创作的艺术技巧和手法。

几千年来,历代诗人词家在他们艺术创作的实践中,总结了许多高超的艺术手法和精妙的艺术技巧。

一是,写作技法。如立意、开头、承转、真实、描状、情景相生、咏物、理趣、诗中议论、分宾主、即小见大、化实为虚、境界全出、结尾等等。诗歌的开头,怎样的才算好? 这里指出,一种是"高唱",调子高,不平庸;一种是"极苍苍莽莽之致",即意境深远阔大;一种是"突兀",像"高山坠石,不知其来",即出人意料。而境界阔大,即景生情的,像谢朓《暂使下都夜发新林至京邑赠西府同僚》:"大江流日夜,客心悲未央。"他被人排挤,用大江日夜东流来比悲愁的深广,更显境界壮阔。而刻化气氛,用作烘托的,如曹植《七哀》:"明月照高楼,流光正徘徊。"这首诗写高楼中少妇想念远行的丈夫,作者写明月高照,流光徘徊的景象,用来烘托少妇对月怀人的婉转愁思,是情景相称的。而大气包举,笼罩全篇的,如杜甫《丹青引》:"将军魏武之子孙,于今为庶为清门。英雄割据虽已矣,文彩风流今尚存。"这首诗的开头,一面点明曹霸这位将军的家世,一面指出他的艺术才华。这开头有笼罩全篇的作用。而发端突兀,出人意料的,如王安石《半山春晚即事》:"春风取花去,酬我以清阴。"本是绿叶成荫的意思,说成取花去,酬清阴,就显得很突出。

二是,修辞技法。如兴起、比喻、夸张、衬托、顿挫、反说、点染、对偶、精警、回荡,等等。比如,赋、比、兴问题。它是《诗经》注里提出的三种写作修辞手法。赋属写作,比兴属于修辞。赋是直接叙述或描写。后汉郑众注《周礼》说:"比者比方于物也,兴者托事于物。"比是用物来打比方,兴就是用物来寄托。刘勰在《文心雕龙·比兴》篇指出:"比显而兴隐。"像"芙蓉如面柳如眉","芙蓉"和"柳(叶)"是比喻的词,"面"和"眉"是被比喻的东西,所以比喻是很明显的。兴是暗比,像《关雎》的"关关雎鸠,在河之洲。窈窕淑女,君子好逑(配偶)"。相传雎鸠这种鸟,有一定的配偶而不乱,用它来起兴,暗比淑女具有贞洁的品德。那只是暗比,隐而不显。兴有两种:一种放在诗的开头,用来引起所兴的事物,像雎和鸠就是。一种是引了好多鸟兽草木来显示用意的,像屈原的《离骚》"讽兼比兴",就是篇中引用了不少的草木鸟兽,有比有兴,就不同于放在每篇开头的兴了。"兴"是"婉而成章",因为它的含义比较隐,初看时不易体会,但体会到以后,给人印象比较深切。所以说"称名也小,取类也大",用的像雎、鸠,但所含的意义比较大,类就是义类,指含义说的。这是兴这种修辞手法的作用。

再次,要继承诗教传统,建设共有精神家园。应运而生的中华诗教,一直是促进人精神内化、道德自律、人格完善的情动于中的有效教化方式,而且贯穿于中国历史的每个时期。历史走到今天,中华民族伟大崛起的历史使命正面临国民素质状况的制约。提高全民素质的历史任务,比任何时候都更加迫切地摆在我们的面前。当代社会"以诗育人",正是历史上"化成天下"的继续。当代诗教是建设社会主义核心价值体系,建设社会主义和谐文化宏伟工程的一部分。诗教的核心特质是让人精神世界的强中固本。正如著名诗人梁东先生指出:"诗教对人(包括未成年人)确实具有启智、立德、燃情、育美、健心、创新的功能。这十二个字,核心是强中固本。"这就是说,诗教可以启迪智慧、培育灵性、激发人创新的灵感。诗教可以"养心种德",激起人立志报国的使命和责任感,为创新提供前进方向,价值引导和不尽的精神驱动。诗教可以点燃热情,触发创新动力。诗教可以诗意人生,缔造创新与审美的愉悦境界,为培育创新人才插上想象的双翅。中华诗教是整个民族行为,它从传统走来,向未来探索,返本开新之路正未有穷期。此次会议,可否应建议各地学习江苏淮安市诗教工作经验,将所辖区域诗教纳入工作日程,使其进学校、进机关、进企业、进社区、进农村,弘扬中华传统文化、建设中华民族共有精神家园。

<h1 style="text-align:center">三</h1>

改革开放以来,中华诗词从被否定走向复苏,从复苏走向复兴,又从复兴走向繁荣和发展。这是一个历史的必然。前面已说过,因为中华诗词是以汉字为文化载体的诗歌,不仅在自身内在具有永恒的魅力和顽强的生命力,而且在外在能传承和丰富人的精神世界,提升民族凝聚力。在诗词创作中,要把思想性和艺术性完美地统一起来,防止"丢掉传统而自我'异化',与没有创新而被'边缘化',二者殊途同归,都会使中华诗词丧失生命力"的厄运,做到在继承发展的基础上进行改革创新。

(一)传统诗词格律形式要在与时俱进中进行改革创新

传统诗词的格律,一般指诗词创作在用韵、平仄、对仗等方面的固定格式和要求。其中,对仗这一条,虽然历代诗家创制了各种不同的"对"法,但在要不要对仗这一点上,却没有大的分歧。唯有用韵要求和平仄格式,几乎从近体诗定型的同时,诗家就有不同的看法。当今,在传统诗词由沉寂而复兴的过程中,这一分歧和争论变得尖锐和激烈起来。一方面,不少诗家在创作过程中,深感平仄要求过严,用韵限制过死,束缚思想发挥,影响艺术效果,呼吁改革诗词声韵格律;但另一方面,不少作者却强调平仄愈严愈好,用韵愈细愈好,标榜不依"平水韵"选字不为韵,不依严格的平仄格式不为诗。这个长期争论不休的问题,如何解决? 马凯同志在《发展和繁荣中华诗词》讲话中,作了非常精辟、完整、正确的回答。他指出:"处理好继承和创新的关系,一个重要方面是正确处理诗词格律问题。……既要作格律诗,就要符合基本格律,不讲格律,就不是格律诗,但在这个前提下也要与时俱进。……我认为在音韵上要'知古倡今',在格式上要'求正容变'。"这就给传统诗词的格律改革创新和诗词创作指明了方向和道路。

一是,在音韵改革创新中要"知古倡今"。大家知道,格律诗在初唐时期由宋之问、沈佺期提出"回忌声病、约句准篇"以后,遂开始以严格的体例形式固定下来,"律为音律法律,天下无严于是者"。然而,纵观整个诗史,冲破这种限制的诗家比比皆是。

以用韵来说,盛唐即有邻韵相押的众多例子。到中晚唐以后,这一现象尤其普遍,而宋代则几成风气。由于这种"出格"的现象存在,诗家们便概括出诸如"借韵"、"衬韵"、"进退韵"、"辘轳格"等各种名目来圆其说。仄声诗的出现,也应该视为对格律的一种冲破或发展。只是在音响效果的调谐、柔和上,仄韵不及平韵好,因而这类诗创作量比较小。音韵改革是个学术问题。有主张以"平水韵"为基础作某些调整,有主张用词韵,有主张用"十三辙",有主张用"新声韵",也有主张双轨并存。人们已愈来愈认识到当代诗词创作中因循古声韵的种种弊端,产生了改革声韵的共同愿望。当前,普通话已成为主流,在提倡今韵,即"新声韵"的同时,不废古韵,即"平水韵",形成多韵并存的局面。随着语音变化,倡导"新声韵"有其必然性,但又必须"知古",如果不懂得"平水韵"就不能很好地欣赏中华古典诗词之美。这就是"知古倡今"改革"音韵"之妙。

二是,在格式改革创新中要"求正容变"。

平仄格式的运用,历来破格现象几多见。诗仙李白虽生于盛唐,但却大量创作歌行体诗,而所作律诗,也有相当一部分破格的。著名的五绝《静夜思》,就是典型的破格诗。清赵翼说他:"才子豪迈,全以神运,自不屑束缚于格律对偶,与雕绘者争胜。"诗圣杜甫,诗中也有不少不合格律的句子:"浣花溪水水西头,主人为卜林塘幽"(《卜居》),首联失对;"摇落深知宋玉悲,风流儒雅亦吾师。怅望千秋一洒泪,萧条异代不同时。"颔联失粘。诗人词家用拗句的例子也极多,特别是诗家之大忌的"三平调"句、"三仄调"句,也在名家之作中频频出现。如"三平调"句,孟郊《边城吟》:"牧马青坡巅";杜甫《昼梦》:"二月饶睡昏昏然"。"三仄调",孟郊《边城令》:"行子独自渴"、"何处鹊突梦";杜荀鹤《乱后逢李昭象叙别》:"兵戈到处异性命"。这就是说,在平仄格式上,要允许创新,与时俱进。正如马凯同志在《发展和繁荣中华诗词》讲话中指出:"唐诗宋词很多入声字用得非常好,用现代语音就读不出韵味来,在平仄格式上,我主张求正容变。所谓"求正",就是要尽可能严格地按照包括平仄、对仗等格律规则创作诗词。因为这些是前人经过千锤百炼,充分发挥了汉字的特有功能而提炼出的,是一个"黄金"格律,不能把美的东西丢掉。但也应"容变"即在基本守律的前提下允许有"变格"。实际上很多诗词大家包括李白、杜甫,很多诗词名篇,"变格"也不是个别的。"

（二）传统诗词的内容要在与时俱进中进行改革创新

诗言志，言为心声。"饥者歌其食，劳者歌其事。"面向大众，贴近生活，是我国诗歌的优良传统。自先秦以降，历代皆然。但因时代久远，古代的社会制度、生活习俗、语言文字和思想情操等变化较大，距离较远，与今天的情况格格不入，大相径庭，有些甚至是封建、迷信、落后的糟粕，必须扬弃。还有诸如"闺怨"、"悲秋"等无病呻吟的伤怀之作，应景唱酬等相互吹捧的陈词滥调，也应尽力避免。要与时俱进，讴歌时代的主旋律，宣扬爱国主义、集体主义和社会主义；歌颂新事物，赞美新生活，贯彻"双百"方针，坚持"二为"方向；歌颂真善美，鞭挞假丑恶，这是我们承前启后义不容辞的思想内容，必须通过完美精湛的艺术形式表现出来，即二者必须高度统一，决不可简单化和口号化。

"山重水复疑无路，柳暗花明又一村。"陆游这两句诗，完全可以借用来比况诗意创新及其前景。从主观因素看，诗意创新首先要求诗人词家必须放宽思路，此乃前提。所谓放宽思路，就是要求诗人词家调动各种思维方式，多角度、多层面、全方位地观察和思考问题，以便最大限度的发掘生活中有价值的新意。比如，诗人林从龙先生写秦始皇有意避开前人从施行暴政、迷信方士神仙等方面给予讥讽，而他却从"独夫民贼"、"死犹惊恐"这一角度创作《过秦俑坑》另造新意："胆丧荆卿剑，魂惊博浪椎。泥封兵马俑，能否慰孤危？"这是采取"求异"思维手法推出新意的，是"求其意而避其同"的思维方式。其特点是"喜新厌旧"、"见异思迁"。所写诗意含蓄而力透纸背,辛辣地嘲讽了色厉内荏的一代暴君秦始皇。诗人若能有意识地培养和发挥此种思维能力,就不愁找不到新意。又如,聂甘弩《金台四首》其二云:"焉用黄金与郭隗,我真好士自多才。非才碌碌邀其赏,国士惺惺肯远来?豫让桥边无货贿,燕王台上多蒿莱。何人不赞黄金策,广武登临一啸哀。"这是采取"反向"思维的手法推出新意的。是"反其道而行之"的思维方式,其特点是"大破大立"、"反常合道"。诗人一反古往今来对黄金招士的赞叹,从更高标准上揭示了"我真好士自多才"和"时无英雄,使竖子成名"的主旨,立意高远、深沉,堪称佳构。再如,陈毅《梅岭三章》其一云:"断头今日意如何?创业艰难百战多。此去泉台招旧部,旌旗十万斩阎罗。"这是采取"超前"思维的手法推出新意的。是主观意识走在时间前面,带有超越性的思维方式。其特点是目前尚未发生的情况,坚信将来会发生。当时正值第二次国内革命战争的后期,作者领导南方八省的红军游击战争,1936 年在梅山被围中写下了此诗。诗人借助超前思维展开想象,说是到了黄泉,也要集合先后死难的老部下血战阎罗,斩杀仇敌!其情其意,真可谓动天地,泣鬼神,气魄雄伟。再如,于右任《望大陆》:"葬我于高山之上兮,望我大陆;大陆不可见兮,只有痛哭!葬我于高山之上兮,望我故乡;故乡不可见兮,永不能忘!天苍苍,野茫茫,山之上,国有殇!"这首古风作于 1962 年。作者以诗代遗嘱,借助超前思维展开想象,倾诉了镂骨铭心的思乡之痛、魂绕梦萦的爱国之情。立意新奇、高远,诗风悲壮、沉痛,突破了一般怀乡忧国之作的藩篱,很有特色。

(三)传统诗词要从民歌中吸取营养和形式,沿着改革之路再创"新体诗"

　　传统诗词应该让它沿着自己的道路发展,但必须注入时代精神,表现今日改革开放的生活内容,而其在表现能力,在吸收新的词汇,在使用人民群众所熟悉的活的语言等方面所存在的缺憾,只能以创新,即另立新体诗的方式来解决。这一点,毛泽东同志早已说过:"用白话写诗,几十年来,迄无成功。民歌中倒有一些好的。将来趋势,很可能从民歌中吸引养料和形式,发展成为一套吸引广大读者的新体诗歌。"(《致陈毅》)"这些农民不但是好的散文家、而且常是诗人。民歌中有许多好诗。我们过去在学校工作的时候,曾让同学在假期搜集各地的歌谣,其中有许多很好的东西。"(《在鲁迅艺术学院的讲话》)这些话说得非常好。在这里,毛泽东同志肯定了三个问题:一是农民(应该包括工人)常常是诗人;二是民歌中许多好诗;三是很可能从民歌中吸收养料和形式,发展成为一套吸引广大读者的新体诗歌的。其一、二点,与他对古代民歌总汇的《诗经》的看法,可以相互发明:"司马迁对《诗经》品评很高,说三百篇皆古圣贤发愤之所为也。大部分是风体,是老百姓的民歌。老百姓也是圣贤。"(《在北戴河同哲学工作者的谈话》)。其第三点,即可以从民歌中吸取营养和形式,使之逐步发展成为一套完全处于传统诗词以外的"新体诗"就显得不仅可能,而且可以说是势之必然了。

新体诗不可能脱离传统,主要是在旨趣方面,或说是内容方面,即兴观群怨、哀而不伤、温柔敦厚方面。这方面我们还要很好继承。这就是说,不仅要吸取民歌的现实主义精神,更重要的,还必须吸引民歌的形式。民歌是来自民间的,它的形式也相应地为民间所喜闻乐见,不像传统诗词那样把距离拉得老远。其完全可以脱离五言、七言的模式,也可以脱离长短句的词曲模式,甚至还可但求流畅、顺口而脱离原已和当代语言脱节的音韵规则,而在民歌的基础上另创新体。至于在词汇方面,有些传统的东西是可以继承的,问题在于它是否有生命,不能一概摒弃。因为传统词汇是我们民歌语言的宝贵遗产,是不能采取绝对方式加以拒绝的。

(四)传统诗词的语言要在与时俱进中进行改革创新

清代著名诗人赵翼在《论诗绝句》中说:"诗文随世运,无日不趋新。"他指出了诗歌与文章的发展规律。"世运"就是指世情的发展。世情不但包括政治、经济、文化、风物、习俗、感情、思想、意识等等,还包括诗歌和文章的唯一载体——语言。

语言确是随着时代的前进而发生变化的。一个时代的语言,是这个时代内涵的表征和时代精神的外在表现。为传统诗词注入时代精神,还要注意灵活运用具有一定代表性的时代语言。新语言不断出现,有些旧语言被淘汰,有些字的读音和声调也改变了。例如打工、打的、手机、网友等,已成为约定俗成的时代语言。在这种情况下,诗人必须适时应世,在使用还具有生命力旧语言时,积极撷取当代语言甚至流行口语入诗。这样,诗才能贴近生活,更具有时代色彩,更容易进入读者的心扉。我们睿智的先贤早就作出了榜样:杜甫"会当凌绝顶,一览众小山"(《望岳》)中的"会当",是唐代口语;辛弃疾"年少万兜鍪,坐断东南战未休"(《南乡子》)中的"坐断",是宋代的口语;元曲中大量出现的"也么哥",是元代的口语。但是,格律诗的语言自成体系,超常稳定,到现今确有不小变化,而比起时代脚步,明显滞后,和人民大众还有很大距离。在诗词创作方面还存在许多不足。一是,思想陈旧。如有人写诗云:"万人仰望候天音,迎接仙姑再降临。还记风云传虎啸,又闻潮浪发龙吟。"这是迎接神呢,还是接客?令人感觉腐气很重,诗人的时代敏感没有了。二是语言过时。古诗中许多词语过时了,有些人写诗时还在用。如宝马、香车、画屏、篆香、蜡泪、铜漏、丹陛、椒房、金翡翠、绣芙蓉、云栈、馆驿、金甲、牙旗,等等。三是感情灰暗。人的情绪有涨潮也有落潮,用诗词来加以表现。把古人的伤春悲秋,叹老嗟卑的一套也一古脑地搬了过来,而忘了自己所处的时代。他们爱用青灯、钗股、香瘢、哀挚、吟展、篆缕、鸡窗一类的词语,来编织自己的诗章。如"多少往事旧情,尽付与荒鸡庭院。奈短烛一豆,寒影外,魂消半。"以及"沉钟压晚,问万劫残灰,冷襟谁浣?怕听阳关,剩弦零韵咽歌扇。"这种东西离现实也实在是太远了,读者如何能喜欢呢?四是搬用古典诗词中的"代字"来替代。如以"东皇"代东风,以"章台"代柳树,以"雁字"代书信,以"蟾魄"代月亮等等,着意制造阅读障碍。这样的作品绝不可能获得众多心弦的共鸣,也无补于作者自身。

中华诗词所以江河不废,万古长青,就在于它能以最完美、浓缩和富有弹性的艺术形式提炼出生活的精髓,并能随着时代的变化不断创新。其中作为语言载体的汉字发挥了至关重要的作用。所以,诗词语言也要随着时代的前进而不断发展,做到无日不趋新。

首先,运用语言要气格雄健,能反映新思想。如胡绳同志《西昌看卫星发射》:"月城今夜偏无月,邛海青波照火红。莫怪群峰皆错愕,一星飞越斗牛东。"以山"错愕"反衬发射之壮伟,可谓神来之笔。又如龚自珍《梦中绝句》:"黄金华发两飘萧,六九童心尚未消。叱起海红帘底月,四厢花影怒于潮。"只一个"叱"字,便有万钧之力,它呼起月亮,涌出花潮,真能颠倒造化了。

其次,要造语颖妙,寄兴高远,才能反映真情。诗歌是语言艺术,要寻找最有个性的未经人道的词语,是诗人本身追求的目标。如李清照的"莫道不消魂,帘卷西风,人比黄花瘦。"(《醉花阴》)徐兰有的"凭山俯海古边州,旆影风翻见戍楼。马后桃花马前雪,出关争得不回头。"眼前景物,一经妙手点化,便成千古绝唱。又如夏承焘先生的《浪淘沙·过七里泷》:"万象挂空明,秋欲三更。短篷摇梦过江城。可惜层楼无铁笛,负我诗成。　杯酒劝长庚,高咏谁听?当头河汉任纵横。一雁不飞钟未动,只有滩声。"竟体空灵,清极而奇,堪称化工之笔。

再次,要有口语入诗,反映新生活新气息。如李大安《农民技校》:"新月含羞柳上藏,农民技校夜辉煌。阿娇卖菜归来晚,一嘴馒头进课堂。"作者敢用"馒头"入诗,才有末句神来之笔,才有农民技校新景象的描写。此诗富有生活气息,清新喜人。现代文学史证明,用白话完全可以写出高雅的好诗。鲁迅、毛泽东的脍炙人口的诗句,不时使用了口语、时语,如"一阔脸就变,所砍头渐多","小小寰球,有几个苍蝇碰壁"等。被舒芜誉为"奇诗"的散宜生(聂绀弩)诗,正是采用了现代语。熊鉴的诗词集之所以有人争购,除了内容的震撼人心以外,就是其语言较通俗,浅近易懂。他以白话入诗,自成一格,引领风骚。这就是说,创作诗词要文言与白话相结合,少用文言,多用白话,今后可能将逐步成为主流,这不仅是必要的,也是可能的,虽然其难度往往比纯用文言要难得多,但其语浅情深,雅俗共赏,是诗词艺术的最高境界和最终目的,也是时代的要求,人民的希望。

四

中华诗词必须在继承与创新中反映新时代。实践证明,中华诗词要振兴,要发展,必须与时代同步,进行必要的改革。而改革的要务,在于适应时代,深入生活,走向大众,实行由旧时代向新时代的转变,由少数人向多数人的转变,自觉与人民同心,歌颂真善美,鞭挞假丑恶,为建设社会主义现代化的劳动者纵情歌唱,向阻碍社会前进的一切腐败邪恶势力掷出匕首投枪,以丰富多彩的新课题、新思想、新感情、新声韵,唱响新时代的主旋律,促进风格流派的多样化。这是中华诗词事业成败兴衰的关键所在。

第一，要为传统诗词注入时代精神。这个问题，中华诗词学会常务副会长、少将、著名诗人李文朝同志说得好，他指出："为传统诗词注入时代精神，最根本的是直面时代题材，在内容上贴近时代"，"升华时代意象"，"抒发时代情感"，"活用时代语言"，"反映时代气息"。他在宏观把握上，从这六个方面进行阐述，为传统诗词注入时代精神。他的《步原韵奉和诗友〈人日桃花涧〉》："乘风奴虎觅花神，桃蕾村姑粉面新。世态炎凉何碍我，山容深浅自宜人。晴空一抹轻云淡，古国千秋正气纯。感却忧烦即仙界，不愁前路有迷津。"他唱和诗友的这首七律，除了传统诗词的格律要求和诗词唱和的艺术范式必须遵循外，还必须表达出体现他的个性特质的人生感悟，而这种人生感悟，就是对他的为人处世哲学时代气息的一种折射。他提出的"忘却忧烦即仙界，不愁前路有迷津"，从而在诗作的唱和中，交流了人生感悟，体现出一种豁达、坦然的人生态度和盛世怡情的时代气息。

第二，传统诗词要高扬时代的主旋律。时代精神永远是人民的创造和战斗精神的体现。人民的精神永远是时代精神的主流。其状态永是蓬勃向上，积极进取，乐观自信。刚柔相济是它正常的美学状态。具有阳刚之美的崇高美学品格，永远体现着时代精神的主流。

当今，我国建设有中国特色社会主义的时代精神就是各族人民改革开放、建设社会主义现代化祖国的顽强意志，奋发的意气，自力更生，艰苦奋斗，努力拼搏，无私奉献，解放思想，实事求是的精神；是继承历史优良传统，是高扬集体主义、社会主义和爱国主义主旋律,崇高是它的美学品格。由于以经济建设为中心的基础的要求,作为上层建筑意识形态反映的文艺和特殊意识形态的诗词,必须反映时代精神。这也是我国现实主义诗歌的功能决定的。诗词只有深刻地反映了生活的本质,才有时代精神,才能鼓舞人民推动历史进程,自身也才能得到发展。

当代诗词反映时代精神,就是我国中唐诗人白居易在《与元九书》中所说的,"文章合为时而著,诗歌合为事而作",就是诗人要投身时代,积极拥抱时代,成为时代的弄潮儿。这也是我国自《诗经》、《离骚》、《乐府》、李白、杜甫、白居易、苏轼、柳永、辛弃疾、马致远、龚自珍等历代大诗人一以贯之的现实主义和浪漫主义诗歌传统。"五四"以来,鲁迅、郭沫若等诗人则继承了这个传统。毛泽东同志不仅是我国诗歌现实主义传统的集大成者,而且开创了革命现实主义与浪漫主义相结合的无产阶级革命诗歌的优良传统,创造了新的崇高和谐美。他的诗歌是我国当代诗词的典范、当代最本质的时代精神的体现,是鼓舞人民建设社会主义的优质精神食粮。

第三,要积极投身现实生活,多方面反映时代精神。作为诗人要紧紧把握时代的脉搏,不断获取信息,从丰富多彩的生活中,进行主体选择和审美升华,整合时代风貌,多方面体现时代精神。如"民族振兴,世界腾飞"时代中华民族的奋发图强,改革中先进人物的锐意进取,勇于创新,兴利除弊,敢作敢为,对社会主义和共产主义崇高理想的信仰、信念。

第四,要加强传统诗学研究,提高诗人诗评家思想修养和精神境界,以适应时代要求。

要本着诗品即人品,诗格即人格的古典美学原则,提高诗人及诗评家的思想修养和精神境界;本着"作诗功夫在诗外"的成功经验,加强马克思主义理论学习,树立辩证唯物主义的世界观、价值观和审美观;本着在正确理论的指导下,丰富生活知识和文化知识,学习我国的传统诗论,批判地借鉴西方有益的诗歌创作经验,学习现实主义新诗人紧贴时代,富有创造性的思维。他们对时代精神的自觉的理解与体现,既能帮助诗人认识时代,更能影响诗人的人格和诗格。他们会学懂学通人生的真正价值和终极真理,从而超越另一种诗外的功夫,以良好的诗风促进社会风尚,实现以优秀的作品鼓舞人的光荣任务。让当代诗词更好地表现时代精神,为社会主义精神文明、祖国现代化建设做出应有的贡献。

二〇一二年八月十三日

邹　诚(1943—),男,汉族,原籍江苏连云港。历任淮北市科协副主席,《淮北科技报》总编辑等职。高级工程师。安徽省文史研究馆馆员。

关于当代诗词创作和研究的思考

刘梦芙

一、引言：研究百年来现当代诗词的意义和基本观点

上世纪九十年代初兴起"文化热"、"国学热"，到本世纪初发展为生机蓬勃的国学运动，得到政府高层的支持。重振国学，对于认识传统文化的价值、恢复民族的自信心、建设民族精神家园、增强在全球文化竞争中的软实力，都具有至关重要的意义。中央提出"和谐社会"、"以人为本"、"以德治国"、"和平崛起"等概念并付诸实践，是传统文化价值的体现。《国家"十一五"时期文化发展纲要》赋予传统文化以崇高的地位，要求在社会上广泛开展吟诵古典诗文、传习传统技艺等优秀文化普及活动，加强重要文化遗产的保护。古典诗词属于国学，是传统文化的一个重要组成部分，蕴涵着中华民族的人文精神，具有融情感之真、品德之善与辞章之美于一体的永恒价值，在文学殿堂上闪耀着千古不灭的灿烂光辉。历代诗人词家留下无数精品，二十

世纪诸多国学大师和名家创作的诗词,同样有珍贵的价值。当今诗词社团遍布全国,互联网上涌现许多中青年作者,创作队伍不断壮大,属于国学运动的一个方面。传统诗词既出于知识精英之手,又为民间广大的作者和读者群体所喜爱,中华民族的人文精神与文学体式得以广泛流传,深入人心,具有明显的社会效果,这是欧化新诗和俗文化、快餐文化难以取代的。在政府和民间都重视传统文化这一大背景下,研究晚清、民国以至新中国成立后百年来的诗词,深入了解诗词在国学中的位置,明察诗词继承与发展的规律,树立诗词名家的风范,对于推动新世纪诗词的创作,颇有现实意义。

我父亲刘凤梧(1894—1974)生前是安徽省文史研究馆馆员,毕生写作诗词数千首。在父亲教诲下,我自幼诵读唐诗、古文,少年时代习作诗词。上世纪八十年代期间,师从中央文史研究馆著名诗词家孔凡章先生,并向缪钺、施蛰存、钱仲联等前辈学者问学。同时参与全国各地诗词活动,广交诗友;注意搜集诗词文献,撰写并发表论文。1997—1998年曾被借调到京,任《中华诗词》编辑;1999年调入安徽省社会科学院,专力于现当代诗词研究,出版论著多种,编校二十世纪诗词文献近60种。2005年,我以"近百年名家旧体诗词及其流变研究"为题申报国家社会科学基金项目,经全国哲学社会科学规划办公室批准立项,2010年完成,成果即将出版。在长期积累文献的基础上,我结合几十年写诗作词的体验进行研究,形成以下观点:

1.传统诗词是富有中华民族文学特色且品位高雅的艺

术形式,为国学之英华。它与时代同步更新、发展,生命力极强。"五四"新文化运动之后,白话新诗未能取代传统诗词,民国以来众多名家的创作成就和"文革"后诗词兴盛的史实足以证明。用源自西方、二元对立的思维方式割裂传统,贬抑旧体诗词,这种文化虚无的错误应当大力纠正。

2."五四"新文化运动批判儒家文化与旧体诗词,产生白话新诗。但旧体诗词的传承并未因此中断,民国期间名家辈出,到抗日战争时期形成创作高峰。诗人词家心忧邦国,情系苍生,以诗词反映风云多变的时代,不仅其思想内容有重大的革新,同时在诗词的表现手法和由此形成的风格、境界方面,也有更多的开拓和创新,其总体成就非但足以抗衡古代,且骎骎然有超越之势。规模宏壮的创作群体,数量极为丰富、文质兼美的诗篇,以及同步产生的诗学、词学理论,理应受到学术界的重视。

3.近百年诗词以知识精英为创作队伍中的主力,其中多有学贯中西的一代宗师与国学大家(诸如梁启超、王国维、马一浮、柳诒徵、黄侃、刘永济、陈寅恪、夏承焘、缪钺、钱仲联、钱锺书、饶宗颐等);还有多位新文学家(如鲁迅、郁达夫、老舍、朱自清等),他们是当今人文与社会科学的重点研究对象。诗词既是反映历史的镜子,又是言志抒情的艺术,通过作品来探讨作家的人生历程和心灵世界,以诗证史,以史为鉴,可知民族文化之兴衰,极有必要。

4.儒家思想学说在中华文化中最具代表性,对历代政治精英、知识精英和广大民众都有深刻而持久的影响。现当代诗人词家的爱国情怀、忧患意识以及天人合一的观念、天下为公的理想大多来源于儒家经典,其高尚品格亦多由儒家陶冶而成。同时汲取新知,中西融合,既能善承传统的人文精神,又具有现代知识分子追求思想自由、人格独立的特点。其诗词作品的主旋律是抗敌救亡、批判专制、呼唤民主自由与世界和平,希望民族复兴、国家昌盛。

5.脱离传统文化的根基,走"全盘西化"之路的所谓"创新",绝非正道,近百年来的欧化体新诗,已提供了经验教训。当今诗词创作应该继承古代以至近现代诗词思想与艺术的精华,诗人结合时代以言志抒情,同时使作品具有鲜明的民族作风与气派。

6.现当代诗词的内容、格调、技巧、意境、流派形成、作家成分等与古代诗词多有不同,写古人笔下所无的题材,风貌多新。但形式上的新与旧、风格的通俗与高雅,并非检验作品质量的绝对标准,惟有真善美高度统一的精品,方具有永恒的价值,其中"善"是核心因素。

7."五四"以来的现当代诗词上承古代及近代,是中国自《诗经》以来三千年诗史发展到二十世纪的一个重要环节,不但未曾中断,而且正在延伸,理当对此进行全面的清理和深入的研究,补写现当代文学史、诗歌史。

8.前辈诗词名家多为学者,诗人之诗与学人之诗、词人之词与学人之词二而一之,风格高华典雅。作品之外,其诗论、词论多有高见卓识,通过梳理阐发,对当今的诗词创作富有指导意义。

以上观点,融贯于笔者多部论著之中,引用大量文献史料和具体作品加以论证。由此期望学术界关注近百年诗

词,建设当代国学中的新学科,为中华民族文化在新世纪的
伟大复兴,作出应有的贡献。

二、当代诗词状况与存在的问题

　　"当代"这一时间概念,原指1949年中华人民共和国成
立后至今的六十多年,与1919年"五四"运动后的"现代"
即民国时期有所区别。但从1949年到1976年"文革"结
束,在严厉批判传统文化的政治氛围中,诗词创作处于沉寂
局面,虽有人坚持写作,但除上层人物外,不能公开发表。
诗词复兴是在拨乱反正、思想解放之后,因此本文所言"当
代",指改革开放到现在的三十多年。与清末、民国间的诗
词相较,当代诗词的数量远胜于前,质量上则有明显的差
距。"文革"后老一辈名家纷纷凋谢,继起者为出生于四十
年代至七十年代的中青年作者,由于传统文化教育之缺失,
中青年的诗学修为不足以与前辈争雄,因此当代诗词的总
体质量偏低。需要今后几代人的不断努力,方能逐渐恢复
消沉的元气。笔者曾撰写并发表《当代诗词的发展历程、创
作成就与存在问题》长文两万多字,本文因篇幅所限,只对
当代诗词的状况与存在的问题作简要论析。

　　"文革"后诗词复兴,迄今已三十多年。从表象上看,颇
为热闹:大规模、跨地区的诗词学会和小型诗社上自都市,
下至县乡,几乎遍布全国。据《中华诗词年鉴》及相关资料
统计,至九十年代间,全国各地诗词社团已达一千多家,以
各种形式印行的诗词刊物与作者专集、大型诗词总集与选

本在千种以上,创作队伍达百万之众。中华诗词学会与各省市诗词团体协同高等学校、地方政府、文化机构、商界企业、电视广播与报刊媒体联合开展一系列活动:举办多次学术研讨会、吟诵会与创作大赛,向学校和社会宣传诗教,到各市、县树立"诗词之乡"的典型……其势头有增无减。随着互联网的普及,为诗词提供了迅速交流传播的工具和无远弗届的空间,大大小小的诗词网站纷纷建立,并成立以中青年为主体的诗社词社,作品集也随之出版。现在每天都在产生海量的作品,诗词已成为群众文化的组成部分。

　　据作者的年龄、职业和作品的风格倾向,诗词队伍大致可分三派:1."庙堂派"(这是诗友的戏称,取范仲淹《岳阳楼记》"居庙堂之高则忧其民"之意,姑且用之)。成员大多为六七十岁以上的离退休官员和职工,多在正式出版或内部印行的期刊上发表诗词,内容一般不离"主旋律",突出政治,歌功颂德,也有反腐倡廉之作,艺术上则普遍平庸,缺乏鲜明的个性。2.学院派。人员是高等院校、科研机构的高级知识分子,以中老年居多,有些人不参加任何诗词组织与活动,余事为诗,不求发表,作品风格较为典雅,内容着重于个人的思想情怀。这一派人员分散,人数最少。3.在野派或曰"江湖派",大多为中青年,职业多种多样,包括在高校就读的本科生、研究生,作品多发表于网络,也见诸各类期刊,内容多写真实的情感,指陈时弊往往无所顾忌,水平则参差不齐。部分作者颇受民主自由乃至民粹主义、后现代主义思潮的影响,如"新国风"、"试验体"等,或要求诗风平易,反映民间疾苦;或主张旧体诗词与新诗融合,追求新异。

"在野派"中青年作者往往不以"庙堂派"之作为然,思想方面形成"代沟";"学院派"孤芳自赏,除与圈子内的人交往酬唱外,与其他两派也缺少沟通。这只是大致的分类,许多作者在三派之间都有关系,难以确定。

存在的问题:1.作品极多而精品很少,人数百万以上的诗词队伍中高手不足百人,绝大部分作品没有多少传世的价值。老年人多受意识形态影响,思想趋于凝固,缺乏活力;青年人国学根基不深,见识浅薄。2.观念取向多元化,审美差异甚大。许多人有创作热情却不识诗词正道,网络上经常引发无谓的争论,以至互相谩骂,充满暴戾之气。与此相反的则是印行的各类纸质期刊所载舆论紧跟政治、统一口径,缺少真正的学术批评。3.各地以离退休干部为主体的诗词团体不脱官场习气,级别高者充当领导,往往是外行指挥内行,政治统制艺术;网络诗坛则如一盘散沙,青年人个性自由,互相排斥。4.在研究方面,人数寥寥无几。学界研究古典诗词的专家不关注百年来的现当代诗词,诗词作者则不重视理论。各种诗词期刊都刊登论文,但对近百年诗词的发展历程与创作成就并无全面深入的了解,学理上谬误甚多,一些重点鉴赏的"精品"实为赝品,所谓创新流于空论。5.百年来尤其是晚清、民国诗词未曾全面搜集整理,不但珠玉沉埋,有失传之危;研究者个人也难以掌握大量的文献,理论体系无从建立。

总而言之,由于种种问题的存在,当代诗词繁荣的表象下隐藏着深刻的危机。三十多年来的当代诗词未曾积累多少经得住历史检验的成果,更谈不上扎实深入的研究。创作上没有正确的理论加以导引,方向不明;作者群体关系散漫,缺乏凝聚力,"复兴"不过是声势而已。

三、解决问题的设想

（一）发展当代诗词,需制定科学的规划,
建立健全的人才机制

国家的治理与建设,必须在充分了解国情的基础上制定规划,并有相关的制度保障规划的实施,在施行的过程中又须依据实际情况随时加以调整乃至改革,才能获得预期的效果。要解决当今诗词存在的问题,使诗词走上健康发展的大道,同样要有规划、有措施,同时建立相关的制度。兹事体大,有待诸多专家集思广益,而人才问题至关重要,缺乏卓有成就的诗人词家,诗词发展将流于空论,因此提出建议。

当今有多少诗词作者、多少诗词社团? 诗词队伍中究竟有多少成就突出的作家? 迄今尚无确切的数据,需要在全国普查,发动社会各界推荐人才。建议中华诗词研究院成立学术委员会,请德高望重的名家任学术委员,重点对中青年诗词作者的德、才、学诸方面加以考察(要求被举荐的人才提交诗词作品和相关论著)。当今虽然不是以诗赋取士的科举时代,诗词作者有其职业,以余事为诗;但可以借鉴古代的荐士与察举之制,表彰、奖励确有成就的作者,建立人才库。如能形成一套发现人才、激励人才、培养人才的

制度,必将促进诗词事业的发展。国家无此机制,诗词作者不过自生自灭而已,诗词处于边缘化的地位,不可能成为主流文学。

对待人才,既要有高标准严要求,又要有海纳百川的胸襟,在弘扬中华民族人文精神的大前提下,广容不同风格流派的作者,真正施行双百方针。缺乏良好的体制,不能涌现杰出的人才、产生伟大的诗人和学术大师,"钱学森之问"发人深省。

(二)亟需抢救近百年诗词文化遗产

近百年来,历经战乱与政治运动,大量诗词作品残毁失传,一部分作品或深藏于图书馆,无人问津;或仅存手稿、油印本、内部印本,流散于社会。尤其是晚清、民国以来老一辈已故名家的诗词集,已成为珍贵的文化遗产,亟需抢救、保护。从文学史的角度看,古代诗歌史绵延不绝,惟独到现当代缺乏旧体诗词的记述,只有白话新诗的文学史是不全面、不真实的,这一片巨大的空白、严重的断层,亟待弥补。众所周知,包括诗歌在内的文学作品结集之后形成文本,文学史家只有在充分研究文本的基础之上才能写出论据坚实的历史,抽象的空论或片面的判断,不足以信今传后。因此,全面搜集、整理二十世纪诗词和相关的学术论著,采选其中精品编纂出版,为当今及后代子孙留下足资创作和研究借鉴的文本,是为当务之急,也是我们这一代人义不容辞的责任。

《全唐诗》由清代康熙帝命翰苑词臣编纂成书,存诗

48300余首;《全宋词》则由现代词学家唐圭璋多方搜辑,复经学者王仲闻订补,存词约两万首。由于年代久远,大量作品已经失传,编者广搜博考,极费心力,断章零句亦视为珠璧,掇拾入书。而近百年来诗词作品浩如烟海,少数人不可能完成搜集整理工作,必须作为国家级文化工程,发动学术界的力量在全国普查文献。又因近百年诗词数量虽远越古代,质量却良莠不齐,必须加以鉴别,选其精品入编,不同于《全唐诗》、《全宋词》凡见作品必录。至于编辑与校勘的体例,已有中华书局版"中国古典文学基本丛书"、上海古籍出版社版"中国古典文学丛书"及"中国近代文学丛书"(收入鸦片战争后迄于"五四"前著名诗人别集,已出版20多种),足资借鉴。

(三)组织学术研讨会,为诗词正本清源

"五四"期间胡适、陈独秀等人以西方思想学说为武器,严厉抨击传统文化,诗词亦受株连;新中国成立后政治"左"倾,在"四旧"之列的诗词同遭厄运,这种历史造成的对诗词的负面影响,迄今尚未完全消除。最明显的例子,是改革开放以来出版的多种现当代文学史没有诗词的位置,研究新文学的学者公然反对现当代诗词进入文学史,以所谓"现代性"实为西方观念作为诗词不能入史的判决标准(王泽龙之文,发表于国家重点期刊《文学评论》,笔者曾撰文反驳,发表于全国中文核心期刊《学术界》,2009年)。当今学术界研究诗词,截止于"五四"之前的作家作品,对"五四"后的诗词视同无物;许多学者不通格律、不能创作,其理论完全

脱离现当代诗词的实际,流于空谈。甚至多用西方的文学、美学理论框架硬套中国诗词,不惜削足适履,歪曲本来面目。学院中能作诗填词的学者只是少数,其心力不在于现当代诗词研究;而社会各界的诗词作者与爱好者,不以研究为职业。中华诗词学会成立后连续举办了二十多次全国诗词研讨会,但属于民间群众团体的集会,缺乏一流的学者参与,大量论文质量不高,得不到学界的重视。当今是一个观念多元、众声喧哗的时代,形形色色的现代、后现代主义思潮冲击传统、解构德性,诗词如果不能在理论上正本清源,确立核心价值,将永远处于散漫无归、自生自灭的境地。

中华诗词研究院是有史以来第一个由官方设置的专门学术机构,广大诗词爱好者寄有厚望。建议研究院组织确有造诣的诗人、学者,连续举办高层次的研讨会,为诗词正名,在理论方面澄清误区,统一认识。究竟何者为诗词的核心价值或曰根本精神? 诗词与传统文化、与国学有何关系? 观念多元化是否各种思想、各种“主义”一律平等,无高下优劣之分? 所谓现代新诗是诗坛主流的说法能否成立? 要求诗词走“大众化、通俗化”之路以及“声韵改革”是否可行? 当代诗词创作如何正确处理继承与创新的关系? 诸多问题,需要深入讨论,消除困惑。讨论,应当允许不同意见的存在,不宜设置学术禁区,力求客观、公正、理性、宽容,形成畅所欲言、生气勃勃的局面。“文革”结束后关于真理标准的大讨论,使思想得以解放,社会迅速转型,堪为范例。

（四）关于诗词创作

　　属于文学范畴的诗词创作是诗人词家的个体行为,不同于学术研究可以作为集体项目。中国诗史上伟大的诗人如屈原、陶渊明、李白、杜甫,无不具有高尚的人格、超越的理想、博大的胸襟,兼以杰出的才华、深厚的学养,写出的诗篇方能光照千古。在帝王时代,除科举考试作试帖诗要求"颂圣"外,没有谁规定诗人如何作诗,但诗人都能自觉遵守基本的道德伦理和艺术规范,在继承的基础上开拓创新,生生不息。历史发展到当代,风云变幻的时局使传统文化饱经劫难,诗词亦元气摧伤,如前文所述,当代诗词庞大的数量不等于质量,繁荣的表象下隐藏着深刻的危机。作为文学,诗词不同于政治、经济体制,不可能以政令强行改革;更不同于科学技术的日新月异,永远新胜于旧。纵观古今,诗词的绵延发展离不开继承,在老成凋谢、青黄不接的状况下,片面强调"改革",无异于拔苗助长。当务之急,首重继承,诸如历代名家作品中浑涵的民族精神与德性,丰富多彩的艺术体式与格律声韵系统,在未曾深入了解、未曾确切区分何为精华何为糟粕之时,不能轻弃。创作诗词,需要多方面的文化知识,古代诗人无不博通经史;今人同样应该多读诗词之外的典籍,培根固本,取精用宏,杜甫云"读书破万卷,下笔如有神",早明斯理。

　　拙著《近百年诗词概论》,论及现代诗词之思想内涵,概括为三点:1.爱国情怀与忧患意识;2.自由思想与独立精神;3.悲悯人生与博爱万物的终极关怀。并结合名家作品加以阐析。本文限于篇幅,只略谈第二点。

　　自由之思想、独立之精神,是成为杰出诗人和学者的必要因素。史学大师陈寅恪兼为诗人,1929年为清华国学研究院导师王国维撰写碑铭:"……士之读书治学,盖将以脱心志于俗谛之桎梏,真理因得以发扬。思想而不自由,毋宁死耳。斯古今仁圣所同殉之精义,夫岂庸鄙之敢望。先生以一死见其独立自由之意志,非所论于一人之思想,一姓之兴亡。呜呼!树兹石于讲舍,系哀思而不忘。表哲人之奇节,诉真宰之茫茫。来世不可知者也,先生之著述,或有时而不彰;先生之著述,或有时而可商。惟此独立之精神,自由之思想,历千万祀与天壤而同久,共三光而永光"。(《金明馆丛稿二编》)陈寅恪毕生无论是治学还是余事为诗,都体现独立精神、自由思想,在二十世纪文化学术界树立风范。有人以为他在海外留学多年,深受西方自由主义的影响,殊不知中国传统文化中早有追求思想自由、人格独立的基因。孔子云"三军可夺帅,匹夫不可夺志","岁寒知松柏之后凋也";孟子云"吾善养浩然之气",为人要有"富贵不能淫、贫贱不能移、威武不能屈"的大丈夫气概;庄子之精神独与天地相往来;屈原诗云"亦余心之所善兮,虽九死其犹未悔"、"不吾知其亦已兮,苟余情其信芳"(《离骚》)、"苏世独立,横而不流兮"(《桔颂》)……先秦时代贤人君子的思想品格深刻影响到历代士人,尤其在沧海横流、国家多难之际,最能显示贞介不移的风骨气节。陈寅恪出身于士大夫家庭,自幼受传统文化薰陶,虽有西方留学的经历,但始终以中国文化为本位,其著作中处处可见。西方自由主义着重于维护个人权利,中国知识分子则是既追求思想自由,又顾全民族大义,通家国于一身,行中正之道,陈寅恪为典范之一,对今日诗坛也多有启示。"五四"后诸多老一辈诗词名家心怀邦国,悲悯苍生,在艰难困苦中护持传统文化,使优秀的人文精神和高雅的艺术得以承传,正是一种独立自由的意志。其思想情感不以时代、地域为限制,作品以真善美为归依,故有恒久的价值。做诗先要做人,人品决定诗品,今日诗坛同样需要"以人为本",培养人格高尚的诗人,在宽松的环境下自由创作,诗词方能健康发展。

改革开放三十多年来,中国思想界在马克思主义之外出现众多学派,诸如自由主义、民族主义、新威权主义、文化保守主义乃至新儒家、新左派等(参看高瑞泉主编《中国思潮评论》,上海古籍出版社),各派之间展开争鸣,论文与专著层出不穷,蔚为大观。而抒情言志的诗词,本来就是心灵世界的一种自由活动,不可能以外力强行控制;何况诗词作者自有其职业,仅以余事为诗而已,更不可能在某种指令下写作。在互联网普及的当今,为诗词提供了自由发表的空间,同时也带来了混乱,作品真伪杂陈,优劣莫辨。如何善为引导,以理服人,在正确的观念下创作,做到多元化的统一,是亟待解决的艰巨课题。

诗词创作与整个社会大环境息息相关。改革开放后以经济建设为中心,各行各业不可避免地染上功利化色彩。有人撰文指出:三十年来的国民经济生产总值增长到中国历史的最高点,但道德堕落到历史的最低点。当今官场腐败,社会贫富不均,伪劣商品屡禁不止,生态严重污染,诸多触目惊心的事实,可知道德缺失绝非过甚其词,重建中华民族的精神文明已到了刻不容缓的地步。各种文艺形式,诸如音乐、绘画、书法等,皆已走向市场,具有经济价值;惟独诗词尚未商品化,诗词队伍中有为数不多的一部分人守住一片心灵净土,正乃品质高贵之所在。笔者始终认为,诗词本质上属于精英文化,如果走"大众化、通俗化"之路,则丧失其高雅的特色,变为庸俗、媚俗。以举世瞩目的奥运会为喻,各国参与竞赛的选手都是层层淘汰而出的体育精英,并非大众;同样的道理,惟有历代知识精英创造的高华典雅的诗词,才能代表民族文学最高成就,为我中华赢得诗国的美誉。参与全球文化软实力的竞争,包括诗词在内的文学理应向更高的层次发展,而不是降低品格,着眼于一时的功利。精英文化与大众文化原非矛盾对立的关系,知识精英负有引导大众不断提高文化水平的责任,普及固然是提高的基础,但不能要求诗人一味迁就水平较低的大众。在当今拜金风盛、道德滑坡的状况下,更需要诗人词家保持纯洁高贵的精神品格,创作真善美合一的篇章,为民族复兴作出贡献。

(五)关于诗词研究

如前文所述,学术界普遍不重视现当代诗词,从事专业研究的学者寥寥无几。建议研究院多举办高层次的研讨会,发动学者参与,只是解决问题的某种措施;而丰硕的学术成果,必然是有志于此的诗人学者经长期艰苦的努力方能获得,研究院需要做多方面的工作,鼓励支持。是否能仿照国家社科基金项目的运作方式,设置资金,提出论题,面向社会招标,要求申报者定期完成后由专家验收,对优秀成果予以表彰、推广。以下论题,仅供参考:

1.现当代诗词的基本精神与艺术特色

2.二十世纪诗词的发展历程与总体成就

3.现当代诗词的时代特点与审美取向

4.二十世纪诗词重要作家作品研究(诗词名家评传)

5.二十世纪诗词流派研究

6.二十世纪旧体诗史

7.二十世纪词史

8.二十世纪诗论、词论研究

9.传统诗词与语体新诗之比较

用典使事是诗词的重要特点,为诗词作注,解释其中的典故和本事,是传统的研究方法,要求作注者具有广博的学问和扎实的功力,很不容易。关于近现代诗词,目前已有几种注本,诸如钱仲联《人境庐诗笺注》(注黄遵宪诗,上海古籍出版社)、《海日楼诗校注》(注沈曾植诗,中华书局)、陈永正《王国维诗词笺注》(上海古籍出版社)、白敦仁《彊村语业笺注》(注朱祖谋词,巴蜀书社)、刘斯翰《海绡词笺注》(注陈洵词,上海古籍出版社)、李保民《吕碧城词笺注》、《吕碧城诗文笺注》(上海古籍出版社)、胡文辉《陈寅恪诗笺释》(广东人民出版社),无不凝聚注家多年的心血。至于毛泽东诗词和鲁迅诗,因作者特殊的历史地位,更有多种注本。这种基础性的研究值得提倡,理论惟有建立在坚实的基础之上,才有说服力。

　　二十世纪诗词是一片埋藏珠玉的莽原,有待学者辛勤开掘,阐其潜德幽光。窃以为研究者须具备多方面的条件:①对待属于传统文化的诗词,应怀有如钱穆先生所言"温情和敬意";或如陈寅恪先生所言"理解之同情"。②要有国学根基,对儒、道、佛诸家思想学说与古代诗史、词史有充分的了解。③有诗词写作体验,熟知包括格律在内的诗词艺术,理论能结合创作实际。④尽量掌握文献,研究须以史实与文本为依据。当代诗词从近现代诗词发展而来,其间多有跨代作家,不可分割,因此需要对二十世纪诗词作整体研究,明其渊源流变,并时时上溯古代,考察继承与发展的关系,要求研究者有贯通古今的学力。老辈学者如钱仲联先生,既是国学大家,兼为杰出诗人,在清诗研究领域开疆拓土,著述等身,成就之卓越为学界公认。而现当代诗词研究目前尚无钱先生这样的领军人物,后辈的学力与前辈差距颇大,培养人才,积累成果,需要足够的时间和持续不懈的努力。

　　总之,当代诗词的创作和研究,任重道远。殷切期望在中华诗词研究院的引导下,解决存在的问题,克服种种困难,开创新的的局面。以上思考,或有谬误,敬祈与会诸公指正。

2012 年 8 月稿

　　刘梦芙(1951—),原籍安徽省岳西县。历任乡中学教师、《中华诗词》编辑部副主任兼责任编辑、安徽省社会科学院文学所副研究员、近现代文学研究室主任。安徽省文史研究馆馆员。

当代诗词对于人格塑造的
意义及其他

杨守森

很高兴有机会参加这样一次学术会议,有机会听到了这么多先生、尤其是前辈学者关于诗词研究方面的一些论述与见解。我自己从事的是文艺理论方面的教学与研究工作,对中国当代旧体诗词的了解不是很多,但很喜欢,也偶尔尝试着写一点。我在学校上文学概论课,讲到诗歌时,每次也都要作为课后作业,要求每个学生必须写一首旧体诗词。我的想法是:作为中国汉语言文学专业的一名大学生,如果不亲身体验一下在中国文学史上占有重要地位的旧体诗词的写作,就难以真正理解我们传统文学的某些奥妙,以及相关理论问题,就难以深入体悟到我们民族优秀的审美文化精神,甚至就算不上合格的汉语言文学专业的大学生。事实证明,这样做的效果很好,尽管学生们的习作水平不可能有多高,但通过这样的尝试,不仅使学生们结合实践,更为深入地理解了相关文学理论问题,也更为切实地了解了中国古典诗词在取象立意、意境创造,以及讲究平仄、对仗、用语推敲等方面的妙处,同时也激发了学生对中国古典诗词的热爱与兴趣。

这次会议,我提交的是一篇关于中国当代新诗的论文,有文章在,相关内容就不再说了,这里还是想就大家共同关心的旧体诗词问题,谈一点自己的感想。我原来不太了解,中央文史研究馆早就成立了一个中华诗词研究院,以加强对中国当代诗词创作的研究,我觉得这非常重要。与大家的印象相同:中国当代旧体诗词的创作,确有日渐兴盛之势。据有关资料,全国现有诗词刊物已有600余种,诗词组织已达2000余个。仅中华诗词学会的会员,已多达1万余人。中华诗词学会创办的《中华诗词》杂志,发行量已超过了《诗刊》近一倍。我们仅从网络上亦可以看到,旧体诗词的创作,不仅异常活跃,大有压过白话诗之势,且有不少作品,即使放在整个中国诗词史上来看,也称得上是佳作。尤其值得重视、值得研究的一种现象是:喜欢旧体诗词、从事旧体诗词创作的人,范围很广,有教师、青年学生、军人、干部、公司经理、酒店老板、农村妇女等等。几年前,我曾收到过一本签名赠送的诗词集,作者就是河北承德市大石庙镇的农村妇女傅桂香。

这种状况,可进一步证明,一个民族,业已形成的文化传统与文学脉绪,是根深蒂固的,是很难人为割断的。与现代白话诗相比,作为我们的国粹,经由上千年发展的旧体诗词,无论是其中深隐的文化传统,还是其体式特征,至今看来,仍是具有不可替代的独特价值的。如,旧体诗词的某些规则本身,即是我们民族长期积淀的文化心理与审美趣味的体现；旧体诗词的用语，更能体现我们汉民族文字独体性、表意性之类的独到优势。也许正因如此，我们的传统诗词体式，虽然经受过"五四"时代白话诗运动的剧烈冲击，却不仅没有像陈独秀、胡适等人当年所主张的那样被彻底遗弃，反倒如同今天我们所看到的这样，仍为人们所喜闻乐见，且正在焕发新的生机。

"五四"以来，我们的白话新诗，无疑是取得了巨大成就的，曾在中国的反封建、反压迫、反专制的社会变革中发挥了巨大的作用，曾造就了徐志摩、闻一多、戴望舒、艾青、臧克家、贺敬之、郭小川、北岛、舒婷等一代代著名诗人。白话诗，因其语言的自由灵活，更便于反映广阔的现代社会生活；因其通俗易懂，也便于为更大范围的读者所接受。但与旧体诗词相比，白话新诗毕竟也存在着难以克服的某些局限。如，由于语体本身的特征，白话诗很难达到旧体诗词那样凝炼的诗境。早在白话诗初创的"五四"时期，对白话文学运动持异议立场的"学衡派"的胡先骕先生，就曾不无道理地批评过白话诗的这一缺陷。他以当时颇受推崇的刘半农控诉贫富不公的《相隔一层纸》为例指出："相隔一层纸一诗，何如杜工部之'朱门酒肉臭，路有冻死骨'，十字之写得尽致。"①数十年之后，资深的革命诗人萧三，亦曾有过这样的抱怨："我总觉得，我们的新诗和中国几千年来的诗的形式（或者说习惯）太脱节了。所谓'自由诗'也太'自由'

---

① 胡先骕《中国文学改良论》，《中国现代文学史资料汇编》河南人民出版社 1979 年版第 116 页。

到完全不像诗了。"①上世纪50年代末,连号召学习群众语言的毛泽东也曾这样不满地讲过:"现在的新诗不能成形,我反正不看新诗,除非给一百块大洋。"②1965年7月21日,毛泽东在《致陈毅》的信中,仍表达了这样的看法:"用白话写诗,几十年来,迄无成功。"这类判断,也许有失公正,但有一点是值得进一步深思的:从整体上说,在诗境的凝炼方面,新诗是无法与古代诗词相媲美的。白话诗的另一重要缺陷是:往往有诗而无歌。如卞之琳那首很有名的《断章》:"你站在桥上看风景,看风景人在楼上看你。明月装饰了你的窗子,你装饰了别人的梦。"虽构思奇巧,韵味悠长,意境也极为优美,但因只是可看而不可诵,因而也就影响了在社会上的广泛传播。从这个角度来看,旧体诗词创作的兴盛,或许将有助于中国新诗的反思,促进其更好的发展。

　　更为值得深思的是,在当今旧体诗词的兴盛之势中,实际上隐含着当代中国人对优秀传统文化的依恋,以及对回归优秀传统文化的向往。我们知道,中华民族,素以重"诗教"著称。由孔老夫子亲手删定的《诗经》,即被列为六经之首。在后来漫长的历史发展过程中,诗词也一直最被历代所看重。可以说,中国古代诗词,不仅造就了我国古代文学的辉煌,也培育了中国人优秀的文化人格,成为维系中华民族心灵圣洁的重要精神家园。与一般的戏曲唱词、小说、

---

① 萧三《谈谈新诗》,《文艺报》第1卷第20期。
② 董学文、魏国英《毛泽东的文艺美学活动》,高等教育出版社1995年版第179页。

白话诗,尤其近些年来中国诗坛上出现的不避秽词浊语的"下半身诗派"、"垃圾诗派"等白话诗派不同,中国古代诗词最为突出的特征是"雅",即不论立意、取象、造境、寄情、用语,都以超尘脱俗的静雅、古雅、典雅、清雅、优雅为标准。即使某些原本是正常的人性欲求,或世俗物事,我们的古代诗人,也往往会设法予以雅化,而使之达致高洁。孔老夫子之所以高度推重《诗经》,即是基于对《诗经》"乐而不淫,哀而不伤"、"思无邪"之类审美品性的肯定。宋人严羽在《沧浪诗话》中,所推崇的诗之正则,亦是"趋雅避俗",并具体强调学诗必须"先除五俗,即俗体、俗意、俗句、俗字、俗韵"。

我们知道,源于民间"曲子词"的宋词,虽有"艳科"之称,其中常见吟风弄月、男欢女爱之类内容,而之所以能够成为一种正宗文体,其要则亦正在于宋代词人一直奉行的"去俗复雅"的创作追求。对此,宋末元初的陆辅之在《词旨》中,有过这样合乎实际的总结:词实乃诗之支流,仍以"雅正为尚","不雅正不足言词"。以具体作品来看,即如以"俗艳"著称,为"市井之人悦之"的柳永词,实际上也一直恪守着"俗不伤雅"的底线,正如王国维曾在《人间词话》中如是评价的:柳永等人的词,"虽作艳语,终有品格"。

从文化诗学的角度,我们可以更为清楚地看出,中国古代诗词的"雅",决非仅是一般性的文学准则,而实乃一种文化精神与人格精神的追求,是中国古人一直重视的"道德文章"观的体现。显然,这样的追求,不只影响了中华民族文学艺术的高迈境界,亦培育了中国历代文人的高洁情怀。此外,传统诗词所讲究的对仗、平仄、谱式之类规范,亦在潜移默化中影响着中国古代文人"随心所欲而不逾矩"的理性智慧与人格操守。

在我国历史上,我们会看到这样一种现象,越是诗文盛世,越会少些贪官污吏。重要原因之一或许便是:经由科举录用的官员,往往本身亦多是能诗擅词者,如唐宋时代的杜甫、韩愈、柳宗元、白居易、范仲淹、欧阳修、王安石、苏东坡、陆游、辛弃疾等等。这些诗人官员,由于时常处于"尚雅"的诗意追求,亦与写作过程中"不逾矩"的理性陶冶相关,必会在一定程度上节制其世俗欲望,纯净其官场人格,多些超逸品性,多些"穷则独善其身,达则兼济天下"的高尚情怀。比如,我们很难想象,精于诗律,写出了《望岳》、《春望》、《饮中八仙歌》、《丽人行》、《自京赴奉先县咏怀五百字》等许多不朽名篇及"朱门酒肉臭,路有冻死骨"、"安得广厦千万间,大庇天下寒士俱欢颜"这样的警世之句的杜甫;笔力纵横,倾荡磊落,能够"出新意于法度之中,寄妙理于豪放之外",创作了大量或大气磅礴,或纯正深婉之作的苏东坡,会成为穷奢极欲、巧取豪夺的贪官。

仅从这一点着眼,我们就可以看出古代诗词在中国历史上曾经产生的巨大文化功能,也会进一步意识到旧体诗词在当代兴盛的重要意义,这就是:亦决非一种普通的文学复古欲求,更不是一般所说的恋旧心理的表现,而是我们这个民族,面对当今物欲泛滥、道德溃败、人心不古的现实,民间正在自发积聚的一股坚毅不屈的文化抵抗力量。其中隐含着的,应当正是我们伟大民族文化复兴的希望。与当代白话诗乃至整个当代文坛、乃至全社会在精神方面的某些下行趋势相反,在中国当代诗词作品中,我们会看到,其中洋溢着更多的清纯之音,充盈着更多的雅正之气。可以相信,钟情于这样一种清纯之音,浸润于这样一种雅正之气者,人格必会更为纯正,至少不大可能成为丧尽天良的为非作歹之徒。可以相信,如果有越来越多的人钟情于此,形成越来越强盛的这样的审美追求,我们的社会现实,也必会大为改观。

当然,我们也应清醒地认识到,作为一种文学体式的旧体诗词,毕竟是一种属于历史形态的完成式,"时序交移,质文代变"(刘勰语),如何适应现代生活,如何在传统的基础上,有所突破,有所创新,如何在"旧瓶"中装出"新酒",是旧体诗词能否真正再现辉煌的关键。而正是在这方面,我们的理论界,关注不够,研究不足。我们的创作界,也还缺少更为积极大胆的探索,都还显得比较拘泥。就具体作品来看,虽已不乏佳作,但整体影响,毕竟也还无法与新诗相比。有的诗人,虽已颇受推崇,但也还很难说已经取得了多么了不起的成就。

这儿,我想仅就有关研究,提几点建议。

第一,应进一步加强真正学术化的诗词批评和理论探讨。像李铁城老师刚才讲的,中国当代诗词的创作虽然已很兴盛,作品很多,但理论批评和学术研究还比较薄弱,特别是在评论方面,真正切实探讨问题的、分析不足的比较少,更多的还是不无夸耀性的肯定与表扬。与其他文学体式相比,旧体诗词的篇幅精致,文字简约,这在诗句锤炼、修辞用语等方面,就更要经得起挑剔与品评。而正是在这些方面,我们还是存在不少问题的。如,我们的当代诗词作者,甚至包括一些大家,似乎还缺乏古人那种"吟安一个字,捻断数茎须"的求索精神。即如成就很高的聂绀弩先生,就给我这样的印象:率性有余,推敲不足。但目前的有些评论,却往往在不加分析地一味赞美。举个例子:聂先生在《给马飞天送饭》一诗中,这样写一位女拖拉机手:"车上姑娘和汗下,雨中芍药让人清。"且不说与"和汗下"相对的"让人清"牵强费解,有为了对仗因词害意之弊,句意亦经不大起推敲。我从小就生活在农村,是很熟悉拖拉机的,知道开拖拉机是个技术活,不是体力活。在干这样一种"技术活"的过程中,而且又是在一个"风高能卷千重土"的夜晚,开拖拉机的"姑娘"是不大可能"和汗下"的,这样写恐是不怎么符合生活真实的。而一首有违生活事理,失去可信性的诗,无论如何不能说是好诗,但著名学者舒芜给予的评价是:"这不仅是写她形象的美丽,而且写出了她在沉重的劳动中,仍然保持了人的美和尊严。"(《毁塔者的声音》)如前所述,"驾驶拖拉机"如何能算得上是"沉重的劳动"? 这很让人怀疑,舒先生可能不太了解"驾驶拖拉机"这一工作。且,"劳动"本身就是值得赞美的,不是屈辱,也不是折磨,从聂先生诗的本意来看,显然也是在赞美那位女拖拉机手,而这又如何扯得上"保持了人的美和尊严"? 这样一类不切实际的推崇,尤其是出自舒芜这样的名家的溢美不实之论,实在是不利于中国当代诗词创作水平提高的。我还可以举个例子,聂先生在《清厕同枚子之一》中有句:"香臭稠稀一把瓢"。这个粪怎么"香"啊?粪有"稠"有"稀",没问题,合乎

实际;而说粪有"香"有"臭",就有点莫名其妙了。诸如此
类,我觉得都因缺乏严格推敲,尚难经得起仔细品评。但愿
我这不是吹毛求疵。

　　第二,作为常识,我们知道,优秀的文艺作品,一定是作
者内在生命冲动的产物。与之相关,真正成功的艺术创作,
不能仅是依赖于某些技艺操作的训练,某些形式的表面模
拟,更为重要的是,要基于真诚的生命体验;更不能别有他
图,不能将其作为达到别的目的的手段,而应是一种生命追
求,甚至是一种人生活法的选择。我们的古人为什么留下
了那么多好诗? 我想很重要的一点就是:在我们的历史上,
形成了一种美好的传统,即在许多时候,人们不是为写诗而
写诗,而是已将写诗转化为一种习惯性的生活方式。因习
惯使然,故而每到一处,每有所见所闻,所思所感,就有按捺
不住的写作冲动,就想写一首诗,来一首词。这样一来,古
人的写诗作词,也就颇类乎于今人的写日记。那样一种诗
日记般的写作,因是缘之于内在的生命冲动,而不是为了发
表谋名,或参赛评奖,或邀功讨好,因而自然会更富于作者
自己的生命灵性,作品也就会更具动人的力量。但在我国
当代诗词创作界,我们会看到,有不少作品,特别是那些为
了"纪念"什么,"庆贺"什么而为之的作品,有的虽格律严
谨,体式周正,思想内容也很好、很健康、很重要,却没什么
个性,很难令人感动,重要原因即在于:缺乏真切的自我生
命体悟,其中呈现的不过是故作声势的空泛意绪,或只是在
重复报纸社论或有关文件中的意思而已。这样的诗,这样
的词,也只不过是徒具诗词的外在形式而已。更有不少作

者,写诗填词,不过是为了附庸风雅,或应景趋时,这当然也
是不可能写出好作品的。针对这些现象,加强学术性的研
究与批评尤为重要。

　　第三,应注重中国当代诗词的编选工作。在一般人看
来,诗文的编选,似乎是一件很简单、很轻易、随便什么人都
可以为之的事情。而实际上,编选本身是一个审慎的学术
研究与艰难的劳作过程,不仅需要海量的阅读比较,更需要
真正艺术的眼界与判断能力。这样完成的一部选本,亦乃
学术研究的结晶。编选工作,对于扩大某一文类的影响,促
进其相关研究,亦意义重大。我们的唐诗,之所以得享盛
誉,备受重视,与前人下功夫编辑的唐诗选是有重要关联
的。你如果读全唐诗,会有这样一种感觉:唐诗也并非高不
可攀,全唐诗中,也有许多不可看的平庸之作。人们推重唐
诗,依据的实际主要是标志着其文学高度的唐诗选。同理,
中国当代诗词,虽创作活跃,亦不乏精品,但在文学界的声
誉,之所以还不是很高,普遍性的社会影响,也还不是很大,
原因之一即是:某些真正高水平的作品,尚被淹没在大量平
庸之作、低劣之作之中。近些年来,中国当代诗词的编选工
作虽已受到重视,也已有一些不同类型的选本出版,但由于
编选者眼光的局限,或是其它某些外在因素的制约,还不够
精当,还难以获得读者的广泛认可,故而大多也就没什么影
响。为此,建议我们的中华诗词研究院,不妨组织一些精于
诗词的专家学者,以严格的学术标准,以真正艺术的眼光,
能够编选出一部类乎清人蘅塘退士编选的《唐诗三百首》那
样一部《中国当代诗词三百首》。我想,这样一个权威选本,

定会大受欢迎的,也必会进一步推动中国当代诗词的创作
与研究。

　　杨守森(1955—),男,汉族,原籍山东高密。山东师大文
学院教授、博士生导师,文艺理论教研室主任,山东省强化建设
重点学科文艺学博士点带头人。山东文史研究馆馆员。

诗词创作必须与时俱进

李铁城

中国古典诗词号称中国的"国粹"、"国宝",历史悠久、从第一部诗歌总集的《诗经》到现在已有 2500 多年的历史了,在这漫长的两千多年的历史岁月里,以自己特殊的视角和独特的形式,不仅反映了中华民族成长壮大,屈辱与苦难,光荣和辉煌,奋斗与成就,它更广阔地反映了广大中华儿女的欢乐与痛苦,不幸与憧憬,梦想与追求,它同时也反映了有文化教养的文人的情趣和爱好,境遇与节操。整部诗史也可以说是中华儿女的心灵史。它经过历代诗词家的创作实践、研究和探索,已发展成为一个相对完美的艺术形式,这种完美甚至谁做任何变动都损害了它的完美,变成了一种只能循规蹈矩、小心谨慎地维护它的既存形式的"圣物"。它成了中国文化精英们心目中的骄傲。

诗词在不断地发展变化

根据辩证唯物主义的观点,世界上任何事物都是在不停地发展变化的,诗词艺术当然也概莫能外。从诗词产生以来的实践来看也是如此。

传说尧时的《击壤歌》大约是最早的诗作了："日出而作，日入而息，凿井而饮，耕田而食，帝力于我何有哉！"及《康衢谣》："立我蒸民，莫匪尔极，不识不知，顺帝之则"。还有有名的《卿云歌》："卿云烂兮，□缦缦兮；月日光华，旦复旦兮"。和《南风歌》："南风之熏兮，可以解吾民之愠兮；南风之时兮，可以阜吾民之财兮"。

这些诗都是杂言体，但基本上以四字句为主干，多语气词。它们都是来源于民间的民谣。它们基本上是四字句，有的是反映当时劳动人民自食其力，安分自足，疏离或轻视权力的情状；也有反映人民自强不息、乐观向上的情绪；还有当政者爱民的情怀。

春秋战国时代出现了《诗经》和《楚辞》。前者有几个特点，它广泛地反映了不同层次地位的人的生活和愿望，下层人民生活的艰辛和愤懑、爱情的欢乐和幸福，它应该是经过文人加工修饰的民歌，有的或者完全是文人的创作，以四字句为主，句子或句尾缀以语气词，可以吟唱的。后者是中国诗歌史上首次出现的个人独立创作，反映屈原的不幸、不公的遭遇和忧国爱民的情绪。他吸收了楚地民歌的语言形式，集叙事、描写、抒情、议论于一体，出现了层递、对偶、排比等修辞格式。

汉代从汉兴到隋亡约八百年。出现了乐府和民歌、赋和东汉时的古诗。乐府诗里经过艺人搜集整理加工改造的民歌，它是可唱的歌词。它们应是楚辞的继承和发扬，不讲究对仗、押韵，也比较自由。反映了在时代动乱的大背景下底层人民颠沛流离的悲苦生活,对于战争的厌倦,也有反映人生永恒的男女之情的篇章。在汉代末至魏出现了四言及五言的建安诗歌,慷慨悲凉,也杂有建功立业的思想。他们从民歌里吸取了营养,题材更加开阔。晋代由于司马氏政权的高压,畏祸避世的思想占有重要地位,一些诗模仿古乐府,内容空虚,出现了形式化倾向。但在晋代除阮籍、左思外值得称道的是陶渊明的创作,陶渊明的诗主要以田园诗闻名于世,以隐逸山水、耕耘、友朋、收获为主要内容,他不讲对仗,不雕琢字句,清新而自然。南北朝的诗大抵多浮艳华靡的形式主义诗风。鲍照、何逊、阴铿、谢朓是自拔这种诗风的有为诗人。在语言文风方面出现了对诗的声律的探索,沈约的"四声八病"说为后世的格律化开其滥觞。

唐代在隋的基础上结束了战乱建立版图宏阔的大唐王朝,唐太宗李世民励精图治出现了贞观之治的兴盛气象,诗歌也进入了繁荣兴旺的高峰,完成了诗的格律化,出现了群星璀璨的诗人群体,尤其出现了光照古今的两位大诗人李白与杜甫。李白的飘逸恢阔绮丽,杜甫的沉郁顿挫,浑健厚重都对后世产生了很大的影响。唐代对西域的经营开拓为边塞诗的出现和繁荣提供了土壤。大体上唐诗的内容更加贴近时代和生活。从楚辞起始,继而汉乐府和古诗19首开拓了唐代歌行体的成熟和广泛应用。唐末出现了一种新兴的诗歌体裁——词。

宋代,随着社会商品经济的发展,京师汴梁到后来的临安(今杭州)等城市空前昌盛,瓦肆歌堂,楼台馆所,花街柳巷,歌女艺姬传唱有一定板式的曲子词,并得到空前的发展和繁荣,有宋一代可说是词的黄金时代。它有诗的精炼和韵味,有散文化的倾向,但节奏分明又需押韵,有一些词仍保留诗的对偶,也注意炼意,炼字和炼句。是诗某种程度的解放。宋代涌现出不少杰出的词人,以苏轼、辛弃疾为代表的豪放风格与晏殊、晏几道、欧阳修、姜夔等为代表的婉约风格,是词坛的两大流派。抒兴亡,叹人生,歌爱情,感时遇,咏别离,无不可涉及,无不可描摹抒写,可以说压过了诗的风头。宋代诗歌承盛唐之余绪,有向哲理深入的倾向、爱好议论,一些诗人失去对生活的真切感受,摹仿唐人诗作是宋诗的通病。然而在宋代诗人中陆游却是位杰出的一位,恢复中原,壮怀激越,至死弥坚。

　　元明清诗词所可道者,元代日短,再加蒙族入主,政事酷烈,诗词比之前朝已觉平庸。明末清末,国家正逢危亡之秋,士大夫救亡拯溺心切,激昂慷慨,俱发之诗词。感人肺腑。

　　根据以上简述,诗词艺术像任何事物一样都在不停地发展变化着,有时是在内容方面根据时代的变迁,国家的兴替,广大人民的处境变化,都有不同的变化。在形式方面,诗的历史源远流长,在唐以前有过一个漫长的积淀过程,在唐之后呈现相对衰落之势。词虽后起,但发展迅猛,在不长时间段里便达到繁荣兴旺阶段,而后便在稳定地延续着。

诗词的核心价值

诗和词虽然是两种门类的艺术,但在深层却是相通和相同的,这就是它的核心价值。

诗词的核心价值大体可分为四个方面:

一、情:诗词和其他以文字为媒介的艺术最大的不同是它诉诸感情的特征,它主要靠以情感人,而不是以理服人。诗人或词人首先是个性情中人,情感中人,无情或寡情别为诗。这个情还可以包括两个方面,一是浓情,情感像浓浓的汁液,寡而淡稀而薄还不行。即使以恬淡闲静著称的陶渊明的诗,如他的名句"采菊东篱下,悠然见南山","平畴交远风,良苗亦怀新;虽未量岁功,既事多所欣","时复墟曲中,披草共来往;相见无杂言,但道桑麻长","霭霭远人村,依依墟里烟","种豆南山下,草盛豆苗稀","过门更相呼,有酒更酌之","悠悠迷所留,酒中有深味","翳然绝交游,赋诗颇能工","人事固已拙,聊得长相从","日月掷人去,有志不获骋。念此怀悲悽,终晓不能静"。诗人虽淡泊于红尘却钟情于田园,鄙薄于宦场,陶醉于自然,其执着与坚守,跃然纸上,表面淡疏内里浓烈,其他诗人的作品感情之浓更不须说了。再一方面是感情的真挚实在,毫无虚假矫情,有十分情,通过文字传达已失真二分,再加人各有心,能感受到情真已只剩五分了,如果半真半假其感动率不仅可忽略不计反遭人厌恶,"人同此心,事同此理"、"人心都是肉长的"说明真情是动人心魄的催化剂,只有真情的诗才能感人。很多诗作辞非不美,律非不工,不能感人或人无动于衷者惟因情假耳。

真情的诗如:

杜少府之任蜀州

王勃

城阙辅三秦,风烟望五津。

与君离别意,同是宦游人。

海内存知己,天涯若比邻。

无为在歧路,儿女共沾巾。

首联暗示地域之辽阔,二联境遇相同,更生悲凉;三联升为哲理,情谊更深;尾联劝人勿泪,实已泪盈,句句无虚语,字字皆真情。

又如有名的陈子昂《登幽州台歌》:

前不见古人,后不见来者,

念天地之悠悠,独怆然而涕下!

短短四句,写出一位胸怀大志却报国无门而感到孤独悲伤的形象,苍凉悲壮的情愫直逼胸臆。

二、旨:即诗的意旨,思想,情怀。好诗必有深刻的思想性,它的思想性既带有普遍性又具有独有性。它不仅是人中有我,我中有人,一般意义的人我不分,而是"我"的个别性是独有的,带有"独一无二"的特点,但这个个别性却是从独有角度反映了普遍的共同性。

如:范仲淹《渔家傲》:

　　　　塞下秋来风景异,衡阳雁去无留意。四面边声连角起。千嶂里,长烟落日孤城闭。　　浊酒一杯家万里,燕然未勒归无计,羌管悠悠霜满地。人不寐,将军白发征夫泪。

　　这是范仲淹镇守边塞时所作。边塞秋至:大雁南归(暗示戍边将士却无归期),角声四起,长烟落日,孤城紧闭(暗示处处与故乡的熟悉亲切大异其趣),下阕守边将士只有对酒浇愁却又遇不到返乡的时候,回乡无期无望。凄冷的羌管声伴着坠落的黄叶,老将军熬白了头发,战士只有以泪洗面。反映了战争带给人民的生离死别的苦难,它却是通过老将军独有的感受反映了全民对战争的厌恶,对和平的向往。

　　三、韵:即诗词的意蕴和情趣。它应该是内蕴丰厚,意味无穷。无论婉约含蓄,或豪放健朗,但都要韵味隽永,余味悠长,可尝可品,咀嚼不尽。

　　如:苏轼《念奴娇·赤壁怀古》:

　　　　大江东去,浪淘尽,千古风流人物。故垒西边,人道是三国周郎赤壁。乱石穿空,惊涛拍岸,卷起千堆雪。江山如画,一时多少豪杰。　　遥想公瑾当年,小乔初嫁了,雄姿英发。羽扇纶巾,谈笑间、狂虏灰飞烟灭。故国神游，多情应笑我，早生华发。人生如梦，一尊还酹江月。

这是一首耳熟能详的名作。上阕是写景，也是借景抒情，江山胜景，因史上大事，历史名人曾莅此而更加生色。下阕写史实，写作者对英雄的向往，和怀才未遇的悲凉。最后故作旷达语，自我安慰。词人感情表现得跌宕起伏，委曲婉转，读时心随情转，读后情又未平，激荡不已。

又如姜夔，《点绛唇·丁未冬过吴松作》：

燕雁无心，太湖西畔随云去。数峰清苦，商略黄昏雨。　　第四桥边，拟共天随住。今何许？凭栏怀古，残柳参差舞。

上阕以拟人手法赋予燕雁和山峰都具有了人的灵性，作者感时伤事的凄苦心情赋予了鸟雀不受人间情苦，时移物换，遂燕雁随云而去，清风南移，酝酿暮雨。下阕自己希望摆脱人世的无常和凄凉，曾希望和陆龟蒙同住往来，但仅只梦想而已，空余怀古伤情，晚秋乱舞的衰柳更增惆怅。读后一股凄苦之情萦绕心头，挥之不去。

四、语：诗词的语言凝练，优雅，同时顺口入耳，流畅响亮，抑扬顿挫，具有音乐性。

如欧阳修《蝶恋花》：

庭院深深深几许，杨柳堆烟，帘幕无重数。玉勒雕鞍游冶处,楼高不见章台路。　　雨横风狂三月暮,门掩黄昏,无计留春住。泪眼问花花不语,乱红飞过秋千去。

上阕三个"深"字使读者引起无限遐思。堆烟般之杨柳,无数的帘幕,豪华排场,优美雅致。下阕风狂雨横,三月晚春的黄昏,泪眼问花,情景凄美,秋千之上乱红飘逝,都极为优雅。全词读起来朗朗上口,抑扬顿挫,音节嘹亮。

又如杜牧《泊秦淮》:

烟笼寒水月笼沙,夜泊秦淮近酒家。
商女不知亡国恨,隔江犹唱后庭花。

烟雾、寒水、淡月、寒沙,以两个"笼"字融合在一起,构成一幅凄迷、冷清的画面,烟水迷蒙,月色朦胧,亡国恨与后庭花相对照,折射出六朝金粉,纸醉金迷的夜生活,从中抒发诗人对时政的鞭笞和对国事的忧虑,用词优雅,音节响亮动听,富有音乐感。

诗词今日的困境

中华诗词艺术经过两千余年的发展完善,已经成为含蕴丰厚、形式严谨的艺术,具有鲜明的中国特色,被诗词家熟练的运用,并受到国人和热爱中国文化的世人的喜爱,其经典名作长期流传不衰,代代相传。是中华民族宝贵的非物质文化遗产,应该受到认真的保护并认真地继承和发扬光大。

然而一种技术和艺术仅仅停留在保护阶段已经说明它已处在衰亡消失的前夜的危险境地了。但现在恰恰是继承和发扬出了问题。

诗词艺术从唐代以后,在形式上基本上已经定型化,但现实生活却已经日新月异发生了急剧的变化,尤其近百年与经历改革开放的近三十年来,商品经济得到空前的发展,现代化的大幕席卷中华大地。国内外形势日趋复杂多变,人们的思想意识,兴趣爱好,生活习惯都发生了翻天覆地的变化。诗词艺术发展改变的速度与幅度与现实生活改变的速度和幅度落差甚大,是不能不承认的事实。这一现象便自然地显示出欢迎和守望它的人数日益减少,欣赏和运用它作为精神生活一部分的人也越来越少。它基本上是退休的老年人填补闲暇、排除无聊的工具了。当然其绝对数量仍很可观,但中国是个 13 亿人口的大国,其基数相当庞大,但相对数量急剧减少已是不争的事实,这就是说它已被边缘化了。有人说要争夺那个主流地位是无意义的,它被边缘化是不可避免的命运,但是自甘落伍,株守一隅的前景必然是日渐萎缩,最后走向消失的结局,这是所有热爱它的人们不愿意看到的。

透过以上现象究其原因有以下几个方面:

一、创作者的思想观念保守陈旧与现实脱节,成为时代落伍者;

二、诗词严格的格律对表现复杂的新事物相形见绌,力有未逮；

　　三、它的音韵不少作者或期刊杂志或竞赛评委要求使用的并非当代人可以接受的当代音韵而是古韵,当代绝大多数人对其莫名其妙,格格不入。

诗词艺术如何与时俱进

　　一、诗人词家要作引领时代前进的思想斗士。诗词是由诗人词家创造的,是他的思想感情的流露和升华,有什么样的思想便会有什么样的诗词作品,这是人人皆晓、天经地义的道理。在 21 世纪的今天,你仍然持有 20 世纪甚至 18 世纪的思想,你怎会创作出被 21 世纪的当代人所认同和欣赏、并能推动社会前进呢? 当然,有些思想感情、审美趣味是人类永恒的精神财富,比如对贫苦无助的弱势人群的同情,对欺行霸市、巧取豪夺的愤恨,对贪污受贿、渎职殃民官员鄙薄与怨怒,对山水美景的喜爱,对爱情的忠贞、友谊的纯洁绵长的追求等。美好感情的持有和执守,毫无疑义是值得赞许和可贵的,但是在 21 世纪的今天,在科技昌明互联网网通天下,人类空前融合、交流频密的时下,作为人类灵魂的探索者和净化者,你必须回答对一些普世价值的态度,要知道这是人类无数代人走向完美的实践中摸索和取得的思想结晶,是人类的共同财富,是对人类普遍有益并非只是对部分人受益的原则和鸦片,如对自由的向往,民主的认同,人权的尊重,公平、公正的坚守,企图以中国文化特殊而加以冷淡和拒绝是愚昧而不可接受的。有人说诗词是艺术,应该与政治无缘,这种观点早已陈旧不值一驳,生活在当今社会,任何个体自然人时刻离不开政治并且生活在政治之中,只看你所持所爱罢了。要求诗词作者人人是思想家是不现实的也是不必要的,因学有专攻,事有各属,但对于一些重大的问题必须所持也正,所向也明,诗词作家应是时代前列的战士,吹响前进的号角,和一切腐朽的思想不共存,才能有助于推动社会前进。

大的问题解决了,相应的如审美情趣都要有所调整。在传统诗词里,如感伤、叹老、孤傲、枯寒、空寂、遁世的审美趣味的篇章时有流露,这些意境和情绪作为个人精神生活的一部分,保留废弃与否那是个人的权利,不可苛求,但公之于世而影响社会需抱着对读者负责的态度慎之又慎。我们最好提供给读者以乐观向上、积极进取的精神食粮,对人们度过美好一生助一臂之力。

二、走出书斋,接触社会,扩大视野,与时俱进。今日进行诗词创作的人大多是中老年人,其中退休的老年人占有较大比例,坐守空斋,虽有报纸杂志电视与社会并未完全脱离,但这些代替不了对五彩缤纷的现实世界的直接感受,而且这种亲历亲见的真切感受对诗词创作尤为重要,走出书斋,多交三教九流朋友,多下工厂、农村、商店市场,不断开阔视野,尤为有益。比如诗词中不少歌颂爱情的欢愉和爱情的专一,但对今日婚姻自由闪婚速离现象,你如何看待?能否像对待守一而终、白头偕老一样一视同仁,热情欢迎?

三、了解姊妹艺术并吸取其营养。在这里我们熟知的对如小说、白话诗歌、绘画、雕塑、舞蹈、电影、戏曲等传统艺术的了解,吸收亦无疑义,我想说的是近年随着手机、互联网电子信箱的出现而广泛使用中出现的"段子",它不胫而走,风靡华夏,禁不可禁,层出不穷,老少咸宜,雅俗共赏,流转不绝,推波助澜。这是 21 世纪在中国人精神生活领域里出现的新现象。决不可以认为此乃笑话小品而已,难登大雅之堂而嗤之以鼻。它尖锐泼辣,幽默风趣,针砭时弊,无所不及,它使用了不少修辞手段,嬉笑怒骂,皆成文章。不足之处是情绪偏激,以偏概全,还有的黄色荤段,庸俗下流。其作大多文化素养不高粗制滥造。但从总的说并不乏精彩之作,它在某种程度上反映了广大人民群众的愿望和心声,在某种意义上说是当代的"国风"也不为过。

现在顺手随便引两首加以点评,以飨大家:

教育:希望进去,绝望出来
医疗:小病进去,大病出来
房产:蜗居进去,房奴出来
城管:善人进去,恶鬼出来
足球:流氓进去,强盗出来
演艺:玉女进去,小姐出来
国企:市场进去,垄断出来
作协:鲁迅进去,秋雨出来
股市:百万进去,白劳出来
煤窑:蹲着进去,躺着出来
学术:百家进去,一家出来
记者:豪情进去,麻木出来

地铁:孕妇进去,产妇出来
大学:校花进去,残花出来
工厂:血汗进去,血泪出来

片面和以偏盖全是显而易见的,夸张也是通病,但却反映了部分社会真实,也是社会所诟病之所在。运用那些对偶的修辞法,罗列类似的社会现象,句子整饬。

又如:

白云不向天空承诺去留,却朝夕相伴;
风景不向眼睛炫耀美丽,却始终永恒;
星星不向夜空许诺光明,却努力闪烁;
朋友不向对方倾诉思念,却永远牵挂。

四个排比句以拟人化手法写出四种自然现象,颂扬不愿声张,不求回报只愿付出的精神。

从"段子"中可以汲取什么呢?

1.贴近生活,由生活中涌出。

2.做群众的代言人,言人所想,言人所愿,言人所不敢言。

3.针砭时弊,尖锐泼辣。

4.幽默风趣。

5.语言精练,言简意赅,通俗晓畅。

从流行歌曲中学习:流行歌曲在一些人看来难登大雅之堂,唱词俚俗甚至不伦不类,文理不通,但青年人(包括当代大学生)趋之若鹜,其中必有受欢迎的原因在,大约在于它的歌词内容贴近现代生活,贴近当代年轻人的精神生活,还由于它极度张扬夸张的舞台形象。

当然学习姊妹艺术并非照本直搬硬套,况且有些也无法直接移入诗词创作,但却可以给我们以启示借鉴,起到触类旁通的作用。

四、古韵变今韵:今人创作的诗词是给今人和后人阅读的,已不可能给古人阅读了,而你用的声韵却是摒弃今四声的古韵,绝大多数的读者根本没有古音韵的修养,几乎也永远不具备或不愿具备这些修养,他用今韵读你用古韵写的作品,根本领会不到它的音韵美,出力而不讨好。

有人会质疑:古人是用古韵制定的平仄格律,改用今韵会失去原有韵味,这一说法是不能成立的。须知诗词中的平仄的轮换和对应并非非发古音不可,用今四声同样可以起到抑扬顿挫的调剂作用,坚持不能改变只不过是坚持"祖宗之法不可变"的"原教旨主义"罢了。

用今韵创作可以吸取更多的人热爱诗词艺术并壮大诗词的创作队伍,增加有生力量。

目前,在一些人坚持声韵不可改的状态下,一些有关报刊杂志及竞艺性活动坚持原有立场,对以今韵进行创作的作品加以限制和排斥,极为不利诗词创作的与时俱进和发展,这纯粹是一种固步自封、作茧自缚慢性自杀的行为。

现在提倡用今四声创作诗词并非要取消或限制原有用古韵写作,而是多元并存,一视同仁,互相竞争,共同发展。只不过把路拓宽一些,接纳更多的同路人而已。

五、改掉古奥艰涩的语言习惯,用通俗流畅的语言创作,使更多人易懂易晓,这道理就无须多说了。

二〇一二年八月写于新郑市

李铁城(1936—),男,汉族,原籍河南省密县。诗人、作家、碑文书法家。河南省文史研究馆馆员。

试谈毛泽东诗词研究
领域的一大缺损

俞汝捷

在当代中国,最为人熟知的旧体诗词无疑是毛泽东诗词,其作品从价值取向到审美追求,曾深深地影响整个诗坛和广大读者,许多人对诗词的兴趣和认识甚至就源于对毛泽东作品的阅读。本文试从一个新的角度来谈谈对他的诗词的评价。

自从毛泽东诗词于 1957 年《诗刊》创刊号集中发表以来,近半个世纪中,各种注释、评论(包括文学史著作)多不胜数,全是褒词。唯一加以贬抑的是毛泽东本人,但他的自贬从未引起评家注意;即使注意到了,也必定视之为"伟大的谦虚"而忽略过去。这在"左"风肆虐、个人迷信盛行的年代不足为奇。奇怪的是,当两个"凡是"早经纠正,唯实的学风重获提倡后,尽管毛泽东诗词又多了几种版本,新的注释、评论也不断出现,却仍然无人重视毛泽东的自我评价(也含有他对别人如陈毅的诗的评价)。究其原因,不外二端:一是缺乏诗词修养,根本不懂毛泽东说的一些内行话;

二是虽有修养，但有余悸，于是惯性使然地继续"为尊者讳"，而不管"尊者"自身是否讳言。

　　这实在是毛泽东诗词研究领域的一大缺损，因为毛泽东是懂诗的；他的自评真诚直率地表达了自己的观点，语气的谦抑并没有掩盖一些重要的见解。从某种角度说，正是毛泽东本人对他的诗词作出了最朴素最贴切的评价。

　　毛泽东的自评大体包括两个方面：一是总体性的评价；二是对具体作品的说明。前者以致陈毅的信为代表，在致臧克家、致胡乔木的信中也略有涉及。后者则见于他对诗词所作的批语、解释以及致李淑一、致周世钊的信。他的自贬主要体现在总体性评价中；特别是在 1965 年 7 月 21 日致陈毅的信中说了这样一段话：

　　　　你叫我改诗，我不能改。因我对五言律，从来没有学习过，也没有发表过一首五言律。你的大作，大气磅礴，只是在字面上（形式上）感觉于律诗稍有未合。因律诗要讲平仄，不讲平仄，即非律诗。我看你于此道，同我一样，还未入门。我偶尔写过几首七律，没有一首是我自己满意的。如同你会写自由诗一样，我则对于长短句的词学稍懂一点。剑英喜七律，董老善五律，你要学律诗，可向他们请教。

　　1978 年 1 月此信首次于《诗刊》刊出，跟着就出现一批谈体会的文章，但对上引这段话都好像视而不见，避而不谈。那时周扬刚刚复出，在海运仓总参招待所的礼堂作报告。我恰好在京,便去旁听。记得他也曾谈这封信,从《诗经》的比兴手法一直谈到别林斯基有关形象思维的论述,然而对上述引文也是只字不提。迄今为止,我没有看到一篇文章对这段话加以分析。难道它真的没有研究价值么? 我看不然。事实上它从文体、格律的角度明确地表述了作者的一些基本见解;他的自评、自贬正是由此生发出来。或者也可以说,在他的自评、自贬中包含了对于文体、格律的基本见解。

首先,毛泽东将诗的内容与形式作了区分,认为内容再好,再有气势,如果不讲平仄,就不能算是律诗。这是一句常识性的话,也可以说是对陈毅诗作的实事求是的评价。陈毅很有才华,且富于诗人的激情,但不精通格律。只须翻开他的诗词选,就会发现多数诗词都是不讲平仄的。甚至著名的《梅岭三章》,其手稿的平仄也不符合诗律。这在毛泽东看来,就是"还未入门"。有趣的是,多年来论及陈毅诗词的文章不少,却从未有人引用毛泽东的这句评语。我想多半是评论者本身也不知平仄为何物,当然难以发表意见了。

现在的疑问是,毛泽东是讲究平仄的,他替陈毅修改《西行》,主要是推敲平仄,使之符合五言律的格律要求,那么,他又为什么要自贬,说"我看你于此道,同我一样,还未入门"呢? 这里可能有两方面的因由。一方面是为了使语气显得轻松、和缓,因为"还未入门"是一句很重的话,等于从诗律的角度对陈诗作了否定,而有了这句"同我一样",顿时化重为轻。另一方面则含有对自己的诗作尤其是五律的不满。毛泽东写过五律,但生前从未发表过。在身后出版的诗集中,收有五律四首,其中格律较严整的是《挽戴安澜将军》和《看山》,虽然前者第七句出现三仄声,后者第三句失黏,但这类微疵在前人诗中多有,不足为病。至于《张冠道中》、《喜闻捷报》则错得较多,可以说是"不讲平仄"的了。应当指出的是,毛泽东自己对这些平仄上的毛病是一清二楚的。《张冠道中》、《喜闻捷报》均作于 1947 年戎马倥偬之际,诗兴突来,遂无暇在格律上细予斟酌。如果有充裕的时间和兴趣,他大概也能像替陈毅改诗那样,把这几首五律改得珠圆玉润,毫无瑕疵。只是他后来似乎已失去反复推敲这些诗的兴趣,也无意公开发表了。

　　写到这里,一个新的问题便自然出现:毛泽东的不少词也作于戎马倥偬之际,如他自己所说,是"在马背上哼成的"[1],可是都很符合词律,没有平仄上的毛病,这又如何解释呢?

　　其实,毛泽东在上引那段话中已经作出回答,即他认为诗(狭义的)与词、五律与七律具有不同的文体特征;词人不一定是诗人,诗人也不一定是词人;诗人对各种诗体往往有所偏爱,不一定都擅长。我认为这一见解完全符合文学史的实际。譬如宋朝的二晏、柳永、周邦彦、李清照、辛弃疾、姜夔等等都只是词人或主要是词人,而非诗人;明朝则 276 年间一个有影响的词人都未出现。古代也有些人是兼擅诗词的,但像苏轼那样成功者不多。王国维在《人间词话》里

---

① 《〈词六首〉引言》。

便两次提到"欧（阳修）秦（观）之诗远不如词"，并指出原因在于"其写之于诗者，不若写之于词者之真也"。

从这样的见解出发，毛泽东把自己定位为词人，只是语气谦逊，说"我则对于长短句的词学稍懂一点"。事实上他的词除了像许多评论文章指出的那样，在思想艺术上有新的开拓，某些作品如《沁园春·雪》可谓震古烁今外，就是在形式（格律）的把握方面，也进入了自由的境地。因为他喜爱长短句，许多词牌都烂熟于心，所以即使在马上吟咏，也自然合律，不会出错。这也不是毛泽东独具的才能，但凡在词的格律上下过功夫、有较多创作实践的人，都不难达到这种境界。从目前发表的毛泽东的词作来看，没有一首是"不讲平仄"的。有时在用韵、平仄（包括将拗句改为律句）方面与词谱的规定略有出入，那往往别具匠心，并非无知所致。懂格律者的变通与不懂格律者的乱写不可相提并论。譬如韵脚方面，《蝶恋花·答李淑一》一词二韵，有违常规，以至曾遭到时在美国的胡适的嘲贬，而其实毛泽东对此很清楚，其所以不改，是不想损害原有的诗意，如他自己所说："上下两韵不可改，只得任之。"①又按词律规定，入声不能与上去声通押，而《如梦令·元旦》中，"路隘林深苔滑"一句偏偏以入声字"滑"与"化"、"下"、"画"等去声字相押，读来并不难听。平仄方面，《沁园春·雪》起首三句都按词谱采用平收；而《沁园春·长沙》第二句"湘江北去"却抛开词谱，采用仄收，这一变通，不仅考虑到诗意的连贯，而且声

---

① 《在〈毛泽东诗词十九首〉上的批语》。

调上形成仄仄平平（"独立寒秋"）与平平仄仄的对比，十分悦耳。此外，前人填"贺新郎"，喜作一二句七言拗句，而毛泽东不论早年还是晚年所作《贺新郎》，均改拗句为律句，这就更是声律上的着意追求了。

相形之下，毛泽东对自己所作诗的评价要低得多，不但对五律予以否定，而且对七律也表示一首都不满意。我们当然不能据此认为他的七律都作得不好。事实上在谈到具体作品时，他于谦词中还是流露了对一些诗句的自得之情。譬如对《七律二首·送瘟神》，他一方面在该诗《后记》中谦虚地称之为"宣传诗"、"招贴画"，另一方面又在致周世钊的信中对"坐地日行八万里，巡天遥看一千河"详加解释，显然对这一以地球的自转和公转为依据、堪称前无古人的用典是满意和得意的。又如他创作《到韶山》和《登庐山》后，在致胡乔木的信中写道："主题虽好，诗意无多，只有几句稍好一些的，例如'云横九派浮黄鹤'之类。"①可谓于自贬中略含自褒。更值得注意的是他接下来说的一句话：

　　诗难，不易写，经历者如鱼饮水，冷暖自知，不足为外人道也。②

从该信的上下文可以看出，这里所说的"诗"，也是狭义的，不包括词在内。只说"诗难"而不说"词难"，说明他写

---

① 《致胡乔木》（1959 年 9 月 7 日）。
② 《致胡乔木》（1959 年 9 月 7 日）。

诗写得比较艰辛。而两次请胡乔木把诗稿送交郭沫若"审改",则表现出他的认真。最有意思的是"冷暖自知"一句。只须将汗牛充栋的评介文章与毛泽东三言两语的自评放在一起,立刻就能体会到这句话的分量。毛泽东的自评都说得很实在,擅长或不擅长,好或不好,了了分明。而评介文章却总是一派恭维:词好,诗也好;讲平仄的好,不讲平仄的也好;首首都好,句句都好。这种态度,不但使评论失去标准,变得庸俗,而且难免对某些诗句作出似是而非的诠释。行文至此,我想起了治学严谨、受人尊敬的老编辑周振甫。他的《毛泽东诗词欣赏》,着眼于典故的溯源和修辞的分析,有一定的特色和价值;然而在只褒不贬方面他也未能免俗,有时为了"为尊者讳",甚至不惜作出十分荒谬的解释。

譬如《七律·有所思》作于1966年6月,通篇表现的是毛泽东在"文革"初期的所思所想。经历过十年浩劫的人一读就能感受到当年那种紧张的政治斗争气氛。以首句"正是神都有事时"为例,显然指的是6月1日《人民日报》发表《横扫一切牛鬼蛇神》社论后,在北京许多学校出现的揪斗校长、教师的浪潮,以及刘少奇等决定派工作组到校协助领导运动,中央文革乘机进行挑拨、捣乱等事态。而毛泽东对当时形势的看法则是完全错误的。就在写完这首诗后不久,他就发表《炮打司令部——我的一张大字报》,把矛头直接指向了刘少奇。以周振甫的阅历,对诗的背景和含义不可能看不出来,但他却故作糊涂地这样写道:"在首都有什么事呢？作者要把首都建设成社会主义的首都,当然有事做。"①对全首诗的解释也都是这种口气。看得出老先生笔下仍有余悸,但他忘了,对"文革"和毛泽东晚年错误的结论早已写进《关于建国以来党的若干历史问题的决议》中,他装糊涂,岂非与《决议》唱反调了吗？

平实地说,毛泽东的诗不如词。他的诗也有相当的才气和功底,这从他青年时期写的《五古·挽易昌陶》、《七古·送纵宇一郎东行》以及"自信人生二百年,会当水击三千里"等诗句已可看出。他晚年随口替乔冠华续打油诗:"莫道敝人功业小,北京卖报赚钱多。"②虽是玩笑,但平仄丝毫不错,显示出扎实的基本功。尽管如此,他的诗在总体水平上仍然远不如词。平仄只是近体诗的一个起码要求,除此之外,诗还有各种讲究。其中很重要的一条是洗练,即用最经济的手段来表达最丰富的内涵;故而名家作诗,从用字、用典到句式、对仗总是尽量避免"合掌"。杜甫的七律,甚至连出句末尾的那个仄声字都要求上、去、入三声俱全,目的就是为了避免单调、重复。毛泽东当然明白这个道理,但知易行难,实际做得不够好,可能这也是他对所作律诗不满意的原因之一。下面聊举二例:

《七律·长征》是影响很大的一首诗。其颈联出句原为"金沙浪拍悬崖暖",后改为"金沙水拍云崖暖"。"云"和"铁"都是名词,"悬"却是动词,用"云崖暖"对"铁索寒"较

---

①　《毛泽东诗词欣赏》。
②　章含之:《我与乔冠华》。

初稿要工稳得多,所以这个字改得好。至于易"浪"为"水",则是不想重字,如毛泽东所说:"改浪拍为水拍,这是一位不相识的朋友建议改的,他说不要一篇内有两个浪字,是可以的。"①我不知道提建议的那位朋友是谁,但他似乎思虑欠周。他只想到"五岭逶迤腾细浪"而忘了"万水千山只等闲",当他为避免"两个浪字"而把"浪拍"改掉时,诗中却出现了两个"水"字,真是顾此失彼。

律诗的中间两联除要求词性、平仄形成对仗外,在表达的意思上也是忌讳重复的。在毛泽东的七律中,凡属较好的对仗,其对句都能在出句的基础上另翻一层新意。然而也有不尽如人意处,如"独有英雄驱虎豹,更无豪杰怕熊罴"(《七律·冬云》),据说上句是反帝,下句是反修;但就字面而论,两句的意思是全然重复的:"英雄"与"豪杰"雷同,"虎豹"与"熊罴"合掌。无论如何,这不能算是很成功的句子。

毛泽东对所作诗词的不同评价,还表现在愿否公开发表上。现在出版的诗词集,将他的作品分为正编和副编。副编所收25首,大都是他不愿发表的作品。其中词只有5首,另外20首均为诗。不愿发表,可能有各种各样的原因,但这个比例还是足以说明他对长短句的满意程度远远超过了诗。

最后还想说的是,对副编中某些根据抄件付印的作品是否有错讹,我是颇感怀疑的,因为有几首诗在用词、平仄

① 《在〈毛泽东诗词十九首〉上的批语》。

方面错得莫名其妙,简直不像是毛泽东的水平了。当然我并不清楚实情,但是以前读报时发现的另一件事曾使我深感由不懂格律的人来抄录诗词是多么容易出错。那是在2002年1月30日的《光明日报》上,刊出了钟敬文口述的遗稿《百岁寄语》,记录者穆立立系诗人穆木天的女儿(现任中国社会科学院研究员)。应该说,散文部分整理得不错。遗憾的是,她显然不懂格律,在记录两首七绝时,均有失误。第一首错得很可笑:竟将第二句移为末句,不但平仄不谐,连意思也欠通了。其正确的排列应为:"勇以捐躯六十春,灵山今日吊忠魂。抚碑心事如泉涌,无计从君一叙论。"("论"读平声)第二首第二句"此事旁人笑如痴"的"如"字也有误,盖"仄仄平平仄仄平",这里需要一个仄声字。至于该版编辑可惜同样不具备判别平仄的能力,所以对这类错误也根本看不出来。

　　既然如此,由毛泽东身边一些并不懂诗的工作人员抄录的诗词难道就不会出错么?

　　俞汝捷(1943—),男,汉族,原籍浙江上虞。历任武汉爱武中学教师,武汉市硚口区文教局教研员,湖北省文联姚雪垠助手,湖北省社科院文学所副研究员、研究员。湖北省文史研究馆馆员。

诗词炼字新探

伏家芬

（一）

　　《文心雕龙·炼字》云："善为文者，富于万篇，贫于一字。"纪晓岚说，这是"甘苦之言"。他演绎道："胸富卷轴，触手纷纶，自然瑰丽，方为巨作；若寻检而成，格格然着于句中，状同镶嵌，则不如竟用易字。文之工拙，原不在字之奇否，沈休文'三易'之说，未可非也，若才本肤浅，而务于炫博以文拙，则风更下矣。"按：梁·沈约（休文）说："文章当从三易：易见事，一也；易识字，二也；易诵读，三也。"以上道理，初学炼字者，不可不知。清人沈德潜《说诗晬语》云："古人不废炼字法，然以意胜而不以字胜，故能平字见奇，常字见险，陈字见新，朴字见色。"也是此意。炼字强调意境，不可雕琢过甚。"三易"、"四见"可作检验炼字好坏的标尺。

（二）

　　这里，首先讲一讲，字何以要炼。曾国藩在给儿子曾纪泽的信中指出："（文章）雄奇以行气为主，造句次之，选字又次之。然未有字不古雅而句能古雅，句不古雅而气能古雅者；亦未有字不雄奇而句能雄奇，句不雄奇而气能雄者。是文章之雄奇，其精处在行气，其粗处全在造字、选字也。"所谓"造字"，"造字"就是炼字，这里，先讲两个具体例子。炼字，事实上就是一种对字词的选择。在一些字词中间，你选择用哪个字或词最妥当，最恰切，譬如 2003 年的高考，中间有道题，其题目是"孙中山先生的孙女孙穗芳女士近年来多次——北京大学为推动孙中山的研究做出了贡献。"破折号处空出两个字要你填上，是"莅临"，还是"亲临"？要你去选择，这实际上就是炼字。最后的标准答案是"亲临"。"莅临"出自《易经》："君子以莅众"。《左传》、《国语》中是指诸侯到某处主盟或主事，所以有时说"监临"或"莅事"，是一个意思。我认为这个题目出得好，现在有些人都喜欢吹牛皮、讲大话，言过其实。还举一个例子，2003 年"非典"期间，当初卫生部的负责人多次强调中国"非典"已经得到"有效控制"。他在答记者问时，多次重复这个词。实际上，情况不是这样。后来吴仪与卫生部常务副部长高强，在作报告与答外国记者时用的词就不同了，说是得到"有效遏制"。同时广东的钟南山也发表文章，说这不能说得到"有效控制"。控制是有主动性的，遏制是被动性的，当时是把它堵住,并未真正解决问题。所以"遏制"、"控制"看起来是近义词,但是区别很大。选择哪一个好?最后证明:当时还是"有效遏制"是对的。你看,从年初开始,一直到六月十几号,卫生部与中央电视台才宣布得到"有效控制"。虽然是一个词的转换,中间的曲折好多,以上所举例子,是说明应如何正确选择字词。实际上就是炼字。为何字要炼呢?著名大学教授、近代文学专家黄季刚(黄侃)说过:"用字不定,求其所由,盖有三也。"为什么用字难以确定,有三个原因,第一,"缘形而不定",汉字有通假;第二,"缘义而不定",一个字有几个意义;第三,"缘声而不定",一个字有几种读音。这里就有选择馀地,这个字用到哪里才相安?这个地方(指语境)用哪个字词才妥帖?得反复斟酌。举例来说,"采菊东篱下,悠然见南山",这是陶渊明的名句,在东篱下采菊,忽然看见了南山在那个地方。后来,坊间印书改为"悠然望南山"。苏轼就说这个"望"字改错了,越改越差。苏东坡怎么评论呢,他说"见者无心,望者有意。"陶渊明写的古朴、闲适、自然的心情。"悠然见南山",见者现也,"见"与"现"是通假字。忽然看见了或发现了南山,你看,他不是把闲适、悠悠自得的境界写出来了吗?如果用"望"字,那就要不得。所以不能乱改。这是汉字有通假缘形而不定。

　　第二,"缘义而不定"。字的意义有不同,有的相近但不相同。譬如袁枚写的"我惭灵运称山贼",他是用的一个典故,谢灵运是南北朝时期著名诗人,风雅之士。自南山伐木开径,开出一条路来,从者数百人。当时太守以为强盗来了,这不得了,呼之为"山贼"。"我惭灵运称山贼",改的人认为"称"字不响,要改成"呼"字。你看"称呀","呼呀",平时我们打交道问人:"我怎么称呼你?"呼就是称,称就是呼。古人却分判得很细,除"称"字音节的响亮程度不同以外,呼字主要是呼叫、呼喊、呼唤。称者,号也,言也。呼字却不是这样的。章士钊的《柳文指要》里面就讲了:"呼者,惊诧而问之意。"就是我们所说的"何解"?声音是很宏亮的。因为称与呼硬是不同,所以袁枚从谏如流,将"称"字改为"呼"字,还有一条,元人萨天锡诗:"地湿厌闻天竺雨,月明来听景阳钟。"天竺本来是佛国的地名,这里是指寺名。我本来就嫌地太湿了,现在还在下雨,这又几多讨厌。景阳是钟楼名,"月明来听景阳钟"。上句有个"闻"字,下面有个"听"字,上下交同,语意重复,"闻"改成"看"。

再一个,字为什么缘义而不定?可举个例子说说,汉字名词又可以变动词;动词又可变名词。形容词可以变动词。例子多得很。譬如"落叶满阶红不扫",红字是形容词,在这里变成了名词了,是讲红叶不扫。李白诗"寒山一带伤心碧",碧是形容词,讲颜色。在这里变名词,是讲寒山这一带的碧色,一看去就使人伤心。

第三,"缘声而不定。"有些字有几个读音。王夫之说:"作诗亦需识字。"一个字有几种读音,音不同就义不同。举例来说:大家都知道铁嘴纪晓岚,他在修《四库全书》时,乾隆皇帝来了,书房有盆兰草花,原来摆在台阶上,不知谁把这盆花移到屋角去了。乾隆出口成章,问"那个那移那里去?"(现在应写成"哪个挪移那里去?")在场无人敢答。乾隆又问:"纪晓岚哪里去了?"这时正好纪晓岚来了,他说:"从者从容从此来。"乾隆说:"今我是出的上联。"纪说:"臣已经对上了。"平仄问题,就诗而言,平仄很重要;就词来说,还要讲究上、去、入。有些长调的词规定要何处用上声,何处用去声,何处用入声。你没有达到这个要求,就是不到位,就是不合词律。就诗而言,毛主席《登庐山》"一山飞峙大江边,跃上葱茏四百旋"。原来是"四百盘"。他把这首诗交给郭沫若、胡乔木他们去改,他们说这不合韵,后面是"热风吹雨洒江天,浪下三吴起白烟……桃花源里可耕田"。独独在前面有句"跃上葱茏四百盘",这个"盘"字又怎么要得? 读来不顺口,所以后来就改成"跃上葱茏四百旋",这样才叶韵。我见过某些人写的"号角声声急,轻骑气若虹",这里,骑字做名词用只能读(计)。原句不合平仄。音不同意思也不同。"僻径通幽踏坎坷,三年蹭蹬小平过。"这也不合平仄。"坎坷"作连绵词用,坷不能读(科),而只能读(可)。作诗要识字,读诗也要识字。我在《湖南诗词》当编辑,有的老同志来找我,拍桌打椅对我说:"你们这算什么东西,一些字平仄不合。别人的稿件来了,你们还要挑剔。"指责编辑部。我接了他拿的诗一看,譬如说:"希望的'望'(旺)字也可以读(王),平声,他自己不晓得,还以为别人不合平仄,你看有什么办法? 幽燕的'燕'字,只能读(烟)他硬要读(厌),你有什么办法? 他自己读错了。"敢教日月换新天"。'教'只能读(交)而不能读(叫)。这是讲汉字为什么要炼:头一个由汉字本身的特点决定的,形、声、义;第二个

由诗的本质特征决定的。什么是诗的本质特征:流沙河概
括得最简单:"画加话"。前面的画是画面,后面的话是诗人
要讲的话,诗言志。画加话就等于诗。这个公式就很简单。
著名教授朱光潜的说法就是"意象加上情趣等于诗境",也
是一个意思。流沙河举的例子最简单,他从《诗经》举起
"桃之夭夭,灼灼其华",这是段景物,写桃花之美,也是一幅
画。"之子于归,宜其室家"。这就是作者要讲的话,讲之子
于归。说这位新娘现在她要结婚了,宜其室家,建立一个美
好的家庭。"关关雎鸠,在河之洲。窈窕淑女,君子好逑。"
前头两句是一幅画,后面两句"窈窕淑女,君子好逑",便接
着而来。这是"画加话"。按诗的本质特征,它可以判定你
改得好不好,你自己对照一下就知道能不能达到那个韵味。
譬如说"卧听急雨打芭蕉",这本来就不错。为什么要改成
"卧听急雨到芭蕉"。这就是更形象。为什么更形象? 这个
"到"字有动态感,急雨从远处慢慢地打到我屋边的芭蕉上
来了。这是动态吧。另外,还包涵一种时态,这到底是一更
时雨打芭蕉,还是二更时雨打芭蕉? 这是我睡觉时(卧着)
听到雨打芭蕉,不是走路听到的,不是坐着听到的。"到"芭
蕉,他知道什么时候到的,你看,这是讲时态吧? 是时态!
所以用字就得有研究,是由诗的本质决定的,决定于它的形
象性,再有就是含蓄性,这是中国的国情所决定的。中国诗
有中国的国情,外国诗有外国的国情。有人说:这写诗还有
什么中国国情? 殊不知中国是礼仪之邦,说话就要有分寸。
这就是中国的国情。所以有时讲话要避讳。譬如说人死
了,他要避讳,转个弯来说"他走了"、"他故了"。上次非典

病逝的医护人员只说他们"病故"或"以身殉职",忌讳说个死字,这有一份深情在,不单纯是个礼貌的问题。对别人不能直呼其名,这也是中国的国情。程潜叫程颂云,别人称他"颂公",李宗仁叫李德邻,别人称他"德公",都不直呼其名。又如诗豪刘禹锡,他叫"刘宾客",因为他当过"太子宾客",杜甫要称"杜工部",他当过工部员外郎。袁枚讲过只有"文曲星"而没有"文直星"。写文章要曲。我们现在问"老总那里去了?""陪小蜜去了"。这小蜜就是二奶的代称,这不就是转个弯来说嘛!这是曲指,不直说。又譬如刘禹锡的诗:"东边日出西边雨,道是无晴却有晴。"他是取谐音把"晴"字当"情"字说。有些事不得不拐弯,拐得好的如刘禹锡的诗成了千古名句。说话要有分寸,在封建专制时代还有忌讳。譬如"独恨太平无一事,江南闲煞老尚书。"有人说"恨"字要不得,改为"幸"字。你看这个字改得多好!如果用"恨"字,犯了忌讳,上面看了不高兴;特别是皇帝看了不高兴,有杀头之祸。还有,唐诗含蓄,宋诗直白。譬如唐诗"薛王沉醉寿王醒",是描写唐玄宗宠幸杨贵妃,杨贵妃本来是唐玄宗的儿媳,是寿王的妻子。一个"醉"字,一个"醒"字,写得多好!宋诗就简单得多:"奉献君王一玉环"。你看这多么直白。我最近看了一首写胡锦涛主席的诗。《举杯祝福胡主席》。我认为这首诗还是写得好。但是中间有一个字,炼得不好我不赞成。他是这样写的:"有德有才孚众望,无私无畏夺奇功。""有德有才"对"无私无畏"对得好;"孚众望"对"夺奇功"也对得好。但是这个"夺"字我认为不妥。胡主席是中央的主席,要他夺什么功,同谁来夺?

这也是不合中国国情。他可写成"无私无畏树奇功"或"无私无畏建奇功",究竟哪样好,我还没有成熟意见,但是"夺"字肯定不好。

（三）

以上是讲为什么要炼字。以下谈谈:炼字的目的与要求。

第一要达到"三易"、"四见"。前面说过,不再赘述。

我附带说一下,近代有一个词学专家说过,写词最好是"小、了、好"三字诀。也就是讲平易。小——小令;了——一目了然;好——要有精品意识。我们有的老诗人爱写长调,爱用僻字,别人怎么看也看不懂。我们诗词界有的朋友往往误入歧途。似乎越艰深,别人越不懂越好,其实大错特错。填词最好填点《西江月》、《临江仙》、《浪淘沙》,填写《满江红》、《江城子》,等等。再长的你就少填或不要去填了。如果写长调,要用上声、去声、入声的地方你没用上,行家一看就知道不合格律,反显外行。以上"三易""四见"这是第一个要求。

第二个要求,力戒同字重出。同一个字在一首诗中不要重复出现。《文心雕龙》中有"富于万篇,贫于一字"的说法,作近体格律诗,一般地说,如五律、七律,在一句诗或一首诗中,不宜在各处重复地使用同一个字,以免有累诗艺,降低诗的品位。（当然,也有例外,另文详论。）毛主席的七律《长征》"红军不怕远征难,万水千山只等闲"。他这首诗写成已经很久了。解放以后,东北师大一个历史系的教授叫罗元贞,他写封信给毛主席,"金沙浪拍悬崖暖",和后面的"五岭逶迤腾细浪",两个"浪"字重复。毛主席接受他的意见,改成"金沙水拍悬崖暖","大渡桥横铁索寒"。"铁索寒"对"悬崖暖"也对得不准,信中也说要改,结果"悬"崖改成"云崖"。这样就对准了。重复一个字容易,避开就难。换一个字更为难。"富于万篇,贫于一字"确是至理名言。

第三个要求,炼字不但要得力,而且要得所,要适得其所。前后左右都要相安。要不相犯那才可以。钱钟书说过,炼字无非求个安稳。卢延让说的"吟安一个字,捻断数茎须"。无名氏"一个字未稳,数宵心不安。"钱钟书说,字安在那里要"适馆如归"。像人住进宾馆那样,宾至如归,而不是"生客闯座"。我们几个熟人在聚会,突然来个生客,这就会格格不入,话不投机半句多。有时"金屑入眼,虽爱必捐"。黄金屑进到眼睛里去了,虽然人人都爱金子,但必须把它弄了出来。那个字虽好,不是适得其所,那就得割爱。2003年高考出个题目,是王维的《过香积寺》:"不知香积寺,数里入云峰。古木无人径,深山何处钟?泉声咽危石,日色冷青松。薄暮空潭曲,安禅制毒龙",这次出的题目是"泉声咽危石,日色冷青松",这十个字中,哪两个是字眼?答案是"咽"、"冷"两个字。这本来是王维的千古名句。这两字确实炼得好,既形象,又含蓄;既得力,又得所,烘托了香积寺的幽静氛围。长沙市现在在搞诗词进校园,古诗要学生背诵,这是件很好的事。高考时还要默写杜甫《登高》

"风急天高猿啸哀,渚清沙白鸟飞回。无边落木萧萧下,不尽长江滚滚来……"杜甫这两句诗写得好,叠字用得好,"萧萧下……滚滚来"用得好。

得力要得所。譬如毛主席写的《回韶山》"别梦依稀咒逝川,故园三十二年前。"他原来写的是"别梦依稀哭逝川"。他请别人提意见,别人提出哭逝川的"哭"字不好,因为后面有"为有牺牲多壮志,敢教日月换新天",这里用哭字不相称。后面还有"红旗卷起农奴戟,黑手高悬霸主鞭"。"喜看稻菽千重浪,遍地英雄下夕烟"。这个"哭"字用得不得其所,与全诗不连贯。主席问他怎样改?他说把"哭"字改成"咒"字。主席说:"好、好、好。你这是半字师!"因为咒字上面是两个口字,哭字上面也是两个口字。毛主席讲话幽默得很,说这是"半字师"。以上是谈的第二个问题,讲炼字要达到的目的。一是要达到"三易"、"四见",二是力戒同字重出,三是用字要得力,还要得所。

(四)

古人谈"炼字",多用"一字师"来描述,这些"一字师",对初学写诗者启示教育作用很大。

1.炼字当从谏如流。袁枚《随园诗话》云:"诗得一字之师,如红炉点雪,乐不可言。余《祝尹文端公寿》云:'休夸与佛同生日,转恐荣恩佛尚差',公嫌'恩'字与佛不切,应改'光'字。《咏落花》云'无言独自下空山',邱浩庭云'空山是落叶,非落花也',应改'春'字。《送黄宫保巡边》云

'秋色玉门凉',蒋心馀云:'门'字不响,应改'关'字。《赠乐清张令》云:'我惭灵运称山贼',刘霞裳云:'称'字不亮,应改'呼'字。凡此类,余从谏如流,不待其词之毕也。"宋·陈京《葆光录》云:"李频与方汉为吟友,频有题四皓庙诗,自言奇绝。句云'龙楼曾作客,鹤氅不为臣'。示汉,汉笑而言:'作'字太粗而难换,'为'字甚不当,汉闻率土之滨,莫非王臣,请改'称'字。频降伏,而且惭悔前言(奇绝)之失,遂拜为一字师。"此则从谏如流之另一例也。

2.用字如用兵。兵贵精,以一当十,钱钟书先生曾拈出一个"蚊"字,论及此道。他说:"《法言·渊骞》篇:或问货殖。曰:'蚊'此传所写熙攘往来、趋死如鹜、嗜利殉财诸情状,扬雄以只字该之,兼要言不烦与罕譬而喻之妙。"(《管锥编》)。又,清人顾嗣立《寒厅诗话》云:"古人有一字之师,昔人谓如光弼临军,旗帜不易,一号令之,而百倍精彩"。张枯轩诗:"半篙流水夜来雨,一树早梅何处春?"元遗山曰:"佳则佳矣,而有未安。既曰'一树',乌得为'何处'?不如改'一树'为'几点',便觉飞动。"又:"虞道园尝以诗谒赵松雪,有'山连阁道晨留辇,野散周庐夜属橐'之句。赵曰:'美则美矣,若改'山'为'天','野'为'星',则尤美。"古人论诗,用字如用兵,换一响字,则如闻号令,精神百倍,耳目一新。

3.诗话中之"一字师",识度有迟速,旨在教人炼字安稳。宋·强行父《唐子西文录》云:有僧谒皎然,然指其御沟诗"此波涵圣泽"言,"波"字未稳,当改,僧怫然作色而去。僧亦能诗者,皎然度其必复来,取笔作"中"字,掌中握之以待,僧果复来,云:"欲更为'中',字,如何?"然展手示之,遂定交。李东阳《麓堂诗话》引《唐音遗响》:任翻在台州寺壁上题诗云:"前村月落一江水,僧在翠微开竹房。"任翻离去后,有人改"一"字为"半"字,'任翻走了数十里后,才想起"半"字比"一"字好,急忙赶回台州来修改,却见壁上已有人将"一江水"改为"半江水,"于是叹息道:"台州有能人!"吴景旭《历代诗话》曰:"诗之贵有话者,如此等类,皆苦心导引,以教人安字之法。今后生率尔走颖,略不经营,自谓一夕潇湘,而安否奚辨,只是未曾考究耳。"

4.古人互为师徒,虚心学习。宋·陶岳《五代史补》云:"齐己长沙人,时郑谷在袁州,齐己因携所为诗往谒焉。有早梅诗曰,'前村深雪里,昨夜数枝开',谷笑谓曰:'数枝非早,不若一枝则佳'。齐己矍然,不觉叩地膜拜,自是士林以谷为齐己一字师。"同此一齐己,又有另一段佳话。宋戴埴《鼠璞》云:"南唐野史载张迥寄远诗:'暗鬓凋将尽,虬髭白也无?'齐己改为'虬髭黑在无?'迥拜齐为'一字师'。"杨树达先生说:"'白也无'有欲人须白之意,非事理也,故改之为好。"

(五)

下面,我来讲讲炼字的准备。

首先,我个人认为平日充实我们的词汇库、信息库,炼字才炼得好。小孩子开始只知妈妈、爸爸。他们的词汇很简单。如何积累词汇,古人的传统办法,就是多读书,如谢道韫、骆宾王、寇准、李东阳等,童年即有佳句,是家庭教育的结果。杜甫说:"读书破万卷,下笔如有神。"所以要多读多记,这是第一位的,首先,要向古人学习。我们平时看电视、看报纸也要多留心,搜集词语,丰富我们的词汇库、信息库。我边搜集、边运用。在用中学,在学中用,加深记忆。我看广告上有种汽车叫"猎豹"的,我就对以"搜狐",这不是对得很工吗? 动词对动词,动物对动物。有次动物园展出"虎狮兽",我对以"花果山"。牙膏有"草珊瑚",珊瑚是动物,草是植物。我闲着无事,也对出来了,可以对"花蝴蝶"。广告打得最多的是"贵妃醋",我对以"太子奶",我认为对得蛮好。后来我又认为"奶"对"醋",不合平仄,尾字都是仄声。后来我还是想出来了,对"太子参"。"参"是平声,"醋"对'"参"不是对得很切吗? "下岗"可以对"上网"。"大哥大"可以对"长城长"。"零距离"可以对"负增长"。"万元户"可以对"千年虫"。"软着陆"可以对"硬指标"。餐厅里有"楼外楼"那就有"盖中盖",自然成对。"第一时间"可以对"最佳方案"。"黄金搭档"可以对"灰色收入"。"铿锵玫瑰"可以对"涅槃凤凰"。"放电"可以对"排雷"。"黑马"对"乌龙","黑哨"对"黄牌","鼠标"对"牛市","潘婷"对"舒乐"。"金盾"对"银屏"。"盐碱地"可以对"虎狼关"。"倒计时"可以对"高消费"。我边学边用,加深记忆,把这些词语搜集、配对,储存在脑子里,大有好处。在作诗时,偶一触发就用得上。

数年前,我曾用"离谱调"对"擦边球","止咳露"对"美容霜",用"唢呐"对"琵琶"。后来,我六十五岁时作了一首

《六五自诮》诗："婆理厌闻离谱调,公关难打擦边球。"就用上了。那年猪年要写一首诗,别人已约稿,没有办法推辞。我写了首《猪年咏猪》:"强项何须止咳露,厚颜焉用美容霜"。朋友们说很贴切。诗人刘瑞清先生七十大寿,我的贺诗有一联:"开道敢吹长唢呐,批鳞宁掩半琵琶。"用起来就得心应手。这都是我的信息库、词汇库平日的积累,搬来就是,不打借条。第二个是多看些诗话。诗话中一字师的故事很多,谈的都是炼字的经验,前面讲过,这里就不多举例了。第三,研究前人惯用字词及其频率,可作借鉴。首先,从总体上概览,"唐人诗,好用名词,宋人诗,好用动词"。(钱钟书语,见《谈艺录》七四)。清人起,才好用"我"字,采用直抒格(这是长沙诗人谢强安教授研究的新成果,下详)。诗人述事以寄情,咏物以托志,事贵隐,使之感会于心,情见于乎,此所以入人深也。如果盛气直达,更无馀味,则感人也浅。唐诗主情,故多蕴藉,宋诗主气,故多径露,清诗往往我字当头,实话直说,诗味更欠醇厚。前面提到;如杨妃事,唐人云:"薛王沉睡寿王醒",宋人云:"奉献君王一玉环","薛王"、"寿王"原是名词,"奉献"一词却是动词,足以见其时代风格各异。谢强安先生曾以《千家绝句》(葛杰、仓阳卿选注)作采样,统计用"我"字冠首的诗句,450首唐诗与270首宋诗,各占两句。而170首清诗中却多达7句。现代诗人中,于右任405首中占19句,鲁迅43首中有3句,苏曼殊95首中有4句。可见唐诗讲究含蓄蕴藉,用第一人称出句者百不见一,宋代亦仅百见其一,清而后,则多达百中四五了,诗风递变,可见一斑。至于诗人用字,各有所好。因人而异。惯用字中,体现个性。清人宋征璧《抱真堂诗话》说:"杜律诗惯用'动'字,如'风连四极动','星临万户动'、'旌旗日暖龙蛇动",'三峡星河影动摇'。是也。"据粗略的统计,杜甫现存的诗篇,用"动"字的就有130首,当中不少属于律诗。语皆矫健振动,沉郁顿挫,"动"字起了画龙点睛的作用,缘情体物自然工妙。又,宋人黄彻《巩溪诗话》载:"杜诗有用一字凡数十处不易者。如'沿江路熟俯青郊'、'展席俯长城'、'游目俯大江'……其馀一字屡用甚多;不可具述。然不害其翡翠兰苕、掣鲸碧海之沉雄雅健。"李白爱用"月"字,据近人张天健《唐诗趣话》中罗列,有望月、问月、呼月、揽月、邀月、寄月、赊月、买月、留月等十几种类型写月的名句,逸态凌云,照映千载,盖寓兴取照于流连感慨之中,诗中着我,不失其"清水出芙蓉,天然去雕饰"之个性。韦庄的诗里,用"夕阳"二字特多,仅以《才调集》所选63首诗中就有110例。盖其生平流离漂泛,寓目缘情,离群轸虑,反映兴悲。取"夕阳"为观照,有其象征意义,《趣话》称他为"夕阳诗人"与原来"秦妇吟秀才"的雅号,可相映成趣。许浑爱用水或与水相关的字,《桐江诗话》称他:"许浑千首湿。"如"水声东去市相变,山势北来宫殿高","溪云初起日沉阁,山雨欲来风满楼",便是其中的名句。登临怀古,感慨兴怀,用上这些带水词句,愈觉新颖工整,宛约隽永。此外,如陶潜喜用"松"字,李贺喜用"白"字,既标个性,又长诗风,都值得学习。

第四用掩贴法练习炼字,提高自己。掩贴法原本是钱钟书先生发明的治学方法,他曾说:"按宋人诗话,笔记记杜诗，'身轻一鸟过'，一本缺'过'字，'白鸥波浩荡'，一本蚀'波'字，'林花着雨燕支湿'，题壁而'湿'字已漫漶，人各以意补之，及睹完本足文，皆爽然自失"（《管锥编》）。按："身轻一鸟过"故事，载《六一诗话》："陈公时偶得《杜集》旧本，文多脱落，至《蔡都尉》诗云：'身轻一鸟□'其下脱一字。陈公因与数客各用一字补之。或云'疾'，或云'落'，或云'起'，莫能定，其后得一善本，乃是'过'字，陈公叹服。""白鸥波浩荡"，见杜甫《奉赠韦左丞丈二十二韵》"波"字一本作"没"字，后人揣摩，众说纷纭，迄无定论。"林花着雨燕支湿"据《杜少陵集详注》（仇兆鳌注）："此诗题于院壁，'湿'字蜗蜒所蚀。苏长公、黄山谷、秦少游偕僧佛印，因见缺字，各拈一字补之：苏云'润'，黄云'老'，秦云'嫩'，佛印云'落'，觅集验之，乃'湿'字也，出于自然。"后来钱钟书先生认为这些故事（这类事故还多，如苏东坡"咏病鹤"之类），可作赏析之助，便归纳出"贴掩之法"，他说："取名章佳什，贴其句眼而试下一字，掩其关捩而试续一句，皆如代人匠斫而争出手也。当有自喜暗合者，或有自信突过者，要以自愧不如者居多，藉习作以为评鉴，亦体会此中甘苦之一法也。"无独有偶，当代著名学者王芸孙在所著《诗艺丛谈》中，也介绍说："我初读唐诗时，戏用两张纸条，一掩直行，一掩横行，对原诗逐字地边猜边看。对李白诗句'五花马，千金裘，呼儿将出换美酒，与尔同消万古愁'等，我很易猜出。及对杜诗也如法炮制，遇到'感时花溅泪，恨别鸟惊心'，'丛菊两开他日泪，孤舟一系故园心'就不易猜出。虽不易猜，但读后深知其精美。"用这种掩贴法下字猜字，是一种很好的治学方法,可以提高自己。

　　伏家芬(1927—),男,汉族,字煌纯,笔名幸福。原籍湖南
汨罗沙溪乡。曾任教长沙县一中,湖南省诗词协会副会长,湖
湘文化交流协会学术顾问。《湖南诗词》执行主编,《文史拾
遗》副主编。湖南省文史研究馆馆员。

意境创新之我见

胡静怡

　　"人间盼好诗"。这是广大读者寄予我们诗词工作者的厚望,也是时代赋予每一位诗人联家的使命。什么样的诗才算好诗?笔者不敢妄言。但中华诗词学会主办的历届诗词大赛给我们提出了一个标准,即:"情真、味厚、格高"。我想,这六字真言应可作为我们诗联创作的奋斗目标。如何才能达到这六言标准呢?笔者拟就数十年来研习诗联之体会,从意境创新方面谈谈自己的粗浅认识,以抛砖引玉,就教于方家。

　　人常说写诗首要在于立意。什么叫意呢?所谓意即是意境,又曰境界,它属于我国传统诗歌的美学范畴。古人论诗,多有道及。唐司空图曾提出过"思与境偕",宋苏东坡则曰"境与意会",明王世贞则言"神与境合",清潘德舆则云"神理意境"。近代国学大师王国维的《人间词话》则系统地论述了意境之内涵。他说:"境非独景物也,喜怒哀乐亦人心中之一境界。故能写真景物、真感情者,谓之有境界,否则谓之无境界。"他在《宋元戏曲史》中,更明确地阐明:"……文章之妙,亦一言以蔽之曰:有意境而已矣。何以谓之有意境？曰：写情则沁人心脾，写景则在人耳目，述事则如其口出是也。古诗词之佳者，无不如是。"

根据王国维的论述，我们知道，意境是作者对客观世界的感悟。唯其感悟之深，方见其真。即写景而显真切，抒情而显真挚，述事而见真实，令人读之历历在目，令人观之熠熠生辉。这样的作品，才有动人心魄的感染力。

意境，是诗联作品的生命。没有意境的作品，是毫无生命力的。乾隆皇帝一生写过数万首诗，而无一首留传于世，但宋人姚述尧在《朝中措》词中引用别人未成篇的这句诗"满城风雨近重阳"，却流传千古，这便是最好的佐证。

我们读陈子昂的《登幽州台歌》："前不见古人，后不见来者，念天地之悠悠，独怆然而涕下！"无不为其襟抱奇伟，风骨清俊，超越时空的忧患意识而倾倒；我们读苏东坡的《定风波》："莫听穿林打叶声，何妨吟啸且徐行。竹杖芒鞋轻胜马，谁怕，一蓑烟雨任平生。　料峭春风吹酒醒，微冷，山头斜照却相迎。回首向来萧瑟处，归去，也无风雨也无晴。"都不禁感佩其安静淡泊，处变不惊，潇潇洒洒，我行我素的坦荡襟怀；我们读马致远的《天净沙》："枯藤老树昏鸦，小桥流水人家，古道西风瘦马，夕阳西下，断肠人在天涯！"凄凉萧瑟，羁旅秋思，愁绪彷徨，音响斩截，能不令人感叹其深邃高远，余音缭绕么？这些，都足以使人领会到意境创造的无穷魅力！

著名诗人公刘谈到当代新诗现状时说过这么一段话："忧患意识、悲悯心态和历史沧桑感，正是我诗国之宝，是足赤的金饭碗,是流贯于中国古诗、新诗血管中的血液,堪称命脉之所系。"公刘的这段话,堪称为振聋发聩的至理名言,足以作为我们创造意境的指路碑。

　　当代的诗联作者,怎样去创造新的意境,锤炼出意境俱佳的作品来? 个人的浅见以为,不外乎以下几个方面。

一、吟咏新鲜事物,或撰写现代题材时,要极力创造崭新的意境,挖掘出时代的美感

　　"诗言志"。言者,心之声也。古人云:"劳者歌其事,饥者歌其食。""文章合为时而著,歌诗合为事而作。"面向人民大众,贴近人民生活,这是我国诗歌的优秀传统。传统诗词在漫长的历史长河中,深刻反映各个时期的现实生活,曾使一代又一代的人们高歌痛哭,神魂颠倒。这是民族文化的骄傲,是无价的瑰宝。这一优秀传统,我们必须努力继承。早在1996年中华诗词学会就明确提出了"适应时代,深入生活,走入大众"的十二字方针,这一方针给我们广大诗联创作者指明了前进的方向。

　　但是诗联作品的讴歌时代主旋律,决非把诗联作品简单地贴上政治标签,空喊几句政治口号。当代众多的诗联刊物里,每每连篇累牍地堆砌着千篇一律、年年相似的"三应"(应景、应时、应酬)之作。这些作品,往往冠冕堂皇地搬来一些诸如"改革开放"、"中国特色"、"小平旗帜"、"精神文明"、"市场经济"、"一国两制"、"奔向小康"等政治概念,生硬地拼凑出一首首"格律顺口溜",便自以为弘扬了时

代主旋律而洋洋得意。殊不知,恰恰是这些政治概念化的"格律溜"堆成的坟墓,埋葬了中华诗词的优秀传统!

诗,当然要富于时代的鲜明特色,但,诗却绝非政治口号。郭老的早期作品,何等激动人心,令人一唱三叹。而他的晚年作品,因囿于当时的政治气候,变成了纯粹的空喊口号,每每令人喟然惋惜。这,不是活生生的实例么?

诗联作品如何反映时代风貌,讴歌时代精神,挖掘出空前的时代美感? 毛泽东的诗词为我们提供了成功的范例。那雄劲潇洒、蕴藉深沉的《沁园春·长沙》,那悲壮凝重、苍凉沉郁的《忆秦娥·娄山关》,那幻想神奇、夸张奇特的《念奴娇·昆仑》,那气势宏阔、扫空千古的《沁园春·雪》。无不达到了横绝六合之高远境界。

当代诗人的作品中,也有不少篇什,可供我们揣摩学习。例如,张承甫先生《咏计算机》便是选取崭新素材,挖掘时代美感的典型代表:

> 无情电子转多情,广有嘉猷策懿行。
> 不是抚琴频按键,宛如对镜久窥屏。
> 三千门下栽桃李,十万胸中拥甲兵。
> 倘使膏肓无病毒,机关算尽自聪明。

写山之作,历代不乏名篇,其中杜甫咏泰山:"会当凌绝顶,一览众山小。"李白咏蜀山:"连峰去天不盈尺,枯松倒挂倚绝壁。"毛泽东咏昆仑:"横空出世,莽昆仑,阅尽人间春色。"均以高峻雄伟之山峰为题抒发情志,我们如果再写恐怕也写不出他们的窠臼。是否可以转换一种思维,选取新的题材去写呢? 益阳夏五先生便别出心裁,偏以南岳七十二峰最低峰回雁峰为吟咏对象,填写了一阕《如梦令》:

> 七十二峰之首,只合侏儒为友。山不在于高,高不等于不朽。知否? 知否? 矮子英雄也有。

其意趣何等浓郁! 而某人之作《迎春》却意象干瘪,味同嚼蜡:

> 物换星移又一年,神州纵目景多妍。
> 市场经济波涛起,滚滚洪流涌向前。

　　这种口号加套语的"格律溜",又有何美感可言? 2007年,长沙诗人协会组织部分成员参观了三一重工,笔者为其混凝土泵送设备所震撼。五百米的泵送高程,实在是匪夷所思。回来后,通宵达旦,成诗一首:

> 铁臂高扬任转旋,水泥抛向白云巅。
> 但将电钮轻轻按,何用人工苦苦肩。
> 论剑香江称霸主,挥兵东海着先鞭。
> 玉皇若造凌霄殿,我自扶摇上九天。

　　工业题材是新鲜题材,泵送设备是新生事物,要创造出新的意象来,不落俗套,实非易事。绞尽脑汁,才写成这个样子,仅仅尾联出了些味道,可见求新求精之难。

二、吟咏古老的事物,或撰写陈旧的题材时,要努力翻出新意,营造出前人未曾营造过的意境

诗人尤要具备创新意识,跟在前人的屁股后头亦步亦趋,绝对是写不出好诗的。有一些人,醉心于崇古仿古,乃至于复古,不仅用旧的题材,而且沿袭旧的思想,旧的意象,旧的语言,甚至还要给自己的作品穿戴着生僻典故的长袍马褂、罗袜弓鞋,再涂抹上一层梦窗(吴文英)、碧山(王沂孙)风味的残脂剩粉,千方百计地装扮出千年木乃伊,故作高深,俨然一副遗老遗少的模样,这样的作品,又焉有生命力?

试看某位诗人的《鹧鸪天》:

> 酒醉缘何酒又醒,泪干偏是泪还零。红桥昨夜箫声冷,深院依前蝶梦轻。　　慵倚日,怕听莺,柳风荷雨那时盟。人间只道真情在,却被真情误一生。

该词写闺情,凄婉动人,令人读之有九曲回肠之感。清辞丽句,古色古香,置于小山(晏几道)、淮海(秦观)、易安(李清照)、三变(柳永)诸集中亦可乱真。但,何尝有半点现代气息?同是这位诗人的另一首作品《临江仙·夏日乡间漫步》,时代感则浓郁得多。

岚气蒸腾霞似火,琳琅一抹遥天。牛羊三五石桥边。无风花自落,有思鸟初还。　踏草沿溪山脚转,人家隐约林湾。此生何事最相关?涓涓流水净,莫更起波澜。

两词文字一样的圆熟,风格一样的婉丽,但第二首之情境,却迥非前词之那种悱恻缠绵的情调。末两句为全词词眼,奏出了动荡之后人心思定的一致心声。这意义,就远非一般的吟风弄月的田园诗可比了。

闺情、闺怨、山水、田园这些古老陈旧的题材,写了几千年,是不是无话可写了?不!据我看,还能写上几千年。问题在于怎么写。笔者浅见为:写闺情,不能像古人一样哀怨:"忽见陌头杨柳色,悔教夫婿觅封侯。"而要写出《十五的月亮》那样的情怀:"军功章呀有我的一半也有你的一半。"写夕阳,不能像古人一样嗟叹:"夕阳无限好,只是近黄昏,"而要写出甄秀荣那样的情采:"夕阳一点如红豆,已把相思写满天。"写花鸟,不能像古人一样伤感:"无可奈何花落去,似曾相识燕归来。"而要写出马雪聪那样的韵致:"春风为我添诗兴,拾得莺声一串归。"写农家,不能像古人那样的凄凉:"时挑野菜和根煮,旋斫生柴带叶烧",而要写出李太安那样的洒脱:"阿娇卖菜归来晚,一嘴馒头进课堂。"

君山,千古以来不少诗人都吟咏过,其中最著名的当数刘禹锡的《望洞庭》:"湖光秋月两相和,潭面无风镜未磨。遥望洞庭山水色,白银盘里一青螺。""白银盘里一青螺"之意象,真令人叹绝!但我们写君山时,仍袭用这一意象,便是拾人牙慧了。正如把女人比作花一样,第一位喻女人为花者是天才,第二位喻女人为花者便是庸才,第三位则为蠢才了。正因为如此,曹雪芹便不说女人是花,而说女人是"水做的"。"水做的"一语,便是曹的独特创意,是他的专利。我在"百城迎圣火"征联中,为岳阳撰联,一下便想到了君山,但又不愿落入刘禹锡的窠臼,于是这样下笔:

> 岳阳楼上望君山,万顷波涛,托起一方中国印;
> 青草湖边迎圣火,一堤杨柳,抖开万树五环旗。

这一意象,应该说是全新的,应该是称得上本人的专利。

三、吟咏不堪回首的往事,或撰写苦难经历的题材时,要善于藏掩机锋,化丑为美,以期达到使丑更丑的目的

写诗最忌人云亦云,千篇一律。《六一诗话》引梅尧臣语云:"诗家虽率意,而造语亦难。若意新语工,得前人所未道,斯为善也。"故诗家之功夫,多在创新求新,力求"达前人未达之境",方为至善。

聂绀弩先生《散宜生诗》中的作品,大多是写在劳改农场劳动的情景,题材普通得再普通不过了。然而,就是这些人所熟知的题材,他每每能别出心裁,写出新意,出人意表,叹为观止。先举《清厕》一诗与诸君共赏。

君自舀来仆自挑，燕昭台畔雨潇潇。

高低深浅两双手，香臭稠稀一把瓢。

白雪阳春同掩鼻，苍蝇盛夏共弯腰。

澄清天下吾曹事，污秽成坑便肯饶？

　　粪便此不堪入目之物，淘粪此肮脏难耐之事，偏饰以"燕昭台畔"之高贵，"白雪阳春"之文雅，在人妖颠倒、香臭不分的那个特殊年代，显然蕴含不少弦外之音。令人在忍俊不禁之余，不得不钦服其神来之笔。

　　用华言丽语来美化丑陋之事物，此之谓正语反说，能使丑陋倍加丑陋。我们再来看他写右派批斗大会的一篇作品《杂诗四首》之三：

洞口迎人桃自夭，青山微以笑相招。

美人四座周三匝，秋水千波窘二毛。

燕子楼头听度曲，凤凰台上忆吹箫。

书生老病何来此，未死凡心惹梦嘲。

　　该诗有些朦胧，一如李商隐之《无题》。不妨诠释一番：首联言反右之"阳谋"，引蛇出洞。洞口大开凶险至极，偏用夭桃迎客，青山浅笑招之。颔联写批斗会场景，女干将们济济一堂，"美人四座"、"秋水千波"，简直置身花园之中。颈联则写被批斗者的自己听批斗的感受："听度曲"、"忆吹箫"，实实妙不可言。尾联写自己老病交加，为何"凡心未死"，来此桃源仙境？试想，批斗会上那班被盲目的政治狂热异化了的巾帼英雄们,其形张牙舞爪,其音声嘶力竭,何来脂粉裙衩之气?美色,秋波已然不在,"燕子楼"与"凤凰台"更是无稽之谈,"度曲"、"吹箫"则益发荒谬绝伦。然而,正是这些荒诞之意象,把那个荒唐年代的荒唐事物揭露得更为荒唐。作者之无穷悲慨,埋藏于诙谐之中;作者的满腔血泪,流淌在言辞之外。此乃真诗人之本色。

笔者曾写过一组回忆"文革"亲身经历的诗,题为《忆旧六章》。其中第六首写的是被开除回乡务农的情状:

斯文扫地做农夫,始信坑儒道不孤。
赶狗乱挥收粪铲,牧牛斜挂护官符。
无聊暗打油三句,有兴闲沽酒一壶。
螃蟹掏来供戏赏,横行几步便呜呼!

除了首联有些锋芒稍外露外,其他各联均用写实的手法,以闲适的笔墨为之,读来似乎有悠哉悠哉之感,殊不知其间浸透着无穷的血泪!唯亲历者品味之,才能体味出那种切肤之痛。

四、吟咏众所能言的事物,特别是撰写重大题材时,要独出机杼,寻觅一个出人意料的角度切入,出奇制胜

创造诗的意境,切忌普泛化、共性化与定格化,提倡别出心裁,独出机杼,锐意创新,竭力让自己的作品意境新颖化、

个性化、灵性化,才能有鲜活的生命力。不少作者满足于人云亦云,在咏颂伟人时恨不得写尽伟人一生功绩,包罗万象,面面俱到;咏颂祖国时,恨不得写尽六十年的所有成就,旁征博引,侃侃而谈。其结果是蜻蜓点水,走马观花。像这样漫江撒网,最终恐怕一条鱼也捞不到。此之谓费力而不讨好。

中华诗词学会主办的好几届主题征诗,所评出的金奖作品,均可供我们认真地揣摩学习,从中领悟到立意创新的妙处。

1999 年《世纪颂》中华诗词大奖赛。伏家芬先生以《赠杜岚女士》一诗夺冠。

红颜报国许襟期,树蕙滋兰念在兹。
海甸尚遵胡正朔,濠江先竖汉旌旗。
教坛白发千茎雪,游子丹心七月葵。
终见荷花红映日,南天弦诵谱新词。

“世纪颂”,颂澳门回归,好大的题目!伏公偏从澳门升起第一面国旗的杜岚女士切入,因小见大,歌咏爱国主义这一重大主题,可谓匠心独运。

2008 年《迎奥运》海内外诗词大赛,周毓峰先生的歌行《孤征曲》一举夺魁。原诗甚长,不拟誊录。迎奥运也是一个大题目,涉及百年梦想、民族豪情、圣火飞传、京华盛况,等等,倘一古脑儿罗列到诗作中,恐怕洋洋万行亦难道尽。周先生从刘长春当年单刀赴会切入,可说是用小石头打破大水缸,事半功倍。

2009年《英林杯》海内外诗词大赛,我的套曲《山里人家》侥幸取胜。庆祝中华人民共和国成立六十周年这一主题,实在太大了,大得曾令我望而却步,畏缩不前。五月份回宁乡老家,看到农村巨大的变化,听到乡亲们致富以后眉飞色舞的叙说,才灵感触发,率尔成篇。常言道,一滴水可以反映太阳的光辉,我们写大题材,最好是着力写好这一小滴水。

2008年,浏阳举办纪念王震将军诞辰一百周年的诗词大赛,专函向我索诗,迟迟未敢动笔。后从《长沙晚报》读到回忆王震将军回家乡跃进公社视察的一篇文章,这才灵感触发,觉得有了素材,而且是别人绝对不会用的素材,于是情动乎中,一挥而就:

> 百战归来白发深,经年尘土满衣襟。
> 肩担国事难缄口,目睹民艰倍痛心。
> "一座牌楼能结谷?""万斤亩产乱弹琴!"
> 浏河九曲春波远,犹带余音荡邓林。

要想写出有特色的诗词,必先寻找一个出人意料的切入点,选取有特色的素材。这一点,天经地义。

五、吟咏身边日常琐事,或剖露个人情志时,要努力营造出一个别开生面的情境,既出人意料之外,却又在情理之中

1960年,我还在高中就读。《人民文学》上刊发了臧克

家《病中吟》一组小诗,其中一首《黄鹂》至今记忆犹新:

> 一只黄鹂在绿柳间穿梭,支起身子用眼睛去捕捉。像火光一闪——不见了,歌声又在逗人的耳朵。

真太精彩了! 久卧在床的病人百无聊赖的心境,渴望户外生活、热爱自然珍爱生命的情怀,描绘得活灵活现、栩栩如生。试想,倘不是借黄鹂这一意象展现出来,而是一味直露的表白:"我多无聊啊! 我真想康复出院呀!"不仅不能唤起别人同情,反而会使旁人厌弃。

马少侨先生《蝶恋花·理发》也写得情趣盎然:

> 昨夜犹闻呼"小马",曾几何时,白发搔盈把。铁砚磨穿为底啥? 妻儿笑骂"爷真傻"!　赢得诗名殊不假,笔走云烟,万斛明珠泻。若向市场估个价:不及剃刀三两下!

理发是日常生活中小得不可再小的琐事,马先生偏能从中挖掘出社会大主题来。人们常说"造原子弹的当不得卖茶盐蛋的",该诗就是这句话的另一个版本。

生活的本身就是诗,人们身边不断发生的事,无论大事小事琐碎事,都是诗的素材。只要认真去观察思考,精心去营构,都能写出好的作品来。我们不要只是眼睛向上,年年盯着两会,年年盯着"五一"、"七一"、"八一"、"十一",年年迎春,年年庆元旦。像这样,年年唱老调,年年炒现饭,烦不烦？

淘粪是小事，住院是小事，理发是小事，坐公交车也是小事，都可以写出趣味盎然的东西来。例如，笔者的《寿星明·乘某路公交未果，悟而自嘲》：

> 未进稀龄，老态龙钟，瘦若薯条。笑齿牙零落，空馀狗窦；发须斑白，乱似鸡毛。额上皱纹，形同车辙，浅浅深深数道槽。闲不住，尚东奔西跑，挤搭公交。
> 说来事也蹊跷，有巴士司机出怪招。任手儿摇脱，浑如不见；喉咙喊破，依旧狂飙。其妙莫名，猛然彻悟：怕我乘车免付钞。忙掏出，一块钱纸币，举得高高。

社会老龄化日趋严重的今天，敬老爱老之传统风气更应倡导。看似小事一桩，却是社会大问题。老人乘车难这一普遍现象，用调侃之笔调揭露出来，当可博得老年朋友的会心一笑。

剖露情感之作，笔者最为欣赏者，当数启功先生的《自撰墓志铭》：

> 中学生，副教授。博不精，专不透。
> 名虽扬，实不够。高不成，低不就。
> 瘫趋左，派曾右。面微圆，皮欠厚……

实话实说，毫不装腔作势，不像某些自封的"国学大师"、"诗坛领袖"一样，扯大旗作虎皮，道貌岸然？这种谦

谦君子之风,不得不令人肃然起敬,而字里行间洋溢着一股冷幽默,又足令伪君子们无地自容。再看启功先生的《渔家傲·就医》:

> 痼疾多年除不掉,灵丹妙药全无效。自恨老来成病号,不是泡,谁拿性命开玩笑？　　牵引颈椎新上吊,又加硬领脖间套。是否病魔还会闹？天知道,今朝且唱渔家傲。

好像在自我调侃,然而通篇洋溢着乐观主义精神,纯粹是无所畏惧的乐天派。

笔者贱名女性味十足,常被人误解,某老友来信时,谑称为"女士"。于是,我回了他一首诗:

> 原是须眉不是妃,休将艳想入非非。
> 红羊劫后青衿老,紫燕归时白发稀。
> 有志雕虫甘骨瘦,无颜拍马惧臊肥。
> 问何百折腰仍直？未把良心背上揹。

虽是玩笑之言,却也是真情的诉说。

胡静怡(1943—),男,汉族,原籍湖南宁乡。曾任湖南望城县教师、望城县第四届政协委员。湖南省文史研究馆馆员。

诗词之本与写作之道

——浅谈写作当代诗词的体会

董味甘

综合素养,乃诗词之本;以情为经,乃写作之道。固其本源,循其道规,兴观群怨,大雅风滋。

短短言辞,浅浅管窥。积点滴之体会,多印证于施为。自觉行之有效,因而不敢藏私。聊作野人献曝,敢请高贤决疑。

一、诗词之本

诗如其人,人异其品。品异则情殊,情殊则诗别。诗品由于人品,人品决定诗品。从喷泉里涌出来的只能是水,从脉管里喷出来的才会是血。苦瓜藤结不出甜西瓜,梅子树结不出水蜜桃。物质产品的质量,取决于加工制作的机器;精神产品的质量,取决于加工制作的头脑。

诗词属于精神产品,反映的是作者的主观情志。作者从事来料加工,凭借的是外在的客观事物。物质的加工制作,往往是简单的机械的重复,精密的机器起着决定作用;精神的加工制作,往往是复杂的能动的深化,灵悟的头脑实为第一要素。

灵悟的头脑,不等于只是会动脑筋,不等于只是思维能力的单一元素。灵悟的头脑,应该是诸多元素的复合晶体。灵悟的头脑,就是作者的综合素养,就是作者的整体水平。诗词的写作,就是发挥综合素养的整体作用,就是发挥整体水平的复合功能。体现作者整体水平的综合素养,当然就是诗词写作中起决定作用的第一要素。

诗词写作的功夫,有内、有外。凡是属于诗词本身的,都是内;凡是属于诗词以外的,都是外。诗词内的功夫,指的就是诗词推敲的具体操作;诗词外的功夫,就是诗词作者的综合素养。

作者的综合素养,前人有高度概括:曰才,曰胆,曰识,曰力,曰学。

> 将事而能弭,遇事而能救,既事而能挽:此之谓达权,此之谓才。未事而知其来,始事而要其终,定事而知其变:此之谓长虑,此谓之识。(明吕坤《呻吟语》)
>
> 夫诗人者,有诗才,亦有诗胆。(明江盈科《雪涛诗评》)
>
> 凡学文,初要胆大,终要心小。(明吴讷《文章辨体序说·诸儒总论作文法》引叠山语)
>
> 诗有力量,犹如弓之斗力。其未挽时,不知其难也;及其挽之,力不及处,分寸不可强。(宋许𫖮《彦周

诗话》)

才之为言:材也。……又才之为言,裁也。(清金人瑞《水浒传·序一》)

夫人胸中有非常之才者,必有非常之笔;有非常之笔者,必有非常之力。(清金人瑞《水浒传》第十一回批语)

大凡人无才,则心思不出;无胆,则笔墨畏缩;无识,则不能取舍;无力,则不能自成一家。(清叶燮《原诗·内篇下》)

夫才,须学也。学,贵识也。才而不学,是为小慧。小慧无识,是为不才。不才小慧之人,无所不至。(清章学诚《文史通义·内篇·妇学》)

读书,非为诗也。而学诗,不可不读书。诗须识高,而非读书则识不高;诗须力厚,而非读书则力不厚;诗须学富,而非读书则学不富。……识见日益高,力量日益厚,学问日益富,诗之神理乃日益出。(清李沂《秋星阁诗话》)

诸家之言,大同小异。各有所重,亦有所偏。一偏在于"才借天纵",重视先天禀赋,忽略后天培养。二偏在于"学贵读书",重视闭门下帷,忽视社会实践。

才也,胆也,识也,力也,学也,五者不可兼得,但求习性所近,扬长补短,可望有成。

商略古人,乃成一绝:"休叹别材难悟知,天生灵气问根基。才情学识输肝胆,勤觅诗缘莫自疑。"

作者的综合素养，现代有简要概括：曰思想情操，曰艺术美感。即思想修养和艺术修养。

在思想修养方面，特别要重视先进健康的审美情趣；在艺术修养方面，特别要重视传统诗词的生命活力。

诗词，是前人留下的载体，穷而后工，是旧时代烙刻的沉痛标志；写作，是今人表达的情志，老有所为，是新时代赋予的蓬勃生机。

传统的诗词如旧瓶，形式古老而固定，一成不变；今人的情志如新酒，内容新鲜而活泼，丰富多彩。诗词作者的任务，就是要用旧瓶装上新酒，就是要使形式适合内容。所以不同于简单的注入，而是要达到完美的和谐。这是写作诗词的难点所在，也是写作诗词的魅力所在。旧瓶与新酒凝为一体，形式与内容融洽无间。意味着诗词写作的成功，意味着创作愿望的满足。成功，意味着快乐；满足，意味着享受。

为此，不应当一味重今轻古，不应当一味厚古薄今。应当是既重今，又厚古；应当是既不薄今，也不轻古。应当是厚古而不泥古，重今而不非今。一定要严格遵循传统诗词的格律，大力弘扬传统诗教的精华，这才是真的厚古。一定要始终保持热爱生活的激情，大力吹响时代精神的号角，这才是真的重今。

　　诗人对宇宙人生，须入乎其内，又须出乎其外。入乎其内，故能写之；出乎其外，故能观之。入乎其内，故有生气；出乎其外，故有高致。（清王国维《人间词话》）

对于现实生活,对于传统诗词,同样适合,同样能用。能内能外,能入能出,古为今用,势所必然。综合修养,必然提高。有其里才能出其表,宏于中才能肆于外。

"人即是诗,诗即是人。"(清杜濬《与范仲暗》)"有德之文信,无德之文诈。"(唐李华语转引何良俊《四友斋丛说》)"人若存一毫名利心未净,则文字间便有一分俗。"(清慕濬昌《叩瓴琐语》)"器大者声必闳,志高者意必远。"(宋范开《稼轩词序》见《稼轩词》)"立身无傲骨者,笔下必无飞才;胸中具素心者,舌端斯有惊语。"(明沈承语引自《晚明小品文库·沈君烈传》)"有第一等襟抱,第一等学识,斯有第一等真诗。"(清沈德潜《说诗晬语》)列举前贤警语,堪为座右箴铭。

与广大人民的声息同呼吸,与社会发展的道路同轨迹,与历史跳动的脉搏同谐振,与时代奏鸣的声响同节拍。借传统诗词的形式,觅民族文化的灵根,写现实生活的感触,传人民大众的心声。虽不能至,心向往之。

二、写作之道

诗词写作,其道在斯。一十六字,举要言之:立足于今,切入于情,聚焦于意,审定于声。

(一)立足于今,有辙可寻

今者,眼前的中国现实,当代的人民生活,社会的发展潮流,世界的变幻风云。虽是见闻一斑,未免铁门有限;然而诗思万斛,泉源实在于斯。"诗不读书不可为",贵在储学以备我需;"以书入诗则不可"(明都穆《南濠诗话》引萧千岩之语),病在泥古而拾唾余。诗词从今人生活中来,基本属于创作。往往富有生气,有如枝上的花,舞台上的演员。才会是活生生的景,光灿灿的物,水灵灵的真人。诗词从古人书籍中来,基本属于仿制。往往徒具形骸,有如纸剪的花,木雕就的玩偶。不过是死板板的景,傻呆呆的物,冷漠漠的僵尸。

好诗但道眼前景,美词不弃口头语。风云雷电,沧海桑田,鼎新革故,旋坤转乾,影响至为巨大,泽被至为深远,既已震撼乎心,能不奋发乎辞?然而"世间奇事无多,常事为多;物理易尽,人情难尽"(清李渔《闲情偶寄》卷一)。"夫街谈巷说,必有可采;击辕之歌,有应风雅"(魏曹植《与杨德祖书》)。无论重大题材、平凡琐事,俱可入诗,并无例外。

新闻家云:空气中充满了新闻,要能嗅出新闻,问题在于得有灵敏的鼻子。美术家云:生活中充满了真美,要能发现真美,问题在于得有敏锐的眼光。艺术规律,殊途同归;写作旨趣,异曲同工。要表现必先发现,无发现即无表现。也可以说,我们的生活中充满了诗意,要能捕捉诗意,问题在于得有灵敏的触角。

生活是写作的泉源,现实是写作的沃土。立足于今,即如置身宝山;立足于今,即如面临富矿。司空见惯寻常事,诗情词趣在其中。问题在于是否遇之而兴百感,感触而动七情。张开双臂,拥抱今天;睁开眼睛,面对现实;敞开襟怀,广纳世界;放开手脚,投入生活。一任五官开放,引发心官激荡,才有可能"眼底纳乾坤,毫端挫万物"(《味庐诗词选·原韵》);才有可能"领悟人生今胜昔,不竭情思滚滚来"(味庐仿语)。多情善感,仍然是当代人写作传统诗词的终南捷径方式,不二法门。

坐而论道,有嫌徒托空言;躬行实践,无妨求证成篇。《牛鸣》续集,不辍吟哦。庆十五大召开,记总书记访美;唱骊珠歌,鸣警世钟;借奇石以颂回归,观截流而讴壮举;闻沙化而兴感慨,观世相而发嘲讽;至于重庆直辖,邓公逝世;黄河飞车,长江走索;以及读诗云乐,贺岁寄辞;中秋夜老伴之梦,黑龙江农民之碑;……虽不能巨细无遗,闻见必录,却也算大小不捐,穷搜有得。

试寻个中关键,端在捕捉初感。初感,是主体对客观的第一印象;初感,是客体给主休的第一感觉。初感的特点,一是新奇,二是强烈。初感,是主观情志和客观现实最愉快的邂逅相逢,是客观世界对主体心扉最有力的触动开启。初感,往往成为深化感受的开端,激发写作的愿望,形成写作的契机。

观山则情满于山,观海则意溢于海。欲求写作开端处,正在怦然心动时。

然而有初不能无继,无继不能有成。初感,毕竟只是感受入门的初级阶段,只是写作诗词的第一步台阶,需要锲而不舍,酝酿升华,使朦胧变为明晰,表象变为意象,才能卒得有成。否则事过境迁,忽焉若忘,热情消失,事必无成。例如神舟号之飞天,吕秀莲之妄语,自己明明有动于中,亟待倾吐,可惜至今未能形成文字,究其原因,正由于初感虽然强烈,可是未能继起直追,意不自坚,无力排除干扰,感遂中辍,以至得而复失。至今念及,犹以为憾。

　　若夫应感之会,通塞之纪,来不可遏,去不可止。藏若景灭,行犹响起。方天机之骏利,夫何纷而不理?(晋陆机《文赋》)

　　"老大情怀徒自伤,满城风雨近重阳。裁诗识得其中味,不惜更深吟作狂。"(味庐仿语)亡羊补牢,只能如此。

(二)切入于情,贵达衷诚

　　"情动于中故形于声"(《礼记·乐记》)。情能动物,诗足感人。肝胆之情,蓄之既厚,至于不吐不快;肺腑之言,自然流露,卒得委曲尽情。"感人心者,莫先乎情"(唐白居易《白氏长庆集·与元九书》)。作者"情动而辞发",读者"披文以入情"(梁刘勰《文心雕龙·知音》),故言出作者一己的肺腑,则情动读者万众的肝胆。情感是根,语言是苗,声韵是花,诗意是果。诗词之作,始乎缘情。诗词之力,在于动情。诗词作者应当是谁? 必然只是性情中人。

　　那种饱于世故、玩世不恭的人,那种超脱尘世、心如枯井的人,那种死灰无热、冥顽不灵的人,"其心已作沾泥絮,不逐东风上下狂"(味庐仿语)。无是无非,无爱无憎。情感无所谓了,还写什么诗词? 是以无情即无诗作,无情即无诗人。

情,既是人对客观的事物和现象是否符合自己的需要而产生的体验;情,又是人对客观的事物和现象是否符合自己的需要而产生的态度。"听惯骊歌唱,焉用抱离忧?"情,虽然不同于经验,却以经验为基础;"英才本国宝,安可弃河湄"(《味庐诗词选》)?情,虽然不同于认识,但却以认识为前提。

"兰陵美酒郁金香,玉碗盛来琥珀光"(唐李白诗《客中行》)。"香似龙涎仍酽白,味如牛乳更全清"(宋苏东坡《苏轼诗集》卷四十二《过子忽出新意,以山芋作玉糁羹》)。能满足生理需要,具有生物性,属于低级情感,大多偏重在物质生活的范围。诗词写作,有时需要,但是究非主流。

"热肠牢绾春风鬓,留住神州万里霞"(《牛鸣集》)。"人生自古谁无死,留取丹心照汗青"(宋文天祥《过零丁洋》)。能满足心理需要,具有社会性,属于高级情感,大多偏重在精神生活的领域。诗词写作,正须如此,至于不可或缺。

情感,有赖于客观的触发。不能作茧自缠,闭关自守。也要改革开放,自我拓展。不妨"遵四时以叹逝,瞻万物而思纷。悲落叶于劲秋,感柔条于芳春"(晋陆机《文赋》)。触频引发多悟,百感自可丛生。象牙塔内无诗,诗在风雪灞桥。

情感,有赖于主观的培育。不能放舟中流,听其所之。也要陶冶性灵,潜滋暗长。理应张性灵之禀赋,燃生活之热情,养浩然之正气,树鲜明之爱憎。既厚积而薄发,则何施而不可!诗情炽烈如火,自然烛物生辉。

人非草木，孰能无情？"性情元自无今古"（宋戴昺《论唐宋诗体》）！作为人的基本属性，情将永远存在，不会消亡。是以诗词之作，相沿至今，"细数人间苦乐声，悲欢离合总关情"。

"情以物迁"（梁刘勰《文心雕龙·物色》），物因情变，"安能胶柱鼓琴弦"（味庐仿语）？作为人的个性特征，情则因人而异，与时变迁。是以诗词之作，各异其趣，"莺歌不厌莺啼软，燕语无嫌鹤唳清"（《味庐诗词选·鹧鸪天四首·春夜清吟有感》之一）。

情，是主观的体验，富有个性色彩。同一景物，同一境遇，作者不同，其情则异。同是枫林霜叶，或者安享清闲，"停车坐爱枫林晚，霜叶红于二月花"（唐杜牧诗《山行》）；或者赞其坚贞，"经霜谁似枫林叶，剖尽丹心染碧枝"（《牛鸣集》）。同是梅花开放，或者深感见爱，"红酥肯放琼苞醉，探着南枝开遍未"（李清照《玉楼春》）？或者礼赞劲节，"幽香淡淡影疏疏，雪虐风饕亦自如"（宋陆游诗《雪中寻梅二首》之一）。作者情异志殊，自然吐属有差。"争似流莺当百啭，天真还是一家言"（清袁枚《随园诗话》引五亭山人《嘲鹦鹉》诗句）。与其鹦鹉学人舌，不如自家骋情怀。

情，受客观的制约，容有共性特征。同一时代，同一社会，作者虽众，情趣略同。迎接港澳回归，确实众口一辞："奋起涮除万民恨，欢呼洗尽百年羞"；确实合奏共鸣："鼓铸兴亡千古训，声传南北一般同"（味庐《牛鸣集》）。朄祝大衍国庆，确实人同此心："嵩呼五十舜尧春，鹏飞九万云程羽"；确实心同此理："愁结只缘三步解，笑口常因两制开"。

作者情投志合,必然笙磬同响。"与君都是轩皇裔,不让亲情逐水流"(味庐《三辰集》)。即使能标新立异,终难悖时代豪情。

既是个性色彩,又是共性特征,有如唇齿相依,有如形影相随。唯有突出个性色彩,使个性色彩炳耀于共性特征之中,始有存在的价值;如果泯灭个性色彩,使个性色彩消失于共性特征之中,哪里还有存在的必要?

郑夹漈曰:"千古文章,传真不传伪"(清袁枚《小仓山房文集》卷三十《答蕺园论诗书》)。潘德舆曰:"文章之道,传真不传伪"(清潘德舆《养一斋诗话》)。异口同声,声传至理。"诗可数年不作,不可一作不真"(清刘熙载《艺概·诗概》)。"为情而造文",应该;"为文而造情",不可。因为,"为情者要约而写真,为文者淫丽而烦滥"(梁刘勰《文心雕龙·情采》)。"诗是心声,不可违心而出,亦不能违心而出"(清叶燮《原诗》卷三)。"诗本性情者系真诗"(明江盈科《雪涛诗评》)。"真字是词骨,情真景真,所作必佳,且易脱稿"(清况周颐《蕙风词话》卷三)。"情真、景真、事真、意真,澄至清,发至情"(元陈绎曾《诗谱》)。诗能求真,得其道矣;诗离其真,其道溺矣。"大抵物真则贵,真则我面不能同君面,而况古人之面貌乎"(明袁宏道《袁中郎全集》卷二十一《与丘长孺》)?

是以不唯多情,还须情真。多情之基,贵在真挚。情不真则近伪,情近伪则迹如骗。矫饰之辞,徒增笑柄。盖"万古长青者,唯一真耳"。"情不真,则不足以惊心动魄"。创作的总根子在于情,感人的总根子在于真。

情之求真,还须善感。善感之基,贵在锐敏。感不锐则觉钝,感觉钝则无所知。茫然不辨,何关痛痒!盖"百代所崇者,唯先觉耳"。"能先觉,则足可以振聋发聩"(昧庐仿语)。善感的总要求在于察,察知的总要求在于敏。

善感之求,还须独特。人所未见,独能察之。能察知有独到,其感受必不一般。别具只眼,当有卓见。盖"诗词所忌者,唯平庸耳"。"去平庸,则必须是异军突起"(昧庐仿语)。独特的总要求在于异,感受的总要求在于新。

感应之求,还须相通。感觉移植,能成通感。能通感则出奇,能使人耳目一新。奇情妙理,别饶佳趣。盖"诗词所贵者,唯新趣耳"。"能出奇,则有可能引人入胜"(昧庐仿语)。感应的总要求在于通,通感的总要求在于巧。

概而言之,多情善感的具体要求就是:感情要真挚,感觉要锐敏,感受要独特,感应要相通。总而言之,诗词写作的具体要求就是:不可人云亦云,最好我行我素。纵然模样不佳,却是自家面目。

情动于中,故形于声。治世之音安以乐,乱世之音怨以怒。情之所系,与政相通。为时为事,写作的宗旨必须坚持;然而事异时迁,不断变化,诗情内蕴,必然漫衍无穷。忧国忧民,诗人的诚款始终不渝;然而国情民意,俗易风移,诗词写作岂可故步自封。

触感得花,情化成蜜。切入于此,方得诗趣。

情如何抒?亦须注意。直接抒情,径诉胸臆。间接抒情,必有借寄。一贵在准,二贵在巧。

（三）聚焦于意，融情造境

"诗，以意为主"（宋张表臣《珊瑚钩诗话》）。"大凡作诗，先须立意。意者，一身之主也"（清吴景旭《历代诗话·诗法》中黄子肃述范德机意）。

意是灵魂。作品有无生命，取决于此。有意之作，顾盼生辉，精光闪烁；无意之作，了无生气，空劳涂抹。

意是灵魂。作品有无价值，取决于此。意佳之作，如对高人，胸襟开豁；意劣之作，如对伧夫，心生鄙薄。

打油之句，押韵之文，徒具躯壳，恨无灵魂。

"采得百花成蜜后，不知辛苦为谁甜？"（唐罗隐诗《谏蜂》）"念到蜜成无己份，何如花底剩余香！"（《题画诗选·题蜂》）计较私利，未免龌龊。

"千古艰难唯一死，伤心岂独息夫人！"（清邓汉仪《题息夫人曲》）"此去泉台集旧部，旌旗十万斩阎罗。"（《陈毅诗词选集·梅岭三章》）境界高下，不难定夺。

意是统帅。用料是否精当，取决于此。有意之作，有将指挥，全军在握；无意之作，无帅之兵，谓之乌合。

帅良兵勇，攻防无畏。乌合之众，望风先溃。"烟云泉石，花鸟苔林，金铺锦帐，寓意则灵。"（清王夫之《姜斋诗话》卷下）

任凭弱水三千，取饮重在一瓢。积料盈筐满箩，取用务求严苛。如能以一当十，定可以少胜多。

"一"，从何而知？"少"，从何而施？"散在经史子集，唯意足以摄之。"（元程端礼《程氏家塾读书分年日程》，又

见宋葛立方《韵语阳秋》述东坡之意)

意是统帅。谋篇是否佳妙,取决于此。有意之作,成竹在胸,通体灵活。无意之作,骈枝散架,舍本取末。

"诗如马,意如善驭者。折旋操纵,先后疾徐,随意所之,无所不可。"(清吴景旭《历代诗话·诗法》中引黄子肃述范德机意)

意为主脑,"主脑既得,则制动以静,治烦以简,一线到底,百变不离其宗"(清刘熙载《艺概·经义概》)。

意是统帅。属辞是否能文,取决于此。有意之作,附辞会义,自然超卓。无意之作,支吾补絮,有华无果。

是以意全胜者,辞愈朴而文愈高;意不胜者,辞愈华而文愈鄙。(唐杜牧《樊川文集》卷十三《答庄充书》)。

意似主人,辞如奴婢。主弱奴强,呼之不至。穿贯无绳,散钱委地。开千枝花,一本所系。(清袁枚《续诗品·崇意》)

以意为主,主不可弃。只能以意摄事,不能以事摄意。只能以意谋篇,不能以篇谋意。只能以意遣词,不能以辞遣意。

诗词写作,是"意在笔先"?还是"笔随意生"?

一种意见是:"古人意在笔先,故得举止闲暇;后人意在笔后,故至于手脚忙乱"(清刘熙载《艺概·文概》)。例如"杜诗意在前,诗在后,故能感人。今人诗在前,意在后,不能感人"（明王文录《诗的》）。

另一种意见是："诗以一句为主，落于某韵，意随字生。岂必先立意哉！杨仲宏所谓'得句意在其中'是也。"又如："宋人谓作诗贵先立意，李白斗酒诗百篇，岂先立许多意思而后措词乎？盖意随笔生，不假布置"（俱见明谢榛《四溟诗话》）。

两种意见，针锋相对。其实出言有据，可以并行不悖。水成岩乎？火成岩乎？验诸实践，终归统一。

精神产品，非常复杂；个性特征，异常鲜明。或凭灵感，或凭苦思；或凭学识，或凭才情；或倚马可待，或三年始成；不能执一以求，安可强为合流？

验诸己身，可解纷纭。由于篇幅有长有短，内容有多有少，感触有深有浅，成诗有难有易，立意与之相应，可以或先或随。

大凡篇幅长、内容多、感触深、成诗难的，往往意在笔先，下笔先有成算。我写古风之类，往往如此。

大凡篇幅短、内容少、感触浅、成诗易的，往往笔到意随，出口即可成章，我写口占之类，往往如此。

立意要求：会意尚巧，命意必善，主意要纯。

何故谓之诗？诗者言其志。既用言成章，遂道心中事。不止炼其辞，抑亦炼其意。炼辞得奇句，炼意得余味。（邵雍《论诗吟》）

诗词炼意，贵在融情。有情有意，相辅相成。

何故谓之诗？诗者言其情。爱憎入诗意，吐属达衷诚。感发英雄志，弘扬时代声。情意交融处，美刺大功成。

言情述志，各执一辞。无须对立，合之为宜。

　　诗不待意，即景自成；意不待寻，与情即是。（明陆时雍《诗镜总论》）

诗词炼意，弥合情志。志图高远，情务深挚。熔铸陶冶，志纯情至。水乳交融，灵起诗思。

"情新因意胜，意胜逐情新。"（上官仪诗，转引自宋范晞文《对床夜话》）认识深化情感，情感强化认识。理有固然，势所必至。

如何炼意？凭大脑思考的意识活动，偏重逻辑思维；炼意之道，在于深思、广思、多思。

由表及里，是谓深思。认识表面现象，不过浮光掠影；认识事物本质，才是真知灼见。

入深海者得蛟龙，涉浅水者得鱼虾。

"水怪河妖齐俯首，息鼓偃旗东海走。还我田园还我家，更展经纶补天手。"（《味庐诗词选·抗洪歌》）描写抗洪胜利，普遍一般，属于常意。

"悲歌忽起簰洲湾，壮士捐躯去不还。取义成仁无苟活，浩气长存天地间。"（味庐《三辰集·战洪曲》）讴歌献身精神，突出典型，属于佳意。

"清江岂欲变黄河，身不由己可奈何？盈耳尽多抗洪曲，何如高唱防洪歌。"（引文同上）发抒独特感慨，虑及深远,属于深意。

由此及彼,是谓广思。认知领域狭窄,难免以蠡测海;认知领域辽阔,不至坐井观天。窗中望月庭园小,登台望月地天宽。

"莫笑蝶痴,比翼相偕园中老。西移彤影明霞照。任酒醉、玉山倾倒。只愁尽兴忘归,此情未了。"(味庐《三辰集·绛都春·春游》)但写春游相偕之乐。

"几度醉吟,白眼堪惊无干扰,闲愁抛却无烦恼。最喜是、盼春春到。尽情领略春光,有何不好!"(引文同上)更写春游觅静之趣。

"更问大江,流去春光知多少? 何时妆竟珊瑚岛? 听六合,玉龙飞啸。笑予枉说尘缘,了犹未了。"(引文同上)再写春游别去之思。

春游一园,可赋三阕。至于警世钟之鸣,多到十二首,而牡丹图之咏,更多达二十首。一题可以多作,缘于广开思路。"感才多之为患,岂澰漫之疾痼!"(《味庐诗词选·原韵诗成戏洒余墨呈中一》)

深思,多采用集中思维;广思,多采用发散思维。集中全力,突破一点,始能及深。四面开花,全面探索,始能及广。

反复斟酌,是谓多思。客观事物复杂,谁能一眼看穿? 必须反复研究,才能反映得当。

扫去换言(作文发意第一番来者)停正语(作文发意第二番来者,俱见元陈绎曾《文说》引戴师初语),四次三番精意来。

咏铜梁舞龙,"今朝昂首西来舞,誓令神州永驻春",末句后来改作"弱水流沙尽着春"(味庐《三辰集·鹧鸪天·喜迎中国铜梁国际龙灯艺术节》),更切西部开发之意。

赠诗友雪波,"平生最恼虚文饰,唯有诗魂不我欺。"前句后来改作"炎凉世态何须问"(味庐《三辰集·鹧鸪天·读〈姚诚诗文集〉赠作者》),更富同历劫波之情。

字斟句酌,沉吟推敲,非唯在辞,更重在意。反复琢磨,务称情志。能免瑕疵,功在多思。

必须注意炼意成败的关键,主要取决于主体创造思维的能力。

思维的新颖性、思维的深刻性、思维的敏捷性、思维的概括性、思维的生动性,形成创造思维的不可分割的整体,任何创造思维都具有这五大特性。

应当具有创造思维的能力,并且与实践的创造能力结合起来,从而将创造思维的成果,变为创造的实际本领,取得创造的现实收获。

诗词是艺术创作,在诗词写作活动中,充分发挥创造思维的五大特性,充分显示创造思维能力的巨大作用,获得的现实成果,就是艺术美感强烈、创造特性突出的当代诗词。

求异、突破,就是创造的特性。

求异,是"背反"的思维趋向和实践趋向。反其意而用之,能在异中开放独特的鲜花,因别出心裁而风姿独显。

突破,是"超越"的新生姿态和创造威势。对旧有的挑战,能在奇中怒苗破土的新芽。因前所未见而惹人注目。

解决传统的诗词形式与现代的思想感情的矛盾,又继承,又革新,尤其需要创造思维,尤其需要创造才能。

创造才能可以培养,从个人的素质考虑,必须重视平时的锻炼。勤奋、虚心和热情,应该是培养创造才能的最可贵的品质。

创造才能可以培养,从创造的手段考虑,知识的积累和更新,经验的丰富和发展,技能技巧的掌握和运用,就是创造的必要基础。

在诗词炼意的具体实践中,努力坚持的方向应该是:求新颖,写创见。

求新颖。"创意造言,皆不相师"(唐李翱《李公文集》卷六《答朱载言书》),不同流俗,不落窠臼,给读者以新鲜感,使读者感到未曾相识的愉悦。

"若无新变,不能代雄"(梁萧子显《南齐书·文学传论》),"文变染乎世情,兴废系乎时序"(梁刘勰《文心雕龙·时序》),写作推陈出新,"惟陈言之务去"(唐韩愈《昌黎先生集·答李翊书》)。

"去陈言,非止字句,先在去熟意。"(清方东树《昭昧詹言》)

去陈言,应当做到"人所易言,我寡言之;人所寡言,我易言之"(宋姜夔《白石道人诗说》)。

"文章自得方为贵,衣钵相传岂是真?已觉祖师低一着,纷纷法嗣复何人?"(金王若虚《滹南遗老集》卷四十五《论诗》)

"未及前贤更勿疑,递相祖述复先谁?别裁伪体亲风雅,转益多师是汝师。"(唐杜甫《戏为六绝句》)

求新变不等于求险怪,应当在师古的基础上创新。"顾如花在蜜,蘖在酒,始也不能不借二物以胎之,而脱弃陈骸,自标灵采。"(明焦竑《澹园集》卷十二《与友人论文》)所以,应当"陈中见新,生中得熟,方全其美"(清叶燮《原诗·外篇上》)。

写创见。匠心独运,自出机杼,卓然独立,与众不同,给读者以独特感,使读者感到一见倾心的满足。

　　造物范人,不曾以此面肖彼面,则学士立言,何苦以我舌随人舌?(明沈承《文体》,见《晚明小品文库》)

　　作诗须思透出一路去。各人各自成家,不肯与人雷同。(清徐增《而庵诗话》)

　　人闲居时,不可一刻无古人;落笔时,不可一刻有古人。平居有古人,而学力方深;落笔无古人,而精神始出。(清袁枚《随园诗话》)

写创见,就是要有个人的面目,个人的胸襟。不苟同,不趋俗,就有了个人的特色。思有新得,悟有绝妙,察有独至,这就是富有个人特色的创见。

"不学古人,法无一可。竟似古人,何处着我!字字古有,言言古无。吐故纳新,其庶几乎!"(清袁枚《续诗品·着我》)

吐故纳新的有效途径是"外师造化,内得心源"(张璪语转引自郭因《艺廊思絮》)。"外师造化"即以客观外在事物为"师",按其真迹摹写,自能随时触发艺术情趣和写作灵感,才思永不枯竭,能创造独特的情味来。"内得心源",就是"出自灵性","略形貌而取神骨",极力展现个人的性格、气质,不要死板拮据,而要神骨真切。出以示人,就能震人耳际,豁人眼目。

"情有所感,不能无所寄;意有所郁,不能无所泄。"(清陈廷焯《白雨斋词话》卷八)"景无情不发,情无景不生。"(宋范晞文《对床夜语》)

如何融情?凭外物激发的情感活动偏重形象思维。融情之道在于求真、求善、求美。

唯有真情实感,才能使人亲近;如果情虚意假,只能使人憎厌。

唯有情趣高尚,才能使人向往;如果情趣卑小,只能惹人讪笑。

唯有艺术美感,才能使人观赏;如果缺乏美感,只能使人失望。

融情要领在于情与意通,意与情合。用认识深化情感,使情感强化认识。

融情要领还在于意与象会,寓意于象。使主观渗入客观,将客观融入主观。

存在决定意识,主观情志的产生缘于客观事物的刺激。或触景生情,或触物生情,或缘事生情,或因人生情;初感虽萌,意象未启,必须触发更大的感情波澜,调动情感经验,唤起表象活动,促成认识升华,引发写作冲动,进行写作构思,反映认识成果,表达思想感情。

意识反映存在。客观事物的反映烙上主观情志的色彩，或借景抒情，或借物抒情，或缘事抒情，或缘人抒情。情之发抒，多借外物。通过熔铸形成的"第二自然"，精选关情之事，突出动情的人，萃取移情的景，寓寄主体的情，情化客观事物，达成炼意要求。

炼意融情，营造意境。诗词创作，以此为审美目标；诗词鉴赏，以此为审美课题。

诗词崇尚意境，可谓探骊得珠。"意境者，文之母也。"（清林纾《春觉斋论文·应知八则·意境》）"无词境，即无词心。"（清况周颐《蕙风词话》）有，则蕃衍无尽；无，则一片荒芜。"而作诗之妙，全在意境融彻。"（明朱存爵《存余堂诗话》）则作诗之弊，端在意境偏废。所以，"文学之工不工，亦视其意境之有无与其深浅而已"（清樊志厚《人间词乙稿序》）。"不讲意境，是自塞其途，终身无进道之日矣。"（清林纾《春觉斋论文·应知八则·意境》）

所谓意境，又称境界。"情景者，境界也。"（清布颜图《画学新法问答》）构成要素，一分为二。即"情"与"景"，或"意"与"境"。情与意，在我，是主观的；景与境，在物，是客观的。如果物我交感，情景交融，意中有境，境中有意，情即是景，景即是情，主观客观，浑然一体，如斯境界，正是意境。

营造意境，明确要求，达其三者，可得风流。

何以谓之有意境？曰：写情则沁人心脾，写景则在人耳目，述事则如其口出是也。（清王国维《元剧之文章》）

写情穷其味,写景穷其形,述事穷其变。要求虽高,好在落实,窥其门径,容易入手。

融情造境,勿忘艺术审美;妙运灵心,勿忘辨证有理。"诗是无形画,画是有形诗。"(宋郭熙《林泉高致·画意》)经验之谈,借鉴可以。

如,远与近:"凡写事境宜近,写意境宜远。近则亲而不泛,远则想味不尽。"(清方东树《昭昧詹言》)

如,虚与实:"山川草木,造化自然,此实境也;画家因心造境,以手运心,此虚境也。虚而为实,在笔墨有无间。"(清方士庶《天慵庵随笔》)

如,收与放:"字有收放,画亦有收放。当收不收,境界填塞;当放不放,境不舒展。"(清蒋和《学画杂论·收放》)

如,藏与露:"善藏者未始不露,善露者未始不藏。景愈藏,境界愈大;景愈露,境界愈小。故主露而不藏,便浅而薄。"(明唐志契《绘事微言》)

例难悉举,证之以词。《味庐诗词选》之《沁园春·绿梅》:

底事春丛,乍看欣欣,转眼寂空？叹残英落瓣,飘零逐水;游丝轻絮,俯仰随风。斗艳争妍,扬芬吐馥,枉向枝头引蝶蜂！繁华尽,怎严霜一洒,遍野愁红！

莫嗟来去匆匆,笑俗卉凡葩怎耐冬！只寒梅绿萼,翩然似凤;虬枝铁干,矢矫如龙。素蕊无华,奇姿洗媚,抖擞精神顾盼雄。迎冰雪,报东君消息,独立圜中。

词题之后，附有小序。明咏景物，暗指时事。苏联易帜，又东欧解体。感触于心，乃有是举。水流花谢，实即指此。迎冰傲雪，唯我中华，绿梅作喻，礼赞有加。解体之状，则概括包举；独立之姿，则特写推出。亦虚亦实，亦景亦情。意境之有无深浅，一读便知；艺术之审美佳趣，请辨妍媸。

杜甫之诗，请君试读："老翁逾墙走，老妇出应门。"(《石壕吏》)亲切不泛，言之近者也。"天明登前途，独与老翁别。"想味不尽，意之远者也。事之近者露，意之远者藏。

创造意境，两种手法。理想派主造境，属于浪漫主义；写实派主写境，属于现实主义。两者之间，颇难分别。因所造之境，必合乎自然之现实；而所写之境，亦必邻于理想之浪漫。

"罡风吹落女娲石，恶云吞没羲和日。泛槎谁使决银河，飞流怒泻连天湿。卷屋穿堤势如扫，低成泽国高成岛。滚滚滔滔洪水来，田畴淹没知多少！"(《味庐诗词选·抗洪曲》)造境、写境，不必勉强分离；浪漫、现实，两者结合为宜。

融情造境，纷纭难治；不昧灵心，聚焦在意。

或曰："花鸟缠绵，云雷奋发，弦泉幽咽，雪月空明：诗不出此四境。"(清刘熙载《艺概·诗概》)此专言景，别在美趣。清新俊逸之婉约，铜琶铁板之豪放，高标出尘之清幽，超凡入圣的灵逸，四种风格，仍基于意。

或曰："诗有三境：一曰物境。欲为山水诗，则张泉石云峰之境，极丽绝秀者，神之于心，处身于境，视境于心，莹然掌中，然后用思，了然境象，故得形似。二曰情境。娱乐愁怨，皆张于意，而处于身，然后驰思，深得其情。三曰意境。

亦张之于意,而思之心,则得其真矣。"(唐王昌龄《诗格》)专言炼意,揭明要旨。虽云三境,实为三级。物境得形,情境得感,意境得真。趣蕴存真,品之高位,美之极致。

或曰:"境,非独谓景物也。喜怒哀乐,亦人心中之一境界。故能写真景物、真感情者,谓之有境界;否则谓之无境界。"(清王国维《人间词话》)重视内情,强调归真,"此中有真意,欲辨已忘言"(晋陶渊明《饮酒二十首》之五)。

或曰:"古诗之妙,专求意象。"(明胡应麟《诗薮·内篇》)或曰:"诗文不外情、事、景,而三者情为本。"(清魏际瑞《伯子论文》)或曰:"唯能立意,方能造境。境者,意中之境也。……意者,心之所造;境者,又意之所造也。"(清林纾《春觉斋论文·应知八则·意境》)或曰:"理语不必入诗中,诗境不可出理外。"(清潘德舆《养一斋诗话》)都是经验之谈,完全可以赏奇;然而探玄究秘,未必可以决疑。

写作构思,复杂迷茫。神思方运,万途竞萌。人也、事也、景也、物也、情也、理也,兔起鹘落,纷至沓来。或触灵机,妙悟有得;或赖沉思,豁然开朗。写作主体,灵性各异。仁者见仁,智者见智。彼所得力,己未必是。只应求同存异,不可求全责备。

炼意必须融情,融情所以造境。人事景物,皆为造境之客观要素;情感意志,皆为造境之主观要素。境界之高低,姑且不必细论;境界之有无,的确必须重视。客观要素乃被动者,只起刺激作用;主观要素乃主动者,能起改造作用。触景生情,是外物激发内情;注情入景,是内情改造外物。真景物,不仅是客观事物的真,也是主观情感的真。真情感,不仅是主观感情的真,也是客观事物的真。真景物、真感情,都应当是主观情感的真,都应当是客观景物的真,都应当是两者的合二为一。情为本,并不错。

主观要素,情意并举。灵犀一点,通情达理。诗词重在抒情,但绝非是无理可喻的盲目冲动,而一定是基于理性的高尚情怀。诗词表达之爱憎,不是重在阐述主观认识的内容,而是重在抒发对待认识的态度。一是认识活动,一是感情活动。看是两码事,实是一回事。认识愈清楚,爱憎愈分明;认识愈深刻,爱憎愈强烈。

以情为经,以意为主。构思虽难,谋之有术。以情为经,纷而不乱;以意为主,力不分散。聚焦于意,目标不换。炼而能立,统帅升帐。

> 长于思与境偕,乃诗家之所尚。(唐司空图《与王驾评诗书》)

> 能以旧风格含新意境,斯可以举诗界革命之实矣。(清梁启超《饮冰室诗话》)

"欲问难和易,为与不为间。"(味庐仿语)为之,难斯易矣;不为,易亦难矣。

诗词有有我之境,有无我之境。"有我之境,以我观物,故物皆着我之色彩。无我之境,以物观物,故不知何者为我,何者为物。"(清王国维《人间词话》)其实,无我之境,仍然有我,只是深藏物后,隐而不露;甚至我化为物,天人合一。

写作诗词,欲造新意境,必须使"物皆着我之色彩"。有自家的面目在,必然不会雷同于他人。

　　高擎伞盖沐晴晖,忽起涛声唤翠微。谷隐时闻清露滴,岩危一任乱云飞。枝青叶绿贞常在,雪虐风饕志岂违? 盘石根深摇不动,非关土沃更施肥。(《味庐诗词选·八君子咏》之一)

　　大耳垂肩嫌短,庞眉过目长舒。苍颜华发识荣枯,笑顾平生风雨。治得昏花老眼,依然难免胡涂。寒儒本色不离书,且喜安之若素。(《味庐诗词选·自题画像》)

一诗咏松,一词自题,有无个性,请君品评。

"苟能胸富丘壑,毕备诸法,纵叠出数十图,境界自无雷同。"(清范玑《过云庐画论》)

"诗之高境在沉郁,其次即直接痛快,亦不失为上乘。"(清陈廷焯《白雨斋词话》)无渔洋爱好之风,有竹垞贪多之患。无删繁就简之能,存淋漓酣畅之想。既然积习难除,只好这般模样。头在自己项上,不用心生怅惘。

(四)审定于声,以声传情。

诗词讲究格律,格律组成定型。型定规格不变,体异则异其名。是否韵和律协,必然审定于声。辨体方能定调,定调贵在传情。善于辨体定调,方能水到渠成。

文类既殊,体裁各别。不得其真,弄巧反拙。古风近体,词牌曲律,既成制式,不可轻忽。譬如篆草行隶,格式各异。临帖神行,不容混替。尽管"时世既殊,物象既变,心随物转,新裁斯出"(姚华《弗堂类稿》论著丙《曲海一勺·述旨》),然而旧体犹存,不可取代。既成制式,昭垂典范。"犹宫室之有制度,器皿之有法式。""为堂必敞,为室必奥。为台必四方而高,为楼必狭而修曲。为笪必圆,为筐必方。为簋必外方而内圆,为簠必外圆而内方。"(明徐思曾《文体明辨论》)若无宫室之形,难求宫室之美。若无器皿之式,难求器皿之用。若无诗词之声,难求诗词之情;若无格律之调,难求诗词之妙。

"文章以体制为先,精工次之。"(宋倪思语,转引自明吴讷《文章辨体序说·诸儒总论作文法》)"论诗当以文体为先,警策为后。"(宋张戒《岁寒堂诗话》)灼灼之见,如出一辙。先后之分,发人深省。体制合格,乃起码的标准:质量上乘,乃更高的要求。产品都不合格,质量从何谈起!"陶者尚型,冶者尚范,方者尚矩,圆者尚规。"(明顾尔行《刻文体明辨序》)辨体定调,意正如斯。故命笔之先,所务"宜正体制"(刘勰《文心雕龙·附会》),而检查成品,要在"不失体裁"(北齐颜之推《颜氏家训·文章篇》)。"律诗要讲平仄,不讲平仄,即非律诗。"(毛泽东《与陈毅同志谈诗的一封信》)"不解清浊规矩,造次不得制作"。如果"失其体制,虽浮声切响,抽黄对白,极其精工,不可谓之文矣"(日本遍照金刚《文镜秘府论·论文意》)。

"定体则无,大体须有。"(金王若虚《滹南遗老集》卷三十七《文辨》)从内容表达而言,"洞晓情变,曲昭文体,然后能孚甲新意,雕画奇辞"(梁刘勰《文心雕龙·风骨》)。从艺术效果而言,"文各有体",若"以文为诗",或"以诗为文"(宋陈师道《后山诗话》),失其文体,必然"不工"。若"以词为诗,诗斯劣矣;以诗为词,词斯乖矣"(明李开先《李开先集·闲居集·西野春游词序》)。

"情致异区,文变殊术","括囊杂体,功在铨别"(刘勰《文心雕龙·定势》)。

诗文之辨,略举三端:

"诗与文,特言语之别称耳。有所记述之谓文,吟咏情性之谓诗,其为言语则一也。"(金元好问《遗山先生文集》卷三十六《杨叔能小亨集引》)"文主言道","诗主言情"(清费锡璜《汉诗总说》)。此其一。

或曰:"意喻之米,文喻之炊而为饭,诗喻之酿而为酒,饭不变米形,酒形质尽变。"(清吴乔《答万季菀诗问》)可见,文直接达意,诗含蓄抒情。此其二。

或曰:"文显于目也,气为主;诗咏于口也,声为主。文必体势之壮严,诗必音调之流转。是故文以载道,诗以陶性情,道在其中矣。"(明王文录《文脉》)可见,文讲究体势,诗讲究声调。此其三。

诗赋之辨:"诗,辞情少而声情多;赋,声情少而辞情多。"(清刘熙载《艺概·赋概》)

骚赋之辨:"骚,复杂无伦;赋,整蔚有序;骚以含蓄深婉为尚,赋以夸张宏钜为工。"(明胡应麟《诗薮》)

诗词之辨:"诗,宜悠远而有余味;词,宜明白而不难知。"(明李开先《李开先集·闲居集·西野春游词序》)

诗体之辨："守法度曰诗，载始末曰引，体如行书曰行，放情曰歌，兼之曰歌行，悲如蛩螿曰吟，通乎俚俗曰谣，委曲尽情曰曲。"（宋魏庆之《诗人玉屑·诗法》）

体裁制式，或称体格。"言乎体格，譬之于造器，体是其制，格是其形也。"（清叶燮《原诗·外篇上》）若云其质，则为品格。"体格，一定之章程"，不可不遵。"品格，自然之高迈"（清薛雪《一瓢诗话》），不可不求。品格有高下之分，体格无优劣之别。"明道立教，辅俗化民"（摘自明宋濂《宋文宪公全集·文说赠王生黼》），"嘉会寄诗以亲"，"诗之美也，闻之足以观乎功"（宋王禹偁《小畜集》卷十八）；"离群托诗以怨"，"诗之刺也，闻之足以戒乎政"（宋王禹偁《小畜集》卷十八）。体各有所宜，格不可偏废。"为世用者，百篇无害；不为用者，一篇无补。"（汉王充《论衡·自纪》）

"文乌用式？在我而已。"（宋杨万里《诚斋集》卷六十六《答徐赓书》转述之语）一空依傍，自由飞举；率意而为，不讲规矩。如此强调革新，实则否定继承；缺乏辩证观点，未免失之片面。

继承若无基础，革新无从起步。体格须循旧章，品格可求新趣。写作旧体诗词，须辨常规变量。不能守常求变，终将于事无补。

"夫设文之体有常，变文之术无方。"（梁刘勰《文心雕龙·通变》）文章的体裁和制式，古今相承，有一成不变之常规；体制不变，乃创作中的基本原则。唯其不变，所以应该借鉴前人。文章的辞采和情态，代有新变，有陈言务去的要求；数则可变，亦创作中的不二法门。唯其可变，所以必须独创新声。旧体诗词,乃前人所创的定式,定式不可不遵,否则不成其为旧体诗词。时代心声,乃今人所发的情志,情志不能不新,否则不成其为时代心声。遵其体之常而变其数之方,可谓窥其门径,得其三昧。运其古之体而抒其今之情,可望运用之妙,存乎一心。

异体则异调,辨体须辨声。古代声律理论,虽然距离遥远,至今照耀琼林,犹觉宝光灿烂。循迹以求,情有所恋。觅得格律之精髓,可承前人之遗产。

自古文笔交陈,韵散并作,同倡言之无文,行而不远。凡属诗词歌赋,尤须语言美化。不仅限于文辞畅达,而且注意声韵安排。要求上口成诵,讲究变化和谐。

"诗言志,歌永言。声依咏,律和声。八音克谐,无相夺伦。"语出《尚书·舜典》,其意久而弥新。

古之诗词,原以和乐。"诗是乐之心,乐为诗之声。"(孔颖达《毛诗正义·大序》)"诗为乐心,声为乐体。乐体在声,瞽师务调其器;乐心在诗,君子宜正其文。"(梁刘勰《文心雕龙·乐府》)诗词者,乐之辞也;格律者,乐之声也。诗词即唱词,格律即乐谱。乐师辨乎声诗,故欲鸣琴辄先调弦;作者知乎格律,故欲吟咏辄细敲声。诗词是音乐的心灵,声律是音乐的形体。外听则声律允谐,内听则情志允协。声音发乎唇吻间,仿佛松下鸣琴,铿锵作响;文辞听到耳朵里,仿佛盘中走丸,流通圆转。诗词富有音乐性,掷地能作金石声。

"人秉七情,应物斯感。感物吟志,莫非自然。"(梁刘勰《文心雕龙·明诗》)于是"匹夫庶妇,讴吟土风。诗官采言,乐胥被律。志感丝簧,气变金石"。然而性有刚柔,情有浅深,声有雅俗,律有贞淫。或则穿云裂石,或则夏玉敲金;或为铜琶铁板,或为竹笛桐琴;或鸣钧天广乐,或鸣靡靡之音;是以"师旷欲觇风于盛衰,季札鉴征于兴废"(梁刘勰《文心雕龙·乐府》)。

言为心声,则言之疾徐高下,当然一准乎心;文以代言,则文之抑扬顿挫,当然一依乎情。作者如果襟怀澄澈,神定气宁,则情发乎肺腑,声传于口耳,有如符节之相合。作者如果心思纷乱,神惑志昏,则意失其条理,声阻其节奏,有如口吃之难通。

"猿啸应鹃啼,孤鸿感别鹄。腔高语壮雄,辞苦声酸酷。落韵畴从容,变声情起伏。情殊声亦殊,韵活无支绌。"能解"从声音证入",可谓个中人;不知从声音证入,"总为门外汉"(清姚鼐《惜抱轩文集·与陈硕士书》)。

"合綦组以成文,列锦绣而为质。一经一纬,一宫一商。"(司马相如语,引自《西京杂记》)此赋之迹也,亦诗之迹也。一经一纬,谓谋之于文辞;一宫一商,谓谋之于音声。

诗体既辨,始可言选。选体定调,必谋于声。格律要求,势所必争。宁可奉之为金科玉律,不敢越雷池半步;不可斥之为木枷铁锁,何苦要自缚手脚。

四声八病,永明肇启。格律趋严,制成近体。一经流行,纠纷顿起。鉴古知今,争端可弭。

论者讥其"不依古典,妄为穿凿"(甄琛语,转引自《文镜秘府论·四声论》),"士流景慕,务为精密,襞积细微,务相凌架;故使文多拘忌,伤其真美"(钟嵘《诗品序》)。斯言瑕瑜交错,还须细辨善恶。

沈约首倡之说,弊在苛细烦琐。忽视生活内容,导致风格卑弱。"文多拘忌,伤其真美",针砭形式主义诗风,反对片面追求声律。恰中肯綮,颠扑不破。

只是完全忽视声律,依然难免失之偏颇。"四声之分,既已大明,用以调声,自必有术",虽"齐梁文格卑靡,独此学独有千古"(范文澜《文心雕龙注》)。"不依古典",乃有近体之新变;"士流景慕",正见潮流之所趋。

"暨音声之替代,若五色之相宣。"(晋陆机《文赋》)音声去留无迹,似乎难以捉摸。但如果能够掌握其变化规律,理解其序次安排,创作就可以"开流而纳泉"。如果不能掌握其变化规律,理解其次序安排,创作就难免"溽涩而不鲜"。四声之辨,意义十分重大;近体制成,影响何其深远。

现代诗词,不必合乐。"今既不被管弦,亦何取于声律?"(钟嵘《诗品序》)古人之疑,早已决之;今人之疑,尚请三思。音乐文辞,由合而分,诗体演变,乃成定型。"案彦和作《乐府》篇,意主于被管弦之作,然又引及子建、士衡之拟作,则事谢丝管者亦附录焉。故知诗乐界别,漫漶难明,适与古初之义相合者已。今略区乐府以为四种:一、乐府所用本曲,若汉相和歌辞,江南东光乎之类是也。二、依乐府本曲以制辞,而其声亦被弦管者,若魏武依《苦寒行》以制《北上》,魏文依《燕歌行》以制《秋风》,是也。三、依乐府题以制辞,而其声不被弦管者,若子建、士衡所作是也。四、不依乐府旧题,自创新题以制辞,其声亦不被弦管者,若杜子美《悲陈陶》诸篇、白乐天《新乐府》是也。从诗歌分途之说,则唯前二者得称乐府,后二者虽名乐府,与雅俗之诗无殊。从诗乐同类之说,则前二者为有辞有声之乐府,后二者为有辞无声之乐府,如此复与雅俗之诗无殊。要之乐府四类,惟前二类名实相应,其后二类,但有乐府之名,无被管弦之实,亦视之为雅俗之诗而已矣。"(黄侃《〈文心雕龙〉札记》)

诗词体制以诗词格律为基本构件,诗词格律乃诗词体制之主要特征。诗词体制之形态不一,缘于诗词格律之组合不同。格律改变,则体制改变;格律固定,则体制固定。诗词格律之组合定调,于是诗词之体制定型。

另组格律,自度新腔,尽可独创别体,不宜冒承旧名。

"度无规矩失方圆,格律抛时近体捐。制式既成昭典范,未闻新变可胡缠。"

"新醅可注旧瓶中,近体未闻废古风。词客尽多自度曲,何曾仙吕冒黄钟。"

今之诗词,虽不合乐,格律尚严,如何写作?

诗词音乐性,略为三要素:韵脚稳而牢,合辙安行步;平仄交错排,应节中规矩;对仗偶而工,自然传妙趣。分虽三足立,合成一鼎固。欲求格律安,循此窥门户。

简言之:叶韵脚,调平仄,工对仗。格律要求,豁然开朗。

句末之字,协如奏乐。元音一致,谓之韵脚。

"音有韵,义有类。韵协则言顺,言顺则声易入;类举则情见,情见则感易交。"(唐白居易《白氏长庆集》卷四十五《与元九书》)

诗词之有韵,"如风中之竹,石间之泉,柳下之莺,墙下之蛋。风行铎鸣,自成音响"(金王若虚《滹南诗话》)。

诗词之有韵,"如大厦之有柱石,此处不牢,倾折立见。"(清沈德潜《说诗晬语》)安排韵脚,必求安稳;安稳不动,即谓之牢。故云:"悬崖置屋牢"(杜诗,转引自清沈德潜《说诗晬语》),安稳即是高。故云:"诗韵贵稳,韵不稳则不成句。"(明李东阳《怀麓堂诗话》)

欲成佳作,先选好韵。一韵未妥,通篇减色。音涉哑滞,便宜弃舍。落韵务求响亮,虚实须辨音响。"葩即花也,而葩字不亮;芳即香也,而芳字不响。"(清袁枚《随园诗话》卷六》)凡声有余,意不足;或意虽是,气不盛,皆谓之虚响,不宜入唱。或曰:"韵有阴阳。阳起者阴接,阴起者阳接,不可纯阴纯阳,令字句不亮。"(清王士禛口授何世璂口述《然灯纪闻》)所以,"诗题洁,用韵响,便是半个诗人"(清袁枚《随园诗话》卷十三》)。

韵之宽严,譬如治蜀。审情度势,庶免罣误。严而不苛,宽而有度。得鱼忘筌,适意为主。

韵之宽严,应依体制。诗裁近体,乃用平水。"基础炼高才,韵规非桎梏。飞仙任戏游,技艺为支柱。"

诗词各类,异于近体。取韵从容,不必平水。"宛转正宜宽,嘤鸣何必蹙。蹙声蹙韵情,宽韵宽诗縠。"

用韵虽宽,亦宜有制。放纵自由,损格伤体。"雅调重今弹,时吟厌旧锢。毋忘绳墨规,但免藩篱误。"

韵以传情,方达妙旨。情本韵末,不可倒置。"言韵皆枝苗,情深得固附。韵规畅咏怀,诗作称翘楚。"(俱见《味庐诗词选·原韵》)

聆其音响,谓之声韵。品其情味,谓之情韵。声韵协之较易,情韵出之为难。"有韵则生,无韵则死;有韵则雅,无韵则俗;有韵则响,无韵则沉;有韵则远,无韵则局。物色在于点染,意态在于转折,情事在于犹夷,风致在于绰约,语气在于吞吐,体势在于游行。"(明陆时雍《诗镜总论》)此则韵之所由生,亦即意之所由寄。

诗词化工之境,自然妙合于音。声崇天籁,韵推神品。"奇想飞云窟,遐思来鹘突。美听如害情,适履难为足。"(《味庐诗词选·原韵》)"忘足,履之适也";"忘韵,诗之适也。"(清袁枚《随园诗话》)

一字四声,平上去入。平分阴阳,余皆为仄。

不升不降,可以延长,是为平声。

或升或降,不可延长,是为仄声。

"平声哀而安,上声厉而举,去声清而远,入声直而促。"(日本遍照金刚《文镜秘府论》引《文笔式》)

"平声平道莫低昂,上声高呼猛烈强,去声分明哀远道,入声短促急收藏。"(清《康熙字典·等韵》)

宫商徵羽,疾徐高下,平上去入,异名同价。此平仄之称谓,乃四声之简化。

"汉字异拼音,块方形体独。合成音节单,韵母从声俶。高下仄平声,阴阳上去入。喉牙舌齿唇,音位交相沐。清浊辅音殊,元偕同韵录。抑扬听耳聪,顿挫刚柔睦。"(《味庐诗词选·原韵》)

"夫五色相宜,八音协畅,由于玄黄律吕,各适物宜。欲使宫羽相变,低昂互节;若前有浮声,则后须切响。一简之

内,音韵尽殊;两句之中,轻重悉异。妙达此旨,始可言文。"(梁沈约《宋书·谢灵运传论》)

凡作旧体诗词,最宜讲究声调。"律诗当知平仄,古诗宜知音节。顾平仄显而易知,音节隐而难察。"(清章学诚《文史通义·文理》)

"一句之中,或多一字,或少一字;一字之中,或用平声,或用仄声;同一平仄声字,或用阴平、阳平、上声、去声、入声,则音节迥异,故字句为音节之矩。积字成句,积句成章,积章成篇,合而读之,音节见矣;歌而咏之,神气出矣。"(清刘大櫆《论文偶记》)

"神气者,文之最精处也;音节者,文之稍粗处也;字句者,文之最粗处也。然论文而至于字句,则文之能事尽矣。盖音节者,神气之迹也;字句者,音节之矩也。神气不可见,于音节见之;音节不可准,以字句准之。"(清刘大櫆《论文偶记》)

"字句长短平仄,须调停得好,令情义婉转,音调铿锵,虽不是曲,却要美听。"(明王骥德《曲律》)

"凡声有飞沉,响有双叠。双声隔字而每舛,叠韵杂句而必睽。沉则响发而断,飞则声扬不还;并辘轳交往,逆鳞相比;迕其际会,则往蹇来连,其为疾病,亦文家之吃也。"(梁刘勰《文心雕龙·声律》)

清飞浊沉,即是平仄。双声叠韵,简为双叠。宫商响高,故曰"飞";徵羽声下,故曰"沉"。两个音节之声母相同,谓之双声;两个音节的韵母相同,谓之叠韵。"辘轳交往",喻双叠之圆转相连;"逆鳞相比",喻飞沉之轮替间换。

善于安排字句声调之平仄交错，必能形成诗词音节之抑扬顿挫。不能如是，如病口吃。

"是以声画妍蚩，寄在吟咏；吟咏滋味，流于字句；字句气力，穷于和韵。异音相从谓之和，同声相应谓之韵。韵气一定，故余声易遣；和体抑扬，故遗响难契。属笔易巧，选和至难；缀文难精，而作韵甚易。虽纤意曲变，非可缕言，然振其大纲，不出兹论。"（梁刘勰《文心雕龙·声律》）

"作韵甚易"，缘于"同声相应"。即在一句末尾用韵母相同的字组成和谐音律。用韵有一定的规矩，在同一韵部中寻找合用的字，比较容易得多。故曰"余声易遣"。

"选和至难"，缘于"异音相从"。即在一句之中用四声不同的字调配自然音节。四声有复杂的变化，在不同韵部中寻找合用的字，必然困难不小。故曰"遗响难契"。

黏对拗救，本不难知。近体格律，要在于斯。

上句下句，平仄相对。上联下联，平仄相黏。平仄乖违，即谓之"拗"；相应变通，即谓之"救"。

词牌曲律，各有定体。按图索骥，能事尽矣。

按字摸声，断无是理。百结之衣，了无足取。

尽管声律之学，比较专门，然而诗词之作，可渡迷津。因为体制既存，格律可遵；只须佳篇熟诵，旧章可循。

"情以生文，文亦以生情；文以引声，声亦以引文。"（清曾国藩《日记》引自姚永朴《文学研究法·声色》）"先之以高声朗诵，以昌其气；继之以密咏恬吟，以玩其味。"（清曾国藩《家训》引自姚永朴《文学研究法·声色》）循环互发，可入佳境。故曰："能读千赋，则能为之。"故曰："熟读唐诗三百首,不会作诗也会吟。"

"昆仑解谷,筒竹风鸣。如珠好语,一一穿成。规重矩叠,绳直衡平。范围不过,音响自清。吭圆引鹤,簧脆调莺。摩空掷地,皆作金声。"(清魏谦升《二十四赋品·声律》)

虽然"高言妙句,音韵天成,皆暗与理合,匪由思至",试问下笔生花,都成妙律;唾咳成珠,悉为神韵;如此不思而至,能有几人到此? 本来"词与调和,首末相称,中间不败,便是知音"(唐殷璠《河岳英灵集·集论》)。"九层之台,起于累土;千里之行,始于足下。"只要循序渐进,可望学而有成。"齐梁以后,虽在中才,凡有制作,大率声律协和,文音清婉,辞气流靡,罕有挂碍,不可谓非推明四声之功。"(范文澜《〈文心雕龙〉注》)

吐属万千,推敲得全。"左碍而寻右,末滞而讨前。"(梁刘勰《文心雕龙·声律》)反复吟咏,可得佳篇。

义同字异,宜分彼此。先声后义,用之中的。辞藻虽美,忌成疙瘩。不如割爱,务使通洽。

所谓"声与情符,情以声显",并非是顾声律而不顾情志,正是用声律来强化情志。

所谓"音以律文,声不失序"(梁刘勰《文心雕龙·声律》),并非是以声律来拼凑诗句,而是用声律来整饬文辞。

熟读深思,有会于心,则足以得之。读而不思,无从索解,则交臂失之。

"文以声调为本"(清曾国藩《日记》引自姚永朴《文学研究法·声色》),"文章最要节奏,譬之管弦繁奏中,必有希声窈渺处"(清刘大櫆《论文偶记》)。"言辞者必兼及音节,音节不外谐与拗。浅者但知谐之是取,不知当拗而拗,拗亦谐也;不当谐而谐,谐亦拗也。"(清刘熙载《艺概·文概》)曰"本",意在强调,见其重要。曰"当",把握分寸,适度为妙。

所谓妙技通神,无非手法惯熟。验诸实践,可得妙悟。余为《六州歌头》以悼邓公,三易韵格,韵脚各显其异;洎作《八声甘州》以迎千禧,四唱金龙,起句各殊其趣。然皆有所本,读之效也,亦思之效也。余之吟咏,喜作长调,虽是古风,拗句特少。"气盛则音之短长与声之高下相宜。"(唐韩愈《昌黎先生集》卷十六《答李翊书》)尝以此为宗,读之效也,亦思之效也。

字数相同,句法相仿,两两相对,谓之对仗。

两马并驾谓之骈,两人相对谓之偶,两张鹿皮谓之俪,仪仗一出必成对。两两相比,双双匹配。整齐对称,形式优美。如鸟生双翼,车驾两轮,并举则兴,失偶则废;如白璧连双,明珠成对,珠联璧合,相映生辉。

事物之对应关系,乃外在之宇宙。生与死,薄与厚,爱与憎,前与后,高与下,左与右,胜与败,攻与守,"事不孤立","自然成对"(梁刘勰《文心雕龙·丽辞》)。矛盾,万物之形;神思,一心之镜。文句之对仗组合,乃存在之必然反映。

"昔我往矣,杨柳依依;今我来思,雨雪霏霏。""有无相生,难易相成,长短相形,高下相倾。"不仅文字简练、整饬、美观,而且内涵精当、丰富、深邃。表达之妙,令人心醉。

有偶有奇,自然之理。及其末流,深苦陷溺。务求字字相对,句句相配;至于无处不骈俪,无事不对偶;冷堆僻砌,生拼硬凑;纷纭万状,中无所有。大搞文字游戏,无非形式主义。如此畸形发展,的确了无足取。

笔尚奇行,文重骈俪。奇偶之用,变化无涯。文质之施,贵在得宜。造句要前后搭配,铸词要左右提携。当奇则奇,当偶则偶。可以率然而对,可以运思而有。得其契机,自然中肯入巧;不切实际,难免浮泛枯燥。

分类研究,行有所傍。《文心雕龙》,分为四款。列举其名,言、事、正、反。

"风急天高猿啸哀,渚清沙白鸟飞回。""言对"也。言对者,"对比空辞"者也。不用典故,自抒感受,谓之"空辞"。但求字面成对,比较容易措手。故曰:"偶辞胸臆,言对所以为易也。"

"卫青不败由天幸,李广无功缘数奇。""事对"也。事对者,"并举人验"者也。要用典故,以事验证,谓之"人验"。必须学识渊博,比较难于措手。故曰:"征人在学,事对所以为难也。"

"战士军前半死生,美人帐下犹歌舞。""反对"也。反对者,"理殊趣合"者也。事理相反,旨趣相合。借事物之反衬关系,收映衬鲜明之功。故曰:"幽显同志,反对所以为优也。"

"两个黄鹂鸣翠柳,一行白鹭上青天。""正对"也。正对者,"事异义同"者也。事例不同,意义一样。显事物之并列关系,却易滋重复之弊。故曰:"并肩共心,正对所以为劣也。"(俱见梁刘勰《文心雕龙·丽辞》)

　　言对、事对，各有正、反。正对、反对，各有言、事。四款八目，昭然若揭。难易优劣，却又未必。事在人为，因人而异。只此一家之言，或嫌所见者小，如欲择善而从，不妨多方比较。

　　《文镜秘府论》中，数达二十九种。多而难记，未必就好。文澜之注，但举其要。撮录于此，聊供参考。

　　"东圃青梅发，西园绿草开。砌下花徐去，阶前絮缓来。"是为"的名对"。的名对者，正对也。凡作文章，正正相对。初学之者，须先务此。

　　"相思复相忆，夜夜泪沾衣。空悲亦空叹，朝朝君未归。"是为"隔句对"。隔句对者，第一句与第三句对，第二句与第四句对。

　　"夏暑夏不衰，秋阴秋未归。炎至炎难却，凉消凉易追。"是为"双拟对"。双拟对者，一句之中，假如第一字为秋，第三字亦是秋，二"秋"拟第二字，下句亦然。

　　"看山山已峻，望水水仍清。听蝉蝉响急，思卿卿别情。"是为"联绵对"。联绵对者，不相绝也。一句之中，第二字、第三字为重字，即名联绵对。上句如此，下句亦然。

　　"天地心同静，日月眼中明。麟凤千年贵，金银一代荣。"是为"互成对"。互成对者，句中自成对也。如"天"、"地"、"日"、"月"，分置上下句中，则为的名对。两字一处用之，即为互成对。

　　"天清白云外，山峻紫微中。鸟飞随去影，花落逐摇风。"是为"异类对"。"异类对者，异同比类之对也。""天"与"山"，"花"与"鸟"，"白云"与"紫薇"，"去影"与"摇风",均非同族,而是异类。

"秋露香佳菊,春风馥丽兰。"是为"双声对"。双声对者,即双声词相对。"佳菊"、"丽兰",都是双声。

"放畅千般意,逍遥一个心。漱流还枕石,步月复弹琴。"是为"叠韵对"。叠韵对者,即叠韵词相对。"放畅"、"逍遥",均为叠韵。双道二文,其音自叠。文生再字,韵必重来。

"情亲由得意,得意遂情亲。新情终会故,会故亦经新。"是为"回文对"。回文对者,回文更用,重申文义,因以成对,遂以为名。

"山椒架寒雾,池筱韵凉飙。"是为"字对"。字对者,不用义对,但取字为对也。"山椒",即山之顶。"池筱",即傍池竹。其义有别,其字可对。

骈俪对偶,由来已久。用于格律,必须遵守。格律虽严,习之能安。当对则对,施之不难。对而能工,始可足观。对而不当,举步蹒跚。欲谋借鉴,多读佳篇。心领神会,水滴石穿。既事诗词,当知唐宋。其中对仗,尽多妙用。

"白日依山尽,黄河入海流。欲穷千里目,更上一层楼。"此"流水对"也。两句诗意连贯而下,有如流水,运行自然。好像不是对偶,实则对仗均齐,工整停匀,无懈可击。

"故人具鸡黍,稚子摘杨梅。""水春云母碓,风扫石楠花。"此"借对"也。但取音谐,不管义别。"杨"与"羊"同音,故能借与"鸡"相对。"楠"与"男"同音,故能借与"母"相对。

"小院回廊春寂寂,浴凫飞鹭晚悠悠。""孤云独鸟川光暮,万里千山海气秋。"此"当句对"也。"小院"与"回廊","浴凫"与"飞鹭","孤云"与"独鸟","万里"与"千山",皆一句之中,自成对偶。互成之对,其趣相同。

"裙拖六幅湘江水,鬓耸巫山一段云。"此"错综对"也。"六幅"与"一段","湘江"与"巫山",虽然相对,却有位移。欲求平仄相协,故作错综安置。不仅音韵和鸣,而且文理隽永。

入室升堂,贵得良方。若无想象,哪来诗章?欲工对仗,须凭联想。反求诸己,才思可量。

客观事物,主观情志。非爱即憎,非同即异。千丝万缕,纵横联系。相互接近,由此及彼。特征相似,形成模拟。关系对立,必成敌体。见闻感受,多方积累。联想添翼,飞巡天地。超越时空,灵仓顿启。用于对偶,庶可得济。

"昔去为忧乱兵入,今来已恐邻人非。"(清仇占鳌《杜诗详注》卷十三《将赴成都草堂途中有作先寄严郑公五首》其五)"便从巴峡穿巫峡,直下襄阳向洛阳。"(清仇占鳌《杜诗详注》卷十一《闻官军收河南河北》)得力于接近联想。串连今昔,时间接近。串行地名,空间接近。时空接近,易生联想。以此构基,可成偶对。至于物类、事项,不论同异,均可匹配。

"支离东北风尘际,漂泊西南天地间。"(清仇占鳌《杜诗详注》卷十七《咏怀古迹五首》)"江间波浪兼天涌,塞上风云接地阴。"(清仇占鳌《杜诗详注》卷十七《秋兴八首》)得力于模拟联想。事物不同,特征相似,连类而及,遂成模拟。用此联想,可成正对。

"羯胡事主终无赖,词客哀时且未还。"(清仇兆鳌《杜诗详注》卷十七《咏怀古迹五首)"新松恨不高千尺,恶竹应须斩万竿。"(清仇占鳌《杜诗详注》卷十三《将赴成都草堂途中有作先寄严郑公五首》其四)得力于对比联想。事物矛盾,关系对立,互相激射,鲜明差异。用此联想,可成反对。

联璧其章,贵在允当。理圆事密,悉称铢两。拟对之疵,首忌合掌。意义重出,徒具形状。即使成篇,无关痛痒。

大树千株,一本所系。声律万变,寸心可治。既欲知音,须重才识。调谐平仄,本非大难。叶稳韵脚,也不容易。作者才识精深,便能够剖析字句,安排音韵,游刃有余。作者才识疏浅,就只会按字摸声,捉襟见肘,乱凑一气。

才识之来,虽云天赋;天赋已成,实践为主。

"诗道原无神秘,属辞贵达衷诚。多情善感悟人生,正是终南捷径方式。积学能增功力,韵规熟自营耕。创新求异美而精,必定囊中脱颖。"

2000年端午至七一初稿

董味甘(1926—),男,汉族,原籍四川荣县。重庆师范大学文学院教授,重庆市文史研究馆馆员。

旧体诗词继承与创新
若干问题的探讨

——从《重庆艺苑》2011 年诗稿编辑谈起

赵心宪等

旧体诗词堪称中国传统文化的精华。长期以来,传统诗词以其凝练的语句、优美的韵律、深广的意境、丰富的表现力和强烈的感染力深受国人喜爱。近现代以降,不少政治家、作家、学人诸如毛泽东、柳亚子、郁达夫、田汉、郭沫若、陈寅恪、钱钟书等都长于此道,留下不少传世佳作。纵历"文革"浩劫,余绪尚存。后值改革开放,文脉重续,目前海内外爱好者众。旧体诗词成为寄兴抒怀、论事咏物、陶冶性情、交友联谊的适宜形式,若干刊物、网站大力构建作品展示、诗艺探索的"园地","江山代有才人出",昭示着旧体诗创作的再度兴盛。

《重庆艺苑》作为旧体诗词交流的一个平台,创刊 14 年来,在重庆市委、市政府、市政协及海内外广大作者、读者支持下,坚持传统诗词创作风格,传承高雅艺术,在探讨交流诗艺,联谊海外友人方面发挥了积极作用,拥有广泛读者。目前本刊设有"时贤吟章"、"海外诗鸿"、"沧海遗珠"等栏目,各具特色,除"沧海遗珠"载已故诗人作品之外,刊发的都是时人诗词。笔者从事《重庆艺苑》等诗词刊物编辑有年,时常参阅其他同类刊物,对当前诗坛状况略有了解,现提出几点粗浅看法,望海内外同仁指正。

一、旧体诗词创作的常见问题

鲁迅说过:"我以为一切好诗,到唐已被做完,此后倘非能翻出如来掌心之齐天太圣,大可不必动手。"但这并不意味着旧诗不能开拓,鲁迅先生的忠告内涵丰富,一言以蔽之,旧诗创作需要深厚的艺术修养。

编辑中读到的众多旧体诗词作品,我们感到水平参差不齐,较普遍情况是:立意不高,艺术表现力欠佳,炼句平淡,用语不实,创作有些力不从心——或格律不严格,或用韵不规范,或就格律写作而捉襟见肘。写历史事件如歌颂建党 90 周年、纪念辛亥革命 100 周年的作品,由于对历史过程、事件细节的不清楚,常常不能提炼出重要的、有代表性的"史实"予以反映。

如某刊诗《辛亥革命百年纪念》:"千载皇权一扫光,西安兵谏拯危亡。辉煌业绩垂青史,殷鉴昭昭慎勿忘。"此绝句仅首句切题却了无余味,第 2 句用 1936 年的西安事变史实,于题扞格难通;后两句空泛无实,"殷鉴"不知所指,是国共两党未能团结御侮,抑或辛亥革命后"拱手让权袁世凯"?

咏历史人物、现实事件的部分作品中，作者对人物活动的历史背景、人物生平、事件本身欠深入了解，或把握不住人物的闪光点，不能突出人物典型事迹，读者难有切实感受。

如《剑门关怀古》："一关高峙暮云平，双剑摩天古道横。蜀相北征劳远略，魏王西顾枉鏖兵。寒林秋郁英雄气，深壑宵闻箭弩声。管钥千年成胜地，江山伟丽翠廊迎。"此诗炼句圆熟，格律严谨，颇具功力，第 3 句写诸葛亮北伐曾经过剑阁切合史实，但第 4 句"魏王"若指曹操则于事不合。参阅《三国志》，当年曹操夺取张鲁之汉中，刘备复从曹操手中夺得该地都未在剑阁发生战争，而魏明帝曹叡为抗诸葛亮第一次北伐也仅到了长安，三国时剑阁战事发生在姜维在此与钟会对峙，系司马昭令钟会、邓艾伐蜀之际。第 6 句系以想象之词烘托当年战争气氛，然惋惜结句较平淡。

又如写杨贵妃事，有"千载长留误洗儿"句，仿佛安禄山流芳百世，显然不妥，编辑时润改为"野史犹传误洗儿"；咏辛亥革命七律有"促成武汉双十节"句，用武汉表示发生起义的武昌不当，且"十"失黏，为此润改为"促成首义武昌役"；反映美日黄海军演的一首七律有"京城门外黑风卷，黄海周边弹雨狂"一联，"黄海周边"的中国、朝、韩并非"弹雨狂"，润改为"黄海涛中"似乎较为妥帖，"涛中"对"门外"也更工致。

以上诸例旨在说明旧诗创作既需一定学养，又需贾岛锤炼诗句之精神。

而一些旧体诗稿，由于创作功力欠厚，随意草率写成，造词铸句,自认为应当如此,全不考虑读者的接受,写诗与读诗隔膜,不可能出现好作品!

如网站刊登《踏雪访周笃文导师》一诗:"明珠璀璨感征衣,踏雪寻师景色宜。陋室悠扬吟国粹,精心呕沥著诗集。腾龙律韵五湖响,舞凤芳菲四海迷。善笃老牛识劲草,深情舔犊点灵犀。"以七律形式写成,用韵明显混乱,第4句"集"是入声字,根本不能在本诗中押韵,而"衣"在"微"部,"宜"在"支"部,"迷、犀"则属于"齐"部;第3句用"国粹"代诗词不准确;第4句以"呕沥"表示"呕心沥血"系生造,况句中已有"精心"2字;第6句"舞凤"或指其书法,而"四海迷"意思不明;第7句"善笃"生硬,以此修饰"老牛",用"劲草"喻自身或自己作品均欠妥。

因为遣词生硬,辞不达意,或为应付格律、对仗勉强成句,不作精心推敲,诗味全无的诗稿也是每每经常见到的——

如《咏怀新迹用杜甫咏怀古迹韵》:"群悲群哭报京门,落网儿童遍万村。一别讲台忘食寝,每随吧主度朝昏。先生安享千盅粟,学府空归一代魂。欲领文凭开电脑,分明剽窃割他论。"此作揭示当前学童多沉溺于上网,荒废学业,首二句言之过重;第3句"讲台"易使读者以为是写教师,若谓学童,可换为"学堂",如要以名词对下句的"吧主",可用"书堂"之类;第三联似指斥尸位素餐之教师,但这并非普遍现象;第5句"一代魂"谓教师或谓学生?意思不明;末2句讥刺为混文凭而无操守之徒,当是指成人,与前6句难以浑融一体。由于步前人韵,不易自由施展,第2句为押"村"字而用"万村"反映城乡学童不准确;末句"他论"的"论"是名词,读仄声,而杜甫原诗押平声韵(系用元部韵),"论"用作动词,与诗题要求有距离。

又如《西江月·咏宜宾》:"雄踞西南半壁,拥怀万里长江。风骚历代咏醇乡,故土英雄志壮。岷水金沙汇彩,翠屏真武联芳。大江浩荡气昂扬,孕育中华风尚。"首句言该市地处西南,"半壁"2字多余,且"半"字当为平声;第2句欲表达宜宾为万里长江第一城之意,"拥怀"生硬,似可改为"雄踞川滇分野,城襟万里长江";第3句"醇"并无"酒"义,第4句是赞颂赵一曼、李硕勋等,下阕末2句则空洞不着边际。

一首七律的末联"劫波渡尽怀兄弟,陆岛骈肩启大同",上句借鲁迅诗意,下句"陆岛"不如用"两岸"表示祖国大陆与台湾更自然。另一首七律颈联"白酒名高因水洁,豆花甜嫩入肠鲜"后3字不如写成"入唇鲜"更雅,如杜甫即有"莫厌伤多酒入唇"句示范。

而写现实中事的《三同秀》,"下村落户搞三同,担粪铺床摄镜中。酒罢乡官车送客,电台秀出我支农","电台"在今人意识中系广播电台,从第2句"摄镜"来看,宜改为"荧屏",末句"农"属于"二冬"中的字,诗仅4句实不应"出韵"。

上引诸例,虽不足为证,但喜欢旧体诗词的读者一定有如鲠在喉的感觉。不考虑读者的写作,不可能写出佳作的。

二、旧体诗创作中应注意的几个常识问题

用格律诗旧体反映当代生活无疑有诸多障碍。郁达夫

曾说:"以今体诗咏现代的各种洪潮的起伏,终觉得是魄力不够,内容承受不下,仅仅以廿八字或五十六字来写出上海大战、徐州突围、武汉退出似乎总还感觉到不足一点的样子"(《序〈不惊人草〉》)。郭沫若少年诗《无题·之四》明显反映出格律限制表意:"汉祖虚传三侯歌,嗟无猛士奈如何。淮阴传作陈豨质,天下倒挥黥布戈。鹿逐长才思屡试,狗烹奇祸惨经过。目今牟(眸)昔多惆怅,会见都门棘＊驼。"第三联为对仗将"逐鹿"写作"鹿逐",因下句"狗烹"2字不能颠倒。末句用西晋索靖典故,最后2字应是"铜驼",而按格律"铜"字处应是仄声,却又不能换为"铁驼"之类,只好将其空着。

　　旧体诗词虽多桎梏,但这并不意味着在今天已失去生命力,创作难以为继。人们常以旧瓶装新酒谓诗词创作,对今人而言,为保持固有之美感、韵味,形式上应遵循其基本规则,否则无以传达其意韵。古语云不以规矩不能成方圆,臧克家曾对不守格律而自诩律诗、绝句的现象,告诫"期期以为不可",关键在于作者的学力积淀与艺术涵养。旧体诗创作首先要讲平仄。1965年7月,毛泽东《给陈毅同志谈诗的一封信》曾说"律诗要讲平仄,不讲平仄,即非律诗"。平仄即汉字声调,只是仄声里的入声在多数地区口语中已不存在,其不易把握也缘于此,而格律诗的黏对规则较易掌握。

　　旧体诗要写出值得品味之作,必须千锤百炼,常见讲求规则的作品往往比不守格律的更精致。试看毛泽东《纪念鲁迅诞辰八十周年》:"博大胆识铁石坚,刀光剑影任翔旋。

龙华喋血不眠夜,犹制小诗赋管弦"(之一);"鉴湖越台名士乡,忧忡为国痛断肠。剑南歌接秋风吟,一例氤氲入诗囊"(之二,写秋瑾)。这是他生前没有发表(或是不愿意发表)的作品,二首七言随手写成,未作格律推敲。前一首第一句除了押韵字"坚"外全为仄声,末句第三、第五字均用仄声,犯孤平;第二首也没有考虑黏对。从艺术效果看,较之其生前所发表的严格依照格律创作的作品稍稍逊色是显然的。以下试析旧诗创作中常见的形式问题。

1.关于用韵

王力称:"不善于押韵的人,往往为韵所困,有时不免凑韵。"从2011《重庆艺苑》诗稿所编辑的格律诗用韵来看,或平或仄,一般能依照"平水韵",律、绝多能一韵到底,但并不都严格规范在"平水韵"中某一部,偶有"出韵"。宋朝以后的律诗、绝句首句如果入韵,可以用邻韵字,但双句押韵的字则必须符合某韵韵部,倘若稍加放宽,可允许个别字变通。现代作家有时也不完全拘于此,如1937年郭沫若《归国杂吟》步鲁迅《悼柔石等》(惯于长夜过春时)原韵:"又当投笔请缨时,别妇抛雏断藕丝。去国十年余泪血,登舟三宿望旌旗。欣将残骨埋诸夏,哭吐精诚赋此诗。四万万人齐蹈历,同心同德一戎衣。"前1、2、4、6句用"支"韵字,而末句"衣"则属于"微"韵(鲁迅诗为:月光如水照缁衣)。现代作家、学人中柳亚子、郁达夫、田汉、陈寅恪、钱钟书等的诗作都较严格遵守了"平水韵"韵部。

对于人们戏称的"该死的十三元",其中两类字如"原源园猿翻喧言轩……"，与"魂温孙门尊存村论坤昏痕根恩……"等字的读音，在唐代已不相同，前人押韵有时也刻意避免混用。杜甫《咏怀古迹五首》："群山万壑赴荆门，生长明妃尚有村。一去紫台连朔漠，独留青冢向黄昏。画图省识春风面，环佩空归月夜魂。千载琵琶作胡语，分明怨恨曲中论。"5个押韵字都没有用前一类字；清代王士禛《秋柳》"秋来何处最销魂，残照西风白下门。他日差池春燕影，只今憔悴晚烟痕。愁生陌上黄骢曲，梦远江南乌夜村。莫听临风三弄笛，玉关哀怨总难论。"同样也只押后一类字。我们认为创作中如果用"元"韵，最好也遵循这一点——纵然可用字有所减少。

关于词的用韵。词韵就是在诗韵"平水韵"的基础上整合而成，但词韵比诗韵更宽些。清人戈载《词林正韵》把词韵分为十九部，把诗韵（"平水韵"）进行了合并，并把"十三元"中的字作了切分，将其中的"源园猿辕冤言轩……"等字归入了"寒、删、先"部（第七部），另把"元"部中的"魂浑温孙门尊存村……"等字并入"真、文"部（第六部）。前人填词，大抵依照了这些韵部。但今人作品则失之太宽泛，有的词押"真、文"部韵时仍然用"元"韵中已经归入第七部的字如"源、轩"等字，读来有拗涩之感。也有人将第六部"真、文"（前鼻音）韵与第十一部的"庚、青、蒸"（后鼻音）韵混用。如某刊《浣溪沙·贵妃》上阕"新谱霓裳满殿春，大唐歌舞震东瀛，梨园音乐美无伦。"诗用"真、文"部的字押韵，而"瀛"在"庚"部，"震东瀛"也不切杨贵妃事。我们认为在如此宽泛的可用字中，填词用韵应遵守基本的韵部比较妥当。

2.关于律诗、绝句的拗救应遵循的规则

拗句是格律诗创作中的一种灵活处置方式,炼句时有更广的腾挪空间,但应遵循一定规则,不能将不合律的句子随意谓之拗句。有人将陆游《夜泊水村》的"一身报国有万死"称为拗句("有"字拗),认为是用下一句"双鬓向人无再青"的"无"字救,我们认为是作者为"对仗"而不拘格律,因为这句"有、万"2字本应是平声,属不合律的句子。

常见的拗句格式,五言如杜甫《月夜》中的"遥怜小儿女"和"何时倚虚幌"等。七言如杜甫《咏怀古迹五首》的"千载琵琶作胡语,分明怨恨曲中论"、"蜀主窥吴幸三峡,崩年亦在永安宫";《九日》"竹叶于人既无分,菊花从此不须开"等。毛泽东《送瘟神》的"借问瘟君欲何往,纸船明烛照天烧",《答友人》的"我欲因之梦寥廓,芙蓉国里尽朝晖"(下标黑点处字为当仄声而用了平声)的上一句。这类句式常见,可视为定式。王力先生认为是第5字拗,第6字救。从创作实践来看,往往是第6字本应是仄声但为就诗意不得不用平声字,如杜甫"蜀主窥吴幸三峡"的"三","千载琵琶作胡语"的"胡";毛泽东"我欲因之梦寥廓"的"寥"、"借问瘟君欲何往"的"何",于是在第5字求变通而用仄声,可视为第6字拗,第5字救。但第3、4字必须用平声。上举杜甫诸句中的"琵琶"、"窥吴"、"于人",毛泽东句中的"瘟君"、"因之"均如此。但有人不明于此。最近某刊载一首七律,末联为"却盼太平遍寰宇,南山归隐不求名"。上一句

是拗句,"寰"当仄而用为平,第5字用仄声"遍"并不失律,但第3字"太"字处必须为平声。另一首末联"今叹旧愁共新债,歌吟字字冷秋霜",犯同样毛病,第3字"旧"字处应是平声。这在创作中是应当特别注意的。

3.关于格律诗旧体中的句式节奏

旧体诗强调韵律,郁达夫说"韵律系人类的情绪自然所有的活动的形式,与肉体的运动(舞蹈)、音乐的要素,原是一体"(《诗论》),律诗对仗最能体现这一特点。律诗中对仗要求很严格,对仗联中句式在节奏点上必须严格对应,如杜甫《登高》,颔联"无边落木萧萧下,不尽长江滚滚来"的句式是"四二一",颈联"万里悲秋常作客,百年多病独登台"句式是"四一二",通常律诗这两联分别应符合这样的句式。有的律诗中间两联4句句式完全一样,也无大碍,但同一联中两句绝不能一句为"四二一",一句为"四一二"。我们在编辑中常见一些诗稿存在这一毛病。当然,七言律、绝对仗句式多样,并不仅限于此。如杜甫《宿府》"永夜角声悲自语,中天月色好谁看"句式为"上五下二";郁达夫"酒从雨月庄中赏,香爱观音殿里薰"却是"上一下六"。

4.关于近体诗创作的"孤平"

近体诗以孤平为大忌,前人偶有犯孤平,或为不经意所致。翦伯赞《一九六二年春偕陶白同志游扬州谒史可法墓》:"三月杨花扑面迎,我来万里吊英灵。当年烽火连淮泗,此日笙歌遍广陵。竹帛千篇书大节,英雄百战死孤城。

腥风血雨埋冠剑,二十四桥月不明",末句犯孤平,"四"、"月"必有1字为平声,若改为"廿四桥头月不明"则可避免此病;姚雪垠七律"堪笑文通留恨赋,耻将意气化寒灰。凝眸春日千潮涌,挥笔秋风万马来。愿共云霞争驰骋,岂容杯酒持徘徊。鲁阳时晚戈犹奋,弃杖邓林亦壮哉",末句也犯孤平。邓林本可用桃林代之,作者或认为常人不知有此异名;第6句第5字当为仄声,可用"竟",使之成拗句。

苏曼殊绝句:"秋风海上已黄昏,独向遗编吊拜伦。词客飘蓬君与我,可能异域为招魂。"陈独秀《和雪蝶本事诗十首(之四)》:"丹顿裴伦是我师,才如江海命如丝。朱弦休为佳人绝,孤愤酸情欲语谁。"两诗都出现了英国诗人拜伦,陈独秀为避免孤平而用"裴伦",而将但丁写为丹顿也是格律的需要。近读一诗刊七律尾联"相嬉竹马儿童戏,青石板街写自然",末句犯孤平,"写"可用"书"之类字。

犯孤平问题当在格律诗旧体创作中努力避免。

5.关于诗词中的议论

宋朝严羽强烈反对"以议论为诗,以文字为诗",针对的是纯发议论,无视诗美而枯淡无味的作品。诗、词自然不可能不发议论。龚自珍《己亥杂诗》几乎全是即景论事抒怀的内容,但议论以形象语言表达之。目前所见,不少议事之作如直陈白话,"辞气浮露,笔无藏锋",诗味淡薄。近读某刊所载七律《夏日漫笔》有这样的诗句:"圣地不欢人搅扰,皇天发怒鬼纠缠。聪明反被聪明误,科学还须顺自然。"诗反映自然灾害的破坏,但"圣地"句意思不明朗;又一首后4句

"北友林烧惊众国,南邻水溢痛烝民。自然因果休轻视,应识苍天也杀人",自谓"北友"指俄罗斯,"南邻"是巴基斯坦。"北友"喻俄罗斯颇显生硬,而巴基斯坦相邻于我国西南极边之处。二诗末2句系纯发议论,全诗"直视无碍",无浑厚之感。另读《答友人》一诗,末联"至此山呼当闭嘴,情非心底莫为文",斥矫情为文之徒,了无余味。刘勰《文心雕龙》云:"水性虚而沦漪结,木体实而花萼振,文附质也。虎豹无文,则鞹同犬羊;犀兕有皮,而色资丹漆,质待文也。"诗中议论应注重文采才符合诗美原则。

6.关于用前人成句和化用古人诗句

诗可用前人句子入诗,毛泽东用李贺"天若有情天亦老"于七律中,不但格律熨帖,且哲理更深;改李贺诗入词的"一唱雄鸡天下白"也颇精当,可谓"点铁成金"。郁达夫常改龚自珍诗为己用,如改"避席畏闻文字狱"为"丧乱久嫌文字狱";改"长天飞去一征鸿"为"长天渺渺一征鸿"等。其诗直接用龚自珍诗句也颇多,如"今日不挥闲涕泪"等。我们认为不宜滥用他人诗句,即使仿写、化用,一首诗也不宜出现两处甚至两处以上,且必须合律! 如"林泉之恋终无悔,不教浮名累此躬"两句,即仿杜甫《曲江二首》"细推物理须行乐,何用浮名绊此身"而成,并无不可。但"纪念陆游逝世800周年"一诗,"此身不合做诗人,况值天崩地坼辰。一样飘零文字海,萧条异代最怜君"则不佳:第1句从陆游"此身合是诗人未"变来,第2句言重,当今并非舆图换稿之际,若指陆游,此公却是高产作家;第3句改龚自珍"万一飘零文字海"而成,第4句系仿杜甫"萧条异代不同时",郁达夫长兄赠诗与他有"一家年少最怜君"句。本诗用"真"韵字,而"君"在"文"部。

王国维《人间词话》云:"'秋风吹渭水,落叶满长安',美成以之入词,白仁甫以之入曲,此借古人之境界为我之境界者也。然非自有境界,古人亦不为我用。"指周邦彦《齐天乐》"渭水西风,长安乱叶,空忆诗情宛转"和白朴《梧桐雨》"伤心故园,西风渭水,落日长安"的写法。毛泽东1963年初所写《满江红》,也借贾岛诗句而另赋新意:"正西风落叶下长安,飞鸣镝"。可见借用前人句意,必须"自有境界"方能融前人诗句入自己营造的诗境中,而过多借用前人诗意实为自身创造力不足的表现,应尽可能避免。

7.关于集句诗

当今有人擅长集句,刊物时有登载,如某诗刊的《思乡吟》:"一水牵愁万里长(李白),青春作伴好还乡(杜甫)。星星鬓影今如许(晁补之),云海天涯两杳茫(苏轼)"。借言抒怀,或能切合自身体验,颇增意趣,折射出对古人诗作烂熟于心的学养。这类格律诗旧体体式可试,但应追求"浑然一体"的上佳表现。

集句兴于宋代,王安石是集句高手,宋末文天祥在狱中集杜诗明志,传为历史佳话;明清戏剧每出戏末的下场诗常常集前人诗而成,成为一时风气。梁启超《饮冰室诗话》称,"集句本游戏之作,大雅弗尚。然佳者殊能令人相悦以解",道出集句诗的美学效果,并引某公"小姑居处本无郎,拟托良媒亦自伤。蜡烛有泪还惜别,罗衣欲换更添香。班骓只系垂杨岸,海燕双栖玳瑁梁。吊影分为千里雁,江流曲似九回肠"为证。诸句均出于《唐诗三百首》,分别是李商隐、秦韬玉、李商隐、薛逢、李商隐、沈佺期、白居易、柳宗元的诗句,8句融为一体,格律熨帖,对仗工稳,自然灵动,无刻意为之痕迹。郁达夫曾"集定庵句"题赠钟敬文,"秀出天南笔一枝,少年哀艳杂雄奇。六朝文体闲征遍,欲订源流愧未知"(《城东诗草》),均是出自龚自珍《己亥杂诗》,论事切当,自然妥帖。集句诗如梁启超所说无创造性可言,今人玩集句诗以表现情感,描摹世事未必工切,但可视为遣兴怡情之作,不失雅趣。

8.关于填词

词之句式长短不一,较之诗更灵活,王国维说词之为体"能言诗之所不能言,而不能尽言诗之所能言。"诗稿编辑中所见词作稿一般能据词谱填写,但意境多未臻优美,口语虽易于入词,但若不注意锤炼句子,白话色彩过重将使诗词韵味索然。

今人填词,也未必完全遵循词谱,但创作中需明白词体的基本句式要求,常有词稿不明词的基本形式,句式错乱的。试以"一字领(又称一字逗)"为例,先看毛泽东《沁园春·长沙》,"恰同学少年,风华正茂;书生意气,挥斥方遒……","恰"领起这4句(电视连续剧《恰同学少年》剧名实在不通);又如《沁园春·雪》,下阕"惜秦皇汉武,略输文采;唐宗宋祖,稍逊风骚……""惜"也是一字领,关联着"秦皇汉武……稍逊风骚"诸句;同样,"到中流击水"中的"到","数风流人物"中的"数"也各领后面8字。"恰同学少年"句式应为上一下四,有作者以为只要凑成5字即可,将此类句式改为上三下二或上二下三,错矣,节奏单位错乱即不合格律!又如《满江红》,上阕中的"正西风落叶下长安",下阕"待从头收拾旧山河"句式是上三下五,前3字为"上一下二",不能随意凑成8字。各词牌句式在《词谱》中都有规定,填词时务必遵守,不能擅自改变,旧体形式有特别的审美规则,读者非常在乎这个形式美的存在。

9.关于格律的文化传承意义

从文化传承来看,无论是阅读鉴赏还是创作,都有必要了解格律,掌握它可既判断是否合律,也有助于帮助理解作品,窥知作者用心。一书转载杜甫《春望》:"国破山河在,城春草木深。感时花溅泪,恨别鸟惊心。烽火连三月,家书抵万金。白发搔更短,浑欲不胜簪。"第7句出现错误:"发"是入声,失黏!由此可知,杜甫在这里为何用"白头"而不用"白发"。又如杜甫《春夜喜雨》的"晓看红湿处,花重锦官城",根据格律可判断"看"应读一声,"重"应读仄声zhòng,朗朗诵读,你会明白老杜的特别用意。

懂得格律,也就可知为什么毛泽东把李贺的诗句"雄鸡一声天下白"用在自己的词里,要改成"一唱雄鸡天下白"。1943年3月,毛泽东挽戴安澜的《海鸥将军千古》:"外侮需人御,将军赋采薇。师称机械化,勇夺虎罴威。浴血东瓜守,驱倭棠吉归。沙场竟殒命,壮志也无违。"第5句的"东瓜"是南缅平原上的一座小城,通常译作同古,这里没有用"同古"是格律需要。

电视剧《鲁迅与许广平》中,郭沫若伴演者将郭氏的"欣将残骨埋诸夏,哭吐精诚赋此诗",误读为"哭吐精诚赋长诗";电视剧《北风哪个吹》第五集中,一知识青年把毛主席"高天滚滚寒流急,大地微微暖气吹",背成"大地微微暖风吹",如果了解格律,不查原诗就能判断有误。

从格律还可理解诗人的遣词用意。文天祥《扬子江》"几日随风北海游,回从扬子大江头。臣心一片磁针石,不指南方不肯休。"将"磁石针"写为"磁针石"也是为合格律。毛泽东"春风杨柳万千条,六亿神州尽舜尧",把"尧舜"用为"舜尧"既是为了押韵,也有平仄的需要。鲁迅《阻郁达夫移家杭州》"钱王登假仍如在,伍相随波不可寻","登假"有的版本为"登遐",二者意思相同,但作者只能用"登假",否则失对。郭沫若年轻时所作七律"哀的美敦书已西,冲天有怒与云齐",有的书弄成"哀的美顿","哀的美敦"是最后通牒译音,当时虽然有这两种译法,但这里只能是"哀的美敦"。

三、旧体诗稿编辑视角的几点建议

作为旧诗创作、交流平台的诗词期刊,作品选取上一般比较注意以下几个方面:

第一,艺术标准上严格把关,形式上坚持固有格律、韵部;第二,选用作品除形式标准以外,亦注重思想内涵、艺术表现、意境营造、诗句锤炼,对为应付格律而勉强成篇,随意作成,枯淡无味的作品一般不采用。

我们认为,贺寿诗应尽量少用。贺寿诗即使如诗圣杜甫的"富贵当如此,尊荣迈等伦";郁达夫的"美意延年山比寿,输财济国世流芳"皆既无韵味又涉庸俗。悼亡诗应慎用,若非人们熟知的人物,通常不知其经历以及当事人之间的交谊,难以引发读者感动。

目前刊物中作为联谊的交游诗比较多,可适当采用。由于作者与人私谊旁人难以知晓,若表现隐晦则很难唤起读者体验,不易引发共鸣,若作者有自注可择要保留,以利阅者理解。

关于所谓"自度曲"。我们认为今人偶写长短句不要以自度曲命名,古人能自度曲者皆精通音乐和音律之士,当时"度曲"都依据了一定宫调,今人不明古乐,不宜擅称自度曲。

作为编辑,对作品中少数不合律处可以修改合律,但有时"牵一发而动全身",可能为改一字引起对仗等改动,对多处不合律的宜弃之不用。对当代词汇运用不应排斥,新词偶尔入诗反能增加生趣,如"鱼雁双沉得讯迟,还凭博客远相知"之类。前述某君《三同秀》末句的"秀出",由时髦的"作秀"而来,与龚自珍"秀出天南笔一枝"意思迥异,但不妨入诗。

"诗缘情而绮靡",旧体诗词创作,同样要有真情实感,切忌无病呻吟,虽然反映当代人、事多受限制,但写景,抒情、咏物、咏史则较自由,只要功力到家,写出有韵味的诗作不难。初试者宜从阅读、琢磨中培养语感,正所谓"熟读唐诗三百首,不会吟诗也会吟",阅读乃至背诵是创作积累重要的环节切不可忽视。

附注:本文有关的核心理论问题之一,将以《新世纪旧体诗词的古典美认识——兼及"古今融合的新律路径"问题》为会议发言论题。

2012 年 8 月 13 日

赵心宪(1948—),男,汉族,原籍重庆,四川师范大学历史文化与旅游学院硕士生导师、重庆市第二届政协委员、第三届重庆市政协学习与文史专委会委员。重庆市文史研究馆馆员。

启迪与借鉴

——略论古典诗词与诗词理论的价值及意义

王定璋

中华诗词毫无疑问是当今文学园地中的一支不可或缺的艳丽的花朵。"五四"运动以来,新文化运动席卷神州大地,中华诗词曾一度趋于冷落。然而,其顽强的生命力却始终令这支花朵依然绽放。尤其在建国之后,改革开放以来直至现在,中华诗词又迎来了发展的生机。本文拟对中华诗词创作如何从传统文化,尤其是从那些经历了历史风云与时代变迁之后仍然焕发艺术魅力的古典诗词中摄取营养,从诗词理论里获取启迪与借鉴作些探讨,或许有益于当今中华诗词的创作繁荣与发展,不当之处,识者匡正。

一

中国是一个诗的国度,纵观古往今来有文字记载的文学和文学史,一条赫然在目的主线毫不夸张地说,就是中华诗词的萌生发展、繁荣的过程,虽然小说、戏曲等体裁成就巨大,但那是中晚期以后的变化。而由于繁杂的原因,当代中华诗词在文学园地里的影响与价值不免有所降低,这是应当引起我们的关注并设法予以解决的问题。我认为这问题既反映了创作主体存在的不足,也反映了客观现实的发展变化对中华诗词提出了更高更新的诉求。

就创作主体而言,当今中华诗词的作者队伍应当向文学爱好者展开欢迎的怀抱,吸纳新生力量,把那些思想敏锐,文学修养高,对中华诗词兴趣浓厚的新生力量纳入发展对象,壮大创作主体。而更为重要的是提升创作主体的文化学养与志趣情操,创作出题材广泛,视野独到,审美价值独具优秀作品来。这当然首先要求诗词作者必须具备深厚的学殖根柢,丰富的人生阅历和社会生活体验,犀利而独到的洞察力,以及娴熟高超文字驾驭能力等始可奏效。此外,必须稔熟古典诗词作品及其与之密切相关的诗词理论。

二

中国古代诗词作品汗牛充栋,无法遍览详悉。这显然不是我们放弃学习和探究的理由。不能遍览,可以泛览,做不到详悉,却可以有选择地精读其优秀作品。各种唐诗宋词元曲选集的阅读必不可少。从广泛的阅读中获取营养与灵感,再选择那些与自身气质相近,文学兴趣趋同的作者与作品仔细琢磨,深入辨析,从中获取启迪与借鉴。

"观千剑而后识器"，广博的阅览，遍采历代诗词之优长，日积月累，反复咏涵，琢磨推敲，凝志研习，从中受到名家名作的启迪，这是提升创作主体审美意趣与心志情操的重要途径。古人云"熟读唐诗三百首，不会做诗也能吟"，这说法不一定全对，却有一定的道理。我们的阅读当然决非局限唐诗三百首，所有流传至今的诗词曲选本都是经过历史的沙汰和时间考验积淀下来的精品，选择其中与自己志向、兴趣、审美趣味接近的作家与作品，认真研习，耳濡目染，日久天长，必能从中受到启迪、获得借鉴。阅读名家名作，与古人为友，与佳作为伴，必将志趣高远，视野开阔，识见敏锐，审美超凡，实为提升自我的必由之途。这样的学习研摩过程必不可少，此犹之乎学书法之临名碑名帖，习绘画之学素描写生一样要紧，在遍临各家碑帖，打好抓住形象气质的基本功夫之后，则可实现由必然王国跃升于自由王国的境界。既不违背法度，又不株守陈规，游刃有余，庶几可至。

学习古典诗词赋曲，不可画地为牢，抱残守阙，最好将自身个性、禀赋、气质、艺术趣味贯注其间，如喜好沉郁顿挫，多学杜甫；喜流畅浅近则取法白居易；偏于俊朗爽达，可以杜牧为邻，学深层蕴藉则亲近李商隐……学险奇之于韩愈，学疏朗则多读王建，学清绮疏畅以孟浩然为宗，如此等等。豪放浪漫、俊逸不群的李太白，最不易学，如钟爱太白，也只能泛学一二，能获皮毛，难臻圣境。

三

阅览的范围当然不能仅仅止于诗词名家名作,与历代诗词创作密切相关的是那些诗词理论与历代诗话词话曲话。在这些著作中,不仅让人明白诗词曲的文学理论及相关点评,更有诗词作家必须掌握的艺术规律和艺术经验。如素材撷取,题材提炼,思想的形成,情志的融入以及艺术手法的运用等。其代表作则有《毛诗序》、《文心雕龙》、《历代诗话》、《清诗话》、《词话丛编》等,都是应当关注并阅读的内容,从中汲取必要的营养。

学习诗词理论首要之处当然应注意中国古代文论中对诗词艺术特征的归纳和诗词文体规律性的总结,但还不够。就指导诗词创作而言,诗话、词话、曲话、赋话、文话中对历代名家名作的评点尤其值得认真揣摩,其命意立志,谋篇布局,字面提炼,音律协调等见解不一定完全正确,却不妨部分地吸纳参考。名联警句的提炼功夫,也应适当地予以关注。如此坚持不懈,必见长进。

应当看到,改革开放以来,中华诗词创作的确出现了复苏、复兴和繁荣的可喜变化,但是毋庸讳言,当代诗词创作也面临作品不少,佳作罕觌的尴尬。诗词流传止于少数人群,传播未广的境地。笔者以为这主要是当代中华诗词题材选择和艺术造诣都存在一定的不足使然。就前者而言,抉取题材必须紧贴现实,关注现实生活中那意义重大的热点内容,发扬自诗骚以来"饥者歌其食,劳者歌其事"的优良传统,有感而发,缘于哀乐,不作无病之呻吟,休为应景之文字游戏,力避"为文造情"之举,远离"为赋新诗强说愁"之弊。这样,才可能创作出感人肺腑的优秀篇章。是耶,非耶? 留待诸君臧否。

王定璋(1942—),男,汉族,原籍四川成都,《天府新论》文史副编审、四川师范大学文学院客座教授。四川省文史研究馆馆员。

诗 词 散 论

何　靖

　　改革开放以后,诗词的创作开始复苏,随着经济的发展和传统文化的复兴,诗词的创作逐渐呈现出一派繁荣的景象。现在,全国涌现了许多诗词团体,不仅成立了全国性的诗词团体,各地成立的诗词团体不计其数,出版的各种诗刊、诗集也不计其数。传统诗词的作者,突破了少数名人的范围,扩大到整个社会的各个层面。

　　尽管诗词已经拥有了广大的群众基础,但由于历史的惯性,迄今为止,诗词仍然未能回归文学主流,这表现在主流文学刊物很少发表诗词作品;高校中除了古典文学研究者外,从事当代诗词创作研究的学者仍属凤毛麟角;在各级学校中,学生普遍缺乏诗词阅读和写作的基本训练;本应具备诗词素养的人士,如高校文科教师、刊物编辑、书画家等,大多数于诗词不甚了了……如此等等。这些情况说明,让诗词回归主流,仍是一个艰巨的任务。

　　在我看来,诗词迟迟未能回归主流,一个重要原因是人们对诗词的一些理论问题还不够清晰,甚至存在误区,因此有必要对这些问题进行讨论,以促进诗词创作的发展。

一、诗词的正名

孔子说过："必也正名乎！名不正则言不顺，言不顺则事不成。"一种事物的名称，应与其内涵相称，才能帮助人们形成正确的概念。长期以来，对诗词的称呼很不一致，在一定程度上影响了人们对诗词的理解，不利于诗词的创作。

诗词在当代，出现了一些不同的称呼，或称为旧诗、旧体诗，或称为传统诗词，这些称呼都是相对于"新诗"而产生的。"旧诗"、"旧体诗"带一个"旧"字，从字面上看，至少有陈旧、过时之义，年纪大一点的人不免联想到"文革"中"破四旧，立四新"的极左口号，这种称呼明显带有贬义，为诗词作者和读者所不满。称作"传统诗词"似乎要好得多，可与传统文化联系起来。但其实也不尽妥当。因为在"诗词"前加"传统"二字修饰，就意味着还存在与其相对的"非传统诗词"，而"非传统诗词"却不能等同于"新诗"。并且，"诗词"这一词本来已包含"传统"的意思，因此"传统诗词"这一词语的构成在语义上有重复之嫌。或许有人会说"传统诗词"是与"现代诗词"或"当代诗词"相对而言，但"现代诗词"或"当代诗词"的概念只可以理解为现代或当代人所作的诗词，与"传统诗词"实为相同的文学体裁，并非相对立的文学体裁。由此看来，把诗词称作"传统诗词"仍然欠妥。

按理说"诗词"概指我国古代流传下来的各种形式的诗歌，这一名称已有其特定意义，不必另起新名。但有人鉴于新诗的存在,又觉得将诗词称为旧诗、旧体诗和传统诗词都不妥当,故提出称作"中华诗词",又有人认为可仿照"国画"的名称称为"国诗"。我认为这两种称呼仍然欠妥。"中华"是指中华民族,"国"当然是指中国,也指中华民族。中华民族虽以汉族为主体,但却是一个多民族的国家,几乎所有的少数民族都有自己民族的诗歌,而这里所说的诗词则主要是由汉民族创造的诗歌,应把少数民族的诗歌包括进去。因此,把诗词称作"中华诗词"或"国诗",不能不使人觉得有抹杀少数民族诗歌之嫌。至于"国画"的名称,是相沿成习,经过较长时间形成的,具有特定意义的称呼。而我国处在新的历史时期,宪法规定了各民族具有平等的权利,汉民族的文化并不能凌驾于少数民族文化之上。因而简单仿效"国画"而忽略了其历史积淀,将主要由汉民族创造的诗词命名为"国诗",也是不合适的。

因此,主要由汉民族创造的诗歌,包括古诗、骚体、乐府、律诗、词、曲等形式,历来都用"诗词"的名称就可以概括了,本无必要另起新名,但考虑到新诗的存在,有时为了与之明确区别,我认为也可以将诗词称作"汉诗"。这样的称呼,一则与"新诗"正相对立,因为"新诗"是西方传来的诗歌形式,而非民族的传统形式(详见下节);其次,称"汉诗"是将这种主要由汉民族创造的诗歌置于与少数民族诗歌平等的地位;再次,汉字文化圈的国家如日本、韩国、越南都将由中国传过去的诗词称作"汉诗",将"诗词"称作"汉诗",有利于和这些国家进行交流。

二、新诗与诗词的关系

要明确新诗与诗词的关系,首先要明白新诗作为一种诗歌的形式,并非由诗词发展演变而来,它基本上是一种外来的形式。

王力在他的《汉语诗律学》里面指出:"白话诗是从文言诗的格律中求解放,近似西洋的自由诗(free verse)。初期的白话诗人并没有承认他们是受了西洋诗的影响,然而白话诗的分行和分段显然是模仿西洋诗,当时有些新诗在韵脚方面更有模仿西洋诗之处。由此看来,白话诗和欧化诗的界限是很难分的。"①简单说来,王力所谓的白话诗,大体上相当于我们现在的新诗。新诗或有韵,或无韵,或有一定的格律,但其韵和格律与诗词的韵和格律相较,则要自由随意多了,二者不是一回事。

王力只是从格律方面来谈白话诗(新诗)与诗词的区别,而二者还有一个重要区别是词汇体系的不同。关于诗歌的词汇问题放在下文再集中谈,但这里我们可以明确一点,即新诗的词汇来自翻译名词较多,继承传统词汇很少;而诗词则主要承袭了传统词汇,主要是历代的书面词汇。

蜀中诗家滕伟明先生说过,新诗是舶来品,非常准确地说明了新诗的来源。

在四川省诗词学会的一次编辑工作会上,马识途先生

---

① 　王力《汉语诗律学》第822页。

谈到了他对当代诗歌创作的看法。他说,他考察了世界许多国家的诗歌创作的情况,发现这些国家的诗歌创作几乎都沿用传统形式,即使内容随时代而有变化,即使有外来的形式传入,传统形式始终处于主流地位。而中国在五四运动之后,诗歌的外来形式——新诗——逐渐占据主流地位,而传统诗歌——诗词——逐渐被边缘化,这一现象一直延续到现在。他认为这不是一个正常的现象。他根据世界各国诗歌创作以传统形式为主的情况,预言中国传统的诗歌形式必将得到复兴。

我相信马识途先生关于中国传统诗歌——诗词——将得到复兴的预言,复兴的主要标志便是诗词重新回归主流。但诗词回归主流并不意味着新诗受到排斥,新诗发展到现在,已成气候,相信这一外来诗歌形式仍将继续存在发展。新诗和诗词在相当长时期可能会各自发展,"大路朝天,各走半边"。新诗与诗词并行发展,对中国的诗歌创作应是一件好事,二者也许在某个时候如同回旋加速器里的粒子发生碰撞产生出新的粒子一样,产生出新的诗歌形式;即使这样的碰撞迟迟不至,中国的诗坛也会因形式的丰富多彩而呈现出欣欣向荣的局面。

三、诗词的格律

诗歌是有形式的,而诗词的形式主要依靠格律来表现,取消了诗词的格律,也就取消了诗词。

诗词格律主要是律诗的格律,要讲究平仄、黏对、用韵等;古风也有格律,主要是句式的变化以及用韵换韵等,但相对于律诗,其格律不那么严;词曲的格律在某种意义上比律诗还要严,不同词曲牌的句数、其句子的字数、每句的平仄等等,都有一定的规定。试想,如果把律诗的平仄、黏对、用韵等取消,把词曲牌的形式取消,那还有律诗、词曲吗?虽然古风要自由一些,但也有一套作法,实际上写好古风,往往比写律诗和词曲更难。

由于诗词的格律难于掌握,这就为学习诗词造成了困难。前些年,有些诗词团体提出一些方便法门,希望让诗词创作变得容易一些。他们的主张主要有两点:

一是放宽用韵,即律诗用韵可以不依平水韵,而按照普通话的读音来押韵;一是放宽平仄,即按照普通话的四声来调平仄。因为最令当代诗词作者头痛的事是押韵和平仄,他们认为,把这两个问题解决了,写起诗来就容易多了。

这样的方便法门,我则期期以为不可,这样的主张对诗词创作是极为不利的。

首先,诗词的平仄与用韵是在相当长的历史时期内自然形成的,这样的格律形式已与其内容融为一体,十分和谐,轻易的改变,必然会破坏其和谐。普通话的读音大致从元代开始形成,中古音的入声字在元代派入平上去三声,因此普通话的阴平声和阳平声字中有相当部分是来自中古音的入声字。诗词中若将当押平声韵处却押成入声字,或句中当是平声字却用成入声字,是很不和谐的。这样的不遵守格律的诗词,在懂格律的人读起来会觉得混乱不堪,尤其是在一些方言区,如吴方言区、粤方言区和客家方言区的人,读起来更是觉得拗口碍舌,因为这些方言里还保留了不少中古音,若按这些方言来诵读合律的诗词,就十分和谐,不合律的诗词读起来是不和谐的。

其次,会造成阅读与创作的分裂,必然会影响鉴赏和创作水平的提高。我们要作诗,必然要取法前人,而前人的作品大都严格遵守格律。而我们在创作诗词时却不遵守这些格律,这等于放弃了可供借鉴的典范。在格律的规定下,前人往往用字用韵都十分讲究,如果我们放弃了原有的格律,会使我们在阅读前人作品时难以体会前人用字精妙之处,同时也使我们在创作诗词时无所适从。

再次,轻易改动诗词的格律,从长远来看,会造成继承诗词遗产的断层。人们若接受对格律的轻易改动,必然会对前人的作品产生隔阂,难于理解,这对继承诗词遗产是不利的,对发展、繁荣诗词创作也是不利的。

有志于诗词格律改革的人,即使觉得原有的格律非改不可,也必须遵守自然形成的规律,让新格律经过长期的历史检验,逐步形成,同时也应尊重他人对原来的格律的沿用。至少在目前,任何对诗词格律轻易的改动,都不会得到普遍的承认和接受。

先前有人认为诗词这种体裁束缚思想,故不宜在青年中提倡。诗词束缚思想的主要原因无非是诗词有一套格律,掌握起来并不是那么容易。其实这是一种似是而非的看法,其实际后果是有可能导致诗词这种民族文学体裁的消亡。这些年我们已经看到这一说法造成的严重后果了。当年的青年也成了老年,他们中相当部分人因相信这样的说法而失去了学习诗词的机会。其实诗词格律并非难于掌握，一般说来半年左右就大体可以掌握，比掌握汉语拼音也难不了多少。在日本有许多汉诗作者，分布于社会各个阶层，迄今为止，日本汉诗的总数达数十万首，这些汉诗"语言之流畅、格律之严谨、修辞之精妙、形象之鲜明，实在是令人赞叹不已"（黄新铭选注《日本历代名家七绝百首注》前言）。而以汉语为母语的中国人，却因诗词格律有一定难度而企图走捷径，这是不是值得我们深思呢？

四、诗词的词汇

诗词是中国古代形成的文学体裁，其词汇体系是以古汉语的书面语言——文言——为基础，王力先生把诗词称之为"文言诗"，就是这个原因。文言词汇经过几千年的发展，已经成为极为稳定的词汇系统，数千年流传下来的诗词，我们现在基本上能够读懂，就是由于这个词汇系统十分稳定的缘故。

诗词的词汇虽然十分稳定，但同时又是一个开放的系统，经过几千年的发展，诗词的词汇系统不断吸取新的词语，因而又成为一个极其丰富的词汇系统。诗词具有这样的词汇系统，也就具备了极强的表达能力，可以表达深刻的思想、丰富的情感和复杂的事件过程。

近些年来，有人鉴于诗词的词汇是文言，不能做到大众化，为一般群众所难理解，故提出诗词的发展方向要让诗词逐步口语化，使这个传统的文学体裁成为一种广大群众都能读懂的文学体裁。

我认为,这一主张有可能把诗词创作导入一个新的误区,而且在理论和实践上都是行不通的。

我们知道,口语相对于书面语言,其稳定性要小得多,处于经常的流动变化过程中,上了一定年龄的人都感觉到,现在人们的口头语比自己小时候的口头语变多了,这就是口语变化较快的明证。口语中常用的一些词语,有的过不了多久就令人难以索解。如四川某诗人喜用口语,有句云:"晨炊先拨蜂窝煤。"这是十多年前作的诗,现在生活在大城市的年轻人大多数都不知道蜂窝煤为何物了。已故著名文史学家缪钺先生曾说过,唐以前的白话文比文言文难懂得多,其原因就是白话文不及文言文稳定。因此,假如我们让诗词口语化,可以想象,一首口语化的诗词有可能再过十来年就很少有人读得懂了,再过百把年就只有专家经过考证才能明白其意思了。这说明诗词口语化是行不通的。

同时,要使诗词口语化,必须要建立适合诗词的词汇系统,这样的词汇系统即使能够建立起来,也要经过相当长的历史时期,还应看到,当这样词汇系统建立起来的时候,又演变成为书面的词汇体系了。因此,诗词口语化必然会陷入不能实现的怪圈之中。

基于以上理由,我认为诗词口语化的主张是不可行的。但我认为诗词以口语入诗,或以俗语入诗则是可行的,并且还是值得提倡的。白居易以口语入诗,以至"老妪能解";杨万里"假辞谚语,冲口而来",其诗也能通俗浅近,自然活泼。口语入诗与诗词的口语化有本质的不同:口语入诗是将口语或俗语吸收到诗词固有的词汇体系内,故能与诗词的格律水乳交融,自然妥帖;而诗词的口语化则是要用口语词汇替代诗词词汇,这无异于取消诗词这种体裁,在实际上是做不到的。

总之,诗词的词汇体系是以文言为基础,不断地吸收新的词语,从而形成一个极其丰富的、十分稳定的词汇体系,这就保证了诗词能在相当长的时期内流传下去。而希图将诗词口语化的主张,由于口语的不稳定性,也就使口语化的"诗词"处于不稳定的状态中,其传播会受到很大的时限,因而这一主张是不可行的。

何　靖(1947—),男,汉族,原籍四川成都。四川大学历史系副教授,中国文字学会会员,中国书法家协会会员,四川省书学学会副会长。四川省文史研究馆馆员。

当代中华诗词亟待提高语言质量

李华年

沃尔夫冈·凯塞尔在《语言的艺术作品》的"引论"中探讨"文艺学的对象"时说,需要一个出发点,"那就是每一个在广义上属于文学的著作都是一种通过符号而固定下来的句的组合。在一本语法书的练习题中,一些并列的演习某个规则的句子不是句的组合,一本文学著作却总是句的组合。句的组合是一种有意义的结构。语言的本质中包含着词和句要'表现意义'"①。

在中国古代,孔夫子说"辞达而已矣"(《论语·卫灵公》),这个"辞",就是一个句子或一个句群、一篇文章。这个"达",就是达意,即把意思表述清楚。而要把意思表述清楚,就要像韩愈说的"文从字顺各识职",就如尹文子说的"守职分使不乱"(《尹文子·大道上》)。总之,要使"辞"能"达",就要正确地使用语言文字。但是近年大众传媒的语文质量有下降的趋势,这种情况也影响到中华诗词的创作。现就《中华诗词》2012年第1、2两期的作品举几个例

---

① 　陈铨译,上海译文出版社1984年版,第6页。

子,说明中华诗词的语言质量亟待提高。下面举的例子,有些可能出于"手民之误",但相信也全都不会是手民之误。

一　用词的问题

1.迁栖自古居无所,游牧如今归有家。(《喜牧民定居》1·5·〔注:前一数字指期数,后一数字指页数,下同。〕)

按,"所",指处所、地方。帐篷设在哪里,哪里就是他的居所。故他不是"居无所",而是"居无定所"。又按,"家"有住所、定居、人所居等意思,他过去并非"无家可归",只是没有固定的住房,"无固定住所"与"无家"不是一回事。

2.惊叹后贤崛,逢人说故乡。(《又返屯昌》,1·5·)

按,"崛"有高起、突出、高峻貌、山短而高貌等义项,但哪个义项都装不进去这句诗。作者的意思可能是"崛起",但任何双音中的一个词素都不能代替这个双音词。

3.街市新开车马纭。(《三亚城访赵鼎流放地址》,1·11·)

按,"纭"字一般作为双音词中的一个音节,目前汉语辞书、字书尚无"纭"字单用的书证。

4.常到校旁悠转(《留守儿童》,1·5·)

按,除极个别的双音词的两个语素可以颠倒而意思不变(如"纷纭,纭纷"),一般双音词的两个语素的次序不能颠倒。这里应是"转悠"。

5.灵山幽静多灵秀,一泐清泉天上来。(《登乐清灵

山》,2·29·)

按,"冽"有清澈、寒冷等义,但不能作量词用。

6.星雨漫襟袖,如水月盈天。(《水调歌头·高层赏月感赋》,1·42·)

按,据《汉语大字典》,"漫"字有二十多个义项,而无一可用于此句而把此句讲通。且当时亦无关于流星雨的报道,故亦不知"星雨"作何解释。

又按,"高层"有层数多的楼房、居上层的人物、职位等义,这里如用"高楼"意思更显豁一点。

7.树掩人家鹅戏闹,车穿幽静蝶翩回。(《南海五指山中》,1·11·)

按,我查了《汉语大词典》、《中文大辞典》、《佩文韵府》等大型辞书和韵书,都没有找到"翩回"这个词,则此词当属生造。

8.人去心寒空寂寂,断壁残栏。(《空心村之叹》,1·5·)

按,习惯上使用固定词组(如成语之类)时不能改字,过去已有"断壁残垣、断壁颓垣、断井颓垣"三种形态可供选择,实无再造第四种形态的必要。又,此首词押删韵,据戈载《词林正韵》第七部,删、寒、垣三韵通用,"栏"属寒韵,"垣"属元韵,本通用,也无改字的必要。

9.安宁世界有悲伤,美鼠狂颠讨战忙。为霸王权财力丧,金邦库变印钞房。(《鼠》,2·52·)

按,此"霸王权"大概是指美国的"世界霸主权威","金邦库"大概指美国的"联邦储备银行"。"霸王权"已很不自然,"金邦库"则纯为生造。专用名称不能随意改造。

10.虬松向客招枝秀,峻岭接天催步盈。(《登黄山》,2·29·)

按,"招"大概是"招手,招呼"这类意思,"招枝"大概是说迎客松的树枝像在招手,"秀"自然是说迎客松的树枝秀丽。但"招枝"这样的词语组合,完全不符合汉语的语言习惯。又按,"催步"尚可理解为"催人快走"的意思,加上一个"盈",反而不好理解了。据《汉语大词典》,"盈"有充满、丰满、饱满、圆满、旺盛、足够、满足、长、增加、骄傲、自满、姓氏等意思,还可加上《汉语大词典》的"众多"一义,但这些义项用在这句诗中,大概只有"增加"勉强可以。说勉强,是因为"增加"一义,用在登山的脚步上,显得很不具体,即使用在走平地上,都不好,因为不知是提高速度或加大跨度,还是多走几步。

11.信步东吴遂夙缘。(《春游太湖》,2·30·)

按,"夙缘"指前生的因缘,与"宿缘"同。"夙缘"习惯上不与"遂"搭配,大概作者的意思是遂夙愿。"夙愿"指素来的愿望、往日的心愿。

12.名楼飞起壮乾坤,浩荡长江入海垠。……柔情似水滔滔去。……(《游阅江楼》,2·30·)

按,"垠"有边际、界限、岸、水边的陆地、形迹、形状等义,说"长江入海"没有问题,若说"入海垠"就等于说"入海岸",方向完全相反。如一定舍不得这个"垠"字,就应改为"出海垠",但还是别扭,因为历来没有这种说法。又按,"滔滔",《汉语大词典》释为"大水奔流貌",《中文大辞典》

释为"大水貌",无论怎么说,总和"柔情"不搭界,如果说"潺潺"还差不多,有一点"柔"的味道。

13.万里长江第一关,危城据险扼夔天。(《白帝城怀古》,2·30·)

按,"夔门"可"扼",因通路狭窄,便于据守、阻塞,"天"则完全虚空,毫无可"扼"之处。

14.不畏千夫指,甘将孺子当。(《鲁迅颂·画像》,2·36·)

按,这两句诗里,"当"字最顺的解释是"充当",而鲁迅要充当的不是"孺子",而是让"孺子"骑的"牛"。

二　不合事理

15.仙女游园私下语,来生应到此耕田。(《花果园》,1·34·)

按,"仙女"本已长生不老,何来"来生"?

16.珠有泪,玉生烟,管他烟泪几时干。(《鹧鸪天》三首之二,1·48·)

按,前两句抄李商隐,问题是"烟"本来就是气体,无所谓"干"不"干"的问题,怎么能说它干不干?

17.鱼虾佐酒入肠鲜。(《登西连岛》,2·18·)

按,"鲜"不"鲜"是味觉的事,接受味觉刺激的味蕾在舌面上,不在肠子里。肠子的职责在消化吸收,它才不管你酸甜苦辣,鲜与不鲜!

18.曾记儿时梦未通,至今悬思尚重重。缘何不唱光

明颂,只爱长吟灰暗风。布阵为攻师蜀相,临渊知退效渔翁。夜来鼠患无休止,丝网凭谁化铁笼。(《问蜘蛛》,2·26·)

按,蜘蛛好像没有发音器官,怎能责备他"不唱光明颂"? 蜘蛛品类众多,固然有"多在阴暗角落"里的,但也有很多在光天化日之下公然布网的,怎能说它"只爱长吟灰暗风"? 何况"灰暗"多半一丝风也没有! 咏物诗固然要有寄托,但所托总在情理之内。

19.清晨雨霁碧凝空,天际长垂生彩虹,如此钓竿谁执握,一竿山浪一竿风。(《虹》,1·33·)

按,"天际"指天边,天边就是天空接近地平线的地方。这个"长",只能是时间的长度。"垂",在这句话里也只能是下垂、悬挂。"天际"应是很狭窄的一条地方,又怎能悬挂什么呢? 而且"垂"和"生"并列在这里,我们根本无法得知这"彩虹"究竟是"垂"着的,还是"生"出的。从上下文看,这"钓竿"指的就是"彩虹",但执掌这"钓竿"(即"彩虹")的怎么会是"山浪"和"风",我们也无法弄清楚。

20.福寿仙山万物茏,流泉飞瀑响叮咚。(《游湘东福寿山》,2·29·)

按,"流泉"可以"响叮咚","飞瀑"的声音绝对不是"叮咚"。"茏"字只有"聚集貌"一义可用于此句,但用这一义时,必须是"茏茸"这个连绵词,又不可单用。

三　重复

21.淡如清菊无娇态,清若寒梅少媚颜。(《庚寅抒怀》,
1·34·)

按,在一联里"清"字两次出现,又没有什么特殊的修辞
效果,纯为重复。

22.风轻金穗舞,水映碧天澄。俯首黄云起,浓香尽日
倾。(《油菜花之歌》,1·32·)

按,"金穗"、"黄云"重复,而且油菜花是"花"而非
"穗"。另外,花散发的是香气,用"倾"作谓语,也不合适,
因为只有固体或液体可以"倾倒",气体不行。

23.黄龙誓捣剿敌穴。(《谒岳王坟》,2·16·)

按,"捣黄龙"、"剿敌穴"就是一回事。

24.归路蹒跚多醉客,微红脸上笑堆霞。(《汾阳》,2·
30·)

按,"微红脸上"与"霞"重复。

25.尚喜灵台心未老,桃花潭里水流长。(《八十抒怀》,
2·39·)

按,"灵台"就是"心"。

26.谁唤春风度玉门,……终使平沙成绿野,不教荒碛
对黄昏。繁花璀璨参天树,难向新城觅旧痕。(《石河子》,
1·4·)

按,这是一首七律,"终使"句和"繁花"句重复,有了五
六七三句,则第八句纯为蛇足。

四　生僻

27.历劫中华多少泪,却缘忓喜亦沾巾。(《题我国首个航母初步改装后试航照片》,1·4·)

按,"忓",去声,喜乐貌。这里是为了格律需要而用了生僻的"忓"字。其实,绝句不一定非遵守律诗的平仄规则不可。

28.泪是男儿泪,身将蝼蚁身。(《楼市偶题》,2·26·)

按,"将"在这里是"为"的意思,"将"的这个义项,在现代汉语中已经不用,其实"为"属"支"韵,亦为平声,完全不必用这个"将"字。

五　晦涩

29.青枝相对看花人,蝴蝶先成缥缈身。采撷春愁在南国,月明时候种红尘。(《青枝》,1·13·)

30.窗外莺啼扰梦,溪边舞蝶羞花。因愁春色似娇娃,怕放心中野马。袖染繁华紫露,身披熙日红霞。谁家雏燕过晴纱,惊起一江私话。(《西江月·春情》,2·25·)

31.黄叶风中落,片云桥上来。酿成几丝雨,打湿美人腮。(《车上偶成》,2·25·)

按,赵树理在《语言小谈》中说:"语言是传达思想感情的工具,为了很好的传达思想感情,在语言方面应做到以下的两点:一是叫人听得懂,一是叫人愿意听。"(《创作通讯》

1958·9·)

像上面这三首诗,我就看不懂是什么意思。当然我不能以所有读者的代表自命,但是这些东西要使一个读过文学专门化本科,也稍有社会阅历的人读懂,总不算过高的要求。

老舍在《关于文学的语言问题》中说:"我觉得在我们的文学创作上相当普遍地存在着一个缺点,就是语言不很好。"(《出口成章》,作家出版社,1964年版)可见这个问题不是新问题,但老问题而长期得不到解决,就可知这个问题是普遍的、严重的问题。我在上面举了三十一个例子,算是尝鼎一脔。

语言是文学作品给读者的第一印象,所以语言问题是不容忽视。至于文学作品怎样才算好,就诗而论,我觉得除了内容健康之外,《颜氏家训·文章篇》说:"沈隐侯(按即沈约)曰:'文章当从三易:易见事,一也(按此指不用生僻典故);易识字,二也;易读诵,三也。'"这个"易读诵",大概就是谢朓说的"好诗圆美流转如弹丸"(《南史·王筠传》)。古人的这些意见,都是经验之谈,是他们取得成功的经验,而且都简易切实,所以值得我们认真对待。

当代中华诗词若不能突破语言这一关,要得到广大群众的认可,将十分困难。

何其芳同志《谈修改文章》说:"我们犯这些毛病,也并不完全由于我们的思想水平写作水平就那样低,而常常由于我们花心思花功夫不够,尊重读者体贴读者不够。"(《西苑集》)我们应该学学杜甫的"新诗改罢自长吟"。而不要学李白的"斗酒诗百篇"。

　　李华年(1937—),男,汉族,原名李骅华,原籍天津市。贵州民族学院教授,贵州古典文学学会顾问,贵州历史文献研究会理事,贵州省美术家协会会员,贵州省书法家协会理事。贵州省文史研究馆馆员。

时代精神与诗词艺术的完美结合

杨世光

一、完美结合有传统

时代精神，或者说时代意识，与诗词艺术的完美结合，是中华诗词的优秀传统，自古以来一脉相承，可以说是一条历史规律。总览历朝历代的诗词家作品，莫不打上那一个个特定时代的鲜明烙印。

值得浓墨重彩一提的是，在 20 世纪，中国共产党领导的伟大革命伊始，振兴民族的新时代伊始，便有革命时代的诗词应运而起，如鼓如雷，如光如电，推荡潮流，一醒精神。伟大的革命先驱者，包括领袖们、将帅们、烈士们，为此悬起了旗帜，树出了典范。李大钊、毛泽东、瞿秋白、周恩来、朱德、董必武、叶剑英、陈毅……他们对国家民族命运的忧患意识和拯救理念，对共产主义理想信仰的坚执追求，对时代风云高瞻远瞩的把握，对社会意义和人生价值的深刻思考，以及他们毕生革命奋斗的雄才大略和高风亮节，都在他们的诗词中宣示有声,而且这种宣示莫不与纯熟的诗词艺术相结合,从而亮出了完美的光辉。尤其是伟人毛泽东,更是一位诗词伟人,他的革命生涯几乎每走一步都伴随着诗词,可以说诗词是他革命实践的精神部件。他的诗词作品,紧贴时代,张举精神,格律谨严,平仄铿锵,想象奇丽,意境高美,在时代精神、革命情怀与诗词艺术的完美结合上立下了典范之碑。

当今的时代已不同于以往的时代,当今的中华诗词应有不同于以往的当代品格与风采。诗词的时代性与艺术性是辩证的统一,"老"形式与"新"内容相契妙合,"古"艺理与"今"精神相辅相成,完全可以完美益彰。倡扬时代精神与诗词艺术的完美结合,对于繁荣当代中华诗词创作,提高其思想艺术水平,无疑有着积极的意义。

自改革开放以来,中华诗词界出现了欣欣向荣的景象,老中青诗词家崛起如雨后春笋,诗词报刊争妍斗艳,学会社团竞领风骚,中华诗词作品以风起云涌之势重登文学殿堂,化育出一批又一批时代精神与诗词艺术完美结合的好作品,在神州大地乃至在寰球五洲产生了中华诗词的优势性影响,非常可喜,令人振奋,值得骄傲。但另一方面,毋庸讳言,当中也有某些倾向或者说不足,还值得我们进一步探讨、商酌和总结,目的只有一个:让中华诗词更加完美,完美方有力量。

二、塑当代诗词的时代之魂

诗词,归根结底,是时代的产儿。

伟大的时代,需要伟大的诗词,并创造伟大的诗词,造就伟大的诗词家。

跟着新时代走,是当代诗词的光荣使命,是当代诗词自振雄风的必由之道,也是诗词生命新鲜活力之所在。

诗词注入伟大时代的强音,就有了灵魂,就有了生命,就有了伟大的品格。紧贴时代节奏写真诗,写好诗,写大史诗,写不朽之诗,应成为当代诗词的追求高度和创作信条。

时代性,即跟时代之步,取时代之彩,纳时代之气,谱时代之歌。诗人和诗词,均与时代共命运,同呼吸,同前进。

歌唱时代,是当代诗词的主旋律。道理不言自明:我们国家所开创的社会主义时代,是自古以来最伟大的时代,是中华泱泱大国翻天覆地大变化的时代,是中华民族在世界民族之林中愈来愈举足轻重的时代,是党率领五十六个民族十三亿大军团结一心走向全面现代化全面小康的时代。我们的党是最值得歌颂的党,我们的国家是最值得赞美的国家,我们的民族是最值得咏唱的民族,我们的事业是最值得描绘的事业。唱响主旋律,重在一个"响"字,要响亮地唱出讴歌党和祖国、讴歌中华民族、讴歌社会主义事业的时代之歌,才能无负、无愧于时代的使命。

不是只有主旋律诗词才体现时代性,多样化诗词照样体现时代性。比如说怀古诗,完全可以注入时代新意,即感古喻今,引古鉴今,汲古益今,借古扬今,怀古诗也就"平中出秀峰",获得了时代品格。又如山川景物诗,只要凭新时代诗家的情怀去感触,融情于景,去发现山川景物在新时代中的哪怕一丝丝殊异,亦当升华出时代韵律来。

　　时代精神,中心在人民精神。当代诗词应请人民做主角,为人民而创作,为人民所利用,鼓舞人民前进。

　　人民群众是历史的创造者,是时代的推进者。中华当代人,在继往开来的新时代大事业中,不断创造着物质文明和精神文明,同时涌现着建功立业可歌可泣的新人新事、英雄人英雄事,为诗词家提供着取之不尽的灵感和题材。对于诗词家,这既是机遇,又是挑战。新时代的诗词家,有责任到人民事业的大舞台上去,贴近人民,贴近生活,关注人民的痛痒,把握人民的精神,挖掘人民的美好心灵,写人民之所想,抒人民之所愿,代人民立言,发人民心声,做人民的真诚歌者。抒写新时代的人民,讴歌新时代的人民,所写所歌为人民所读所爱,诗词方可以永恒,诗词家方可以冠冕为"人民诗人"。

　　时代精神,包含着可贵的战斗精神,即诗词应具有积极的批判品格。

　　新时代的大潮中,难免鱼龙混杂,泥沙俱下,假恶丑的东西总是与真善美的东西相对立而存在;人民事业前进过程中,难免会有阻挡前进的绊脚石,会有人民所憎恨的沉渣泛起。面对危害国家民族、危害社会、危害人民根本利益的假恶丑,诗词家不能沉默,诗词不能软性化。诗词历来就有鞭挞功能,当代诗词也不例外,它应站在捍卫人民利益、捍卫时代前进的前沿,鼓发自己的正气之声。

　　就我读过的较大量诗词作品而言,绝大多数洋溢着浓郁的时代气息,时代精神高昂,读之让人感奋。但也有不少作品,没能传递出时代脉搏,单在"古"字上下功夫,读之感觉陈旧。一是语句陈旧,跳不出"枯藤老树昏鸦"的圈子;二是情感陈旧,摹仿古诗家的情感而未能"反其意";三是典故过多,且多僻典,甚至一首绝句四句都是典故,一味炫耀知识,生硬而不能出神入化,不熟悉典故的读者非得翻辞典不可;四是堆砌古词奥语,满纸生涩,故弄玄虚,读之诘屈聱牙,让人眼皮铅垂。看这几类作品,不像当代诗词,倒像"出土文物",有无时代精神不说,其艺术性也总落入平平。或许有人以为只有这样写才有古诗味,其实大谬不然,这是当代诗词的误区,因为"古诗味"的精髓并不在拟古摹古,今人写诗词总不会为了藏之高阁而让后人考古,"各领风骚五百年",既然是今日之古体格律诗,就要领今日精神的一代风骚。如若不然,何用再作,抄唐诗宋词就够了。

总而言之,写当代诗词,须有当代气,塑出时代魂。

三、铸当代诗词的艺术美体

诗词是艺术,是一门高雅的艺术。它不是随意的玩具,而是按照固有的严谨艺术规律创造出来的精神上品。所以写作当代诗词,必须遵循其固有的艺术律则,严葆中华诗词本来的品质和特征,力求精铸出当代诗词的艺术美体来。

在当代诗词的汪洋大海中,我读到的艺术佳品可谓枚不胜数,但也有不少诗词不尽如人意,有的作品,时代精神鲜明,但艺术功力难以相匹,未达到完美高度,尤须在艺术上努力再三。在这里,我试从以下几方面略陈己见,就教于方家。

格律诗词要严于格律。五绝、五律、七绝、七律、排律、词，皆以格律严密为其首要标志，而与古风等别的诗形式相区别。古诗发展到格律体，标志着诗形式的熟化，诗美学的进步，是适应内容表现的丰富性而从简单到严谨、粗放到精密的形体完善。诗要吟，词要唱，需要节奏感和音乐感，这便是平仄韵律的必然由来。千百年来的实践结果，格律体得到了最广大作者与读者的心心认同而根深蒂固，成为近乎法则的范式，至今表现出不朽的生命力。继承和弘扬传统诗词，格律形式是其中不可或缺的一份美学遗产。我以为如果写的是古体格律诗，就得守平仄韵律，讲究抑扬顿挫，不然就不成其为本来意义的绝句、律诗和词了。对于格律体而言，我主张"无律非诗"。这好比下象棋必循棋规行律，一旦破了特定规则来个什么马飞田车弯走就不成其为象棋了一样。严格律有如"戴着镣铐跳舞"，但高妙之处也正寓斯。律则如樊篱，却因之而有了一方被限定只许高超施展的园圃，此正所谓"不成规矩不见方圆"。自由悖律大半是低能乱舞，一如足球场上手脚并用的滑稽，读之难免有吞蝇之感。当然，如写的并非格律体，那又当别论了。当代格律诗词中，仍存在不少的悖律现象。有些作者包括一些官员，喜欢写标上七绝、七律和各种词牌的作品，却不懂平仄格律，又不去认真学习掌握，只管随意挥洒，最终还是得不到认可。云南有的报刊发了这样的作品，反馈回来一大堆意见，成了笑柄，值得诗词界引以为戒。

诗词贵立意。意旨高远，构建出一个相对完整的意境，传达一种情致，一种思想，这诗就有骨，就有气，就有灵魂。

试读毛泽东词《念奴娇·昆仑》,那种把昆仑"裁为三截,一截遗欧,一截赠美,一截还东国。太平世界,环球同此凉热"的立意主旨是何等高拔、精粹,那种雄风骨、大气概、活灵魂,堪叹为观止。反之,无立意或意旨不高凝,则诗如散了架乃至似中风瘫痪。当前的许多诗词存在此种毛病,多白话平铺直说,多散文格律式,缺乏耐人回味的意境构思,读之味同嚼蜡。这应是革新诗词的切入点。

诗要形象思维。写古诗词更然。诗词的主旨依托于形象而存在、而鲜活、而丰满。诗无形象则好比人体没有肌肉,诗就难活,往往成了干巴。"春蚕到死丝方尽,蜡炬成灰泪始干"之成为千古名句,其秘诀在于主旨托于形象翅膀而获得无穷功力,才得以超越时间飞翔到天涯海角。当代诗词有不少写得栩栩如生,但也有不少是标语口号诗,套话名词诗,理论概念诗,文字游戏式的改编诗,尽管符合平仄格律,却没有韵味,有如读报纸上的时政文章。这样的诗没有形象翅膀,飞不起来,活不长久,时过境迁便枯死了。

诗贵孤独。古诗词亦然。我说的"孤独"是指独出心裁,与众不同,指创新意识,指鲜明的个性、独特的自我。有无创意乃诗之成败关键。构思、手法、想象……有了创意,给人一点儿耳目一新的感觉,诗就有生命,乃至可望永垂千秋。"打起黄莺儿,莫教枝上啼。啼时惊妾梦,不得到辽西。"在多如牛毛的思念诗中,此诗何等特出!如让我写,恐只能写出"三更难入寐,夫婿在辽西"之类。毛泽东词《蝶恋花·答李淑一》的创意何等不凡,换了别人来写这类缅怀英烈的诗词,恐怕更多的还是堆砌些诸如"功同山岳"之类的句子。革新诗词,要革新出个性独特的创意,才有望达到新的高度。

诗词要锤炼。好诗不厌改,千锤百炼精。既炼意,亦炼字。一首诗词,不求字字珠玑,但求有一句显风流,一字放奇彩。古人所谓"一句传"、"一联传"不无道理。王安石一个"绿"字传千古,我辈当寻几个新的字青出于蓝。一味追求数量以沽"多产"之名未必可取,一个诗家如能严炼出哪怕一首诗而留口碑于世,此生足矣。乾隆据说写有万首诗却毫无诗名,毕竟悲哉!今人诗词浩如烟海,如不讲求锤炼则经不住大浪淘沙。有的诗词一看便觉得是用平仄韵律套住了一堆词语,换言之是把一堆词语按平仄韵律简单排列起来,没有炼意炼字可言,我把它比之为"玩麻将式写作法"——仅仅把词语搭配到麻将式的"和了",这实在与诗炼之道隔若霄壤。当然,在写诗词时,确须一字一词地抠平仄、抠韵律,但这种抠,不是简单的凑,而是与炼意炼字紧密结合的"炼"。精品只从锤炼得,偷闲求捷不甘为。

诗词要有情。"诗言志",志也是情,情志一体也。有情则诗灵,无情则诗枯。情是真情切感,是王国维"有我之境",是从自我心灵迸发出火花,是从真我体验流淌出甘泉。"诗如其人",按我理解是从诗之情中透见到诗人的气质、人格。有"大我"之情,有"小我"之情,但有"我"所思所愿所爱所憎在,无论"大"或"小",则诗有至境,乃成永恒之韵。当代诗词,尤需除泛言而发真情,尤需新活之情,尤需融小我于大我的高尚之情,尤需自我感应大时代的振拔之情,情美诗美才能生发艺术感染力,这也是诗词和诗词家本身的完善之道。

综上，有了时代之魂，有了多侧面艺术美形，则完美的诗词飘然而至也。

杨世光(1940—)，男，纳西族，历任丽江地区文化馆馆员、《玉龙山》杂志主编，云南人民出版社编辑、副总编辑、编审，《大家》杂志主审。中国少数民族作家学会常务理事，云南省诗词学会常务理事。云南省文史研究馆馆员。

无规矩不成方圆

路毓贤

改革开放三十余年以来,中华民族逐渐走向伟大复兴。时代的快车所扬起的尘埃,也轻轻地落在了中国传统文化绿化带的鲜花和芳草丛中,尽管瑕不掩瑜,但是尘埃毕竟不是春风时雨,当然无总比有好。近几年来,中华传统诗词越来越受到国人的喜爱和研习,与此同时,各种学会如雨后春笋般层出不穷,出版的刊物更是让人眼花缭乱,可谓是群众运动如火如荼。然而,十年文化大革命已使人们的嗅觉麻木了奇葩瑶草的幽香,当人们从噩梦中苏醒过来寻找失去的芳香时,奇葩瑶草的幽香在今天却被身边刺鼻的艾蒿异味浑浊了。本着对社会负责,对学术负责的态度,本人很荣幸参加这次研讨会,愿不揣浅陋,就自己管蠡之见请教于各位学长。

一、诗坛之现状

近些年来,随着社会经济的快速发展,国人们的精神和物质文明在没有同步前进的情况下,学界一部分修行浅薄者逐渐浮躁起来，和一些学界以外根本不懂什么是"志于道、游于艺"（《论语》）的"社会人"搅和在一起，把一些本质是学术性很强的文事类高雅艺术来了个釜底抽薪。譬如给原本是无价的中华瑰宝——传统文人们用于自娱自乐、怡情遣兴，远离功利的书与画插上了有价的草标。导致了近年来一些由写字到写字、由画画到画画，根本不通文墨的专业小匠人竟然也成了中国传统文人书画的"艺术家"。他们因急于收回"投资"，故而废寝忘食地一味追求金钱。其势态若八仙过海、各显神通。皆以挖空心思地为抢"亮点"而刻意过度"包装"和高调"宣传"，暂时性的蒙蔽了眼下一些具有一定经济实力却缺乏书画艺术鉴赏力、偏又笃于中国传统书画收藏的粘哥憨姐们。于是乎，自我标榜的大师云集于市，效仿者万计，导致了当今书画艺术家群体大肆泛滥而鱼龙混杂，人数之多骇人听闻，街市之叫嚣使人烦恼，作品之低俗而让人生恶，由此而出现了在很大程度上脱离中国书画人文本质的悖逆现象，更是史无前例。面对这些令人啼笑皆非的文化杂物，不禁使有社会责任感的学者们忧心忡忡。与此同时，当今中国传统诗词的境遇要比书画好一些，尽管在团体人数和社会活动上基本上与书画界相雁行。眼下一些既想附庸风雅，又对中国传统的文、史、哲，诗律词谱曲牌，诗境所需的兴、观、情、怨全然迷蒙者，在凑够五、七言成四、八句后就大言不惭地标上"五绝"、"七律"；竟然还有一些既不知格律却以不守格律而自我粉饰者，以"格律束缚思想"为妄作鸣锣，以"诗韵应与时俱进"为浅薄开道，以"朦胧"掩饰意境的缺失，以"粗俗"亵渎"笔墨当随时代"。此外,还有一些仕途顺畅、平安着陆、人脉深厚却于诗词格律、传统文化素养尚待深造者,虽诚笃于诗词、钟情于曲赋,遂成"老干"一体,虽遭人奚落,然锲而不舍、金石可镂的精神,亦受人敬之;在当今的民间,亦不乏学养深厚、熟谙音律、长于吟咏、隐于乡野的大家。然而在中华传统诗词行家之中,不乏学术之争,特别是诗韵的主张,有人主张继续严格恪守平水韵,以保持它的传统纯正性;有人主张与时俱进地推广十八辙,亦有人主张使用正在推广的地方诗韵或民间删繁就简的十三辙等新韵。到底如何对待,仍为仁者见仁,智者见智。

二、中国传统诗人的人文本质

当前,中华传统诗坛表象似乎十分繁荣,若静下来认真盘点一下,到底有多少能够被历史记忆的作品?当今究竟有几位可与前贤相颉颃的诗词大家?我们不妨翻开中国文学史,以诗坛历史上七位极具风格代表性、众所熟谙的诗坛巨擘非凡的生活阅历、人文关怀与学术成就铸成的人文本质为参考,就不难找出当今诗人应具备的综合要素。

1.忧谗畏讥、去国怀乡的三闾大夫

战国时期的楚国诗人、政治家,"楚辞"的创立者屈原(约前339—约前278),原名平,字原,《离骚》中自称正则,字灵均。楚公族。曾任左徒、三闾大夫,以学问博,见识广,彰明法度,举贤授能,为怀王所倚重。在内政上辅佐怀王,议论国事及应对宾客,起草宪令及变法;外交上参加合纵派与秦斗争,两度出使于齐。由于楚国在悼王时,已有吴起变法图强,因而战国时期,秦、楚实力为最强。到了怀王初年,时局处在七雄激烈争斗之时,原也想踵武吴起,旨在通过革旧鼎新而有一番作为,曾一度受到怀王的支持。在对外政策上,原审时度势,主张联齐抗秦,得到了怀王的采纳,遂而使齐。在使齐期间,秦派张仪使于楚,以土地诱于怀王,怀王信谗改联齐抗秦为绝齐亲秦,结果使楚国吃了大亏,怀王恼羞成怒,轻率伐秦,加之无齐支援,败后还丢了汉中。嗣后秦昭王又提出秦楚联姻,欲邀怀王晤于秦,原谏阻:"秦,虎狼之国,不可信,不如无行!"而怀王之子子兰却劝父赴秦,怀王终于被秦所扣,原遭谗所害,被逐出朝廷,放于汉北。怀王客死于秦后,长子顷襄王继位,任其弟子兰为令尹。当时,楚人咸责子兰劝父入秦之错,原颇受广泛同情。子兰不思己过,反而唆使上官大夫进言诽谤原,顷襄王再次把原放于江南僻壤。暴郢之后,"百姓震愆","民离散而相失",原去故乡而就远,寓沅湘而流离。九年之后的原已是"被发行吟泽畔,颜色憔悴,形容枯槁",最终在无可奈何中以自沉汨罗江而明爱国之志。

屈原是中国文学史上第一个伟大的诗人;他的作品具有伟大的独创性;他的人生做到了"天下兴亡,匹夫有责"(顾炎武语),恪尽职守、任劳任怨、不屈不挠地践行着修齐治平。这正是"皇天无私阿兮,览民德焉错辅。夫惟圣哲之茂行兮,苟得用此下土","瞻前而顾后兮,相观民之计极"(《离骚》),"愿摇起而横奔兮,览民尤以自镇"(《九章·抽思》)的"美政"理念。他的"亦余心之所善兮,虽九死其犹未悔",就是敢于坚持真理,不向邪恶势力低头的人格写照。与此同时,他又受到"天视自我民视,天听自我民听"(《孟子·万章》引)思想的影响,综合地造就了屈原毕生追求的只有在"圣君贤相"主持下,才能实现强国富民的"美政",以臻达到"沧浪之水清兮"十分理想的境界。经世治平之术,都离不开聪敏的智慧,聪敏的智慧都基于在广阔的领域里获得的渊博学识,屈原不但对天文星象、地理物产暨商周以前的盛乱兴衰、礼乐制度都很熟悉,而且对于春秋以来各诸侯国所发生的重大事件、风情习俗、人文传说也很了解;尤对楚国的发展史,更为精熟。在屈原的文学作品中,到处可见强烈的忧国忧民、呼唤清平美政的思想情愫,亦流露出独步一时的文学才华。正是因为他具有雕龙之才、吐凤之笔,才有了被历代奉为经典的《离骚》、《天问》、《九歌》等二十五篇作品。这些作品大都是作者抒发内心世界且有事可据,有义可陈的心声:《离骚》,抒己之理想与遭遇、痛苦与热情,以生命为资,铸成宏篇,字里行间无不闪烁着夺目的个性光辉,属二十五篇中的代表作;《天问》,以神话、传说为素材,以绝妙诗思将己之历史观和自然观化成魅力无穷的梦幻世界;《九歌》,本为楚祀神乐之曲,经其精心雕琢、而妙造天成,于人物感情与环境气氛,充满着"超以象外、得其寰中"(司空图·诗品句)的达观与绝俗。

2.老骥伏枥、志在千里的魏武帝

三国时期的诗人、政治家和军事家曹操(155—220),字孟德,汉末沛国谯(今安徽亳县)人,曹嵩之子,少有权术,年二十举孝廉为郎,迁顿丘令。拜骑都尉,东汉末参与镇压黄巾军,迁济南相,逐步扩充军力。献帝初平三年(192),任兖州牧,分化诱降青州黄巾军,编其精锐为"青州兵"。建安元年(196),迎献帝于都许(今河南许昌东),挟天子以令诸侯。先后削破吕布、袁术、袁绍等割据势力,逐渐统一北方。建安十三年(208),进位为丞相,率军南下,于赤壁被孙权和刘备的联军所败,后封魏王。在此期间,在用人惟才的制度上,打破世族门第观念,网罗地主阶级中下层人物,抑制豪强,加强集权,使其所统治的地区社会经济得到恢复和发展。卒谥武,至三国魏文帝曹丕于黄初之初追尊武帝,庙号太祖。

作为一个杰出的政治家、军事家、诗人的曹操,自然有着人生的多面性。在政治上代表着地主阶级中比较寒微的阶层,有实行抑制豪强、减轻人民负担的能力,他又是封建制度强有力的维护者,他反对"劳民为君,以赋其力"(《度关山》),希望通过"王者贤且明"(《对酒》)的途径,达到一个人人富足的太平盛世(实际上人人指公、侯、伯、子、男);曹操的军事造诣,不仅仅是能率百万雄师南征北战,功绩卓著,而更令人佩服的是在日理万机中完成了《孙子略解》、《兵书接要》等流芳千秋的军事论著;曹操的诗歌成就,不仅深刻地反映了当时的社会现实,而且更多地表现了他自己整顿河山的雄心壮志和积极进取的精神。如《蒿里行》,托秦末各地义兵揭竿而起却又群雄逐鹿所导致"白骨露于野,千里无鸡鸣"社会乱象之史事,反映出东汉末年汉室衰微、贼凶篡政、讨伐义军之间亦重蹈覆辙给民众带来的"生民无遗一"及诗人"念之断人肠"的悯民思想；《短歌行》，以"山不厌高、海不厌深"体现出永不自满的宽阔襟怀，"周公吐哺、天下归心"明示出求贤若渴的心情，"譬如朝露、去日苦多"感喟出乱世治平的艰辛。诗风的激昂慷慨、雄浑悲壮，与他能旋乾转坤、翻江倒海形成的大无畏气概有着密切的关联。抒情是古今诗人作品中必不可缺的灵魂，抒情诗最能代表诗人的心境和思想。曹操的抒情诗虽基本上脱胎于汉乐府，但也形成了自己的独创风格。透过它遗存下来颇多的乐府歌辞，可以清楚地看出其体材虽用乐府旧题，其意境却若沙场点兵。给人以承传古制而不受束缚，自辟蹊径而淡定沉雄。乐府中"感于哀乐，缘事而发"的幽情悲调，被他用于《薤露》、《蒿里行》的创作，体现出了政治家愤乱思治的情怀；《步出东门行》的创作，抒述了自己一统天下的远大抱负及北征归来所见壮景，从中感悟人生无常，须及行乐的达观情绪。纵观曹操的诗歌，其内容大多以东汉末的动乱现实、反映了人民期冀社会稳定、自己愿百折不挠、顽强进取；尤其是诗歌写作中的遣词用字，更是以语言朴实、虽绝少华美辞藻，而形象却很鲜明，与内容相得益彰、恰如其分、精妙绝伦，总之，曹操气撼山岳、胸纳江河的鲜明人文个性、旋乾转坤、翻江倒海的大无畏英雄气概和显赫的政治地位有着密切的关联。曹操的诗，虽然后来者认为有优差之别，但是他的"如幽燕老将，气韵沉雄"（宋人敖陶孙《诗评》）的诗风是诗学界早已达成的共识，以至影响到后来的杜甫、白居易等人。

3.朴实无华、心平气和的五柳先生

东晋时期的诗人陶潜（约365—427），一字元亮，一字渊明，庐江浔阳（今江西省九江市星子县）人，陶侃曾孙。起为江州祭酒、不堪吏职，辞归。复为镇军、建威参军。于彭泽令间，郡遣督邮至，因不愿"为五斗米而折腰"，安帝义熙二年（406），他在任职仅八十多天就挂冠归里，隐居栗里（今星子县境内），赋《归去来兮》以明志。义熙末，征著作佐郎，不就。自以曾祖晋世宰相，耻复屈身后代，入南朝宋，不肯复仕。直至六十三岁时，偕少子陶佟回归宜丰故里，四年后返浔阳，于柴桑在贫病中去世。

陶渊明自幼受儒家思想的影响，希望通过仕途实现自己"大济苍生"的宏愿。耿介淳真的性格使他的仕途历尽坎坷。"采菊东篱下，悠然见南山"的隐居生活却无意识地成就了他诗文歌赋。他的诗歌多以描写田园风光和自然景色，其中的一部分作品仍蕴含着他对富贵的藐视；对腐朽统治集团的憎恶，更不愿意与其同流合污。但也有一部分作品以虚无的"人生无常"、"乐天安命"的消极思想来存聊以自慰。还有一类题材如《咏荆轲》等，则表达了他在未能实现的政治抱负后而抒发悲愤慷慨之音，被鲁迅先生称为"金刚怒目"式的诗篇。陶渊明诗歌的多元化，亦兼蓄了其丰富性。通过研读《陶渊明集》，他较为复杂的情感，主要是来自儒、道两家思想的影响。儒家思想，使他少怀济世之志，几次出仕，意在实现"达则兼济天下"的人生使命，在退隐之后，儒家的"安贫乐潜、味道守真"（《后汉书·申屠蟠传》）

"君子固穷"(《论语·卫灵公》)的理念,又成为他的精神支柱;道家思想,使他在老、庄清静无为、道法自然的范畴中,期望找到属于自己精神领域里的世无兴乱、人无尊卑、一尘不染的自由世界。陶渊明在中国文学史上是学者们公认的田园诗宗师。他所处的时代,文坛上到处充斥着谈玄论禅、模山范水之"固知一死生为虚诞,齐彭殇为妄作"(王羲之《兰亭集序》句)的空洞理念和形式上的刻意追求如摘锦布绣、绮浮词藻的俗媚风气。陶渊明却以崭新的内容和形式的诗作卓立于诗坛,造就了恬淡自然、田园诗派的峰巅。在流传至今的陶诗一百二十余首中,平淡与爽朗,质朴与无华,精炼与充实让后来者奉为圭臬。陶诗的艺术风格以平淡自然著称,宋人陈师道《后山集·后山诗话》中:"渊明不为诗,自写胸中之妙尔。"经过一番琢磨,便想起了九方皋相马,老子的"大直若屈、大巧若拙、大辩若讷"。叶嘉莹先生则认为:"因为一般人作诗时常有要写诗的意念,于是他就想雕琢、修饰、逞才、使气、好强、争胜,甚至于像杜甫、白居易这样的大诗人有时候不免有这种意念。然而陶渊明却没有逞才使气、好强争胜的意念。"诗的魅力何在? 其原始的动力是心中因兴发而感动的力量,它传达意境和念想的方法不在于辞藻的华美,采句的艰涩或通俗,而是传达的方法要恰如其分地表现出发自内心的情感。如"方宅十余亩、草屋八九间。榆柳荫后檐,桃李罗堂前。暧暧远人村,依依墟里烟。狗吠深巷中,鸡鸣桑树颠"(《归园田居》其一)等以朴素的衣着妆扮着闭月羞花的娇容,清癯的形象蕴含着高雅量的气质,这正是陶诗的高妙之处。所以苏轼以"渊明诗初看若散缓,熟看有奇句"(惠洪《冷斋夜话》引苏轼语)这样评价陶诗。这种"凶枯而中膏,似淡而实美"(苏轼《评韩柳诗》)的传统平淡美是耐人咀嚼回味的。陶诗的另一显著特色是情、景、理的交融,构成了完美的画卷。通篇无有半句精雕细刻的奇思妙语,而是寓情理于心境、意到而笔随,于平铺直叙中给读者留出了无限遐想的空间。后来的钟嵘在《诗品》:"文体省净,殆无长语,笃意真古,辞典婉惬",钟惺在《古诗归》"其语言之妙,往往累言说不出处,数字回翔略尽"的评价,都深得要旨、入木三分。陶诗在文学史上被誉为"古今隐逸诗人之宗"(钟嵘《诗品》)。可以说,历代有成就的诗人,几乎无不受到陶诗的影响,以至后世出现的"拟陶"、"和陶"诗不下上千首无人雁行的人文现象,都彰显出中国传统诗词平实美的至高境界。李白、杜甫、白居易、欧阳修、苏轼、陆游、辛弃疾等大家对陶诗的赞美、仰慕和推崇,直接影响了唐诗宋词的黄金时代。

4.悉心国事、关爱民生的少陵野老

唐代诗人杜甫(712—770),字子美。祖籍襄阳(今属湖北),生于巩县(今属河南)。杜审言之孙。初举进士不第,遂事漂泊,开元二十三年(735)自吴越漫游归来,赴东都洛阳参加会试,未取。天宝三载(744)初遇李白,后赴长安应征召,朝政缘于李林甫把持,其与元结一同落第,以致终身未成进士。困居长安近十年,因在长安时一度住城南杜陵附近,自称杜陵布衣、少陵野老,后世尊称他为杜少陵。后曾向玄宗三次献赋而待制集贤院。安史之乱中,携家北逃安于鄜州，自己投奔在灵武的肃宗行在，途中被叛军所执，带到长安。旋走凤翔上谒肃宗，拜左拾遗。因营救房琯被贬华州司功参军，不久弃官客秦州、同谷，南移成都，构草堂于浣花溪。后依节度使严武，被表为检校工部员外郎，此后故世称"杜工部"。代宗大历中，携家出蜀，客居耒阳，一夕病卒于湘江舟中。

　　杜甫是中国文学史上最伟大的政治诗人；是一个创作天地非常广阔的诗人；是一个地地道道儒家思想的信奉者。杜诗其所以被称被世称"诗史"，这与他生长在"奉儒守官"的文学世家有关，七岁学诗，十五岁诗名为洛阳名士所重。更与他生活的四个时期，如实地记录了亲身所经的社会动荡密不可分。杜甫是一个严肃的、且具有高度政治热情的诗人。在他的平生中，虽然直接参与政治的时间总共不足三年，但悉心国事、关爱民生的赤子之情一直贯穿始终。杜甫的诗与李白的诗相较，以积极的入世思想占为主体，不管是反映社会上阶级矛盾、贫富差别、普通百姓的疾苦，还是寄情山水、寓理花木、超然物外的遐想，都流露出期望国家有一个好皇帝，朝廷有一批贤良大臣，来实现天下海不扬波、政通人和，民间路不拾遗、夜不闭户的太平盛世。历代封建士大夫中，也有不少描写民间疾苦的诗文，总让人觉得是在假惺惺地为了自表"仁爱"而装腔作势，即便是好一些的作品，总难免还有一些类似旁观者勉为其难地隔靴搔痒之嫌。杜甫则不同，他心系民众，作品中所描写的内容，完全是设身处地于劳苦大众之中，以相濡以沫的情感来表达人民渴望社会安定、物质丰盈的大同世界。之所以杜诗能描写得如此真切,首先是源于诗人自身就处在国家不幸、人民颠沛流离的大环境中,诗人和他的家庭也在所难免地经受了一场大劫难;其次是不可忽视的诗人在诗律和文字驾驭技术层面高深的造诣。今就中国传统诗词的技术层面而言,无可挑剔的杜诗无疑是唐宋以后最为标准的样板。

5.雅俗共赏、老妪能解的白香山

　　唐代诗人白居易(772—846),祖籍太原,唐华州下邽(今陕西渭南)人,字乐天,号醉吟先生。白季庚之子。德宗贞元十六年(800)进士,授秘书省校书郎。宪宗元和时,先后迁翰林学士、左拾遗、东宫赞善大夫。宰相武元衡遇刺身亡,因越职言事以请亟捕凶手而被贬江州司马。穆宗长庆初,累擢中书舍人,乞外任,为杭州刺史,期间筑堤护钱塘湖,灌溉良田千顷。久之,以太子左庶子分司东部,复出苏州刺史。文宗立,入为秘书监,迁刑部侍郎。大和三年(829),为太子宾客(少傅,世称“白傅”)分司东部,遂居洛阳香山,晚号香山居士。晚年奉佛,长以诗酒自娱。武宗会昌二年(842),以刑部尚书致仕。会昌六年卒,谥文(敬称白文公),葬香山。

　　白居易是中国文学史上极负盛名的唐代诗人和文学家,时人以“诗魔”和“诗王”誉之。元和间与元稹共同发起“新乐府运动”,世称“元白”体,卒后遗有《白氏长庆集》七十一卷。宣宗李忱曾以诗悼之:“缀玉连珠六十年,谁教冥路作诗仙? 浮云不系名居易,造化无为字乐天。童子解吟《长恨》曲,胡儿能唱《琵琶》篇。文章已满行人耳,一度思卿一怆然。"白居易与元稹倡导的新乐府运动,则主张"文章合为时而著,歌诗合为事而作",写下了许多感时叹世、忧国悯农的诗篇,以至影响当今。白居易一生诗作数量是很大的,仅现存的律诗就达约一千九百一十四首。其中尤以讽喻诗为最,语言浅显而知哲理深,文字精准而无斧凿痕。对于他的歌行体中叙事诗《琵琶行》、《长恨歌》,邓肖达曾说:"正是因为白乐天的诗老妪能解,才确立了他的诗在人民心中的地位。"白居易的诗在当时可谓是雅俗共赏、妇孺皆知,上自宫廷,下至民间,随处是酬唱吟咏之声,西域东瀛、朝韩琉球亦在传诵。当今有人戏谑白诗的精神完全吻合了当代文艺"为广大群众服务"的方针。元、白这种受众面极宽的文学艺术在当时受欢迎的程度不亚于今天的热播影视。他的这种代表中国传统文化主流的意识形态,具备了金石般穿越历史的生命力,顺畅地通过了近一千三百多年的大浪淘沙,成为了当今文学宝库中仍熠熠生辉的经典,即使在以后的任何时期,还会"风采不减当年"。元、白体对后来的文学影响至深,晚唐的皮日休、宋代的陆游、清代的吴伟业、黄遵宪、当代的聂绀弩等都是末生其本、流出其源。白诗在禹域神州不须赘述,于海外异邦,在日本的影响为最大,至今白居易仍是日本人最喜欢的中国诗人,无论是在古典小说,还是当今的书法作品中,常常可以见到引用或抄誊他的诗文。

6.守望真理、不合时宜的东坡居士

北宋时期的诗人、政治家、唐宋八大家之一、画家、书法家苏轼(1037—1101),字子瞻,号东坡居士,四川眉山人,与

父洵弟辙被列入文学唐宋八大家。仁宗嘉祐二年（1057）中
进士，再中制科，为凤翔府签书判官，旋召试入直史馆，摄开
封府推官。神宗熙宁间上书论评王安石变法之弊，出任杭
州通判。后徙密、徐、湖三州，元丰间因诗托讽而被乌台逮
捕入狱，后谪为黄州团练副使安置。哲宗即位，复起知登
州，累官中书舍人，翰林学士兼侍读。后以龙图阁学士知杭
州，任上遇大旱，饥馑疾疫并作，轼请免上供之米，又减价粜
常平仓之米以赈济百姓，故而存活者甚众。杭州近海，民患
地下之水鹹苦，轼倡浚河漕，沿西湖东西筑堤三十里。元祐
六年（1091），召为翰林承旨，寻遭谗被出放知颍州，旋徙扬
州。后又以端明殿翰林、侍读两学士出知定州，又遭贬谪于
广东惠州，绍圣中累贬海南儋州。徽宗元符三年（1100）赦
还，提举玉局观，复朝奉郎。轼返京病故常州，谥文忠。

　　苏轼一生虽然经历了北宋仁宗，英宗，神宗，哲宗，徽宗
五朝，但是在政治上的失意时间占据了人生岁月的百分之
八十以上。他有极高的政治智慧却没有半点圆滑的政客素
质；他满腹经纶亦文才冠绝古今却一肚皮的不合时宜；他是
中国传统文人形象的第一代表却是中国文人因诗下狱的第
一人；他的人生是美誉遍天下而仕途最坎坷；他一生命运多
舛而性格最乐观；他毕生为人处世很低调却生活很浪漫。
他入仕之始，正是北宋政治腐朽给社会埋下的隐患开始暴
露，士大夫对朝政改革的呼声日益高涨之时。他在为官外
放之处，尤重了解民情、关注民生、急民所需，因此很受民众
拥戴；在朝任职，以民为本、社稷为重，结知己而不朋党，恪
职守而不附庸权贵。虽和司马光、王安石和章惇于政见水

火不容,却在文墨场甚是莫逆;在文学上苏轼是继欧阳修之后宋代古文运动的领袖,其重大贡献就在于和欧阳修一起探索出一种稳定成熟、深受时人喜爱的散文风格,世称"欧苏体"。苏轼的诗词清新自然若芙蓉出水,始末相应犹古藤缠枝。似信手拈来,却无懈可击。细品之可知何为大巧若拙,久赏之自晓斯是积健为雄。苏轼诗词题材广阔,或大江东去,或小桥流水,而雄强与平和竞秀;风格多样,或江山如画,或风花雪月,而豪迈与婉约同芳。苏轼不仅在诗词文赋方面堪称旷代英豪,而且在书画方面更是为世瞩目,楮间墨竹、笔下奇石,深为丹青界称颂;尤为苏字,在书法宋四家中位列元首,其"黄州寒食诗稿"与王羲之"兰亭集序稿"、颜真卿"祭侄文稿"并列为中国书法三大行书神品。苏轼之所以于辞赋散文、诗词书画取得了千秋咸仰的成就,这不但与他因秉性耿介,守望真理,热爱生活、不合时宜有着本质上的因果关系,而且与他聪颖的天资、广博的百科知识、深厚的文史学养、扎实的文字功底暨灵活运用诗律词谱的能力息息相关。

7.赤诚报国、以诗为魂的陆放翁

　　南宋诗人陆游(1125—1210),字务观,号放翁,越州山阴人。陆宰之子。高祖陆轸为仁宗朝太傅,少年时就文名出众,年十二能诗文、亦学剑且并钻研兵书。高宗绍兴二十四年(1154)应礼部临安省试,名列第一。因谈论恢复旧制,遭秦桧黜落。绍兴二十八年出任福州宁德县主簿,绍兴三十年,召除敕令所删定官。隆兴元年(1163)孝宗即位,任枢密院编修官,赐进士出身。后因极力劝阻张浚北伐,继而发生了部将不合,再加之主和派反对,朝廷即刻以"交结台谏,鼓唱是非,力说张浚用兵"之罪免职。乾道六年(1170),起为夔州通判,乾道八年(1172)入王炎幕。淳熙二年(1175)入范成大幕,复任四川制置使司参议官,淳熙七年(1180),提举江西常平茶盐公事,因自主发粟赈济灾民,被弹劾罢免。八年后任礼部郎中,又遭弹劾罢免。光宗绍熙元年(1190)之后的十余年,隐于山阴故宅。宁宗嘉泰二年(1202)被召回编修孝宗、光宗实录。遂以宝谟阁致仕。嘉定三年(1210)抱病而卒。

陆游一出生,正值宋朝由腐败走向衰微,屡遭女真金人进犯之时,出生次年,金兵攻陷汴京,于襁褓中随家人颠沛流离,自幼缘于社会及家庭环境影响,灭金复国的愿望随着年龄的增长愈来愈强烈,少年时代就立志投笔从戎、横刀立马、收复河山,以雪国耻。陆游入仕伊始,因文职而郁郁而不得志,到了乾道八年,被主战将领王炎聘至幕中襄理军务后,怀抱不禁为之一开,写出了"飞霜掠面寒压指,一寸丹心唯报国"等热情奔放的爱国诗篇。陆游虽然满怀赤诚复国之志,但因朝廷只求苟安,只能是潜龙在渊、威凤栖巢。陆游的诗,前期曾受梅尧臣、吕本中、曾巩的影响,虽有一些涩淡的作品,但他却以才华横溢而横空于世,素有"小李白"之称,加之又喜读王维、岑参之诗,故以雄伟瑰丽之作为多。中后期的诗,以旅途所见感悟居多,黄玶感叹道:"或写眼前景物,或咏历史陈迹,或抒心中情思,无可不观。但江山之助,必待有心之人。惟其有难已之情,方能随物赋形,对景写意,穷天地之变化,发造物之奥秘。"陆游是一位创作力非常旺盛的诗人,一生好学不倦、笔耕不辍,直到垂暮之年还是"无诗三日却堪忧"。就其诗集中写夜读之篇者,到八十岁以后尚还多见。陆游是中国古代文学史上作品特别丰富的诗人。仅就收入诗集的诗作共有九千三百多首,为古今近体诗家之首,在质量上可与李杜平分秋色,陆游的诗感人之处主要是气壮语豪、情真意切的炽烈爱国热情。我们每当在工作中遇到冤屈无奈之时,不妨读一读陆游在感到报国无门时的那首《书志》,便会被"白发萧萧卧泽中,只凭天地鉴孤忠"、"壮心未与年俱老,死去犹能作鬼雄"这两句话开导得眼前一片天空海阔。陆游爱国主义的思想感情主要植根于现实生活,但是当愿望与现实不符时,便以梦境的想象用强烈的浪漫主义色彩来抒写出许多毫无半点灰暗色彩的诗作。总体上,陆游的诗始终以饱满的热情为基调,很少有怨天尤人的情绪,这就是与其他诗人鲜明的区别之处,也是当代人极其喜欢将放翁诗书成作品悬于素壁的主要原因。襟怀广阔、博闻强记、精通律韵也是陆游诗不可忽视的部分。

纵览浩如烟海的历代前贤诗作,今仅就以不同的时空、不同的社会政治地位及修养、不同的长于各种题材及诗风,试以屈原、曹孟德、陶渊明、杜子美、白乐天、苏东坡和陆放翁作为例,他们无一不是学富五车、才高八斗的硕儒俊彦,在他们的诗词歌赋中,可清楚地看到他们以先天下之忧而忧,后天下之乐而乐为己任;为天地立心、为生民立命、为往圣继绝学、为万世开太平;为使命,以文死谏、武死战为荣耀,实现修齐治平的崇高人生价值理念。他们在荣枯显晦、沉浮达微时能保持平和淡定的心境,以豁达与乐观、哀怨与奋争去热爱祖国、保全气节、关注社会、心系民生,这种作诗先做人所形成的人文本质,正是当今诗坛亟待重视的人文标准。

三、传统诗韵去留管见

中华传统诗词是世所公认、妇孺皆知的浓缩了的文学精品,她的文学格式在两千多年的岁月里,被众多文坛巨擘整理、研究和修订过,特别是北宋平水人刘渊在前贤所吟的作品基础上,总结出的"平水韵",直到清康熙时期仍被作为国家颁布的韵典——佩文诗韵。自此之后,一直沿袭到中华民国。五四新文化运动以后,随着文化巨擘们倡导的新自由体诗勃然兴起,中华传统诗韵的更新至今也就成了传统诗韵学的课题,随即也就成了坚持使用平水韵者与锐意诗韵改革者倡导新韵相互争鸣的焦点。笔者虽大力赞同二者并存,诗家各取所需,务求同一诗集统一化。但是,因社会上总不时地有指责"平水韵"束缚诗家思想的观点,故笔者试图与持此观点者共同随便找几位前贤诗家的妙品为例,看看平水韵为什么没有束缚得住任何前贤的思想? 只能说我们使用汉字的功夫、驾驭诗律词谱的技能尚待与前贤看齐。

四、无规矩岂见方圆

有人说中华传统诗尤为近体诗是带着镣铐跳舞,当你仔细想一想,大凡世间一切事物,哪一个在正常情况下能离开规矩？有人既然认为传统诗词的诗律词谱成了束缚诗人思想的桎梏，依笔者之见，若想表达自己的兴观群怨，大可以离开中国传统诗词的套路，使用十分自由的新体诗去表达。但是，从实质上讲，要写好新自由体诗，也并非那么轻松，是因为新自由体诗也有它所讲究的规矩，虽然在句式的字数、音律的平仄、词意的对仗、句尾的韵脚方面没有严格的规定，但是它所讲究的意境和思想内涵比传统诗词的标准要高得多。大凡通晓中国文学史的人都明白，五四以降，首倡新体自由诗的领袖们，都是于中国传统文化乃至传统诗词方面造诣极深的巨擘，正因为他们有着坚实的传统文化与诗词的基础，才能在新体自由诗领域游刃有余。在今天，只有那些不知新体自由诗是建立在传统诗基础上的"初生牛犊"们，才敢对传统诗词与新体自由诗而妄加定位。话说回来，正是传统诗词有格律可依，这才使诗人在锤炼、推敲文字上显示出了非凡的智慧，照样写出了光照千秋的好诗妙词。对传统诗词的格律如若熟谙，不会不知道传统诗词的格律中也有很大的空间，如：在诗体上有歌、行、古风、乐府等，这些诗体在句式暨平仄上要求并不严格，只是在韵脚上颇为讲究，但是许多歌、行、古风常常有一篇多韵，甚至是数句一转韵、例如：高适的《燕歌行》，此首到了后边又变成了一句一转韵；一篇百韵的雕龙佳构，例如：杜甫《秋日夔府咏怀奉寄郑监审李宾客之芳一百韵》就是法度森严的"近体诗"，在句式的平仄上，前贤们在韵脚是仄声的句子中，为了不伤词性，故将倒数的二三字打调，如王维的《鸟鸣涧》中首句"人闲桂花落"，陆游的《书志》"细雨春芜上林苑"、"壮心未与年俱老"等;甚至苏东坡有意将七律句式中的第三四字之词和第五六字打调,出现了四连仄、四连平的拗体现象,如他的《寿星院寒碧轩》中"清风肃肃摇窗扉,窗前修竹一尺围。纷纷苍雪落夏簟,冉冉绿雾沾人衣。日高山蝉抱叶响,人静翠羽穿林飞。道人绝粒对寒碧,为问鹤骨何缘肥。"此首还有在句与句的黏、对上,打破了绝大部分是一对一黏再一对的规律,形成了该黏时却对的错乱现象,但这首诗无论是在意境和对仗上不失为是一首好诗;有的在韵脚上,首句既可用邻韵或不押韵,如杜牧的《清明》的首句"清明时节雨纷纷"就使用了邻韵;杜甫《崔氏东山草堂》的首句"爱汝玉山草堂静,高秋爽气相鲜亲"就没押韵。前贤之诗,诸如此类,屡见不鲜。总之,我们的前贤们为什么能在当今人认为不好表演的舞台上而风景无限呢? 这的确应该让我们认真地思考一番了,可以说有规矩恰恰会让人知方圆。

新体自由诗、中华传统诗创新派的新韵诗与中华传统诗坚守派的平水韵诗都是当今诗坛词苑的奇葩瑶草,百花齐放、争奇斗艳才是这个时代的文化个性。

二零一二年八月于西安柳荫山房

作者:路毓贤,陕西省文史研究馆馆员、太华诗社副社长,陕西省诗词学会常务理事,中央文史研究馆书画院研究员,陕西省书法家协会副主席,出版发行有平水韵近体诗诗集:《柳荫山房诗草》、《柳荫庐吟墨》。

编　后　记

改革开放以来,中华诗词由复苏走向复兴。群众性的诗词创作热潮方兴未艾。探讨当下中华诗词的创作与研究,明确中华诗词的当代价值,坚持求正容变、继承创新的诗词艺术,探讨诗词教育与传播的有效途径,发挥国家文化政策的主导作用,培育良好的诗词文化生态,是今天中华诗词创作与理论研究迫切需要解决的重大课题。

中华诗词研究院隶属国务院参事室、中央文史研究馆,坚持"严谨治院、精品立院、创新兴院、团结强院"的办院方针,以弘扬中华优秀传统文化、提高中华诗词创作水平、深化中华诗词理论研究、繁荣发展中华诗词艺术为宗旨,在组织诗词工作、团结与服务诗词人才上有得天独厚的优势。中央及各地文史研究馆中有一批精通诗词创作、勤于诗词理论研究的专家馆员。为了发挥好文史馆员在弘扬中华诗词中的引领作用,中华诗词研究院于 2012 年 8 月 20 日,在黑龙江省哈尔滨市举办"文史馆馆员'当代中华诗词创作与研究'理论研讨会",同年 11 月 12 日至 16 日,在武汉再次召开"文史馆馆员'当代中华诗词创作与研究'理论研讨会"。会议邀请了全国各地在中华诗词创作与研究上卓有建树的文史馆专家馆员,充分讨论了当前中华诗词发展的现状、成果和问题。为了进一步巩固两次研讨会的理论成果,我们将各地馆员向会议提交的论文和发言稿编辑成这本《诗论集》。

需要说明的是:本书编选的文章以参加"文史馆馆员'当代中华诗词创作与研究'理论研讨会"并发言的馆员之文章为主,亦有馆员因故未能出席会议,仍积极提交文稿的,也将其编入。省市各馆顺序按中华人民共和国行政区划顺序编排,各馆馆员文章的排列,以馆员出生年月为序。本书所选文章,文体和标点及注解方式均依原貌,少数文字予以勘误和酌改。诚恳地期待批评指正,并向各省区直辖市文史研究馆的领导和供稿馆员,向中华书局,表示衷心感谢。

编委会

2012 年 12 月 12 日